衡史寸言

张广智 著

复旦大学出版社

谨以此书庆贺复旦大学历史学系百年华诞

复旦大学历史学系，因择时而筹，乃崛起沪滨，阅尽广宇风云骤，汇为正大气象，泽被九州。

复旦大学历史学系，因先贤非凡，乃培根铸魂，历经百年行道难，终成斐然业绩，享誉史坛。

复旦大学历史学系，因山河煦暖，乃恢张宏远，瞩目未来前景宽，践行复兴梦想，光耀瀛寰。

复旦人，采一片绚丽的卿云，风华正茂；历史学系，剪一缕明媚的彩霞，千秋光照。

目录

序言　金冲及　　　　　　　　　　　　　　　　　　　　　1

前言　　　　　　　　　　　　　　　　　　　　　　　　　1

第一辑　"东方牛津"的踪影

切问书古今　笃志写春秋——贺复旦大学历史学系百年
　华诞（1925—2025）　　　　　　　　　　　　　　　3
从 100 号到光华楼——复旦大学历史学系的师生、光
　亮与卿云　　　　　　　　　　　　　　　　　　　　9
我们从这里出发——复旦老教学楼的岁月　　　　　　　14
复旦历史学系世界史的先生们　　　　　　　　　　　　19
简论耿淡如先生的学术贡献　　　　　　　　　　　　　24
树德坊的星光——记耿淡如先生　　　　　　　　　　　37
踏破青山人未老——金冲及先生印象记　　　　　　　　42
1964 年：中国研究生教育之一页——追忆我在复旦的研究生生涯　　50
五十五年前的一封邮件　　　　　　　　　　　　　　　58
半个世纪后的回眸——写在大学毕业五十周年之际　　　60
春意遍于华林——1961 年"史学史"热追忆　　　　　　65
京华春来早——1985 年史学史座谈会追忆　　　　　　74

一次史学的"破冰之旅"——1998年首次"海峡两岸史学史学术研讨会"追忆　81

我们总要前行——寄语《西方史学史研究》　89

学步邯郸　93

第二辑　史海拾贝

读史小引　99

汤因比给我们留下了什么？　102

大发现四百年给我们留下了什么？　107

铜山西崩　洛钟东响——《牛津历史著作史》探微　113

影视史学的前世与今生　118

"把历史交还给人民"（一）——口述史学的传统及其前景　134

"把历史交还给人民"（二）——口述史学的复兴及其现代回响　147

心理史学在东西方的双向互动与回响　159

我们应当如何看待心理史学？　174

西方史学史津逮·教改篇　183

西方史学史津逮·教学篇　194

"编年事辑"：打开学人心路历程的窗户——序贾鹏涛《耿淡如先生编年事辑》　203

"捧出地下的太阳，为你发热发光"——序李勇《对话克丽奥：西方史学五十论》　208

刘大年：在马克思主义史学发展史的坐标上——在"马克思主义史学理论与刘大年史学思想"学术讨论会上的发言　213

探索无穷　风范长存——朱政惠教授逝世十周年祭　219

弗兰茨·梅林与马克思主义唯物史观的传承　225

经典是条河，经典是束光——重读凯撒《高卢战记》　243

第三辑 方寸之间

方寸之间	249
浣花溪畔	254
"少年"三题	259
辛丑纪事——中国作家协会新会员培训学习心得	264
台中行记	270
姑苏拾梦	275
唐寅园掠影	278
雾霾散去显春晖	281
"我以我血荐轩辕"	284
《论语》西传孔子热	286
寻宋江南交游记	289
海明威的蓉城情	292
瓦尔登湖小记	295
走近瓦尔登湖	297
瓦尔登湖已化为一种意境	302

第四辑 志者的星空

志者的星空	309
与上海如影随形的足印心声	312
玉兰花开满天下	316
夜色愈浓,愈显得晶莹……——鲁迅在拉摩斯公寓的日子里	319
且盼君来归	324

四平科技公园琐记 327

回望 330

北川灯火 333

康泰心安得长寿 336

为谁辛苦为谁甜？ 338

心灵的对话　情感的力量 341

"缕缕的情丝，织就生命的憧憬"——陈丹燕《告别》三题 346

附　录

驼铃：在学习与求索马克思主义史学的道路上——张广智教授
　访谈录　　　　　　　　　　　　　　吴晓群　阿　慧 353

探索克丽奥之路的中国眼光与中国风格——张广智教授的
　西方史学史研究之路　　　　　　　　　　　邹兆辰 372

后　记

序言

金冲及

接到张广智同志来信,得知复旦大学出版社准备为复旦历史系百年华诞出版系列丛书,其中包括广智同志的《衡史寸言》,这使我很高兴。

广智同志来信中说:他这本书是散文随笔集,涉及的内容很广泛,最后归结到《论语》的名句"学而不思则罔,思而不学则殆"。这确是抓住了如何治学的要点:一个"学",一个"思",缺一不可。

这又引起我的联想:复旦是我的母校,它的校训是十个字:"博学而笃志,切问而近思。"大学如此,原先的附中也是如此,我在复旦附中读了六年书,毕业后到复旦大学历史系读书和教书十八年。改革开放后又当过复旦的兼职教授、博士生导师。这十字校训可以说已背得烂熟,但对它的含义却没有深刻地思考和领会过。

到了九十多岁,才忽然领悟到:十字校训和《论语》的十二字格言其实是相通的,反复叮嘱的都是"学"和"思"这两个根本问题,两者不可缺一。在校训中,对"学"又强调要

"博"，如果目光短浅和知识狭窄，甚至流于琐碎，那是治不好学的。而"思"必须以"问"为出发点，把原来不清楚或没有完全想清楚的问题弄清楚，这才是人们常说的"问题意识"。研究工作的目的正在于弄清楚这些没有弄清的问题。我对校训这十个字，几十年来记得可以说是滚瓜烂熟，却没有细心地去领会它的深刻含义，这是不应该的。

这次复旦历史系百年华诞时出版系列丛书，张广智同志的《衡史寸言》多少有助于提醒我们要牢记并理解校训叮嘱我们的"博学而笃志，切问而近思"，这是很有意义的。

2023 年 11 月

前言

岁月氤氲,时光蹁跹。

1925年,复旦历史学系创办,至今已走过了百年行程。我自1959年入学复旦,在历史学系学习与工作也有一个多甲子了。历经百年行道难,复旦历史学系百年史,折射出风云变幻的时代场景,映照着我系历史学人的共同理想与追求。

"观古今于须臾,抚四海于一瞬。"在这样的时代氛围下,《衡史寸言》应运而生,我谨以此书献给复旦大学历史学系百年华诞,小书报史恩,礼轻情义深。

是的,"我是你哺育的娃",岁月连亘,与母系结下了不舍的情缘,"让你倾听我那无尽的牵挂"(引文为复旦百年校庆时歌曲《复旦,我回来了》的歌词)。回忆那时读五年制大学历史学系本科,其教学设置给我们打下了相当扎实的史学基础,这就为培养造就历史学的专业人才创造了优越的条件。大学毕业后,我考取了耿淡如先生的研究生,从师三年,更为我深研西方史学史奠基。此后,我习史从教六十载,步先师之足印,在西方史学史的园地里耕耘,收获亦丰。

雨丝风片洒天地,飘落燕曦两园间,是史学给了我无比的自信与自尊,这是一种无价的恩惠,由此爱屋及乌,我也感恩母系对我的栽培。总之,我感恩史学,永远对它怀有虔诚和挚爱,笃信世界的未来，就如我最近为布赖恩·费根的《大发现四百年》一书作序的尾句所言："世道难，奋力迈，期盼五洲百花开。看星空，前景灿，揣着希望向未来。"

化出。且把时空定格在 2016 年 12 月 9 日，上海巨鹿路 675 号上海作家协会大厅。上海作协新会员座谈会在作协大厅热烈而又欢快地进行着。是时，大家挨个发言，每个人都激情满怀而又迭现个性。轮到我了，我从包里拿出了一本旧杂志说道："我的文学梦源于这本杂志，始于编辑部所在的巨鹿路 675 号。"我指着《萌芽》创刊号的封面说道："请大家留意，封面这幅由画家黄永玉创作的《我们的幼芽》，多年来，那孩子提壶浇花的意象，一直在我的心头萦绕，竟成了我心中一幅挥之不去的'心灵图画'，足足陪伴了我一个甲子。"会场响起了掌声，大家为我这个历史学人称颂，为我逐梦文学不忘初心点赞。五年后（2021 年），我有幸加入了中国作家协会，成了中国作协的一名"新兵"，在广袤的知识莽原里与史学会合，丰盈了我的今天。

如今，我伸出双手，一手与史学为伍，一手与文学相伴，徜徉在史学与文学之间。其实，文史贯通是中国文化的一种传统，文学家与史学家都生活在同一星空下，告诉人们真实的历史，这是他们合一的旨趣和共同的追求，一如中国"史学之父"司马迁，也被人们称作"文学家"；一如西方"史学之父"希罗多德，也被人们称作"散文家"。打通文史，以文学的体例与眼光写史或编史，都意在告诉人们真实的历史。于是，写现实题材的作品，藏有历史感；写历史题材的作品，蕴含现实感，这成了我孜孜以求的目标。我要沿着这个目标不断地前行，只有逗号，没有句号。

本书正是遵奉上文之旨趣，按规分为四辑，文史兼收，以史为

主,然文史难分,故本书每篇的文体,很难划一,分辑也具有相对性。兹略作说明如下:

第一辑,"东方牛津"的踪影,选文15篇。

作为一个"复旦人",年迈的历史学人,以脚步丈量史林的土地,以文字捕捉历史的"一瞬",书写这里的人,这里的事,这里的风景。博观约取,追寻过往,撷拾各篇,希望能给读者一种新的回味。

第二辑,"史海拾贝",选文17篇。

通览本辑,可以说是我的"本业"西方史学史,从汤因比到弗兰茨·梅林,从影视史学到心理史学,从"铜山西崩"到"洛钟东响","高头讲章"与短小精悍夹杂,如此而已。有道是,文章要"耐看",不管是文史,求真是它的要务,创新是它的生命,舍此则会灰飞烟灭。此外,在我看来,行文要有温度,以"缕缕的情丝,织就生命的情愫",激发读者的共鸣,倘如是,可谓"好看"了。吾不才,虽不能至,但却心向往之也。

第三辑,"方寸之间",选文15篇。

选文有域外小记,如瓦尔登湖;亦含九州锦簇,如浣花溪畔,在秋丽的色彩中,聚焦于本辑的"题记":"悠悠千载,纵横万里,行囊中始终装着一份中国梦的牵挂。"

第四辑,"志者的星空",选文12篇。

每个个体生命,不管是莘莘学子还是百岁老人,寻常百姓还是鲁迅先生,都怀抱着自己的心志,在星空下笃志前行,以复现一个个体那独特的精神世界。

附录两篇,在访谈和论述中,包含着对作者治学经历及其特点的透彻分析,便于广大读者阅读本书。

本书辑录61篇(包括附录2篇),需要说明的是,史学篇的选文时间较长，最早的可以追溯到新世纪伊始，录之可给当今感兴趣的朋友一览，也或许可在西方史学史之史上留有印痕。文学篇则是近年刚发表过的篇什。两者辑录成书时，除几篇学术体的长文外，大多数保持原样或恢复原样，此乃是散文随笔篇。

当下，我虽已逾杖朝之年，人可老去，但笔常青，同工人手中的锤头、农民手中的镰刀一样，为创造世界美好的未来，立鸿鹄之志，写时代华章，写无愧于人民的精品力作，为建设社会主义的文化强国做出自己微薄的贡献。

张广智

甲辰春日于复旦书馨公寓

第一辑
"东方牛津"的踪影

　　20世纪80年代初,周谷城先生在一次治学经验的讲座中曾经说过,牛津大学的历史学系是世界上最好的历史学系,他希望将来复旦大学能成为"东方的牛津"。将复旦大学历史学系办成世界第一流的学科点,这不仅是当年这位老系主任的梦想,也是今天我们历史学系同人共同的理想。

　　　　——邹振环:《光荣与梦想:写在复旦大学历史学系建系七十五周年》

切问书古今　笃志写春秋
——贺复旦大学历史学系百年华诞（1925—2025）

一、历经百年　业绩斐然

复旦历史学系是具有 120 年校史的复旦大学中历史最为悠久深厚的系科之一，从 1925 年始建，迄今已有 100 年了。在人类历史长河中，这百年弹指一挥间，但在复旦历史学系的系史上，仍是一段相当漫长的行程：它历经民国沉浮、新旧中国、"文革"前后、世纪交替，可以毫不夸张地说，历史学系的百年历史，演绎着时代的巨变，社会的进步，折射出一部鲜活的中国现代史，尤其是中国现代教育史和学术史。

20 世纪以降，具有悠久传统的中国史学发生裂变，开始剥离传统史学的脐带，艰难地走出中世纪，迈进了现代史学的门槛，从而开创了中国史学现代化的新途。20 世纪前期，群雄奋争，中国现代高等学校纷纷创立，各校也随之先后建立了史学系，北京大学率先在 1919 年首创，接着复旦大学于 1925 年创办，随后燕京大学和清华大学于 1926 年、辅仁大学于 1927 年、北京师范大学于 1928 年相继设立。在中国现代高等学校历史学系设立的排行榜上，复旦历史学系当在前列。

日月逾迈，回首百年，复旦历史学系如何一路走来？

据《复旦历史学系大事记》（见《笃志集》）载：1925 年秋，历史学系正式创立，时称"史学系"。1938 年迁往重庆后，易名为"史地学系",1946年迁回上海,1949年同济大学和暨南大学史地系并入复旦后恢复"史学系"。复旦历史学系,当其发轫之初,随时运跌宕,备历曲折,真是举步维艰。比如,建系至1948年为止,在有资料统计的年份中,招收学生只有88人,平均每年只招到9.8人。1949年新中国的成立,复旦历史学系开创了新篇章。自此,翻开我系系史,它经历了三次重大发展的历史机遇。

第一次发生在1952年的院系调整时。50年代初的这次重大的教育变革,是中国现代教育史上的一件大事。此次院系调整,使复旦大学的文理诸系综合实力大为提升,跨上了前所未有的新台阶,历史学系尤甚,由于江浙与沪上多所大学的著名史家加盟,复旦历史学系顿成东南史学第一重镇。经过院系调整后的本系,其阵营可谓秀冠群伦,在中国史方面,有陈守实、周予同、谭其骧、胡厚宣、马长寿、蔡尚思等;在世界史方面,有周谷城、耿淡如、王造时、陈仁炳、朱溦、章巽、田汝康、程博洪等,还有当时已脱颖而出的中青年史家,如张荫桐、胡绳武、赵人龙、金冲及等。在院系调整的基础上,经过50年代到60年代中期的锐意进取和开拓创新,全系在教学体制、专业建设、人才培养、学术研究和教材编写等各个方面,无不做出了带有奠基性意义的成就,为以后历史学系的发展打下了牢固的基础。

这一时期的成就,有两个方面更为显著:

一是逐步形成一支高水平且具有特色的教师队伍,历史学系人才辈出,史学大家纷呈,闪耀在那时史坛上。20世纪50年代我们的前辈所奠定的基业以及学术专长,如陈守实的中国土地制度史研究,周予同的中国经学史研究,耿淡如的西方史学史研究,周谷城的世界古代史研究,蔡尚思的中国思想文化史研究,谭其骧的中国历史地理研究,胡厚宣的甲骨文研究,杨宽的先秦史研究,章巽的中西交通史研究,田汝康的中外关系史研究,程博洪的拉丁美洲史研究等,实为当时中国史学界之高峰,大多成了历史学系日后继承发展之所在。

二是培养与形成了一种优良的学风。史家之刻苦、严谨,为的是求真,此乃史家要务也。我系前辈们一丝不苟、刻苦勤奋的精神为我们树立了榜样，而从20世纪60年代初强调的"三基"（基本理论、基本知识、基本技能）到当今的通识教育，学生们受到严格的史学训练，这就为历史学系毕业生日后从事各项工作打下了坚实的基础。

第二次发生在1978年党的十一届三中全会以后，拨乱反正，改革开放，迎来了科学的春天，也迎来了历史科学的春天，作为"文革"重灾区的复旦历史学系尤然。度尽劫波，所幸老成未尽凋谢，老而弥坚，大有作为。后继者乘势而上，踔厉奋发，硕果累累。

21世纪伊始，复旦大学迎来了新的发展机遇期，也给复旦历史学系带来了第三次重大发展。是时，国内外大环境为校、系腾飞创造了有利的条件，提出了在教育战线建设具有中国特色世界一流大学的宏远目标，国家级投资教育重大工程的启动，如"211""985"，都有力地促进了高等教育事业的大发展。复旦历史学系借助"外力"，修炼"内功"，在教学科研等各个方面都取得了新的长足的进步，在继承传统中又有了创新。

阅尽百年风云骤。复旦历史学系经历的这三次重大的发展，首次奠定了历史学系的基业，复次使历史学系壮大，再次迈开了新的步伐，虽历尽坎坷而坚韧不拔，汇为正大气象，以增复旦之荣光，更添史学之辉煌。

二、历史传统　学术精神

先贤创业，业绩昭然，成就百年辉煌，究其核心，主要是为后人留下了最宝贵的历史传统和学术精神，在当下迫切需要发扬光大，使之薪火相传。先贤给我们留下了什么？笔者综合诸家之睿见，试归纳为以下几个方面。

其一，首先要特别指出的是，强烈的爱国主义精神。这种强烈的爱国主义精神，从周予同与周谷城参加五四运动"火烧赵家楼"，经抗战"孤岛"上海时耿淡如与蔡尚思痛斥日寇与日伪，再到田汝康等新中国成立时在东南亚砂拉越地区第一个升起了五星红旗、后归国在我系任教等,他们的一言一行,为后来者做出了榜样。

唯其如此,我系先贤们的爱国主义精神,才成了激励历史学系师生不断奋进,不断求得学术上发展的动力和精神遗产,始终抱着报国的宏大志向,在立德立言中发挥自己的才华。先贤们教书育人,从事学术研究,为中国的文化建设尽职尽力,在阴晴不定,即便是惊涛骇浪时,对祖国的未来依然充满信心。肩负时代的使命,担当民族和国家振兴的重任,这种精神都深深地铭刻在历史学系晚辈的心坎上。

其二,"博大精深"的学术传统。

复旦历史学系"博大精深"的传统,是通过"通专并举"的教学体系来实现的。20世纪30年代,本系"通专并举"的教育理念已初立,此后渐成制度。80年代初周谷城提出的办系建议仍是"通"与"专"的兼顾,直至当前实施通才的"通识课程"等举措。"通专并举"的教学体系,成了践行"博大精深"传统的支撑点,由于这一方针的贯彻,历史学系造就了一批"通专兼具"的专业人才,给国家输送了不少栋梁之材。

其三,彰显独特的学术个性。

在复旦大学,历史学系的老教授们所彰显的独特个性永远是校园内的一道道风景,已出版的《复旦名师剪影》中多有描绘。在这里,要注重的不是流传的逸事、出彩的风姿,而是他们的学术专长,前已有所述,在新时期渐已出现新一代的具有个性和专长的学术人才,如金重远的法国史、朱维铮的中国思想文化史等,我系成了专才的荟萃之地,不愧为各自研究领域中的"奥林帕斯山上的宙斯"。

为了彰显独特的学术个性,需要"兼容各家"的胸怀与气魄。在这里,老一辈也为晚辈做出了榜样。比如,院系调整后周谷城与耿淡如同在世界古代史教研室工作,两人各有所长,相互合作,足足共事了25年,也和谐相处了25年。这不只是个案,其后谭其骧主持编绘的传世名作《中国历史地图集》,更是"兼容各家"、合作精神的范例。在这项重大学术工程中,面临着周期长、人员多,参加者学风有别,个性各异,倘没有一种"兼容各家"、和谐合作的精神,那这部巨著的完成确是难以想象的。此后这种精神,薪火相传,始终坚守,在中国新时期历史学系所出的重大成果中,也不可胜数。

其四,以学问为生命的真精神。

"博学而笃志,切问而近思",这是复旦的校训,也是复旦历史学系系训。本系百年来所取得的每一项成果确是属于那些矢志不渝、终身为历史学发展而献身的人,这里仅举一个范例,稍释题旨,说的是:复旦历史学系自院系调整后,便逐步形成重视中外史学史的传统,当时相继主持系政的"两周"(周予同与周谷城),都十分重视史学史,强调史学史是文化史的核心成分,史学专业应该同时设置中国史学史、西方史学史两门主课,以及与之相辅相成的教材。经过多年政治运动的扰攘,到20世纪60年代初,两门史学史同时讲授,才在复旦历史学系变成现实。中国史学史方面,由陈守实率先开设,"文革"后谭其骧重主系政,高度重视史学史课程建设,决定由朱维铮接续主讲中国史学史,并多次与朱讨论中国史学史该怎么讲,不由让那时刚过不惑之年的朱维铮感喟:"凡此,均使我感知前辈史学大师以学问为生命的真精神!"显然,这一精神在历史学系也是代代相传的。

三、探寻一流路　始终进行时

山河温润,催人奋进。百年风华正青春,历史学人很复旦。

在新时代,在"两个一百年"奋斗目标的历史交汇点上,我校吹响了全面开展中国特色顶尖大学建设新征程的集结号,每一位复旦人都是奋斗者、追梦人,历史学人,不驰于空想,不骛于虚声,乘势而上,传承百年风范,坚守立德树人,推动历史学科的高质量发展,努力打造世界一流且具有中国特色的历史学学科体系、学术体系和话语体系。

且看：晚近以来，历史学人不辱使命，在学科建设、学术研究、师资队伍、人才培养、国际交流等方面都取得了新的进展。历史学科纳入学校和教育部"双一流"建设计划；历史学入选拔尖学生培养计划 2.0 基地；中国史在全国第四轮一级学科评估中，获得 A+；在全国和上海市，荣获多项优秀教学成果奖，多项学术论著优秀成果奖等，不胜枚举。历史学系的斐然业绩，泽被九州，光耀瀛寰，为"第一个复旦"建设交出了历史学人出色的答卷。

历史告诉我们，人类历史，古今上下，绵延不绝，世代相继，生生不息，但总是在过去、现在和未来这三个世界里度过的。我们与往昔相伴，与现实为伍，希望就在前方，路虽远，行则必至；业虽难，干则亦旺。追寻先贤的足印再出发，探寻一流路，始终进行时。

"欲知大道，必先为史。""切问书古今，笃志写春秋"文题之旨趣与先贤之语相契合。华章新塑与盛世合奏，经典书写与时代连接，复旦历史学人以涓涓细流汇成推动中国历史学发展的洪流，向中国特色世界顶尖大学、向世界一流历史学科，劈波斩浪，一往无前！

作者附记：本文在写作过程中，参考了复旦大学历史学系建系七十五周年编的《笃志集》、八十周年编的《切问集》、九十五周年编的《曦园星光　史苑流芳》之"代序"、专文、"编序"和"前言"（分别由邹振环、朱维铮、张广智执笔），特此说明，并致谢忱。

2023 年 5 月

从 100 号到光华楼
——复旦大学历史学系的师生、光亮与卿云

1925 年，复旦大学历史学系建系，至今已近百年。百年中，历史学系办公楼几度迁徙，它映照时代的变幻，显示我系的兴衰。据校史专家"读史老张"考证，20 世纪 30 年代初，为迎接我校 30 周年校庆，校方拟建行政楼，但苦于资金不足，校董会决定发行公债，筹款建楼。1933 年，复旦正式向社会发行公债，年息 1 分，5 年还清，此举开我国大学发行公债之先河，募得 4 万元，建成一幢大楼，以复旦创始人马相伯的名字命名为"相伯堂"。自此，先贤光耀，"博学而笃志，切问而近思"的校训，激励每一个复旦人，更使每一个历史系学人奋发。1949 年后，我校老校舍以数字重新命名，"相伯堂"的代号是 100 号。1959 年，当我入学复旦大学历史系时，100 号已是历史学系的办公楼了。

一、100 号里的师生

复旦 100 号，与我有一段很长的牵系。

我读本科时，走进 100 号内，常会与历史学系"四老"（陈守实、周予同、耿淡如、周谷城）邂逅，与"两公"（蔡尚思、谭其骧）相遇。要是逢到每月 5 号教职员工发工资日，群贤毕至，互道问安，热闹非凡，尤其印象深刻的是，谷老（周谷城）身穿西服，佩戴领带，皮鞋擦得锃锃亮，用他那浓重的湖南口音，不时与众人交谈。倘这天

中午,你在国权路上的来喜饭店,也许会见到周先生的身影。

读研究生时,我充当耿淡如师的助教,为协助耿师编选《西方史学史译丛》,我常去100号世界古代中世纪史教研室,在那里,十之八九会见到谷老与耿师在悉心交谈编写《世界史学史》的讲义提纲。

"文革"爆发,我的研究生学业就此中辍,"四老""两公"也都关进了"牛棚",待等老先生们放出来后,我们在校研究生都按你从哪里来就去哪里的方案各奔东西。1978年春日,待我重回母校母系100号报到时,那逝去的荒芜的十年轶事,犹如白头宫女忆"天宝遗事"。

"文革"后,我们很快地迎来了20世纪80年代初那个激情澎湃的岁月,其情景正如西欧文艺复兴时代广泛流行的一首诗所吟:"青春多美丽,时序若飞驰。前程未可量,奋发而为之。"

此时,100号的老师们正青春,老先生们也老当益壮。我重回母系,重操旧业,自当格外努力。我所在的世界史教研室设在100号的二楼北端,坐在我对面的1977级留校青年教师顾云深,经常与我探讨学术,交流心得。他还是个"书迷",我不时从他那里获得信息和新知。其时,同系的老师们大多住在校外,一般都在学校食堂吃午餐,相互求教的机会甚多。比如,我在80年代初发表在《历史研究》上的论文《略论伏尔泰的史学家地位》,成稿过程中,尤其是要重拾法文史料,曾屡屡请教金重远老师。十年荒废,不要说第二外语(法语)全忘了,就是第一外语(英语)也忘得差不多了,需要花九牛二虎之力才能恢复。要把失去的时间找回来,谈何容易。事实上,面对求知若渴、思想解放的时代潮流,百业待举,一切都得从头开始,一切都得"奋发而为之"!

二、文科楼内的光亮

1987年,邯郸校区正门对面的文科大楼落成,遂成了文科各系的

"大本营",也成了当时学界学术交流的桥梁,只见一楼大厅两侧的布告栏上,贴满了海报且不断地更新着。

历史学系亦然,吾系素来重视对外的学术文化交流,走出去,请进来,煞是频繁,这自然成了新旧世纪交替时期的工作重点和亮点,它有力地鼓舞和促进了历史学系的教研工作。这光亮从何而来?从四面八方。

光亮从京城来。京沪交通畅,学术交流旺。南下的北京学人相继来我系传经送宝,兹略举一二。

一是何兆武先生。凡从业西方史哲的学人,无一不知晓何先生,无一不读过他的译作,比如柯林武德的《历史的观念》、罗素的《西方哲学史》等译著,都是我们的案头书。何老于中国学术贡献的闪光点是他对西方历史哲学的研究。自21世纪以来,他发表了一系列探讨西方历史哲学的经典之作,篇篇有创意,字字如珠玑,在细微处见精深,在平实中藏宏论,无疑是这一领域中的"奥林帕斯山上的宙斯"。新世纪伊始,他出访我校外文系和我系,我收藏何先生与我在文科楼九楼历史系会议室的几张合影,常拿出来摩挲良久,难以释怀。

二是齐世荣先生。2002年,当代中国世界史学科泰斗齐世荣先生南行,在我系讲学,时逢他的代表作《齐世荣史学文集》出版之时。前辈学者的学术精神深深地影响着我们,齐老在世界近现代史、国际关系史、西方史学史等方面的成就令人钦佩,推动了我系世界现代史和西方史学史的学科建设。先生特地叮嘱我两点,一是要培养接班人,二是要组成一支有力的团队。我遵之践行,收获丰矣。

光亮从宝岛来。1998年6月,台湾台中市中兴大学举办"海峡两岸史学史学术研讨会",我曾与瞿林东等京、杭学者应邀与会,会议开得十分成功,为两岸史界人士交流开通了渠道,被后人称之为"破冰之旅"。此后,两岸史界人士往来不断,给我印象深的是,逯耀东先生率其门生一行来我系访问时,主席台上嘉宾一字排开,系主任逐一介绍,他们都是台湾史界的佼佼者。自此,我与同一专业方向的周樑楷相识，他对我从事当时在大陆刚兴起的影视史学研究多有帮助，小书《影视史学》由台湾扬智出版社出版，在学界引起了一点涟漪。

这之后，就有王汎森院士在我系作系列学术演讲，一时声振九州。从中，他与朱维铮先生、年轻一代学者张仲民教授和我都结成了浓浓的学术情缘。

光亮从域外来。2002年春日，美国历史学家伊格尔斯来我系作学术演讲，系电教室人头攒动，门口也站满了听众，陪他同来的华裔美籍历史学家王晴佳教授任口译，自然是十分流畅。其时我主著的《西方史学史》刚出版不久，听讲者不少是我课堂上的学子，在学术讨论的互动环节中，记得周兵同学与伊格尔斯就现代西方史学用英语作了精彩的对话，后生可畏也。

两年后，即2004年4月8日，美国历史学家海登·怀特出席我系主办的第九届"中华文明的二十一世纪新意义"大型国际学术研讨会。初识闻名世界的这位西儒，只见他金发疏落有致，颀长的身材，轩逸而倜傥，蓝眼睛尤显得炯炯有神，一只耳朵的耳钉闪闪发光。不过更闪闪发光的是他的学术文化思想，即后现代主义的理论，他因此被学界称为"后学教父"。他为大会首讲的主旨报告《西方史学的形而上学》，为复旦学子作同一主题的学生版，我都作陪聆听，两个版本各有千秋，精彩纷呈，获得了与会代表、复旦师生们的热烈欢迎，迄今仍难以忘却。

三、光华楼上的卿云

2005年，为庆贺复旦百年校庆，高耸云天的光华楼在邯郸校区东侧拔地而起，并成了现今的复旦新地标，于是文科各系，文史哲优先，纷纷入驻大楼。我系也于2006年暑假从文科楼搬迁到这里，尽览新世纪发展之光华。

的确如此，与文科楼时代相比，这里的教研条件又有了长足的进步，比如教师的办公室，正教授独用一间，房内配置一应齐全，连寒暑假期，室内都有晃动的人影，不熄的灯光。历史学系拥有两大间会议室，皆配有现代化的音响设备，显示出教学和学术会议的两栖功能。自 2006 年搬迁到光华楼，大约有 8 年时间，我为硕士、博士研究生开设"西方史学史专题研究""世界上古中古史专题研究"等必修与选修课程，采兰克式的习密那尔（seminar，专题讨论班）进行教学，因教辅优良都取得了很好的教学效果。

我还得益于资料室。我校各系都配备资料室，文科尤重，对于历史学系而言，更是重中之重了，因为历史研究离不开丰赡的资料，舍此则一事无成矣。光华楼时代的系资料室，真是今非昔比了，不仅扩容，而且收藏丰富，中外文书籍、各种学术杂志，借阅、查找都十分方便，学生带着手提式电脑，在这里静心做功课，坐得满满的。尤其还有中外名士捐赠的珍贵书籍，特辟专间收藏，供需要者借阅。

复旦历史学系，光华楼上卿云飘，百年名校更璀璨。且看：晚近以来，历史学系学人不辱使命，在学科建设、学术研究、师资队伍、人才培养、国际交流等方面都取得了新的进展。历史学科纳入学校和教育部"双一流"建设计划；历史学入选拔尖学生培养计划 2.0 基地；中国史在全国第四轮一级学科评估中，获得 A+；在全国和上海市，荣获多项优秀教学成果奖，多项优秀学术论著成果奖，不胜枚举，其业绩斐然，为实现周谷老前辈们把复旦历史学系办成"东方牛津"，即办成具有中国特色的世界一流历史学系而迈出了坚实的步伐。

回望历史学系的百年史，从 100 号、文科楼再到光华楼，历史学人，不驰于空想，不骛于虚声，奋勇而上，犹如登楼梯，其迁徙的足迹，步步向前，为历史学系的第二个百年而努力奋斗。

（原载《解放日报·朝花》2024 年 1 月 11 日）

我们从这里出发

——复旦老教学楼的岁月

辛丑冬日，时已"二九"，但太阳照在身上，暖洋洋的，似若春天。我在校园内正沿着望道路西行，至无名路右拐，行十余步，即见一幢教学大楼呈现在眼前，这是我大学读书时上课的地方。掐指算来，她与我总是形影相随，已结下了一个甲子的情缘。此刻，我站在她面前，回想起昔时这里的人，这里的事，这里的风声雨声，总是难以忘却。

且把时空定格在这里，从三楼1239教室里传来了大音："一个怪影（现译为"幽灵"）在欧洲游荡——共产主义的怪影。"（1959年人民出版社中译本）这是《共产党宣言》正文开首的句子，其声铿锵，其音洪亮，穿越了111年的时空隧道，在这座教学大楼里游荡，响彻东方。

1959年9月，我就读于复旦大学历史学系，吾系在为一年级新生开设的课程中，有一门叫"马列主义基础课"，任课的袁老师用深入浅出的语言，为我们系统讲解马克思和恩格斯合写的经典著作《共产党宣言》，阐述了人类社会的发展是有规律的，而共产主义社会是人类的最高理想，这些话语在我们面前展示了一个全新的世界，深深地蕴藏在1959级历史学系学生的心坎里。

复旦大学得20世纪50年代初的院系调整之益，调进了不少各地大学的精英，开始步入百年复旦校史上的"第一次腾飞时期"，昔时简公堂和子彬院实在容纳不了日益增加的学生上课，于是在1953年年末新建了这幢教学大楼，之后继续东扩，于1957年前后，新图书馆与另一座教学大楼落成,时人按建造两座教学楼时间的先后,称前者为"老教学大楼"(现称之为第一教学楼),后者为"新教学大楼"(现称之为"第二教学楼")。

这座老教学楼,好比一个"老母亲",她始终哺育与陪伴着我们。当时历史学系,也因为院系调整得福,集聚各地英才,名教授云集,阵营十分强大,擢居为国内史学重镇。且看:在这座楼的门口、过道和教员休息室里不时会遇见"历史系四老"——陈守实、周予同、耿淡如、周谷城以及谭其骧、蔡尚思、王造时、陈仁炳、田汝康先生等,还可以见到当时已脱颖而出的中青年史家,如程博洪、张荫桐、胡绳武、金冲及等身影,他们为我们开设基础课,也开设专门化课程。先生们上课各具特点,精彩纷呈。举一显例,大名鼎鼎的周谷城先生为我们讲授基础课"世界古代史·导论",只见他西装革履,戴着金丝边眼镜,显示了大牌教授的风度。他上课,一节课小半部分读旧日的讲稿,大半部分开"无轨电车",天南地北,海阔天高,侃侃而谈,尤其讲到他当年与毛主席的交往时,甚为得意,而我们都竖起耳朵听,大呼过瘾。他着力培养年轻教师,接他讲"世界古代史"正课的是初执教鞭的李老师。一天,周先生悄悄地进了1239教室,一声不响地在课堂中"巡视",还不时止步,翻看学生的课堂笔记,此时,那金丝边眼镜,一只镜架挂在耳朵上,另一只在眼前晃动着,吓得那年轻教师满脸绯红,言辞木讷。前些日子在系里碰到已近鲐背之年的李老师,回忆起在老教学楼授课时的往事,笑得我们前仰后合。就这样,五年来,在这里不仅是上课,还不时听到专家学者的精彩讲演、校庆学术报告会的激烈争论、各类文娱晚会的动人歌声,但也见识了音调未定的时代杂音。

1964年7月,大学毕业后,我考取了吾系耿淡如先生的研究生,专攻西方史学史,于是摇身一变,竟也成了耿师的"助教"。我的"助教"工作有几项:为学生作课外辅导、为耿师编译的教学参考资料助力、为此时先生正在翻译的商务印书馆约稿的古奇名著《十九世纪历史学与历史学家》校核。先生最后一次为本科生上课,因我系师生参加当时的"四清运动",打乱了原先的教学计划,这"最后一次"竟然是从1965年12月15日开课,上海已入冬了。每逢上课的日子,一大早,他就从申城西南天平路家出发,换乘几辆公交车,赶往东北角的学校上基础课"外国史学史",早早地来到二楼教员休息室休息。因年初他重病开刀,原来孱弱的身体较前更为虚弱了,坐定后便不断地咳嗽,歇息后便与我说起了"闲话",继而又咳嗽不止,看了真叫人心痛,此时我真想说:"先生歇歇,我来替你上吧!"这显然不可能,因为当时我还是个研究生,水平也不够,何况那时全校还没有研究生为本科生上基础课的先例。先生抱病授课,仍坚守在教学岗位上,却从不说一声苦。课后去教员休息室稍作休息后,我扶着他老人家,一步一个台阶下楼,出校门等公交车,一上车即有人让座,我目送着汽车向前开去……

岁月荏苒,转瞬之间,已到了中国新时期。改革开放,历史科学迎来了春天,我也成了历史学系的一名教师,正式走上讲台,为学生上课,在老教学楼的各处留下了我的足印。胸前别着的校徽中毛式繁体字"復旦大學"四个字,熠熠闪光,时刻提醒我作为一个人民教师,尤其是高校教师的使命担当。

在春风里,学习为先。十年荒废,重操旧业,急需补课。子曰:"温故而知新,可以为师矣。""温故"以求有新领悟,"知新"应汲取新知识。与此同时,我谨向历尽劫波、重新焕发青春活力的西方史学史前辈吴于廑、张芝联、谭英华、郭圣铭等老先生们学习,也就近虚心向同仁学习,如我系朱维铮兄领先为本系1977级学生开设"中国史学史",我去1234教室听课,他的讲稿已写就(但从不念稿子),教学大纲非凡,尤其是他的思辨才能与口才俱佳,选课学生佩服之至,值得我在积极准备开设的"西方史学史"一课学习借鉴。在此略说其后,他从老教学大楼出发,走出复旦,走向全国,走向世界,成了享誉海内外治中国史学史的大家。

在春风里,接续前行。我于1982年上半年为本系1978级、1979级学生开设"西方史学史"(当时还称"外国史学史",是选修课)。

为此，我做足了功课，费了九牛二虎之力，"温故"以继承，尽量说"新知"，把这几年的科研成果与学习心得运用于教学，一学期课下来，疲惫不堪，但自感对得起先师，也对得起选这门课的学生。最近读到"读史老张"（真名张国伟，复旦历史系78级学生）的大作《那些年，他们还不是教授》，其文以他自己当年的日记为史料，记叙不少中年教师上课时的风采，除朱维铮、沈渭滨等外，鄙人亦忝列其中，这或许是当时选课学生对我"首秀"的褒扬。

在春风里，播种耕耘。初上不久后，"外国史学史"便易名为"西方史学史"，与"中国史学史"成为历史学系学生的必修基础课。我在为他们上课时，努力为每个学生的史学专业打好基础，也留意发现与培养有志于西方史学史研究的苗子，这不由让我记起15年前我的学生周兵在荷兰留学时寄给我的生日贺卡，贺卡说："您播下的每一粒种子，都会生根、开花、结果，在金秋迎来收获。"诚然，后来他随我攻读博士研究生，毕业后留系，如今已是小有名气的西方史学史尤其是新文化史专家了。

当下，飞速转动的时代车轮，把复旦推向建设世界一流大学的快车道，就校本部（邯郸校区）的基建而言，教学楼就扩至六座，新建的复旦第五教学楼和第六教学楼（在邯郸路南、文科大楼后），以现代精良的教学设备迎来了全国各地的莘莘学子。有一天，我去财务处办事，处长室的门正对着二楼过道，恰恰是当年耿师课间休息的教员休息室。"你说的老教学楼，现在鸟枪换炮了。"余青处长如是说。我给她讲了当年在这里受教及助耿师上课的往事，她听后叹道："要是那时有个电梯就不用老先生费大力气走上走下了。"说毕，余青即带我去电梯间，楼高三层，上下试乘了一下，迅速而又平稳。老教学楼经过整修，不仅"鸟枪换炮"，而功能亦易，现已成为学校财务处、教务处、研究生院的办公地，成了全校师生员工出入最为频繁的地方。

时光飞逝，老教学楼留下了岁月的印痕，从中映见了时代的演变和社会的进步，也是铸就一代代复旦人的佐证。她从1953年出世，近 70 岁了，已快入"古稀"之龄了，但这老教学楼"老"了吗？没有，"历尽千帆，归来仍是少年"。我在三楼近观天井里的水杉、枫杨，我们当年见到的小树，已参入蓝天；从楼外远观墙沿外的水杉、枫杨，正傲然屹立。水杉啊，枫杨啊，历近 70 年的风风雨雨，什么都知道，但却相互照应，共生共荣，杉不以笔直娟秀而骄，杨不以结实挺拔而傲，但却"欲与天公试比高"。让水杉采一片绚丽的卿云，让枫杨揣一缕灿烂的霞光，与百年复旦，永驻青春。

（原载《解放日报·朝花》2022 年 4 月 14 日，刊发时易名为"这座老教学楼老了吗？"）

复旦历史学系世界史的先生们

我自1959年9月入学复旦历史学系以来,就专业而言,接触更多的是系里的世界史老师。大学本科时,深受我系史学前辈、世界史泰斗耿淡如和周谷城两位先生的影响,在1964年报考研究生时,根据个人的旨趣,选择了耿师。此外,给我们讲授"世界古代史"的李春元,"世界中世纪史"的陶松云、黄瑞章,"世界近代史"的程博洪,"世界现代史"的庄锡昌、靳文翰,开选修课的陈仁炳、田汝康、王造时等老师,他们以因材施教的个性择才,以乐教爱生的共性育才,融汇成甘于牺牲的园丁精神,在我们求学的道路上留下了不泯的印记。

首先要写的是庄锡昌先生。庄先生是我们1959级的"世界现代史"一课的业师,他为我们开课日,正是风华正茂时。他讲课条理清晰,分析独到,凡是遇到有争议的历史节点,比如俄国十月革命、二战爆发等,总是不厌其烦地分析。他十分重视学生的课外习作,每文必看,并作评论。记得我写的《略论第二战场》,写的是二战晚期英美为何要一再拖延第二战场的开辟,由于史料充足,竟写了近两万字的长文,得到了先生的好评。

1963年10月26日,时任中宣部副部长周扬在中国科学院哲学社会科学学部委员会第四次扩大会议上作了题为"哲学社会科学工作者的战斗任务"的报告,一时声振九州,各地高校群起响应。根据校系的布置,决定在历史学系大学五年级(当时学制为五年)学生中挑选10名学生,形成一个"战斗组",以1953—1963年十年间的苏联和美国的外交关系为题,作史学研究,为现实服务,系领导委派庄锡昌先生为指导教师。我有幸忝列这10人战斗组,在实践中,使我科研水平大有提高,为日后从事世界史教研工作打下了基础。

20世纪80年代初兴起了"文化热",周谷老领衔主持"世界文化史丛书",庄先生和顾晓鸣、顾云深两位年轻教师具体操作,编辑部也向我组稿,商定以"史学,文化中的文化:文化视野中的西方史学"为名,我与胞弟张广勇合作,奋力写就。该书出版后,得到了学术界的好评,领先于当时刚兴起的西方史学史。

我国新时期中,庄先生一直是个双肩挑的干部,他任过历史学系系主任、文博学院院长,后又擢升为学校副校长。工作再忙,也不忘他的世界文化史研究,也不忘系上的教研工作,比如他继续为研究生上课,还每年招收硕、博研究生。他实在忙不过来了,我就为老师分担,让学生们按期毕业。当下,他的弟子徐善伟、裔昭印、赵立行等均有成就,都是享誉国内的著名史学研究者了。

接下来要写的是程博洪先生。先生是国民党元老程潜之长子,但他从未自夸出身名门,很多人也不知道。他是我们"世界近代史"一课的业师。如今,我们1959级老同学聚会时,回忆起大学老师的课堂教学,一致为两门近代史的任课老师点赞,一是教我们"中国近代史"的金冲及先生,另一就是教我们"世界近代史"的程博洪先生。他上课时,随身携带一个小本子,但他从来不看,只是讲到兴致高时,用手拍拍这个小本子,意思是"我之所言,句句有据也"。这门课程给我一个突出的印象是,他讲近代欧洲的风云变幻,紧密结合同一时期的马恩经典著作,比如讲19世纪的法国史,就随时联系马克思的《1848年至1850年的法兰西阶级斗争》《路易·波拿巴的雾月十八日》《法兰西内战》等,既深化了这段历史,也加深了我们对这些经典名著的理解。

先生不只是讲授世界近代史的良师,而且也是研究拉丁美洲的著名专家。我系成立过拉丁美洲史研究室,由他领衔,曾经兴旺一时,阵容庞大,连耿师晚年也被拉入伍,为该室翻译了西班牙文的《格瓦拉日记》等。可惜的是,由于后继人才匮乏,这兴旺一时的拉丁美洲研究室也随先生逝去而式微了。

教我们"世界中世纪史"的是陶松云先生。1959年9月，在我们入学时的迎新会上，三位留学苏联列宁格勒大学的老师同我们见面，系主任首先介绍的是位女性，她就是陶先生。她为我们开设"世界中世纪史"这门课时，恰逢1958年教育革命的尾声，按要求我们年级同学分批去杨浦区各个厂矿、街道，搞什么城市人民公社，致使原有的教学计划被打乱了，先生甚为焦虑，我常听到她唉声叹气。她不断向系里反映无果，补课时尽量"加码"，但到头来我们三年的"世界通史"课，"世界中世纪史"这一段仍最为薄弱。先生是海归人才，精通苏俄史学，如此结果，非不为也，乃不能也。

与先生交往的"闺蜜"都劝她尽快成家立业，有好事者还帮她介绍对象，都被她婉拒了。她一直孤身一人，在中国"世界中世纪史"学术群内，被大家尊称为"大姐"。有一次，北京大学历史系资深教授、世界中世纪史权威马克垚先生来复旦出差，他邀我陪他顺便去看望有点怪僻的"大姐"，事前我们商量好如何言说。但事实恰恰相反，她非常热情地接待了我们，"大姐"与"马弟"聊起家常，似若亲人，这出乎马先生意料之外。事后马先生对我说："外界传言不实，陶大姐一点也不怪僻啊。"

平实而言，陶先生对我这个耿师弟子是十分看重的，凡我问及有关俄语及译作，她总是耐心地给我讲解。有一天，我登门求教，问及柯斯敏斯基的《中世纪史学史》一书的若干问题，她都一一回复。对学生也是这样，学生中学英语者多，俄语者少，一旦有学生学士论文选择苏俄方面的选题，她就兴奋之至，全力帮助学生写出好文章。就这样，松云先生终身未婚，毕生都献给了高教事业。

在大学本科时，田汝康先生为我们世界史专业的学生开设了"印度史"。先生是归国华侨，身在海外的他心系祖国，在新中国成立时，他是东南亚砂拉越地区第一个升起五星红旗的中国人，后于1950年归国。他曾获英国伦敦大学哲学博士学位，归国后任教于浙江大学人类学系，1952年院系调整后来到复旦，任历史学系教授。他的学术成就涉及社会学和历史学，论著甚丰，"复旦百年经典文库"田汝康卷收录了他的传世之作。

有一事不可遗忘：1962年2月，上海市为贯彻中央文科教材会议精神，召开外国史学史教材会议，会议决定由耿淡如先生主编《外国史学史》，由田汝康先生主持编译《现代西方史学流派文献》。可惜的是，中国第一部外国史学史教材因"文革"而中止；幸运的是，后者在1982年得以出版，田先生为中国的西方史学史学科建设立了一功。

在我读研究生时，田先生招的研究生多近毕业，是我的学长，从他们言谈中得知了先生的学问，佩服有加。同时，田先生也很关心和体贴他的学生，我在四川北路底润德坊安家，恰巧他的学生施一飞住在隔壁一条弄堂，一次施一飞病了，我曾亲眼看到田先生来一飞家看望他，随后我陪着先生去虹口公园乘公交车回家，令人叹之！

20世纪80年代，某日，我与蔡幼纹去高安路田府送田先生赴美探亲，记得当时我们还赠予一条苏州买来的织锦缎被面，他看了后十分愉快地收下了。此后经多年的沉寂，某天在校门口邂逅先生，交谈甚久，知他归国回故乡昆明长子家，安度晚年。

我经常对友人说起过，教我英语的两位老师对我的莫大影响。一位是教两年基础英语的任治稷老师，他认真负责、教学有方，比如课堂提问，总是根据某同学的专长，结果回答皆畅，师生共欢。我擅长长句分析，每到这时，总是唤我的名字，大多有一个满意的结果。有一趣事，印象特深，一次教到莎士比亚的哈姆雷特悲剧作品，任老师心血来潮了，此刻他一面挥舞着手臂，一面念着台词："To be or not to be, that is a question（生存还是死亡，这是一个问题）。"生动极了，而老师的长相也匹配王子，倘稍作化装，就与舞台上哈姆雷特的样子一样。经两年基础英语的熏陶，我们进步甚快，大三时读威尔斯的《世界史纲》英文版大多不成问题。后来我听说，他教过我们后，不久就去香港落户了，这样的英才，可惜复旦没留住。

另一是教我们专业英语的陈仁炳先生。说起陈氏，自然来头不小，他曾赴美留学，先后获得加利福尼亚大学硕士、密西根大学博士，曾有多部译作出版，大三教我们专业英语时，他大约50岁开外，但已显露出老态了，这与他曲折的经历有关。他英语自当出众，教材自编，皆英美伟人的演说、名人著作的片段，比如他精讲的《林肯葛底斯堡演说》，联系当年的时代背景，在我们面前栩栩如生地展现了这一历史情景，还要求我们把它背出来。为我们上这门课时，适值1961年前后，政治形势宽松，"双百"方针重申，他不时借机延伸，敢于放言，尤其是他回忆在美留学时的许多轶事，我们都聚精会神地听他讲。20年后，他又重上讲台，为1978级学生开设"世界史英文名著选读"，年老体衰的他，已无力即兴发挥、谈吐自如了，但他的舶来品皮鞋还是擦得锃锃亮，很令人注目。

陈先生的晚年生活，说不上舒适，这可从两次饭局中看出。一次，他上完课，在工会礼堂楼上的教工食堂（当时还没有旦苑等）用餐，我已吃完陪先生聊天，他确实饿了，先喝了一口汤，然后就大口扒饭，面前仅有一碗菠菜豆腐汤，汤上面飘着薄薄的一块肥肉，他夹起肥肉咬了一大口，连说："我不怕肥，好吃！"还有一次在润德坊我家，时逢节假日，他去润德坊邻近访友，我得知后便邀请他来寒舍做客，作为学生的我，自然要招待一下，午饭的菜单是：炒青菜，炒三丝，蹄髈汤，都是内子的拿手菜，也是20世纪80年代初拿得出手的待客食谱，他自然是胃口大开，吃得开心。饭毕，他叹道："我妻子在美国，而我还是全国五个不能摘帽的右派分子之一，这婚不离也得离啊。"后来听说，他真的与师母办完了离婚手续，他的女儿或自己或委托他人照顾老爸，这就是我们唯一听到并能给我们一丝光亮的陈仁炳先生的好消息。

（原载《文汇报·笔会》2024年3月10日）

简论耿淡如先生的学术贡献

耿淡如先生（1898—1975）扎根在中国现代学术的土壤上，观其一生，他"谦虚治学，谦虚做人"，"垂范学林，名满天下"，在国际关系史、世界中古史领域，尤其为西方史学史的奠基都做出了杰出的贡献。无论在当时，还是对后世都产生了持久而深远的学术影响，被学界公认为中国世界史学科的开创者之一，我国西方史学史学科的奠基人。

本文以先生学术人生之进程，对上述三个方面作出简论，望识者赐正。今年正值耿淡如先生逝世五十周年，又逢他首篇论文在《复旦学报》刊发89年之际，谨以此深切纪念与缅怀耿淡如先生。

一、国际关系史研究之成就

1932年5月，时年34岁的耿淡如，留美归来，风尘仆仆，全然无视这都市的景色，直奔母校，即被聘为复旦大学政治系教授，自此开启了任职复旦四十余年的教授生涯。翌年，他又被沪上的光华大学等多所高校聘为教授。

他在哈佛研究院专攻政治制度与政治历史，学成归国后开设政治学原理、欧洲外交史、国际公法、西洋通史等课程。与此同时，他学以致用，倾心对国际关系史展开了研究，成就斐然。据2000年耿氏门生及后人辑集的《耿淡如先生国际论文集》（上、下册），计有190余篇，近百万字，卓然自成一家，当时《外交评论》对其有评价：

"耿淡如先生研究国际关系，观察明确，别有见地。"（参见耿淡如：《太平洋委托治理地问题之另一观察》之"编者按"，《外交评论》1933年第5期）史海拾贝，倘以上书所辑录的7篇国际关系论文，从各篇中撷拾一段，稍作分析，上述《外交评论》对耿氏之评价，当是实至名归。

他在《美国对华政策之核心》（载《外交评论》1933年第6期）一文中指出："任何一国的外交政策，必基于其国家利益，此为一定的原则。国际间外交局势，虽云波诡谲，纵横捭阖，似不可捉摸；然分析其利害，权衡其轻重，亦可得其进展之途径。"作者开门见山，一语道破了美国对华政策之要害，是为了维护其"国家的利益"，这或许是解开当今纷繁复杂国际关系迷局之津逮。

他在《太平洋日本委托治理地之争端》（载《外交评论》1934年第1期）一文中指出："一九三一年九月十八日东北事变发生，正如晴天霹雳，和平理想因而烟消云散。日本露骨表示其蔑视条约上之义务，所谓《九国公约》《四国公约》《国联约章》《非战公约》视其废纸，猛力进行其侵略政策。"此文深刻揭露了日本帝国主义侵略之本质。

他在《太平洋公约问题》（载《新中华》1937年第14期）一文中指出："太平洋之局势，现已变为杌陧不安……不幸伦敦海约之墨汁未干，而太平洋之风云顿起。太平洋突然变为不太平之洋面，谁为厉阶，孰令致之？""诸公约被其（日本）一手捣毁……日本已显然不愿放弃其侵略的政策，又反对任何他国调解中日冲突的争端。"作者此文写于1937年6月25日，离中日战局全面爆发尚不足半月，远东局势非常紧张，靠太平洋公约之建议，不能"减低太平洋之险恶风波"，断不能阻止日本帝国主义吞并中国的狼子野心。倘联系上文（《太平洋日本委托治理地之争端》），先生于1944年被驻沪日本宪兵司令部关押与审讯，加害于他，就可见其因了。

他在《埃及反英运动之检讨》（载《东方杂志》1936年第1号）一文中指出："国家在沦亡之后，欲向帝国主义者用示威运动，争取独立,其势难若登天。因此,民族在危急存亡的时期,不得不用全力以维持其独立。若国家独立一旦失去后,而欲图恢复,却是不易的事件。"作者在这里揭示了一个真理:被压迫的民族,为了独立与自由,施舍如梦,乞求无用,唯有"不屈不挠,继续奋斗",这里所论的埃及反英运动是如此,其他遭受压迫的弱小民族也是如此。

他在《〈法意〉中所论之中国政制》(载《复旦学报》1936年第3期)一文中指出:"孟氏不忍国事之日趋于卑劣,人民之久陷于泥犁,然欲直言之而不可得,乃指桑骂槐,借东方政制以泄其忿恨抑郁之气耳。"孟德斯鸠之《法意》,乃孟氏名著,现通译为《论法的精神》。就其狭义上而言,此文当属政治思想而非国际关系,然其文之中法比较,广义上亦为后者所包含。且不管这些,这里一个有趣的问题是:同为18世纪法国启蒙时代思想家伏尔泰,与孟德斯鸠相反,对中国古老文明百般推崇,无限向往,"指桑赞槐",欲借中华文明之荣光,以映照法国专制政体之弊端。然殊途同归,孟氏对中国政治"骂"也好,伏氏对中华文化"赞"也罢,一褒一贬,都与两者的思想相联系,也为18世纪法国的启蒙运动和时代需要所牵引。

他在《美国中立法之回顾与前瞻》(载《东方杂志》1937年第5号)一文中指出:"总之,避免战争之最好方法,为协力阻止战事之发生。国际和平端赖国际间共同制止侵略国家之强暴行为。设美国拒绝与其他国家合作,阻止战争之发生,则美国虽有详密的中立法,亦依然在于不安全与危险的状态中。邻近房屋都是极易燃烧,而自己信赖其住所之不着火性质,而对于大火之爆发,不予以戢止,此亦属危险的事情。即使其住所果然不易着火,但居于周围火焰之空气中,亦难于忍受,势将起而参加救火的工作,可断言也。"作者以这个妙喻,生动且深刻地揭示了美国中立法之伪装,之虚言,真是入木三分。

他在《西欧公约问题》(载《新中华》1937年第9期)一文中指出:"所以西欧公约问题解决之前,再须有进一步的谈判。其实现之期,尚有待焉。不过欧洲之局势,系于该公约之能否成立,以欧洲之和平,系于德法之关系;而德法之关系,则又以西欧莱茵问题为枢纽;此为留心国际政治者所应注意之事实。"作者的史家底色,使其能明察秋毫,鞭辟人里地道出了未来欧洲政局变化之症结,这不仅为留心和研究国际政治者所关注,而且还更应为研究世界现代史者所关注。

由此再通览耿师关于国际关系与国际政治的其他文稿,在我看来,首先他是一位具有历史学家底色的国际关系史研究专家,有精湛的历史学,尤其是世界历史方面的素养,无论是东亚形势、欧美政局,还是西亚北非事端,论前瞻必先回顾,说现在务述往事,因此其文深入而不浮于表面,厚重而不肤浅,且文笔畅达,以此迥异于泛泛而论、言中无史的文章。

其次,他具有敏锐的眼光与独到的见解。这也归之于他的学术积累与知识储备。由他的这些篇什可知,先生熟谙西方学术名著,了解国际法,又关切天下大事,观察国际风云变幻,这从上述介绍的多篇论文中,笔者所摘引的段落中,确可观其真知灼见,字字珠玑。

此外,他于国际关系史研究的另一特色是写了大量的时论,仅从已辑录的《正言报》与《新闻报》初步统计就有 160 余篇,是关于 1946—1948 年间国际形势的评论文章(陈煜仪主编:《耿淡如先生国际论文集》,国际时论部分,1946—1948 年)。在耿师那里,时论(政论)即史论,值得后人从史学意义上汲取它的营养,这在当代西方史学中被称为"即时史",它不是研究"已完成的变化",而是研究"正在发生的变化"。马克思适时地将 1851 年 12 月至 1852 年 3 月这一时期发生的事件,写成了《路易·波拿巴的雾月十八日》这一名著,被恩格斯称之为"活生生的时事"。察耿氏对 1946—1948 年的国际上"正在发生的变化"进行研究,确是一部活的历史。

耿师关于国际关系史的研究,从 1933 年开始至 20 世纪 40 年代末。他在这一领域的研究工作,集中全力,足足耕耘了 15 年,取得了丰硕的成果,为 20 世纪 20 年代前后才开始进行的中国国际关系史研究,作出了卓越的贡献,无愧于后人"名满天下"的赞誉。时易人移,在 20 世纪 50 年代初,他随即在世界史的另一层面开创基业,这就是世界中古史。

二、世界中古史基业之进展

1949 年新中国的成立，不仅开启了中国历史的新进程，也开启了耿淡如先生的人生新篇章。一个从旧社会走过来的知识分子，痛感自己落后，跟不上时代前进的步伐，迫切需要改造自我，改造思想，这种"思想症候"成了当时"耿淡如们"的一种集体无意识。1951 年 8 月，他去苏州，在华东人民革命大学政治研究院学习，耿氏在此时写的《自传》中曰："在解放以后，我力求改造自我，努力工作。两年以来，通过马列主义的学习与新民主主义的教育，我的世界观与人生观，我的行动与思想，都已大大地变了。"对于来这里学习，他真诚地写道："能有学习机会，将可更进一步地改造自己，也可更忠实地服务人民了。"

是的。1952 年 1 月，他作别苏州，虎丘塔影化遗梦，寒山寺的钟声也成了一种遥远的回响。此刻，他怀揣着"努力工作"的迫切愿望，一心要"忠实地服务人民"，回到院系调整后的复旦历史学系，根据工作需要，专事世界中古史的教学与研究。自此，他在 20 世纪 50 年代为中国的世界史尤其是世界中古史基业的打造，做出了重大的贡献。

是时，中国现代史学发生了重大的变革，其中一个重要的变化是，从吸取西方资产阶级史学向引进苏联版马克思主义史学的转变。追溯历史，中国的马克思主义史学于 20 世纪 20 年代发端之际，受到了域外的而主要是苏俄史学的影响；随着中国马克思主义史学于 20 世纪 50 年代初进入勃发时期，苏联史学更是以迅猛之势传入中国，深刻地影响了新中国的史学发展。"以俄为师""向苏联学习"，这是 50 年代初国人的共同心理指向。就历史学界而言，也是如此。其时，大量的俄文历史著作（包括史学理论、俄苏历史、世界历史等方面）

移译成中文出版；苏联历史学家来华讲学，举办研究班，传播他们的学术观点；留苏学生归国后，在高校与研究机构中起中坚作用，如此等等。

我以为，在当时条件下，中国引进苏联史学，有其历史必然性，对人们学习马克思主义，推进新中国的史学建设和马克思主义史学的发展，无疑起到了积极的进步作用，对尚处在奠基阶段的中国世界史学科，也是如此。当然，对苏联史学要作具体分析，一概肯定全盘接受与全盘否定，都为我们所不取。一般说来，苏联史学的消极面在世界史方面要比本国史方面少，就前者言，古希腊罗马史、中世纪史和十月革命前俄国史的研究，苏联史家都贡献了许多有价值的著作，取得了令国际史学界所认可的成果，这就无怪乎苏联科学院主编的多卷本《世界通史》第一卷甫一问世，就得到了中国学者的广泛赞誉和高度评价。事实上，这也是苏联史学在某些领域（比如世界史）中领先，中国学人真诚服膺的心态的流露。对此，说它"邯郸学步"也好，仿效照搬也罢，依据那时中国的世界史研究的实情，无论如何都应当说是一个不错的选择。

为此，学习俄语在当时也成了一种时尚。就在50年代初，耿师以花甲之年，以一个年轻人的积极性，刻苦地自学俄语。在先生看来，从事世界史，要多学几门外语，倘仅为书面阅读着想，任何一门外语都可以自学。确是这样，通过自学，他很快地掌握了俄文，并在教学科研中迅即发挥了作用，为正在新兴的世界史学科助力。当然，因沉浸俄译而给他带来文风等方面的变化，这种隐匿的变化往往是消极的。在此，无须赘说。

总体说来，在中国的世界史学科中，以世界中古史最为薄弱。在整个50年代，先生为复旦历史学系世界中古史的基业，也为我国的世界中古史成长做了许多基础性的工作。

世界中古史的学科建设。其中最主要的是与黄瑞章共同译注《世界中世纪史原始资料选辑》（天津人民出版社1959年版）。本书包括关于世界中世纪史原始资料15篇，所有史料均从俄文中世纪史典籍中选译，各篇都有编译者的引言及附注，以说明中世纪西方封建社会中的若干重要问题，比如农奴制度、庄园经济、行会制度、农民起义、资产阶级形成等问题，系统地阅览，不仅书中史料可供教学与研究者引用，而且也可知晓编译者的学术眼光与学术观点。该书出版之前，已有书中的前9篇在当时《历史教学》上刊发，成书后，一时竟成了这一学科中人研究与教学上的"案头书"。

1957年，他除公开出版译著《世界近代史文献》（第二卷）外，还内部刊印译自苏联历史学家斯卡斯金编的《世界中世纪史参考书指南》（复旦大学历史系资料室藏本）。这是一本选材广泛、颇具实用价值的工具书，倘修订重印，也有益于当今的世界中古史研究。

世界中古史的教材建设。其中最主要的是编译《世界中古史》讲义。由中央人民政府高等教育部代印，1954年版，乃当时高校交流讲义。该书根据苏联最为权威的世界中世纪史专家，比如科斯敏斯基、斯卡斯金、谢缅诺夫等人关于世界中古史的相关论著编译，随处可见编译者的主体意识，而这种识见又充盈于耿氏写的各章内容提要中。全书分两个单元：公元5世纪至公元11世纪末，是为封建制的形成时期，此为第一单元；第二单元自公元11世纪末至15世纪末，这是封建制的发展时期。就其内容来看，所谓封建制的形成与发展，指的是西欧社会。然编者声明在先：世界中世纪史的东方部分，因系里另有亚洲史课程开设，本讲义略去，故它与"欧洲中心论"还不相联。在50年代前期特定的语境下，《世界中古史》作为由高教部代印的交流讲义，在当时历史学系世界史的教学中起到了相当积极的作用。直到1962年周一良、吴于廑主编的四卷本《世界通史》才推出。

需要指出的一点是，在由复旦大学历史学系重印的《世界中古史》书名后，另标出5—15世纪，在中古与近代断限上，与当时苏联学界流行的"17世纪英国资产阶级革命说"不同，讲义编者采15世纪末，这个思想，可以追溯到耿师在20世纪30年代编著出版的《高级中学外国史》（正中书局1936年版）之见，并与之相连接。

世界中古史的人才建设。考察50年代高校历史系，复旦历史学系世界中古史，老中青三代教师，中年的陶松云是留苏师从柯斯敏斯基的门生，青年黄瑞章是本系培养留校的俊彦，这种梯队是令人羡慕的。此外，耿师于 50 年代就开始招收世界中古史研究方向的研究生，带出了一批这一学科的传人，比如陈曦文（在首都师大历史系）、杨群章（在西南大学历史学系）、盛祖绳（在上海大学历史学系）等都各有成就。

还要补白的是，编者在搜集耿师关于世界中古史的材料时，竟意外地发现了由先生手绘的世界中古史教学地图 20 余幅，其手工之精细、临摹之逼真，着实令人叹为观止。

当代中国世界史研究泰斗齐世荣先生在 20 年前召开的"中国世界史研究论坛首届年会"上，曾列数 19 世纪末出生的世界史大师级专家：李泰棻（1896 年生）、陈翰笙（1897 年生）、沈刚伯（1897 年生）、刘崇鋐（1897 年生）、耿淡如（1898 年生）、周谷城（1898 年生）、周传儒（1900 年生）等（齐世荣：《攀登世界史研究的高峰》，《历史教学问题》2005 年第 3 期）。耿师为世界中古史打造基业，虽无引领潮流之壮言，也无震撼史坛之巨著，然默默付出，做出了在那个时代条件下所能做出的重大贡献。只有那些对历史唯物主义一知半解且"左"得"可爱"的人，才会无视我们的前辈创业时的艰辛，不屑先贤所做的点点滴滴。笔者在此之愚见，也适用于上文耿师关于国际关系史的研究、下文关于西方史学史的奠基。

三、西方史学史学科之奠基

自 20 世纪 50 年代初的院系调整后，复旦历史学系日渐形成了重视史学史的优良传统。然历经扰攘，至 60 年代初，才由陈守实先生开设"中国史学史"，耿淡如先生开设"外国史学史"，成为我系的主干课程。60 年代初，耿师致力于西方史学史，这一学术转向，从大环境而言与其时国内思想文化界的氛围相关，从具体工作而言，这也与我系学科建设的计划配合,他作为中国第一代世界史学科的前辈,为中国的西方史学史学科建设所做的奠基性工作不胜枚举,简言之,主要可以归纳为两大部分:西方史学理论与西方史学史,而这两者又是息息相关的。

第一,关于西方史学理论。史论结合,理论先行。这里略举一二,首先要说的是:1961年耿师发表了《什么是史学史?》(载《学术月刊》1961年第10期),此文一开篇就明确提出了"需要建设一个新的史学史体系"。全文以此为核心,就史学史的定义、对象和任务等做出了全面的论述。耿氏此文是1961年国内学界"史学史热"的产物,面世后又为"史学史热"推波助澜,大作从刊发至今已过去了60多年,但大音希声,历久弥新,今已成为学界公认的具有路标性的传世名篇,被《中国史学论文索引》、《20世纪中国学术文存》、《中国历史评论·重温经典》、《复旦百年经典文库》耿淡如卷等收录。历经一个甲子的检验,称《什么是史学史?》为我国的史学史上的"经典名篇",当是实至名归。这不由让我感叹,文不在多,一生有此一篇足矣。

耿师向我们传授的史学理论,皆与西方史家、流派与思潮相联系,从不虚言。比如,他借兰克的"如实直书"之名言说历史研究务必求实,一切要从原著出发,通过认真阅读原著,进行独立思考,做批判性研究。进言之,耿师在"左"的思潮盛行时,仍毅然确立了进行学术批判的"四项工作原则"(耿淡如:《资产阶级史学流派与批判问题》,《文汇报》1962年2月11日):选准批判对象、了解批判对象的时代背景、考察批判对象的史学环境、认真研究批判对象的代表作,还"批判"以原来的含义,绝不能简单地扣上"反动"的帽子了事,那是与"务必求实"的历史研究原则不相容的。

在这方面,我们在西方史学理论知识的莽原里,可以发现一些"耿氏品牌"的特色,列举于兹:

(1)史家类型。耿师把西方史家分成若干类型。他有四分法为:历史思想家或历史哲学家,如圣·奥古斯丁、维科、黑格尔等;历史著作家或历史编纂家,如修昔底德、塔西陀、吉本、兰克等,这是大量的；历史文学家，如希罗多德、马考莱、卡莱尔等；历史编辑家，如主编《德意志史料集成》的佩尔兹、魏芝等。此外还有两分法为：如"书本史家"与"实践史家"、"学院史家"与"政客史家"等。

（2）史家作风。"历史是法院还是戏院？历史学家是绘图家还是摄影师？"在是与否回答的过程中，透露出来的分明是一位历史学家的史学观（耿淡如：《西方资产阶级史家的传统作风》，《文汇报》1962年6月14日）。在此需要说明的一点是，在当时"左倾"思潮的氛围下，史家的阶级属性是必须强调的，于是耿氏两文说的"史家类型"或"史家作风"都冠以"资产阶级"，这都是可以理解的。

（3）"钟摆现象"。他说道，近世以来西方史学或偏于论证或偏于叙述，以文艺复兴时代的政治修辞派与博学派、19世纪法国的政治学派与德国的兰克学派等为例，"像钟摆那样回荡着，摆来摆去"。

第二，关于西方史学史。从60年代初至"文革"前的五六年间，耿师于此竭尽心力，全力以赴，时间短暂，但成就出众。他在筹划西方史学史课程的史学实践中，有过不少设想和尝试，蕴含有真知灼见，泽被后学。比如他在《什么是史学史？》一文中早就提出："史学史也和历史一样可以分为国别史学史或断代史学史，也可综合地去研究，作为世界史学通史。"后来我主编《西方史学通史》时（复旦大学出版社2011年版），在"总序"中说道："实际上，编纂《西方史学通史》的源头可以追溯到1961年耿淡如师在《什么是史学史？》一文中所表述的理念。师言世界史学通史之愿望，虽相隔半个世纪，但仿佛离我们并不遥远，如今正由他的学生和再传弟子们合力来实现。"诚然，西方史学毕竟是"世界史学通史"的一部分（也许是主要部分），但在贯彻"通史"的旨趣上，两者并无二致，而耿师的"综合地研究"也不可遗忘，这是二者共同的方法论上的诉求。

又比如，耿师编译的《西方史学史文献摘编》，原本是为学生讲授"西方史学史"一课时，发给学生作为课后的参考资料，但可以看得出他有意为编纂西方史学史做前期准备工作，且看这本书的目录就可知一二：

一、关于修昔底德的《伯罗奔尼撒战争史》
二、关于李维的《罗马史》
三、关于圣奥古斯丁的著作与历史概念
四、关于伊本·卡尔顿的生活与著作
五、关于马基雅弗里的政治思想与历史著作
六、关于维科的《新科学》
七、关于伏尔泰的历史家地位
八、关于兰克的历史家地位
九、关于斯本格勒的文化形态学
十、关于克罗齐的历史概念
十一、关于汤因比的历史哲学

从希腊罗马时的古典史学起，经中世纪神学，至近世文艺复兴史学、理性主义史学到兰克学派，止于20世纪的文化形态学，稍知西方史学史的人就可以发现，这分明是一册《西方史学史简本》的雏形。在此，或许有人问，西方史学史为何不从"西方史学之父"希罗多德开始？西方史界权威认为，与希罗多德同时代的修昔底德是"人类最伟大的历史学家"，笃信"如实直书"者，自然崇奉修昔底德，而被西塞罗称之为"谎言之父"的希罗多德，只能被他列在"历史文学家"栏目中，而不能称之为西方史学史上的"排头兵"。

在短暂的五六年中，我们不能遗忘耿师为西方史学史学科建设所做过的非凡业绩。

其一，翻译西方史学名著。耿师于此，成果厚实。最初他给人们的印象是位翻译家。1933年他与沙牧皋合译美国著名史家海斯与蒙的《近世世界史》（黎明书局1933年版），在译序中曰："今海蒙二氏之《近世世界史》，属于通史一类，搜集广博，而无散漫支离之弊，沟通史中之佳作。"加之译文浅显明晰，迅速在学界流传。何炳棣在《读史阅世六十年》一书中说及当年在光华求学时，称耿师为"教西洋史的耿淡如是翻译名家"，由此奠定了他作为翻译家的地位。

耿师通晓英、俄、德、法、西、拉丁文，译著甚多，晚年还不断地为《现代外国哲学社会科学文摘》翻译短文。就英语而言，除上文提到的海斯与蒙的《近世世界史》，还有在50年代与曹未风等人合译英国史家汤因比的《历史研究》，60年代译有美国史家汤普逊的《中世纪经济社会史》（上下两卷）。特别值得一提的是英国史家古奇的名著《十九世纪历史学与历史学家》，在我1964年入学研究生时就已开工，"文革"前译就，我为此当过他的助译，参与校订工作。此书直至80年代末作为商务版的"汉译世界学术名著"之一出版，如今成了教研史学史尤其是西方史学史同人的案头书。

其二，主编《外国史学史》。

耿师是列入全国科学规划的"世界史学史"项目的主持人。1961年4月，在北京召开了高等学校文科教材编选工作会议，中国史学史和外国史学史（当时忌讳"西方"，或称"世界史学史"，实为"西方史学史"）两科均被列入历史学的教学方案中。同年5月，上海市高教局很快回应，决定由耿淡如主编《外国史学史》。次年2月，上海召开全国性的外国史学史教材编选工作会议，与会者有北京大学的齐思和、张芝联，南京大学的蒋孟引、王绳祖，武汉大学的吴于廑，杭州大学的沈炼之，中山大学的蒋相泽，华东师范大学的王养冲、郭圣铭，复旦大学的耿淡如、田汝康等，皆当时世界史的"大佬"，可谓极一时之选。可以这样说，这次的上海教材会议，耿师是最忙碌的，会前撰文，作理论思考，会后勤勉践行，他的《什么是史学史？》和《西方史学史文选摘编》是他会前会后的实践成果。尽管如此，他主编西方史学史教材的目标未能如愿，这是耿师的毕生之憾，非不为也，乃不能也。

其三，培养接班人。

1964 年，全国性研究生统考首次举行，我有幸被录取为国内首名西方史学史专业方向的研究生，成了耿师这一方向的"开门弟子"，也是"关门弟子"。

写到这里，我突然想起 1964 年 9 月报到时，耿师特别兴奋，说他看重的两个专业后继有人了。记得他还说了一个妙喻，令我至今难忘。耿师对我说："本来西方史学史专业方向也计划招 2 人，但后来说一人政审不合格，就你成了'独苗'了。"少顷，他对着我们三人又言道："同一专业研究生，还是两人好。比如鸡，你喂食一把米，一只鸡它就笃悠悠地啄米，倘若二只鸡食一把米，其状肯定是笃笃地抢着啄米，鸡要竞争，人也一样啊！"他讲完后，又对我补充道："你命里注定要单枪匹马前行了，我也年老矣，帮不了你什么忙……"一声长叹，我们望着导师，不响。师言之于我竟一语成谶！耿师仙逝于 1975 年，距"文革"结束还有一年多，而我重操旧业已是"科学的春天"，在教研西方史学史的岗位上，曾单枪匹马干了 20 年啊。

总之，耿师对我国西方史学史学科的开创性和奠基性的贡献，留存在中国西方史学史发展史上，永不泯灭。

当我们以急匆匆的步伐，沿着耿淡如先生的人生轨迹，重寻耿师所走过的路，不由深切地让我们感受到前辈创业时之艰辛，在风云变幻的 20 世纪，他一次又一次的学术转轨，其文脉与思想，无不折射出现代社会的曲折迤逦，并与现代中国学术相交融。由此，也让我们感悟到一位历史学家的责任担当、治史旨趣与人格魅力。行文至此，我遽然想起黑格尔曾经说过的话：玫瑰灿烂绽放的瞬间并不逊色于高山的永恒。是的，人们当然喜好观赏"玫瑰灿烂绽放的瞬间"，因为它绚烂美丽；然而，我却更乐于眺望"永恒的高山"，因为它宽广无垠，犹如大漠中的驼铃，将永远指引着后来者前行。

（原载《复旦学报（社会科学版）》2025 年第 1 期）

树德坊的星光

——记耿淡如先生

4月的一天,我漫步在衡山路上。轻风、云烟、细雨、春树、百花……这些意象,不由让我想到了林徽因的名作《你是人间四月天》。正是在这个春和景明、万木竞秀的季节,我从申城的东北角(杨浦区)去西南方(徐汇区)寻找与重访先师耿淡如先生(1898—1975)的旧居树德坊,权作杖朝之年门生对受业恩师的无尽追念。

1959年,我考入复旦大学历史学系,在大学念书的时候,我听到最多的声音是:"耿老不服老!"1960年,在全系召开的"反右倾,鼓干劲"的大会上,我第一次近距离地打量耿老:稀疏的头发,略显花白;脸上的皱纹,略显苍老;有神的双眼,略显深邃;讲话舒缓,慢条斯理,略带乡音。如今一个甲子过去了,先生在那次会上讲些什么全忘了,但他不服老的声音却响彻会场,至今仍在我脑中回荡。在大学时代,更难以忘却的是:1961年,他在我系首次为本科生开设"外国史学史";是年发表了《什么是史学史?》在当时颇具路标性的传世名篇;是年受高教部重托,主持编写《外国史学史》教材;是年应商务印书馆之约,开始翻译西方史学名著古奇的《十九世纪历史学与历史学家》……深夜的灯光来自树德坊,长明而不息,老人的背影伴着不间断的咳嗽声在摇曳。

此刻,我正沿衡山路西行,在衡山电影院(现名为上海影城)这座"花园影院"前驻足,顿时想起多年前曾来这里看过电影《红樱桃》(1996年获第16届金鸡奖最佳故事片奖),女主角楚楚遭受法西斯凌辱造成心灵上的伤痕,久久地刻在我心中。

从上海影城步行，很快地就到了天平路，右拐又行百步余，一眼就瞥见了弄堂门口白色墙沿上三个黑色的大字：树德坊（今徐汇区天平路288弄）。树德坊啊，树德坊，这是多么契合当下的一个"弄名"，立德树人固根本，培根铸魂显初心，由此人人都要为开创美好的未来做贡献，不是吗？

树德坊建于20世纪30年代，楼高二层，独门独户，是当时海派民居典型的新式里弄建筑，兼有西式洋房的韵味，由此吸引并成了当时沪上文化界名人的聚居地。1932年5月，耿先生获美国哈佛大学硕士学位，是年归国即被母校复旦聘为政治学系教授，又曾兼任系主任。自此开始至谢世，先师与复旦结下了43年的不解之缘。他求学复旦5年，留洋学成归国，又一直在母校工作，我不知道符合上述三元素的复旦人还有几位，这要请复旦校史专家"读史老张"（张国伟）先生来考证了。

50年代初，经高校的院系调整，先生从1952年开始在历史学系任职，专事世界中古史的教研工作。60年代初，着力于西方史学史的学科建设。新中国17年间，在1964年初举行过一次研究生招生的全国统考，在全国大概招收了1 000多人，复旦招了不到70人，我系招到了7名，耿师招收3名，一名是本人，西方史学史专业方向，我有幸成了先生门下大陆首名该专业方向的研究生，另两名是世界中古史专业方向。各系很重视这首届全国统招的研究生，都制定了具体的培养方案。以我的西方史学史专业为例，在培养计划中，除外语、政治为必修外，开设的课目有"马克思主义史学理论""近代西方史学发展""现代资产阶级史学流派""西方史学原著选读"等。上列各课，除"马克思主义史学理论"一课外，任课老师基本上只有耿师，所以那时导师的"自主性"很大，我们的课都是在老师家里"开小灶"。

如今，在树德坊前回想当年"耿门立雪"时的情境印象，如同看电影一样，一幕一幕在我面前回放：

上课这天，我们都起得很早，联袂从学校出发，横跨大半个上海市区，换乘几辆公交车才能抵达。课在底楼的客厅进行，厅中的摆设,简洁素雅,给我印象很深的一点是,厅中一侧有一架中文打字机,家中的保姆兼做打字员,每次上课时都可以听到那咔嚓、咔嚓打字的声音。说是"上课",其实是"聊天",然而,在这种"随意"的"闲谈"氛围里,蕴含着高见,领悟出真知,培养了独立思考的能力,更为重要的是,从先师那里懂得了为学之道,一种对学问的尊重,一种对学术的敬畏。

某日,先生说起外语对学习世界史专业的重要性,并以自身为例开导我们,记得有两条:第一,要掌握一门外语,就像打拳一样,在于拳不离手,不断地操练,倘要尽快进入专业领域,可找一篇人物传记"啃读",这之后的路便平坦多了;第二,要多掌握几门外语,倘仅为专业着想,他认为有一门西语的根底,其他语种都可以通过自学解决。在这方面,先生在我系世界史教师中是顶尖者,他通晓多门外语,如英文、法文、德文、拉丁文,早在 1933 年就有译著《近世世界史》问世,由此奠定了作为"翻译名家"(何炳棣语)的地位。50年代初因工作需要,又自学俄文,很快地运用在教学科研中。令人感动的是,他晚年,在病房里坚持自学日语,还抱病为我系新成立的拉美研究室翻译西班牙文的《格瓦拉日记》等,其业绩犹如"奥林帕斯山的宙斯",我辈是无法企及的。

现在回想起来,这种一对一的"上课",与先生零距离的"聊天",需做大量的课前准备,需要花出"满头大汗"的气力。然而,在耿师手把手的悉心教诲下,即便顽石也会成金。自此,我打下了日后从事西方史学史研究的扎实基础。新时期以来,在耿师的精神指引下,在教学上我得以"跟着讲",从西方史学史、西方史学名著导读、现代西方史学理论到西方史学史专题研究;在科研上,我得以"接着做",我和耿师第三代传人,从编纂《西方史学史》《西方史学通史》到《近代以来中外史学交流史》,为中国的史学史学科体系、学术体系与话语体系做出了一点微薄的贡献。

岁月流变,树德坊 7 号户主早已易人了,这自然是意料中的事。我伫立良久,这引起了隔壁长者的好奇,当我复述了原委,老人说:

耿先生一辈子都献给复旦了。是的，他从树德坊走来，风雨兼程，一路前行，在史学的田野里拓荒耕耘，是第一代中国世界史学科的开创者之一、中国西方史学史学科建设的奠基人。他为中国史学尤其是世界史和西方史学史打造基业，为后来者铺路，虽无引领潮流之壮语，也无震撼史坛之巨著，默默奉献，"深深的水，静静地流"，不奢言横说中外，不空谈纵论古今，而始终秉持"谦虚治学，谦虚做人"的立身之道。这八个字也成了我毕生的格言，这或许正是当下那些个学问大家或"大师"们最为欠缺的一种素养。由此，真让我感叹不已，看着7号庭内小园当年我们看到的一棵广玉兰，如今已高过屋顶，扶摇直上，它与1986年被定为上海市花的白玉兰，同属木兰科，"一母所生"，但广玉兰与白玉兰皆以自己特有的丰姿生根开花在浦江两岸，前者以其高大装点申城，后者以其典雅情满沪上。我望着树叶，椭圆形的叶子随四月的春风拂动，似乎在向我招手说：你要常来这里看看啊。时贤著文曰："树什么都知道。"（见申赋渔：《树什么都知道》，《解放日报·朝花》2021年4月11日）申文说的是枫杨，拙文说的广玉兰也是这样，饱经岁月与时代的沧桑，看遍阴晴无常和世态炎凉，如今依然在守望，守护理想，望着远方。树德坊啊，我会常想起，想念树德坊内一棵棵参天的广玉兰。

步出树德坊，蓦然回首，又一次站立向着树德坊凝望，于我仿佛是对先师的一次拜谒，一次隆重的注目礼。我又行走在衡山路上，耳畔又传来了林徽因的诗句："你是一树一树的花开，是燕在梁间呢喃，——你是爱，是暖，是希望，你是人间四月天！"由此遐想不已，在这人间最美的四月里，亦如树德坊之名，原来最美的却是立德树人、砥砺奋斗的人们，更是那些堪当中华民族复兴重任的时代新人。

尾声：几天后，我去新江湾城处的敬老院看望耿氏长女耿治苎（生于1921年9月）老师（退休前曾任中学语文老师职）。记得9年前，即2012年3月，我主编的多卷本《西方史学通史》在沪首发，时已91岁的她在《解放日报》上看到了这则消息，即设法找到了我。

她一进门，就连声说："家父的遗愿实现了！"我见状惊诧万分，无言以对。9年后，再次见面时，她已是百岁老人了，仍很康健，生活全自理，走路弃手杖，聊起往事，眼神尤显光芒。只见她走到窗前，望着西南方，望着树德坊的星光，若有所思，半是自语，半是对我说道："正是在'八一三'淞沪抗战的那一年，我家从吴兴路搬进树德坊，家父这一住，就是38年啊。"致敬这位从树德坊走来的老人家，我愿借此一角，祝愿您健康快乐，受福无疆！

（原载《解放日报·朝花》2021年6月3日）

踏破青山人未老

——金冲及先生印象记

岁月易逝，往事历历在目，记忆的碎片不时在脑海中浮现，总是难以忘却。这里要记下金冲及先生的点点滴滴，他给世人，更给我留下了挥之不去的深刻印象。

一、教　书

2014年是复旦历史学系1964届毕业五十周年，为了那"总是难以忘却"的纪念，我班同学合力撰文，出了一本纪念册，名为《岁月如歌》。

当年6月5日，先生在给我的信中，这样写道：

> 最近收到历史系64届毕业50周年纪念册《岁月如歌》，看到那么多同学的回忆文章，我大多都读了，又勾起了对那段岁月的怀念……（2014年6月5日来信）

我在"对那段岁月的怀念"这句停了下来，思绪把我带回到半个多世纪前，时间定格在1961年，地点为复旦老教学楼（即现在的第一教学楼）1239教室。

我是1959年进校的，记得我们班级的人数共有96人，为复旦历史学系史上学生人数招得最多的一届，我想在可以预期的将来，或许依然不能突破。

1239教室坐得满满当当，先生信步走上讲台，讲授中国近代史。中国近代史自鸦片战争起，鸦片战争自林则徐禁烟始。"若犹泄泄视之，是使数十年后，中原几无可以御敌之兵，且无可以充饷之银"；"若鸦片一日未绝，本大臣一日不回，誓与此事相始终，断无中止之理。"先生在课堂上那斩钉截铁的声音，恍若赵丹在电影《林则徐》中的念白，真情感动了大家。

平时读先生的书与文，感悟到他笔端所流露出来的真情；听他讲的课，更能直接感知他的情感，喜怒哀乐溢于言表。2014年1月28日，我在电话中又说到了上课的情景，先生回应道："一个历史学家，应严格恪守求真，更不能歪曲历史。但他绝不是一个'客观主义者'，无论是撰史还是上课，都应该充满感情。"

是的，先生教我们中国近代史，他的"充满感情"，我们是真真切切地感受到了：讲龚自珍"九州生气恃风雷"时的豪兴、讲太平天国金田起义时的炽热、讲英法联军火烧圆明园时的愤怒、讲甲午战败后签订《马关条约》时的遗恨、讲"武昌起义天下应"时的畅快……这里值得多花些笔墨，记得先生说邹容《革命军》时的真情："巍巍哉！革命也。皇皇哉！革命也。"他动情地接下来背诵道："革命者，天演之公例也。革命者，世界之公理也。革命者，争存争亡过渡时代之要义也。革命者，顺乎天，而应乎人者也……"仿佛此刻他就是"邹容"，感动得我们全班96个人，个个热血沸腾，豪情满怀。

是时，老师正当而立之年，在学生眼里，他是那样英姿勃发，那样风华正茂，这课堂简直成了他"指点江山，激扬文字"的精神家园。课后，我找来了《革命军》，读了又读，每读一次，都禁不住内心的激动，先生讲授时的真情感染了我，感染了我们班上的每一个人。那次通话说到这里时，先生又情不自禁地背起了《革命军》。顺便说及，先生当年给我们授课时，虽带着教案，但却从不照本宣科，对史事与史料十分娴熟，了然于胸。

先生重视教书育人，非常关心我们的成长，他一再要求大家要打好基础,强调"三基"(基本知识、基本技能和基本理论),而那时的小环境的宽松,也为我们这一届提供了一段难得的可以用功读书的好时光。我后来虽入行史学史,专注西方史学史的教研工作,但历史学的基本训练却是得益于先生多多,我的中国通史课的收获,以中国近代史这一段为最丰。

先生这种对学生的关心一直延续下来,我们1964届毕业生都是深有体会的。后来,即使由于工作岗位和任务的变动,他也不疏离教育战线,自1984年开始担任中共中央文献研究室副主任、常务副主任后,工作再繁忙,任务再艰巨,也依然不忘下一代史学人才的培养,还兼任北京大学和复旦大学教授、博士生导师。就我知,他仅在母校母系所带出来的博士研究生就有6名。前几年,每年夏初高校的"答辩季",我在复旦园都可以看到先生的身影,在文科楼里与他迎面叙谈。

不过,他很羡慕我这个"教书匠",对我在这方面的成就"点赞",在读到我主编的六卷本《西方史学通史》并了解了本书的写作团队后,由衷地在信中说道:

看到你有那么多弟子,既各有侧重的研究点,又能密切合作,成为浑然一体。对教育工作者来说,这是理想的境界,使人羡慕。(2014年6月30日来信)

捧读手书,罔然许久。作为学生的我,取得了一点微小的进步,就获得了老师的百般鼓励与褒扬,真令我这个学无大成的学生无地自容,从中也可以看出他对教书育人的矢志不渝和无比热爱,这给我留下了难以磨灭的印象。

二、读　　书

这几年,先生偶有余暇,很喜欢在电话中与我"神聊",有时聊着聊着,你来我往,最多的一次通话竟达一个多小时,我想这个记录会很快打破。我与先生聊的内容天南地北,海阔天空,无所不谈,但聚焦在一点,那就是读书。先生在给我的信中也常常谈及他的读书之道。平时零零碎碎,听多了,也就"聚沙成塔"。我觉得先生的"读书之道"有几点或可与广大读者分享:

一为"跨界读书"。先生多次说道:我空下来大多是读世界史和中国古代史方面的书,对西方史学名著也很感兴趣。总之,杂七杂八地读,这是一种"跑野马"式的读法,那不就是"跨界读书"嘛。记得有一次,先生在电话中兴奋地告诉我,他花足了时间,读完了希罗多德的传世之作《历史》。

这下撞在我的专业上了。须知,希罗多德在西方被称为"史学之父",他写的名著《历史》是西方史学史上第一部真正意义上的历史名著。一位当代中国史学名家与我交流读这部书的体会,那是何等的享受啊。他语出惊人,说《历史》又名《希腊波斯战争史》是不对的;《历史》应是一部世界史,希罗多德纵览天下(当然是他那个时代的"天下"),书中也说到了东方对西方的影响,他这个"西方人"很不简单;其著文字生动,是那样地富有吸引力,使你欲罢不能,不得不读下去,我们今天的史者能做到吗?……我应答时,说到了希罗多德的《历史》应是当代人写当代事,且这一点是古希腊史学的一个传统,修昔底德写的名著《伯罗奔尼撒战争史》更是当代人写当代史的范例。这一点引起他的共鸣,先生著《二十世纪中国史纲》就是他秉持"当代人要敢于写当代史"这一理念的结晶。在电话中交流师生间的读书心得是我最愉悦的时候。其实,人生的快乐时光,有时候就是为了好书而停留,不是吗?如此神聊,竟忘了时已中午,直至我听到了电话那头师母开饭的声音。

这就是"跨界读书"带来的快乐,平素我这个专注"泰西"的人,闲时也十分爱读中国古代经典、唐诗宋词或纳兰性德词什么的,从中寻求与享受这种快乐。鲁迅先生在《读书杂谈》中说得好:"应做的功课已完而有余暇,大可以看看各样的书,即使和专业毫不相关的,也要泛览。譬如学理科的,偏看看文学书,学文学的,偏看看科学书,看看别个在那里研究的,究竟是怎么一回事。"

一为"潜移默化"。先生曾多次说到了读书要力戒功利,立足长远,注重积累。在2013年6月给我的一封信中,他这样写道:"这些西方经典名著,不仅是一个史学工作者应该了解的,而且读多了,有一种潜移默化的作用,眼界会放宽。"读书之"潜移默化"的作用,是他个人读书的经验之谈,而且以此指导他的学生,也要多读书,多读一些一时看来似乎无用的书。记得2005年百年校庆相见叙谈时,我们说着闲话,又聊到了读书的事。他说,记得在1960年指导学中国近代史的黄保万等五位研究生时,曾要求他们都读读泰纳的名著《艺术哲学》,积以时日,可以在思路上得到不少启发,思想境界会发生变化。听了之后,我真感觉到前辈育人有方,令人佩服。

说到泰纳,对这位享誉19世纪的法国历史学家兼文艺理论家、哲学家,还得借此插叙几句。《艺术哲学》不是作为史家泰纳的代表作,而是作为哲学家泰纳的传世名著。此书之所以在现代中国读者中广为流传,这部分也得归之于翻译家傅雷的"摆渡"之功,那出神入化的文字,是可以当作散文来读的,读者诸君不妨找来读读看。

一为"学会思考"。先生2014年出了一本书:《一本书的历史:胡乔木、胡绳谈〈中国共产党的七十年〉》,他在赠书中给我题词:

学而不思则罔,思而不学则殆。

这是孔夫子的话,出自《论语·为政篇》。孔子在这里讲了"学"与"思"之间的关系,"学"易之"读书",则"读书"与"思考"之间的辩证联系当然也是这样。读书万卷,却不思考,就会惘然无知,成为一个书呆子,遑论"读书益智",反之亦然。用他在《八十自述》中的话,那就是"一面读书,一面就用心想","边阅读边思想",才会有更大的收获。他新近给后辈的这个题词,寓意深刻,不只是"读书之道",进言之,读书如此,要做好其他任何事情也是如此。

三、著　书

先生忠于教书，乐于读书，更勤于著书。

放眼中国现当代史学史，金冲及先生不愧为当今杰出的马克思主义历史学家，他踵步马克思主义史家之先贤"五老"（郭沫若、范文澜、翦伯赞、侯外庐、吕振羽），著书立说，为奠建中国的马克思主义新史学做出了卓越的贡献。

先生1930年12月生于上海，1947年入复旦大学历史学系读书，正是在这一年，他从一个政治上处于中间状态的青年学生，转变成一个如"邹容式"热血沸腾的革命青年，翌年入党，成为一个信奉马克思主义的先锋战士。此后，他历经旧中国的覆灭、新生的共和国成长与曲折坎坷、"文革"的风暴及新时期的改革开放，直至新世纪的中华民族伟大复兴的"中国梦"，积数十年之人生经历，他认准了马克思主义。多年前，他在给我的信中发自肺腑地写道：

> 我们解放前接受马克思主义，并不是外来灌输，而是自己在经过比较后选择的。直到现在，我仍然认为从总体上说明历史的发展，还没有其他学说胜过马克思主义的。（2005年10月10日来信）

在这封信中，他说要为"建设马克思主义的新史学"而奋发工作。是的，他在马克思主义的指引下，沐唯物史观的雨露滋润，浴晚近40多年的大好时光，勤于著书，为中国马克思主义的新史学添砖加瓦，硕果累累：

先生曾主编《毛泽东传》《周恩来传》《刘少奇传》《朱德传》，这是他自1984—2004年任职中共中央文献研究室20年间的呕心沥血之举，为革命事业，亦为马克思主义史学添上了浓墨重彩的一笔。

他学术论著甚丰,从其 1955 年在《历史研究》上发表《对于中国近代历史分期问题的意见》一文开始,至他 2014 年的新作《一本书的历史》,涵盖了从晚清至改革开放一百多年的历史;从早年与胡绳武先生合著的《论清末立宪运动》《辛亥革命史稿》到其独著的《孙中山和辛亥革命》《辛亥革命的前前后后》《转折年代:中国的 1947 年》《五十年变迁》,《决战:毛泽东、蒋介石是如何应对三大战役的》《二十世纪中国史纲》等,他之卓越成就,获得了国际声誉,2008 年 6 月当选为俄罗斯科学院外籍院士,这是中国历史学界继郭沫若、刘大年之后获此殊荣的第三人。

令人感怀的是,先生一直是个"双肩挑"的学者,上述列举的许多作品多在"公余"或他从领导岗位上退下来之后写作的。且看,从 75 周岁的第二天开始,一位老人,在冉冉斜阳中,伏案"爬格子",不用电脑,而是一个字一个字地写,从中日甲午战争一直写到 20 世纪末,这样写了两年多,得 120 万字,四卷本的《二十世纪中国史纲》终于在 2009 年问世,至今已发行 8 万多册,获得了社会各界的热烈欢迎。对照之下,不禁自问:也已年迈的我,还能有什么作为吗?刹那间,我顿时感到羞愧交加,怎能甘于慵散而不作为?

四、风景这边独好

甲辰春日,复旦园内的白玉兰又绽放了,这是一百多年前老校长李登辉时所定下的"复旦校花",她芳香高雅,皎洁如玉,这瞬间让我记起京城的紫玉兰。紫玉兰与白玉兰,"一母所生"(同属木兰科),颜色各异,各有丰姿,但都是报春花。啊,玉兰花开了,春来了,不禁又想起了先生,想必京华的紫玉兰也竞相绽放了吧!

不说久远,话说近时。前些年,先生孙儿金之夏在我系读本科。某日,他来我家玩,我把这个高年级学生还当作孩子,与他说笑。

我问:"你跟爷爷很像吗?"

他说:"有点像。"

我又问:"那你爸呢?"

小金回答很干脆:"很像!"

说完,我和这个大孩子都笑了。

我真的没有注意过子金以林、孙金之夏与先生到底有多像,"形似"大概由基因决定的吧,这并不重要,重要的是"神似"。瞧这祖孙三代,都是"复旦人"。有趣的是金以林,其历史启蒙于中国人民大学,硕士在香港,再去新加坡国立大学"攻博",最后"博士后"在我系,终也获"复旦人"的名号。更令人惊奇的是,这祖孙三代人,在历史学科的专业方向上竟出奇地一致:中国近代史。这三代人浓浓的"复旦情结",流淌着"复旦人"的血脉,着实令人感动,也令人惊奇,可列为"史林佳话"也。

几年后,金之夏回京去北京大学历史学系读硕士,现今已是牛津大学的博士研究生。但他是"复旦人",在他的血脉里,始终与复旦,与历史学系,与我们保持着联系,这就是复旦,这就是历史学系的魅力啊!

先生今已遐龄九十有五了。癸卯岁末,我为历史学系百年华诞的献礼小书成稿。是时,他旧病复发康复中,这些我全然不知,竟厚颜请先生赐序,他二话没说,愉快地答应了。一周过后,我就收到了先生的大函和序。可以看得出来,先生虽抱病执笔,但字体却遒劲有力,文章一气呵成。序文最后叮嘱我们,要牢记校训"博学而笃志,切问而近思"蕴藏着的"学"与"思"之道颇具现实意义。师之铮言,我记下了!

"踏遍青山人未老,风景这边独好。"我把先生作为前行的标杆,忠于教书,乐于读书,勤于著书,踔厉奋进,行走在望道路上……

(本文原载《文汇读书周报》2015年4月13日,题为:《斜阳冉冉 青山永恒——金冲及先生印象记》,2024年3月经增删成现版,且另文题为《踏破青山人未老》。)

1964年：中国研究生教育之一页

——追忆我在复旦的研究生生涯

我曾"学步邯郸"，留下了自己难以泯灭的"复旦生涯"。须知，每一个在复旦求学的莘莘学子，都写下了他们生命中浓墨重彩的一章，因为这一章把过去的时光与将来的生命联系在一起，正是因为这种内在的联系，将会谱写出今后人生的璀璨与辉煌。

以下所追忆的，则是我个人1964年在复旦读研究生时的一些往事，之所以锁定在1964年，不仅在于是年是我个人的一次人生转折，更在于它在中国研究生教育发展史上所蕴含的重大意义。这种个体记忆，既是我个人的人生经历，也隐含了历史，或可视为某个特定时代的"精神履历"，从中可以观察到复旦百年校史上的一些"历史细节"。

复旦园的东侧，紧邻国定路，坐东朝西的10号楼就位居于此。如今，"蜗居"在巍峨光华楼的东南隅，它是一点也不起眼了。但倘若追溯它的历史，也有过"辉煌"：1964年我校招收的67名三年制研究生，是"文化大革命"前首次通过全国统考招来的。这些"天之骄子"就在这里进进出出，苦读于白昼黑夜，饱尝于冬冷夏热，度过了他们难以忘怀的青春岁月。

物换星移，今日的10号楼装修一新，已是复旦学院和多家单位的办公重地了。在这里（102室），我正接受校史研究室小钱的采访。

"张老师，我知道您作为耿先生的'关门弟子'，也曾在这座楼里住过，能否给我们说说您当年读研究生时的一些情况。"小钱很认真地看着我，半是请求，半是期盼。

是的，这里有我熟悉的小径，还有那多姿的小白桦，从1964年入学至1968年离去，我曾栖居于此四年矣。小钱是我国新时期的研究生，他在历史学系念完硕士，如今在校史研究室工作，现又重回历史学系在职攻读博士学位，他对我们年轻时的研究生生活，充满了好奇。

"好，我就从入学考试说起吧。"

赴　　考

记忆一下把我的思绪带回到半个世纪前。我是复旦历史学系五年制的本科生，记得临近大学毕业的那一年，系领导传达高教部下发的关于《高等学校培养研究生工作暂行条例》，动员更多的学生报考研究生时的情景；记得报考前的心神恍惚和焦虑彷徨，以及所有埋藏在心底的浮想和希望；记得备考中的紧张，临考前的"挑灯夜战"，迄今仍让我难忘……

"不过，最让我刻骨铭心的是开考那天的'踏雪赴考'。"我故意用了这个词，以印证1964年考研时那难忘的一幕。小钱接口道："'踏雪赴考'，真是太有诗意了。快给我们说说那时的具体场景吧。"

考试前夜，朔风呼号，大雪纷飞。在朦胧的睡意中，我仿佛感受到了风的呼啸，雪的飘扬。

翌日，大年初五，是时雪停风缓，天也放晴了，在熹微的晨光中，一眼望去，偌大的复旦园，白茫茫一片，竟是一派北国风光。在凛冽的寒冬的早晨，步履急促的一群年轻人，踩着三四寸厚的白雪，向考点登辉堂（即现相辉堂）前行，身后留下了一串又一串的足印……

由于大雪，道路不畅，经请示教育部同意，延迟了半小时开考。总监考是苏步青先生，过道里还配备了许多监考老师，考场气氛显得紧张凝重。

那时的登辉堂，条件可想而知，考场温度比外面高不了多少，虽有几盆炭火散落在四周，但还是无济于事。

开考第一门为外语（有英、俄两种选择），外语考试历来都被视为能否录取的一道坎，因此谁都马虎不得。从后排望去，黑压压的一片，哪顾得什么窗外的寒冬腊月，各个都聚精会神答题。如今想来，那情景也出现在未名湖畔的教室里，或在清华园的厅堂中，因为这是新中国最初17年间第一次规模宏大的"全国性统考"，放眼全国，那该是何等壮观的场景啊。

这次"统考"，的确很正规，很严格。考试课程，专业方向课有两门，当然还有政治、外语，给我印象深的一点是，还要考语文，不是考语文（或文学）知识，而是写一篇命题作文《科学工作者应该重视语文修养》，现在看来，那时的主政者与命题者都是颇有眼光，不乏睿智的。当下，在堂堂复旦中国语文比赛时，竟出现了中国学生输给外国学生的怪事，漠视学生的语文修养已经到了何等严重的地步，令人匪夷所思，惊诧不已。

这次"统考"，在全国大概招了1 000多人，复旦招了不到70人，中文系招了15名，我系也招到7名，都算是比较多的了。联想到当今的"考研热"，我国研究生人数已飙升至世界前列（如复旦如今每年招收的博士研究生就与当时全国研究生的招生人数相当），抚今思昔，真让人有隔世之感了。

受　　教

"您对耿淡如先生最深的印象是什么？"小钱问道。

我脱口而出："谦虚治学，谦虚做人。"也许是"近朱者赤，近墨者黑"吧，我虽不能学到耿师的学问于万一，但有一点我是在认真地学，而且一辈子在学，那就是耿师的谦和。个人自1959年进得复旦历史学系求学，尔后工作，迄今五十余载，不事张扬，尤喜随和，用常讲的一句话来说,那就是处世低调,在内敛与外向之间张弛有度。当然,与耿师一样,对于权势或逆行,我也是不会屈服的。

"我在《先行者的足印——追忆中国西方史学史学科的奠基人耿淡如先生》(载《校史通讯》第 61 期)一文,已有对耿师的诸多追忆,这里就他的'习明那尔'教学方式做点补充吧。"我说,"我之受教,真的可归之于耿师的'习明那尔'"。

"习明那尔",即西文 seminar,专题讨论班之意也,小钱选过我开设的"西方史学专题研究"一课,当然知道这个"习明那尔"原是 19 世纪德国史学大师兰克培养历史学精英的教学方法。耿师非常崇尚兰克史学,而对兰克的"习明那尔"的运用更是娴熟自如。

我们这一届虽经"全国统考"而来,但如课程体系等,各个方面远不如现在这样"正规",遑论中国式的研究生教育模式的构建。其实,在 17 年间的中国研究生制度,大体是学苏联的;而现今,一切又以西方(主要是美国)为圭臬了。至于说到我们那时的研究生教学,除外语、政治为众人必修外,其余各个专业方向的课程设置虽也有名目,但导师的"自主性"与"随意性"很大。以我的西方史学史专业方向为例,培养计划中也列有多门课程,但实际上各门课多围绕西方史学而展开,任课老师嘛,基本上只有耿师,学生就只我一人而已(我们这届历史学系共招 7 人)。

现在回想起来,耿先生培养我的模式,近乎中世纪手工业作坊的那种师傅带徒弟式的方法,所谓"习明那尔",实际上是一对一地"教",像是在"聊天"。然而,在这种"随意"的"闲谈"氛围里,蕴含着高深与思辨;在看似"自主"的"自由"空间中,感悟出真知与启示。耿师之授教,就是用这种个别传授的方式培养学生分析问题和独立思考的能力,我以为,这真是得兰克的"习明那尔"教学法之真谛。

耿师住徐汇区天平路,每次上课,都是在先生家中的客厅。厅中摆设,简洁素雅,但给来访者印象很深的一点是,厅中一侧有一架中文打字机,先生家的保姆兼做打字员,我每次上课时,都可以听到那咔嚓、咔嚓打字的声音，故从先生那里出来的文稿均是整洁划一的打字稿，这在那个年头，也算是很时尚的一种书写工具了。说起这些，真实的"历史细节"又在我眼前浮现了。

某日，耿师家客厅，那架中文打字机的咔嚓之声，一如既往。"上课"了。

"今天，我们谈谈近代以来西方史家的作风。"耿师开门见山地说，"我们对西方史家的分析，不只是作阶级的归属，也要作史家作风之辨别。这里说的作风，主要取决于对以下这一问题的回答：历史是论证还是叙述？"

说到这里，先生打了一个比喻：历史是法院还是戏院？史家是摄影师还是绘画家？绝对的"法院派"或"戏院派"是难以找到的，史家之写史，总是在偏于论证还是偏于叙述之间，像钟摆那样回荡着，摆来摆去……

在此，先生停顿了一下，要我据此先说一下文艺复兴时代西方史家的作风，这是老师上次布置的作业，我自然是做足了功课。于是我以那个时代的"政治修辞派"（以马基雅维利为代表）与"博学派"（以让·马比昂为代表）为例，说了一通前者的"作风"偏于论证，后者的"作风"偏于叙述。

"好，说得头头是道。"先生总是用褒词鼓励他的学生，哪怕是我点滴的进步。

接着先生逐个梳理了文艺复兴时代之后近代西方史家的"作风"，特别指出伏尔泰学派偏于论证，兰克学派偏于叙述。

这中间，先生不时提问，学生不时回答，提问—回答—再提问—再回答，循环反复，以至于无穷。时间就这样地流逝着，那打字的咔嚓声也不知从什么时候停歇了。

先生最后小结："近代西方史家这'钟摆现象'的产生，一是取决于资本主义的发展与政治斗争的需要，另一是取决于史家的类型。"话语不多，但画龙点睛，启人心智。这种"钟摆现象"不也成了一条解开近代以来西方史学谜团的"阿莉阿德尼之线"吗？后来，我根据先师的启示,对近代以来西方史学中的这种"钟摆现象"有所发挥,在一些论著中写出了自己的学术心得。

夜　　读

　　秋夜,在朦胧的月色下,田野、小河、草屋好像都披上了一层轻纱;没有路灯,村落旁的泥路若隐若现,放眼望去,从房中透闪点点星火,或近或远,是农家的孩子在攻读,还是哪家迎来了"夜归人"?

　　上述农村之夜景,其实是我在农村参加"四清运动"时观察到的一幅素描,它真切地反映了20世纪60年代上海远郊农村的实情:闭塞与落后。

　　众所周知,1964年在全国范围开展了社会主义教育运动(即"四清运动"),上海于是年在奉贤、金山两县为点,全面推进。我们刚于9月入校不久,只上了两个多月的课(政治、外语课,还有导师的"习明那尔"课程),就打点行装,随母系师生一起下乡搞"四清"去了。历史学系在奉贤头桥公社,我与陈匡时老师及1966届几名学生被安排在水墩大队。

　　我们这支"四清工作队"由复旦师生与上海社联、文化局、农村基层干部混合组成,分片负责,层层落实。进村后,不外是"访贫问苦"、查找"四不清干部"等,工作还是挺忙碌的。不过,工作再忙,我总是挤时间看点书,尤其是怕外文生疏,总要抽空读上几句,或背几个单词什么的。至于看专业书,那是说不上的。

　　与我同住的是两位农村基层干部老奚与小施。他们知道我是研究生,在他们的心目中,总是把研究生与读书画上等号的,所以从不过问我在看什么书。不过,我在乡下读点书,多在晚间工作之余,故曰:夜读。

　　夜渐渐深了,老奚、小施已入梦乡,远处的狗吠声,隐隐约约,偶尔打破了这乡野的宁静。在蚊帐里,我半躺在床上,开始了夜读,

借着手电,光束照在一本小书上,随即映入眼帘的是几行西文:

> One fine May day groups of merry girls and boys, or rather young men, were rambling among the fields near Manchester.
>
> (五月,一个晴朗的日子,在曼彻斯特附近的旷野里,一群男女青年追逐着,嬉笑着……)

这是19世纪英国现实主义作家盖斯克尔夫人的小说《玛丽·巴顿》(*Mary Barton*)的开篇之句,随着情节的发展,19世纪40年代英国劳工的悲惨生活,劳资双方的阶级斗争,以及轰轰烈烈的宪章运动,一一呈现在我们的面前。

就这样,我的"夜读"断断续续,不多日一册简易的英语读本《玛丽·巴顿》就读完了,回过头来又读了一次,再读一次。为何选看此书?因为它是教我们英文课的吴辛安教授上课时作口语训练的"基本读物",我以此作为复习材料。现在回想起来,这种夜读"偷学"英文的情景,虽然苦涩与艰辛,但还是觉得挺有意思的。

说到这里,我对小钱道:"想起这些,我真羡慕你们,羡慕这流光溢彩的时代为你们创造了多么好的学习条件。"

"应当好好珍惜。"小钱郑重地说。

是的,应当好好珍惜,为了自己,更为了中国研究生教育制度的璀璨前程。

尾　声

1964年就这样过去了。

我们参加的这期农村"四清运动",大致在次年春上结束。这之后,已到了1965年。平实而言,在政治旋涡与风暴来临之前,1965年我们这些在夹缝中求得安宁的研究生们,还是读了一点书,打下了一些专业基础，诸导师也给我们上了一些课。但到了1966年开春，形势突变，随着"五一六通知"的下达，"文化大革命"的风暴即将来临，10号楼再也不能安静了。"大革命"的风暴冲垮了被斥为集"封、资、修"之大成的研究生制度，遭到了彻底的批判，我们这批研究生也被无情地疏散到各地，命运多舛。

1978年，随着中国新时期的来临，恢复了研究生统一招生考试，中断十多年之久的中国研究生教育制度也随之开启了新篇章。顺便说及，我们这批命运多舛的研究生，也在1982年10月30日补发了毕业文凭，承认了我们的研究生学历。至于我个人，也正是在1978年，响应母校母系的呼唤，重回复旦，从而亦揭开了人生的新的一页。

(原载《安徽史学》2010年第4期）

五十五年前的一封邮件

往事55年,历史一瞬间。少作留旧痕,山河换新颜。

说的是:近日,在杂乱的文稿中,意外地发现了55年前《新民晚报》给我寄来的一封邮件,是本人于1965年12月15日在《新民晚报》副刊登载的《兰克和〈教皇史〉》一文的剪报。细览之后,知该报责编是1966年1月2日寄出的,我于次日1月3日收到,翔殷路邮局的邮戳清晰可见。记忆一下把我带回到半个多世纪前。

55年前,我当时正在复旦历史学系攻读西方史学史专业方向的研究生,时为研二。这篇千字不到的短文,类似文史小品的随笔,不免留有时代的印记,但却是我的专业。兰克是"近代西方史学之祖"、19世纪的德国史学大师,他一生著作等身,约有54卷之多,还不包括他晚年口授的多卷本《世界史》与代表作《教皇史》。

《兰克和〈教皇史〉》,文虽短小,于我乃大,自此开启了我与《新民晚报》近一个甲子的缘分。改革开放的春风吹来之时,我已是复旦历史学系的一位教师,在"正业"之余,不时给《新民晚报·夜光杯》投稿,刊发了《世界最早的史诗》《铸在铜表上的法律》等。21世纪以来,则勃发新作,从《苏格拉底的智慧》《伏尔泰的世界眼光》直至今年年初发表的《玫瑰花啊紫罗兰,你在哪里?》等,这些篇什大体沿袭了《兰克和〈教皇史〉》的文脉。更为重要的是,与此同时我也加深了与《新民晚报》的情缘,弥足珍贵。

《兰克和〈教皇史〉》刊发后不久,报社给我寄来了5元钱的稿费。在当时,这5元钱不是个小数,稍作比较就可知晓。那时,一碗阳春面,8分;一碗鲜肉小馄饨,1角;复旦登辉堂的电影票,一张票售 8 分，校外电影院大概也就 1 角 5 分一张吧。如此推算，这 5 元钱相当于现今的五六百元，这五六百元在当下一般工薪阶层的眼里，也是一笔不少的钱啊！

同门师兄弟见状起哄，说我有钱了，要我请客吃饭，那就请客吧。在当时，我们一伙小聚，一是去五角场的淞沪饭店，这要多走几步路，但饭后（或饭前）可去五角场逛逛，说不定有中意的新影片便可顺便去翔殷电影院看场电影（学校登辉堂也放电影，但大多是老片子），那确是美事一桩；另一是去来喜饭店，它位于国权路北端，与我校老校门近在咫尺，那时一些名教授，如周谷城、周予同等来校上课或参加活动，在"来喜"都见有他们的踪影。不过，当时我还不知国权路上的小来喜饭店，是傍位于南京西路大来喜饭店的店号，不是"一家人"，两家饭店现已悄然消失，鲜为人知了。这是几天前"读史老张"告诉我的。

国权路上的来喜饭店，门面不大，确实是个小饭店，但店堂整洁有序，且菜肴味道不错，也算是当时五角场地区的"名店"了。话说我们师兄弟三人步入店内，在一处火车席餐桌坐下，年代久远，我已记不得点了什么菜，但从大家饭后的高兴愉悦之情来看，我这次"请客"是成功了。疫情前，西南大学著名教授、杨群章师兄在与我电话中还聊起多年前来喜的那次饭事，仍兴致勃勃地说："来喜的狮子头、荠菜肉丝豆腐羹，真是味道鲜美，难以忘怀啊！"师兄年龄比我大好多，读研时就称他为"老杨"，此刻我夸他："你记性真好，老了仍是'少年'！"

此事还未了。几天后，我去四川北路旧书店淘书，发现了耿淡如师于 1933 年翻译的海斯和蒙合著的《近世世界史》，民国时期的精装本，计 894 页，售价 8 角，我看后如获至宝，马上付款买下，当从营业员手里接过这沉甸甸的译著时，欢快雀跃之情至今记忆犹新。我还真的要感谢 55 年前发表在《新民晚报》上的《兰克和〈教皇史〉》这篇小作，舍此这一切也就无从谈起了。

（原载《新民晚报·夜光杯》2021 年 9 月 3 日）

半个世纪后的回眸

——写在大学毕业五十周年之际

从 1959 年进复旦,至 1964 年大学毕业至今,转眼已半个世纪矣。蓦然回首,旧梦依稀犹可忆,在这五十多年的历史洪流里,物换星移,世事浮沉,正道沧桑,所有这些皆已随浮云掠过,留下的或震撼,或迷离,或欢乐,或苦痛,还是让后世的历史学家去评说吧。

然而,1959—1964 年这复旦的五年,于我个人却总是难以忘却,正如《复旦,我回来了》这首歌所咏唱的,在那里,"我的青春,曾是一块绿地;我的热血,曾是一片朝霞"。倘问:复旦五年,它给我们留下了什么?我想说的是:

首先,它给我们以知识。

复旦历史学系创办于 1925 年,具有深厚的底蕴与积淀,20 世纪 50 年代的院系调整后,复旦进入了百年校史上的"第一次腾飞时期"。我们在复旦的五年,正是处在这个时期。60 年代初,周扬率高教文史教育评估组,对北大、复旦文史两系进行评比,以为复旦历史学系可居鳌头。是的,在那时,复旦历史学系云集了一批当时国内学界一流的教授,比如在中国史方面有周予同、陈守实、谭其骧、胡厚宣、马长寿、蔡尚思等,在世界史方面有周谷城、耿淡如、王造时、陈仁炳、章巽、朱澂、田汝康等。还有当时已脱颖而出的中青年史家,如程博洪、张荫桐、胡绳武、赵人龙、金冲及等,可谓是极一时之选。他们不仅为我们开设专门化课程,而且乐于承担历史学系学生的基础课,因而,我们在复旦历史学系的"启蒙教育",在如上一流名师的滋润与熏陶下,起点高,基础厚实,为日后的成长创造了无比优越的条件。

　　20世纪五六十年代，在不断掀起的"教育革命"的浪潮中，我们这一届大学生算是幸运的。三年饥荒后的"调整、巩固、充实、提高"八字方针的贯彻，尔后是"高教六十条"的实施，无形中给学界吹来了一股清风。当时复旦的小环境也较为清馨，比如我们还能在学校礼堂观看到陆谷孙他们（外文系1962届毕业生）用英语演出的话剧《雷雨》。于是，我们因此而得益，获得了一段难得的可以用功读书的好时光。那时，教育领导部门特别强调"三基"，即基本知识、基本技能和基本理论。为此，我系在课程设置上与之配套，为我们打下了扎实与深厚的历史学基础。也正是在这个时候，我结合耿淡如先生的《外国史学史》一课，如饥似渴地阅读了一些西方史学原著，其中两部古希腊史学名著——希罗多德的《历史》和修昔底德的《伯罗奔尼撒战争史》，一直影响着我，影响着我日后从事西方史学史研究的路径与方向。

　　总之，五年的本科学习，扎扎实实，满满当当，取得了一个史学工作者必备的学术素养和严格的史学训练，这使我终身受益，也为我日后从事历史学的研究创造了学术前提，奠定了牢固的基础。倘与当下历史学系相比，我觉得现在的历史学系本科生两门通史课（"中国通史"与"世界通史"）被淡化了，而那时为我们开设的"文献与写作""形式逻辑""马恩经典著作选读"等很有用的课消失了，联想到现今大学生的一些缺陷，也不能不说与此有关。

　　其次，它给我们以智慧。

　　如上所说，复旦五年，给我们以知识，给我们以取之不竭的知识来源，这自然是必须的，这对从事历史学研究或非专业工作而言，都是如此，但这还不够。

　　知识是智慧的前提与基础，智慧是知识的深化与升华。满脑子的知识，倘无智慧（或悟性），那是书呆子。一个人具有丰富的知识，而又智慧，即具悟性，那就是满盘皆活。其中深义，不容在此赘说，用西儒弗兰西斯科·培根的名言，"读史使人明智"，然也。

在这里，这种智慧我以为主要指的是独立思考的能力，即在纷繁复杂和扑朔迷离的历史现象面前，做出由表及里、由浅入深、去粗存精、去伪存真的分析，这种分析问题、解决问题的方法，犹如有了一把开启知识宝库大门的钥匙。

这种独立思考的能力与方法，也是在复旦读书时逐渐培养起来的。比如，历史学系学生必修的两门通史课，足足要上两年半时间，其间每门课老师布置的课堂讨论及其作业，令大家难忘。为了应对某门课的课堂讨论，每个人都做足功课，在校图书馆、系资料室查阅文献资料，写成文章（发言稿）后，随即相互交流，即使在寝室关灯后，也还在床上各自说个不休。正式讨论分成若干小组或大组，自由发言，或被老师点名，总之要认真对待，马虎不得。记得有一次，"世界近代史"的课堂讨论，场面有点冷清，发言不够踊跃，被当时一名年轻助教批评，他那带有苏北口音的普通话"只带耳朵，不带嘴巴"的训言至今还在我耳边回响。

在当时总体封闭或半封闭的大环境下，课堂讨论成了我们学生之间、师生之间学术交流的一种很好的渠道，也启人心智，把从课堂上、书本里学到的知识用活了。

这种启人心智的渠道，还应提到的是每年校庆的学术报告会。每年5月27日，是复旦校庆日。在此前后，各系都要举行专场学术报告会，那真是一次"学术交流大餐"。会上，不只是报告人宣读论文，而是要进行学术讨论或辩论，著名的如周谷城先生与年轻教师沈秉元老师关于"形式逻辑与辩证法"的争辩，我们是亲历了，真是精彩之极；蔡尚思先生在校庆学术报告会上与辩者争论梁启超思想时，那面红耳赤、激动万分、言辞木讷的样子，我们目睹了。与会学生也不都是"只带耳朵"，亦有敢于发言的，李华兴学长在学生时代的能言善辩，就是我们中的出色"发言人"。

这种学术交流，在国内学界与同城同系之间也不隔膜。比如我们与华东师范大学历史学系一直有交往，这种交往不只是文体篮球比赛什么的，也有学业上的，我们上"世界近代史"课，用的是华师林举岱先生的已出教材，一点也不保守。当时华师历史学系年轻教师陈崇武还应邀为我系学生作关于拿破仑的学术报告，如今与崇武老师见面，还常常说起他那时用浓重的温州口音给我们讲演时的情景，令人不胜感怀。

凡此，都十分契合"博学而笃志，切问而近思"的复旦校训。是的，大学给我们以智慧，使人聪颖，这就使得我们在毕业之后，不管是从事专业研究工作还是专业之外的各项工作，都可担当，且充满了潜力，即"后劲"。

最后，它给我们以经历。

1959—1964 年在复旦大学历史学系读书，在我的人生旅程的坐标上，在我们每一个同班同学的人生经历中，都有着非凡的意义。1959—1964 年，我们的这五年也不是生活在真空中，虽则"反右"已过，但运动还是在继续，"教育革命""反右倾""批判白专道路""批判资产阶级学术思想"，直至 1964 年"千万不要忘记阶级斗争"的号令，弄得我们临毕业作思想小结时也心惊肉跳，人人自危，生怕被打入"另册"。不管怎样，在这种倏阴倏晴、忽风忽雨的时代浪涛中，"经风雨，见世面"，我们这一代年轻人也迅速成长起来，脱去弱冠之年的稚嫩，走向社会，在风华正茂的时光里迎接人生的新的挑战。

但复旦的这段经历，总是难以忘却。须知，每一个在复旦求过学的莘莘学子，都曾在登辉堂（现名为相辉堂）聚会，在小桥流水嬉戏，在"南京路"（即今光华大道，复旦人称这条被梧桐树覆盖的横贯东西的大道为复旦"南京路"）上迈步，在校门前留影……总之，都写下了每个人生命中浓墨重彩的一章，因为这一章把过去的时光和将来的生命联系在一起，正是因为这种内在的联系，将会谱写出今后人生的璀璨与辉煌。可不，1959—1964 年的复旦生涯，是一个多么不平凡的经历，因为它给我们留下一份无价的精神遗产。既然如此，作为一名复旦人，就应该以自己的已有成就、现在业绩与未来辉煌，为复旦增光，在历史进程的行列中领跑，与成群结队的跟随者保持着足够的距离。

1959—1964年的这段经历，为我们每一个人留下了难以忘却的"个体记忆"。扩而言之，这种"个体记忆"就不仅是成为每个人的人生经历，也隐含了历史，从中往往能折射出时代的风云、反映社会的变化，更可映照文化的流程。总之，它或可视为某个特定时代的"精神履历"，其非凡的意义也许就在于此。

　　回眸，是一种历史的追寻，充满了无穷的魅力。不是吗？"柳浓香尽处，还顾当时路。旧迹不堪寻，碧潭烟又沉。"（复旦诗人孙越：《燕园忆故人》）燕园忆旧梦，在五十年之后，当应更具历史的魅力吧。

（原载《社会科学报》2014年6月12日）

春意遍于华林

——1961年"史学史"热追忆

1961年中国史学界的"史学史"热,在"双百"方针指引下,讨论广泛而热烈,葳蕤春意遍于华林,呈现出了前所未有的景象:似乎思想的会饮在此岸举行,仿佛精神的百花在这里盛开。虽则短暂,但成就出色,影响深远。

1961年,正逢三年经济困难最艰时,曲折与坎坷相连,艰辛与探索接应,在中国现代编年史上确是一个不平凡的年份。然而正是这一年,却有中国史学界发生的"史学史"热,在中国现代史学编年史上书写了绚丽的华章。是时,我已是复旦大学历史学系高年级的学生了。对于这场史无前例的"史学史"热,我有幸是亲历者,总是难以忘却。

史无前例的"史学史"热

1961年1月,面对严重的经济困难,党中央审时度势,开始纠正"大跃进"运动在各方面所带来的问题,飞速转动的共和国车轮放慢了节奏,转入了"调整、巩固、充实、提高"的新轨道。随着经济、政治形势的变化,对当时的思想文化界也产生了重大的影响,史学界也于60年代初催生了科学史学思潮的萌发,推动了历史研究的发展,从而引发了对历史学自身的反省。于是,中国史学界开展关于史学史问题的大讨论,从而发展为"史学史"热。

是年2月,中共中央书记处发布了编写高校教材问题的指示。4

月，中共中央宣传部在北京召开了全国高等院校文科教材编选工作会议，明确提出，教材编写既不照搬苏联，也不仿效西方，而是要建设中国自己的文科教材的任务。"史学史"热兴起源于这次在北京召开的高校文科教材会议。

"史学史"热声势浩大，震动了当时全国史学界，北京、上海、广州、西安、济南等地高校和科研机构，都纷纷召开了学术座谈会，就史学史研究的相关问题，比如史学史研究的对象与任务、内容与分期、教材编写的原创与方法等，展开了讨论。据当时的报道，参与讨论的有：陈垣、熊德基、方壮猷、王毓铨、尹达、白寿彝、刘盼遂、刘节、张德钧、张鸿翔、孙书城、孙毓棠、何兹全、周春元、郑天挺、郑鹤声、胡厚宣、侯外庐、柴德赓、贺昌群、姚薇元、韩儒林、耿淡如、周予同、周谷城、吴泽、金兆梓、李平心、林举岱、王国秀、郭圣铭、田汝康等（瞿林东据当时报道统计）。

在上述罗列的名单中，我以为尤以白寿彝、尹达对中国史学史的贡献出众，后有白寿彝主编的六卷本《中国史学史》和尹达主编的《中国史学发展史》传世之作。再览上列名单，似乎遗漏了当时享誉国内史学界治西方史学的名家齐思和与吴于廑，他们均为高教部《外国史学史》教材编写组的成员，都发表了至今看来仍颇有价值的学术论文，后者还主编《外国史学名著选》，为西方史学史的学科建设推波助澜，做出了奠基性的贡献。

1961年中国史学界的"史学史"热，在"双百方针"指引下贯彻"三不主义"，使这场史学史大讨论广泛而热烈，葳蕤春遍于华林，呈现出了前所未有的景象：似乎思想的会饮在此岸举行，仿佛精神的百花在这里盛开。虽则短暂，但成就出色，影响深远，促进了现代中国史学的进步。其中较为突出的一点正如瞿林东所归纳的：60年代前期中国的史学史研究，此时已初步形成了全国范围内的分工合作的局面：白寿彝所在的北京师范大学历史学系主要研究中国古代史学史；吴泽所在的华东师范大学历史学系主要研究中国近现代史学史；耿淡如所在的复旦大学历史学系主要研究西方史学史。以后的发展证明了这一点,无疑离不开昔时"史学史"热的因素和助力。

垦荒者的足印

"一个人走在荆棘丛生的路上,大概是很吃力的吧?我们从事西方史学史的研究亦然。但我们应不畏艰难,不辞劳苦,在这个领域内多做些垦荒者的工作,比如垦荒,斩除芦荡,干涸沼泽,而后播种谷物;于是一片金色的草原将会呈现于我们的眼前。"

1961年10月,正是在"史学史"大讨论的日子里,复旦历史学系耿淡如发表了《什么是史学史?》(载《学术月刊》1961年第10期)。上引这段话,是耿文之末尾句,他以年轻人蓬勃的朝气,用形象的垦荒作比喻,鼓励学界同人为正在勃发的中国西方史学史而奋发作为。

耿淡如是第一代中国世界史学科的开创者之一,中国西方史学史学科的奠基者。说起中国的史学史学科发展史,中国史学史一直是"领跑者",行至60年代前期,它已进入了"活跃时期",而西方史学史倘从李大钊1920年在北京大学开设《史学思想史》起算,已足足有百年了。前人在这块外人的世袭领地上耕耘,虽有成绩,但直至50年代,西方史学史还未能成为一门独立的学科,还处在萌芽时期。西方史学史学科建设直至60年代初才进入了它的奠基阶段。1961年2月和4月,中央发布编写高校教材的指示及4月为此而召开的一次重要的会议,对于中国的西方史学史学科建设具有非凡的意义。

1961年,耿淡如时年63岁,如果按现时来说,还正年轻着呢,不过耿氏身体历来孱弱,其时已被师生们尊称为"耿老"了。我在大学念书的时候,听到最多的声音是"耿老不服老"。1960年,在全系召开的"反右倾,鼓干劲"的大会上,我第一次近距离地打量耿老:稀疏的头发,略显花白;脸上的皱纹,略显苍老;有神的双眼,略显深邃;讲话舒缓,慢条斯理,略带乡音。如今一个甲子过去了,先生在那次会上讲些什么全忘了,但他不服老的声音却响彻会场,至今仍在我脑中回荡。

新中国成立后,50年代由于系里工作的需要,耿淡如全身心投入世界中古史的教学与研究,是那时国内数一数二的世界中古史研究的权威。60年代初,他致力于西方史学史的教学与研究,这一学术转向与复旦历史学系学科建设的谋划配合,也与60年代初的国内思想文化界的氛围相关,他作为中国西方史学史学科的奠基人,在1961年及其前后为此竭尽全力,做出了重大的贡献。

首先要说的是上文提及的《什么是史学史?》,作者在文首就明确地提出:"需要建设一个新的史学史体系。"接着就史学史的定义、对象和任务等做出了很全面的论述,此处不容赘述。耿氏此文是"史学史"热的产物,问世后又推动了史学史大讨论。从此文刊发至今,已过去了60年,但大音希声,历久弥新,此文竟成了学界公认的具有路标性的传世名篇,为后世留下了经久不息的回音。如在1995年出版的《中国史学论文索引》第三编"史学史和史料学"栏目,被列为首篇;2006年瞿林东编的《20世纪中国学术文存·中国史学史研究》分册中,文存部分被列入"总论"篇,目录索引部分被列入总论第三篇;2014年被《中国历史评论》(第五辑)列入"重温经典"栏目,重新刊登,并由学者撰文导读;2015年出版的《复旦百年经典文库》耿淡如卷亦列为首篇;更被复旦历史学系系庆多本文集收录。经60年的检验,称《什么是史学史?》为我国史学史上的经典名篇,当是实至名归。这不由让我感叹,文不在多,一生有此一篇足矣。

其二,主编《外国史学史》教材。耿淡如是列入全国科学规划的世界史学史项目主持人。1961年4月,在北京高等学校文科教材编选工作会议上,中国史学史和外国史学史两科均被列入历史学的教学方案中。是年5月,上海市高教局迅即回应,决定由耿淡如主编《外国史学史》(实为西方史学史)。次年2月,上海为贯彻与落实中央的精神,召开了全国性的外国史学史教材编写会议,与会者皆是世界史的"大佬",可谓极一时之选,参会者有:北京大学的齐思和和张芝联、武汉大学的吴于廑、南京大学的蒋孟引和王绳祖、中山大学的蒋相泽、杭州大学的沈炼之、华东师范大学的王养冲和郭圣铭、复旦大学的耿淡如和田汝康等。会议决定由耿淡如主编《外国史学史》，田汝康主持编译《现代西方史学流派文选》。会后，他执主编之责，更加努力工作。1962年8月28日，《文汇报》曾以"耿淡如积极编写外国史学史教材"为题，专门报道他为此奋发工作的情形。中国第一部外国史学史教材，终因"文革"而被迫中止，只留下了耿氏精心编成的《西方史学史文献摘编》，从希罗多德到汤因比，串联起来，就可构成一本从古希腊至20世纪的西方史学的长编，可谓西方史学史的雏形，但终未能成章，这或许是先生毕生的一件憾事。

其三，从1961年开始，耿淡如为复旦历史学系本科生首次开设"外国史学史"一课，系统讲授自古迄今的西方史学的历史进程。在这里，顺便要说到复旦历史学系历来重视史学史的学术传统，早在抗日战争的年代里，身居"孤岛"上海的周予同就写下了中国近现代史学史研究的名作《五十年来之新史学》。此后，他与周谷城相继主持系政，都十分重视史学史，强调史学史是文化史的核心成分，历史学专业应同时开设"中国史学史"和"外国史学史"这两门主课以及与之相关的课程。60年代初，由陈守实、耿淡如分别开设"中国史学史"和"外国史学史"，两位先生讲授的两门史学史课程，都以独特的风格吸引着青年师生，并且各自都在本系带出传人。1964年，首次举行全国性研究生统考，笔者有幸被录取为国内首名西方史学史专业方向的研究生，师从耿淡如先生，成了他的"传人"，我得以"接着做"，从编纂《西方史学史》《西方史学通史》到《近代以来中外史学交流史》，为中国的史学史学科体系、学术体系与话语体系做出了一点微薄的贡献，这是后话了。

最后，译事。1961年耿淡如译的美国历史学家汤普逊的《中世纪经济社会史（300—1300年）》（上册）出版，他译的该书下册于1963年出版。2011年商务印书馆作为"汉译世界学术名著丛书"之一再版。

同在 1961 年，应商务印书馆之约，他开始翻译西方史学名著、英国历史学家古奇的《十九世纪历史学与历史学家》，笔者曾参与该书译稿的校订工作，"文革"前已译就，商务印书馆作为"汉译世界学术名著丛书"之一于 1989 年正式出版。

在这方面，耿淡如在复旦历史学系的教师中是独一无二的顶尖者，他通晓多门外语，如英文、法文、德文、拉丁文，早在 1933 年就有译著《近世世界史》问世，由此奠定了作为"翻译名家"（何炳棣语）的地位。50 年代初因工作需要，又自学俄文，并很快地运用在教学科研中，俄译史著甚丰。令人感动的是，他晚年，在病房里仍坚持自学日语，还抱病为我系新成立的拉美研究室翻译西班牙文《格瓦拉日记》等，其业绩犹如"奥林帕斯山的宙斯"，我辈是无法企及的。

1961 年，耿淡如为史学尤为中国的西方史学史学科建设而忙碌着，不辞辛劳，永不止步，留下了为后人永远寻觅的垦荒者的足印，这也是"史学史"热潮中的一个缩影。

吹来了一股清风

我是 1959 年秋进入复旦大学历史学系就读的，1958 年的"大跃进"运动，入校时仍有余波，"教育革命"的浪潮仍在起伏，在"反右倾、鼓干劲"的嘹亮歌声中，说挑灯夜战一个晚上就写出一篇论文、停课参与"城市人民公社"的实践、学生上台讲课老师作辅导等奇事，都有碍于正常的教学秩序。1961 年，随着党中央八字方针的贯彻，在"调整"的步伐中，"教育革命"也稍息了，思想文化领域吹来了一股清风。当时哲学社会科学战线出现了一种求新务实的学术氛围，哲学上的"合二而一论"、文艺领域的"人性论"与"时代精神汇合论"等新论竞相提出，无不影响着史学界，1961 年的"史学史"热应运而生。

在清风下，随着"高教六十条"的发布与贯彻，高等学校教育逐渐走上了正轨。就我系而言，当时就特别强调"三基"（基本知识、基本技能和基本理论），在课程设置上也与之配套，旨在为历史学系学生打下扎实的史学基础。比如那时有"形式逻辑"课、"文献与写作"课，特别是有一门"马列主义基础"课，至今仍留下了深刻的印象。任课老师袁缉辉，兼我们这一年级的辅导员，他以深入浅出的语言，用整整一个学期的时间给我们精心讲解马克思和恩格斯合著的《共产党宣言》，在我们这些刚进大学校门的学生面前展示了一个全新的世界。《共产党宣言》是"无产阶级所肩负的世界历史革命的学说"（列宁语），也是我们从事历史科学研究的津逮。

　　在清风下，教师可以放开地讲。1961 年，时值大三时，两门通史（"中国通史"和"世界通史"）都讲至近代，两门任课老师切入肯綮，各抒己见，有声有色，力求还原历史真相。比如由金冲及讲授的中国近代史更是难忘。几年前，我在一篇回忆先生的文章中写道：他之讲授，具有独到的新鲜的见解，且充满了个人的感情色彩：讲龚自珍"九州生气恃风雷"时的豪情、讲太平天国金田起义的炽热、讲英法联军火烧圆明园时的愤怒、讲甲午战败后签订《马关条约》时的遗恨、讲"武昌起义天下应"时的畅快……这里值得多花些笔墨，记上他说邹容《革命军》时的真情："巍巍哉！革命也。皇皇哉！革命也。"他动情地接下背诵道："革命者，天演之公例也。革命者，世界之公理也。革命者，争存争亡过渡时代之要义也。革命者，顺乎天，而应乎人者也……"仿佛此刻他就是"邹容"，感动得我们全班个个热血沸腾，豪情满怀。

　　在清风下，学生可以认真地学。上课认真地听讲，课余配合各门课的进程，读书找材料写作忙个不停。一到假期，特别是暑假，更是安心地读书。说真的，大学五年，正是在这段时间，为我们赢得了难得的可以静下心来读书的好时光。记得 1961 年暑假，我全泡在学校里了，长长的暑假，读书很杂很多，但与我专业有关、至今仍难以忘怀的是：对照《共产党宣言》1959 年中文版，花大力气啃读《共产党宣言》1948 年的英文版；在校图书馆参考阅览室，从书架上取书（不可外借），苦读两部西方史学经典名著中译本——希罗多德的《历史》和修昔底德的《伯罗奔尼撒战争史》。这三本书影响着我，影响我日后在马克思主义唯物史观的指引下从事西方史学的教研工作。

在清风下，尽管物质生活艰苦，但精神生活却很丰富。校内的文化生活，如周末买票去登辉堂看电影，还常有中文、历史等系的教学电影，我系放过印度电影《流浪者》等，中文系放的影片如《静静的顿河》等最吸引人，因而一票难求。校外的文化生活就是观剧了，平时母亲给我的一点零用钱，主要供买书用，其余就用作观剧的支出了。我自小就喜欢看京戏，进大学后，还喜欢上了话剧。这里掇拾一二，以我收藏的说明书与历史相关的直录如下：1961年2月，观周信芳主演的京剧《海瑞上疏》。1961年10月，上海戏曲学校京昆实验剧团建团公演《杨门女将》等，从这里涌现与培养出了像李炳淑、杨春霞、蔡正仁、华文漪等一批当今这一剧种的京昆艺术家。1961年10月28日，观北京人民艺术剧院演出、由郭沫若作剧的新编历史剧《蔡文姬》，北京人艺的朱琳、刁光覃、蓝天野、苏民、于是之等大牌演员一一亮相，把观众带入了东汉末年的历史场景中，演出十分成功。另要记上一笔的是，真是凑巧，是日晚郭沫若也观看，剧终走上舞台，与演员一一握手，向观众致意，我虽买的是二楼后座最便宜的票，但郭老的潇洒，看得也很清楚。1961年12月9日，观曹禺等作剧的《胆剑篇》，剧终也谢幕多次，但那次谢幕，最终都没有等到剧作家曹禺，有些失望。

1961年的"史学史"热，给我留下了不可泯灭的"个体记忆"。进言之，从这"个体记忆"中，亦能折射出时代的风云，历史的沧桑，更可映照中国现代史学的进程。于此，我总是难以忘却。

作者附记： 应中国历史研究院《历史评论》编审焦兵所约，在两年间写了三篇文章，追忆昔时中国史学界发生的重要史事，本篇原载《历史评论》2021年第3期，另两篇为《京华春来早——1985年"史学史座谈会"追忆》（载《历史评论》2022年第1期），《一次史学的"破冰之旅"——1998年首次"海峡两岸史学史学术研讨会"追忆》（载《历史评论》2022年第5期）。三篇史事均与春天连绵，故妄称"春日三部曲"。

京华春来早

——1985 年史学史座谈会追忆

3月初的京城，春寒料峭，乍暖还寒，不时还有风沙袭来，正如作家梅娘笔下所描述的，"风扬着沙，沙随着风"……然而，步入会场，在民族饭店的会议室里，却热气腾腾，与会者的脸上都洋溢着春天的气息、青春的况味。

京华春来早。步入会场外，墙沿的玉兰花树幽香扑面而来，一簇簇紫红色的玉兰花，欲与那南国一束束白色的玉兰花比艳，各显丰姿，正含苞待放。此刻，会内外的情景犹如一幅画，以其霞光驱散了风的狂野、沙的肆虐，向我们报告着春天的来临。

一次非凡的学术会议

是的，1978 年伴随着"科学的春天"的到来，也迎来了历史科学的春天。正是在这样的历史背景下，1985 年 3 月 2 日至 5 日，在北京召开了一次史学史座谈会。这次史学史座谈会虽名为"座谈会"，但却是一次非凡的学术会议，正如与会代表们所言，这次史学史座谈会是我国史学史工作者的一次空前的盛会，在中国的史学史历史上还是第一次，就其对推动史学史学科建设而言，无论多么高的评价都不会是过分的。笔者是此次会议的代表，亲历与会的全过程，下面就随我的拙笔，追忆一下这场不凡的座谈会。

座谈会发起人是白寿彝先生（1909—2000 年）。白先生在 1949 年以前就讲授中国史学史，在中国新时期，他主编六卷本的《中国史学史》，主编12卷本的《中国通史》，培养出了瞿林东、吴怀祺、陈其泰等杰出的传人，为中国马克思主义史学做出了无与伦比的贡献。新世纪伊始，他所在的北京师范大学史学理论与史学史研究中心成为教育部人文社会科学重点研究基地。这是全国唯一的一个史学理论与史学史研究中心，由白氏传人领衔开展工作，取得了出色的成就。把时间定格在1985年，此时白先生已76岁了，但他仍为历史学研究忘我地工作着。作为这次史学史座谈会的发起者，他在座谈会开始与结束时都发了言，具有很强的感召力，影响深远。

借着这次会议，我也与这位史学大师有了一次近距离的接触的难得的机会，记得瞿林东兄向白先生介绍我说："他就是耿淡如先生的嫡传弟子。"停了一下，林东又接着说："就是给我们《史学史研究》提出批评的张广智。"此事原委是：我曾写信说《史学史研究》不能光刊登中国史学史方面的文章，也应当有外国（西方）史学史的一席之地。先生获知，从善如流，刊物很快就纠偏了。说实在的，此次会后，我再也没有机会一见先生。此次见面，于我，这是我与白先生之间学术情缘的一次庄重的正视与致敬，人生有此一次足矣！

出席这次座谈会的代表有40余人，中外史学史研究者兼有，老中青三代汇聚，这真是一次难得的会议啊。兹据凌晨的《史学史座谈会纪事》（载《史学史研究》1985年第2期），照录名单如下：

白寿彝、仓修良、陈光崇、陈其泰、陈千钧、崔文印、邓瑞、傅玉璋、高国抗、郭圣铭、黄宝权、赖长扬、李秋媛、李润苍、李雅书、刘仁镜、刘雪英、聂乐和、瞿林东、沈仁安、盛邦和、施丁、史苏苑、宋元强、孙秉莹、谭英华、陶懋炳、王培华、王萍、吴怀祺、向燕南、肖黎、谢保成、徐龙飞、许凌云、杨燕起、俞旦初、曾庆鉴、曾贻芬、詹伟、张大可、张广智、张孟伦、张越、张芝联、赵吕甫、周征松、朱仲玉、庄昭、邹贤俊。

原来准备参加座谈会，后因另有他事而未能到会的有六位同志，他们是：吴泽、杨翼骧、朱杰勤、袁英光、马卅梁、王先恒。

在此，有一点补充：已故我系同事、治中国史学史的大家朱维铮先生（1936—2012年），或许也可补上"另有他事而未能到会"之列。记得会议开幕的前一天，我还在民族饭店与他打过招呼，此后转瞬之间就不见他的踪影了。

正如白先生在总结会议时所言：这个史学史座谈会"开得很丰满"。据我亲历，此会确实"很丰满"：会议4天，安排得满满当当。会议不设主席团，由与会的同志轮流主持；大会发言，白先生说"篇篇精彩"；分组会发言，讨论极为热烈。此外，《史学史研究》编辑部的同志乘机还分别访问了陈千钧、张孟伦、陈光崇、史苏苑，访问了参加教育部部编教材《西方史学史》编纂工作的张芝联（主编）、谭英华（副主编）、郭圣铭、孙秉莹、李雅书、张广智，就史学史的研究进行了广泛的交流。

1985年史学史座谈会最后一次全体会议由郭圣铭先生主持，他最后说："座谈会成功地结束了，但新的工作还刚刚开始。我们的工作无愧于我们这个伟大的时代！"正值七秩古稀之年的郭先生，以闪烁光芒的"青春话语"，为1985年史学史座谈会画上了一个圆满的句号，全体参会者也合力为中国的史学史行程写下了难以忘却的一页。

那年代的先生们

在20世纪80年代那激情澎湃的岁月里，史学界有一道亮丽的风景线，那就是：我国老一辈的历史学家，虽已步入花甲之年，但却个个焕发出年轻人的青春活力，返老还童，抓紧分分秒秒，力图把十年的荒废夺回来，为中国的历史科学事业再作贡献。参加这次史学史座谈会的前辈，也多年迈，比如来自华南师范大学的陈千钧先生（1904—1997年）和兰州大学的张孟伦先生（1905—1988年）均已逾杖朝之龄，但他们不服老，在会上发言时都精气神十足。陈先生以"中国古代史学家的优良传统"为题，纵论古代中国史学，呼吁我们要"总结我国的史学遗产,继承和发扬古代史学家的优良传统";张先生以"培养史学史研究生的几点做法"为题,百般挂牵的则是史学史研究生的培养和后继有人的大问题。

下面撷取比上述两位先生年轻、专治西方史学史的几位先生,落墨于会上,又闪回会外的一些"风景"。他们与我结识有先后,但都是我学术道路上的良师益友,先生们的学养与人品都是我一辈子要学习的榜样。

郭圣铭先生(1915—2006年)。郭先生与我同是上海人,共饮浦江水,"文革"后期就见过了。他在会上以"历史教育的重大意义"为题,宏论史的作用,他说既然立足世界,就要了解世界,就要从历史入手;我们应当重视历史教育,把历史教育当作国民教育的一个重要部分。这让我想起80年代初在华东师范大学丽娃河畔的一间大教室里,他为学生授课,满怀深情地阐释史学史的重要性,称:"史学史的研究,是一种承先启后、继往开来的工作。"我坐在后排,入神地听先生上课。他之所讲,就是后来于1983年出版的《西方史学史概要》,这本开山之作,在百余年中国的西方史学史之史中,是一个零的突破,而今成了我教研西方史学史的必读书。

孙秉莹先生(1917—1995年)。他在会上以"进一步开展西方史学史的研究"为题,在中外史学的背景下谈论学习史学史的意义,学习西方史学史的重要性。我与孙先生在会上初识,但我从1984年出版的《欧洲近代史学史》一书中早知道他的大名,此次拜见叙谈时他知晓我是耿淡如先生的弟子,马上夸道:"名师出高徒啊!"羞得我无地自容。记得1985年秋日,吴于廑先生发起召开一次西方史学史的学术会议,我与先生(此时他还在湖南师范大学工作,后去了郑州大学)相约同行,出发前日中午,先生设家宴款待,热情交流,记得先生说及他1946年在美国华盛顿大学读研时的趣事,而餐上的酒事至今我仍记忆犹新。先生给我倒酒,我说不会,先生道:"这不是白酒,你喝一口就迷上了。"师命难违,于是我就喝了一小口,酒味醇香且带有一点甜味,连赞:"好酒,好酒啊!"先生高兴极了,就这样,我陪先生喝酒聊天，先生一杯又一杯，我是每次抿一下，小瓶包装的酒，大约喝了几瓶，至今我还不知道是什么品牌的酒。饭毕，稍作休憩，年近七旬的孙先生兴致勃勃地陪我同游岳麓山，在爱晚亭上，他放言咏诗，可惜当时没记下，现在再也回忆不起来了，是为憾事也。

谭英华先生（1917—1996年）。追溯源头，谭先生与我确有缘分，说的是：吾师耿淡如先生（1898—1975年）应商务印书馆之约，早在"文革"前就译就英国历史学家古奇的名著《十九世纪历史学与历史学家》，当时我是耿师的研究生，曾为古奇之译事作过校对，"文革"后待印，又请谭先生为此书校核，他做了详细的注释，1989年由商务印书馆作为"汉译世界学术名著丛书"之一出版，这个被学界称之为"双璧"的"耿译谭注本"，印证着前辈学人间的学术情谊，也牵引着晚辈与谭先生的缘分，怪不得1984年与谭先生在成都初识时，便一见如故，他热情地握着我的手说："这下可好了，耿淡如先生的未竟事业后继有人了！"此次见面，便成了我的老朋友了。

张芝联先生（1918—2008年）。这次会议前两年，我去北京国家图书馆等处寻找与搜集材料，特去北大朗润园拜见张先生，回沪后就收到了他寄来的卡莱尔的《英雄与英雄崇拜》两册英文原版书，自此与先生有不间断的联系。这次会上，他以"西方的史学史研究情况"为题，通过中外史学的比较与对照，具体介绍了晚近以来国外（主要为西方）史学的最新动态，让大家大开眼界。先生通晓英语与法语，中国新时期以来，他不辞辛劳，穿梭于东西，往返于中外，充当中外史学文化交流的使者多年，不知老之将至。先生的《从高卢到戴高乐》《从通鉴到人权研究》等名著，于法国史和西方史学史研究都做出了重大的贡献。

李雅书先生（1921—2007年）。她在会上以"从当代西方史学史的变化看史学史的研究"为题论史学史，认为它"应该是一个史学发展的历史，而不应该是罗列史家和史著的材料。我们要充分发挥史学史的作用，引起人们对这门学科的热情和尊重"。说得多好！先生之意韵，记得1984年8月教育部在成都召开的西方史学史教材编写会议上就说到了，故此次再聆听，印象加深。由此说开去，在成都会议上，给我留下更深印象的是先生与张芝联先生在会议间歇时打网球，那一招一式，好不潇洒，尤其是李先生的大力扣球，张先生招架不住了，连声说："好厉害！好厉害！"我们"围观"，拍手叫好，两位先生更是来劲了，仿佛他们又回到了那青葱岁月……

"世界史学史"：前辈留下的心愿

检点中国的西方史学史之史行程，耿淡如师于1961年在《什么是史学史？》的华文中，首次提出了"世界史学通史"，但在那个年代里，犹如空谷足音，并没有激起多大的反响。新时期以来，我个人直接听到过两位史学前辈说到了"世界史学史"，一是我系周谷城先生在80年代初的讲演中说到了"世界史学史"。另一就是在这次会议上的白寿彝先生。白先生在史学史座谈会上，在开幕式致辞时，就满怀信心地说：我们的史学史研究要开阔视野，从目前主要是对汉民族的中国史学史研究逐步发展到对中国全民族的史学史研究，再进一步，把对中国全民族的史学史研究发展到全世界的史学史研究。他设想的目标既是宏大的又是具体的，明确地指出："在十年之内、二十年之内，或多少年内，中国史学家能否写出一部包含各个国家各个民族的世界史学史。我想我们至少应该有雄心大志，定为前进的目标。"这是前辈留下的一份心愿。

白寿彝先生这一豪情满怀的讲话，鼓舞着参加这次会议的全体代表，尤其是与会的参编教育部部颁教材《西方史学史》的六位同志。我个人回忆，这次史学史座谈会一个十分突出的特点是，外国史学史，而主要是西方史学史得到了高度的重视，白先生的鸿鹄之志，几位专治西方史学前辈的鼓与呼，给新时期正在勃发的西方史学史学科助力，其影响力迄今仍存。当时我作为治西方史学史的年轻学人，得到了前辈们的呵护与关爱，这是我迄今仍铭记于心的。记得会前，我去探望谭英华先生，谭先生闻知我提交的文章《西方史学史研究在中国》，他毫不犹豫地放弃与我相似的内容而另谋论旨，竭力鼓励我以"西方史学史研究在中国"为题在全体会议上发言。拙文把百年来中国的西方史学史分成四个阶段，一一道来，我的发言取得了成功，我提交的文章全文刊登在"史学史座谈会专辑"（载《史学史研究》1985年第2期）上。谭先生则以"关于促进西方史学史研究的几点意见"为题，另辟蹊径，提出了以下三点高见：（1）加强马克思主义史学方法论的学习和运用，正确处理对待西方史学遗产的问题；（2）研究西方史学史要体现中国特色，应当重视中国思想文化对西方史学的影响和西方史学对近现代中国史学的影响，还要留意西方重要史学著作中有关中国的论述，以及对清末及"五四"以后传入中国的西方重要史学流派、史学观点和方法的再认识与重新评价的问题。他在最后指出："面对即将到来的新时代的挑战，我们应当加强马克思主义历史方法论的学习与运用，正确对待西方史学传统；从我国实际出发，吸收外来史学观点和方法的合理成分；不断更新我们的历史认识、研究方法和手段，为开创具有中国特色的西方史学史研究开辟道路。"谭氏之言，似同昨日，他对西方史学史研究之切入肯綮和预见性，令人叹服。

我们的前辈已把开创具有中国特色的西方史学史研究接力棒传给了下一代，把编写一部世界史学史的任务落实到后辈身上，任重而道远，这赋予我们一种强烈的责任感和使命观。我们要继承与发扬1985年史学史座谈会前辈历史学家所闪耀与标示的不断开拓创新、为史学研究而拼搏献身的学术精神与崇高品格。个人作为中国西方史学史研究的一员，从那以来砥砺奋进，从主著《西方史学史》到主编《西方史学通史》《近代以来中外史学交流史》等，做了一点微薄的工作。让我们在实现从"史学大国"到"史学强国"的进程中，继续前行，力争编就一部由中国学人写的《世界史学史》，交出一份满意的答卷，实现我们前辈的心愿，为中国历史科学的发展做出更多的新贡献。

（原载《历史评论》2022年第1期）

一次史学的"破冰之旅"

——1998年首次"海峡两岸史学史学术研讨会"追忆

6月初,九州大地告别了蜂飞蝶舞的春天,迈开步伐,迎着苍翠,与呆呆暑天拥抱。啊,望着已逝去的春天,不由令一位学人浮想联翩。就在这个春夏交替的季节里,不由让我想起1998年6月有过一次难得的"宝岛之行"。岁月易逝,不知不觉已有二十三年了,我常常想起那首次赴台湾学术交流的日子,那里的风景,那里的人,那里的事,历历在目,总是难以忘怀。

"破 冰 之 旅"

1998年6月6日至7日,"海峡两岸史学史学术研讨会"在台湾台中市中兴大学举行。大陆学者一行五人应邀与会,他们分别是:北京师范大学的瞿林东、吴怀祺、陈其泰,浙江大学的仓修良,复旦大学的张广智。除笔者教研西方史学史外,其他四位皆是当时国内治中国史学史的名家。

历史翻开了新的一页,20世纪80年代以来,中国大陆的改革开放,使两岸关系发生了变化。不过,在这次会议前,两岸的史学交流还相当闭塞,以学术研讨的会议形式,面对面的交流还至为鲜见。于是,我们赴台湾出席史学史学术研讨会,在当时两岸交流总体上还处于冷漠的情况下,无意中却在两岸之间架起了一座"克丽奥之桥"(克丽奥,史神),事后被两岸史学界称为史学的"破冰之旅"。倘如是，又在无意中，我们充当了这"破冰之旅"的"先行者"，在两岸文化交流史上留下了一笔，这于我们每个人而言，也是人生旅途上的一次值得怀念的经历。

由此看来，1998年首次海峡两岸史学史学术研讨会就至关重要了。本次会议的主题是"关于历史人物的评价及其书写"，也可兼及其他。收到邀请信后，我们五人都认真地做了准备，按时提交了论文，我的题目是"近20年来大陆学者的西方史学研究"，属于"兼及其他"，落笔前与本次会议总干事（秘书长）周樑楷教授沟通，得到了他的认可。

然而，我们的首次赴台殊为不易。只记得两岸双方相关机构各自都有一些必需的但又较为烦琐的手续，要一一办理，这需要时间。临近会议，有关批件还未下达，眼看就要来不及了，北京师范大学的吴怀祺教授不得不亲自去有关部门催发，终于成行。此时，因为两岸还没有开启"三通"，6月5日一早，我们只好各自从住地飞抵香港启德机场汇合，再在机场办入台手续，转乘台湾的国泰航班，抵达台湾的中正机场，主办方接机，到达台中已是晚上九点了。是晚，台湾史界两位大家杜维运先生和逯耀东先生来看望我们，两位先生谦和文雅，热情好客，给我们留下了深刻的印象。中兴大学历史学系主任王明荪教授特在饭店设宴为我们接风，主客畅饮，王教授好酒，但他一人与四人（我不会喝酒，只喝了点饮料）对饮，结果他酩酊大醉，第二天上午的开幕式本应当由他主持，也只好请他人替而代之了。

"欢迎你呀，大陆的朋友们！"

翌日晨，我一早就起来了，漱洗毕就出外散步。宝岛台湾地属热带气候圈，6月初，在大陆早晚还有凉意，很多人穿着长袖衬衫，而这里早就是清一色的T恤了。台湾一年四季不分明，到处都栽植的榕树，高大挺拔，那椭圆形的叶子随风飘动，我仔细看着，那叶子似乎也有灵性，竟不断地向我招手，好像在说："欢迎你呀，大陆的朋友们！"

6月6日上午，首次"海峡两岸史学史学术研讨会"在中兴大学开幕，这"破冰之旅"也就迈出了坚实的一步。两天议程，排得满满当当，为写这篇文章，我试图寻找23年前出席这次会议的名册与议程，虽翻箱倒柜仍未果，但却意外地从一本工作手册上找到了此次访台的行程记录，于是，求助同行者瞿林东兄，他也翻箱倒柜疲惫无果，只好在电话里凭我们各自的记性，虽不能复原那时的原本，但却留下我俩的共同回忆，以此略说一二。

关于主旨演讲。

中兴大学文学院院长作了极其简练的致辞后，即进入会议主题，由海峡两岸三位史学史学者杜维运、逯耀东、瞿林东作主题演讲。杜先生的演讲，从中西史学史交互的视角阐发，他说："我们如今的史学，面临着内忧外患。""内忧外患"？一开讲就把与会者怔住了，他解释道：这"内忧"说的是史学自身的危机，这"外患"指的是后现代主义思潮对史学的影响。杜公说的史学的"内忧外患"这个词语，迄今仍存于与会代表的脑海中。其他两位均以会议主旨纵横捭阖，博观约取。三位演讲精彩纷呈，获得了与会者的一致赞誉，为这次研讨会开了一个好头。这里要特别记上一笔的是，瞿林东教授紧扣本次会议的"关于历史人物的评价及其书写"这一主题，探幽索隐，挥洒自如，其文才与口才俱佳，代表了当时大陆学人史学史研究的学术水平与精神风貌。可惜这个讲稿，他找来找去，也不知去向了。

关于分场研讨。从6日下午至7日一整天，分场讨论，相类合为一场，宣读论文。我发觉，台湾学人的命题都较为微观乃至碎片化，宏大叙事者罕见。比如，论《史记》，不是泛泛而谈，出此题"汉武帝封禅与《史记·封禅书》"就具体多了；又如古罗马史学，出此题"从苏维托尼乌斯《罗马十二帝王传》看奥古斯都的形象"也具体多了。分场研讨，每题必有评论人，且与报告人同道，比如我提交的"近20年来大陆学者的西方史学研究"，就由王汎森教授作评论人，这是很对口的，同行研讨，一问一答，交流十分畅通；名家也作评论人，如前辈孙同勋、院士陶晋生等也当评论人；有的评论人对报告人论文作过细的解读，比原作者还要深入，提的问题往往是切中要害，常使报告人措手不及而无法作答等。台湾学界学术研讨会的有些做法，我们是可以借鉴的。

关于中外（西）史学研究的平衡问题。这次会议，只有最后一场的主题是"西方史学"，由我与周樑楷教授宣读论文，很明显的一点是中外（西）史学研究的失衡。台湾史学界，就其条件而言，与域外（尤其是西方）的联系，在相当长的一段时间里还是较大陆学人畅达，但就其史学研究的整体倾向而论，他们显然是"重中薄外"了。据我所知，台湾学人搞西洋史研究（即大陆学界的"世界史"），人数甚少，且大多集中在台北的辅仁大学。然而人虽少，成果却出众，举高校的西方史学史研究者为例，比如周樑楷的"英国左派史家研究"和"影视史学"研究、胡昌智的"十九世纪德国史学研究"、邓世安的"斯宾格勒史学研究"、林慈淑的"卡莱尔史学研究"、张淑勤的"赫伊津哈史学研究"等都是出手不凡。台湾学界，"海归"众多，不缺这方面的人才，相信日后会有不断的进展。

6月7日下午4时许，随着最后一场的"西方史学"讨论会结束，首次"海峡两岸史学史学术研讨会"圆满落幕，两天的会很快地过去了。两天来，我们与台湾学界同行，以文会友，在会内的学术交流中相互了解，在会外的相互交谈中加深友谊。落幕后，主持最后一场、年近古稀之年的孙同勋先生和两位同行邀我合影留念。这张合影照，还有此次参会的其他几张照片，在寻找会议名册时被发现了，今日再看，真是感慨万千。记得会前，我与孙先生交流，他知我是耿淡如先生的弟子后，兴奋地说："好多年前，我求学时曾读过耿淡如先生1933年翻译美国史家海斯和蒙的名著《近世世界史》，如今遇见耿先生的弟子，真是缘分啊！"这文缘为学术开道，为情谊搭桥，这张照片也就显得格外珍贵了。

在三地高校"巡讲"

我们一行五人都是首次赴台,趁这次良机,很想多看一看宝岛,多结交一些台湾朋友,会议主办方也想到了这一点,于是就想方设法为我们作了周到的安排,决定会后去台北等高校作"巡讲"(巡回讲演),这成了我们这次赴台参加学术研讨会的有机组成部分。为此,还得到杜维运、逯耀东两位老先生的关心,逯先生还特地关照与会的部分高校历史学系主政者要接待好大陆的朋友们。

在此,有必要插叙杜、逯两位先生在赴大陆进行学术交流的片段:新世纪以来,他们两位先生皆年迈,已逾或接近古稀之年,但他们老当益壮,赴大陆,走遍大江南北,我在上海曾多次与他们相遇又重逢,收获他们的赠书,聆听他们的演讲。比如,2007年秋日,在华东师范大学举行的"全球视野下的史学:区域性与国际性"国际学术研讨会上,杜维运先生以"中西史学的分歧"为题演讲,他在结束时说道:"人世间没有真理,将举世茫茫;没有客观,将是非倒置;没有真实,将黑白混淆。真理、客观、真实,在人世间珍如球璧。"他的"结尾句"使我顿时想起九年前他开始讲时的"内忧外患",其言振聋发聩,启人心智,至今仿佛还在我耳边回响,而杜先生的《变动世界中的史学》《中国史学与世界史学》等大作在大陆学界广为流传。

再说逯先生,他在台湾是史学大家,但还有"美食家"之雅称,他在大学讲授"中国饮食文化史",比他讲授"中国史学史"更受欢迎。他是江苏丰县人,却在苏州度过了他的少年时代,留下了刻骨铭心的记忆,这种记忆又无不与"美食"结缘。早几年有友人回苏州,问他要带点什么,他马上回应道:请友人代他吃碗苏州的虾蟹面。他在那美食的记忆中蕴含了那浓浓的"乡愁"、那浓浓的"姑苏情"。他与杜先生重于"言"不同,逯先生却喜于"行",他来大陆,走的路更远，下江南，上塞北，用他自己的话来说，他"走遍大江南北，也吃遍神州大地"，留下了坊间流传甚广的《寒夜客来》等佳作，兹随意掇拾一段，与大家分享之："在一个春雨绵绵的晚上，历经离乱漂泊的杜甫，来到卫八卜居的山村，主人嘱儿女备酒饭，山村无所供，仅有一味园圃现采的春韭和一钵刚出锅的小黄米饭。于是两位久别重逢的老友，把肩相看，开怀畅饮，细说别后沧桑。案上烛火摇曳，堂外细雨渐渐，真不知今夕是何夕。"这段典雅的文字，有我国明清散文小品之遗韵，逯先生不愧为史才与文才并茂的良史也，令我佩服。

还是闪回到 1998 年 6 月 7 日下午。会议刚结束，暨南大学历史学系主任徐泓教授就驾车在屋外等候我们。他亲自开车南行，一路与我们谈笑风生。我们的"巡讲"，其路线图大体如下：南投县的暨南大学—台北的政治大学—辅仁大学—台湾大学—新竹的清华大学。在各校"巡讲"中，五人的共同题目是"中国传统史学与现代史学"，视情况也有变动，我因治西方史学史，讲的是"中国传统史学的现代转型与西方史学的东传"。各校都采取学术座谈会的形式，与会师生们一开始都用好奇的眼光打量着我们，但一经互动环节，相互切磋，相互探讨，陌生感也就很快地消失了。

以下我沿上述"巡讲"路线图，略叙在台湾三地高校学术交流过程中的所见所闻，尤记趣闻轶事。

先说行。三地"巡讲"，走来走去，未坐专车，都是各高校历史学系系主任的私车并由其亲自驾驶的，他们一面开着车，一面给我们介绍窗外沿途的变革、风景与习俗，在时断时续（因为开车）中，串成了一个个饶有兴味的故事。

次说住。我们在三地的住宿，都在校内招待所，不住校外宾馆。虽名为校内"招待所"，但设备齐全，不亚于星级宾馆。因在校内住宿，可省开支，余暇又可在校园散步，可以随意随时观赏校内外风景，何乐而不为。

再说吃。这几天的"巡讲"，主人都热情款待，吃得好，还各有特色。比如，6日晚，暨南大学历史学系主任徐泓教授在南投县的山间小镇埔里一家名为"七巧高山野菜馆"招待我们，该店菜肴一如其店名，以取自山间乡间的野菜为主，经厨师精心烹调，别有风味；6月10日晚宴，由逯耀东先生请客，他亲自点的菜，宴请十分丰盛，两岸嗜酒者与逯先生和台湾朋友对饮，豪情满怀；6月11日晚，政治大学人文学院院长张哲郎教授做东，地点选在校区附近半山腰的一家"美加饭店"，可以一面吃饭，一面观赏台北夜景，只见天上皓光照耀的银河，地上朦朦胧胧闪烁的万家灯火……

后说观。"观"者，这里指通常意义上的参观游览。台湾素来有"美丽宝岛"之美名，要去参观游览的地方很多，记得徐泓教授在接我们的车上说过："来台湾，倘若没游日月潭，那是要后悔终身的；倘若没有去过台北故宫博物院，那是要遗憾一辈子的。"他又告诉我们："逯公特为关照，除学术交流外，一定要安排你们去看看日月潭，一拜玄奘寺，一览孔雀园。"6月8日上午，大雨如注，天公不作美，徐主任上午系里有事，不能脱身，但他还是特地嘱咐他的一位研究生开车，让我们雨中游日月潭。大家撑着伞，远眺高出水面760米的高山湖泊，只见湖天一色，烟水空蒙，真是别有一番天地。看着天空，雨似乎暂停了，学生乘这间歇为我们用相机（当时手机还不时兴）拍照，于是就留下了我的一张23年前的旧照片，"立此存照"，以此佐证，我没有"后悔终身"。

6月10日下午参观台北故宫博物院。北京故宫，我们都不止一次地参观过；台北故宫博物院，对于我们从事历史研究的人，都是心仪已久的胜地。巧的是，辅仁大学历史系系主任戴晋新教授的夫人冯明珠女士在那里工作，且是馆中的中层干部。凭着这样的"导游"，是日下午台北故宫博物院行十分顺当，大家都觉得很满意，连声向冯女士道谢。后来，冯明珠女士2012年委任台北故宫博物院院长，2016年离任后，又被北京故宫博物院聘为"顾问"，这是后话了。总之，在匆忙的行程中，我们饱览了"宝岛"晶莹剔透的两颗珍珠，尽管只是"蜻蜓点水"，但这两处胜景在走马观花中也"应览尽览"了，让我们五人有一种强烈的获得感，真的是不虚此行了。

有道是，"两岸一家亲，皆是炎黄孙"。这初次台湾行，我们是确确实实感受到了。临别前夜，已经成了老朋友的台湾友人纷纷前来话别，赠送他们的大作，还有高山茶和凤梨酥等"伴手礼"，更令人感动的是，还把邮局营业员叫到我们的住地，为我们打包书籍等重物代邮，使我们得以轻松出行，但那与台湾同人结下的深情厚谊，却是沉甸甸的、厚墩墩的，怎能不让我们感受到它的不堪重负。

6月13日一早，直奔机场，返回大陆。时光飞逝，8天的时间过得真快，台湾的朋友们，再见！回眸，送行者终于消失在我们的视野中。蓦然间，忽听到李白《赠汪伦》的声音：

> 李白乘舟将欲行，
> 忽闻岸上踏歌声。
> 桃花潭水深千尺，
> 不及汪伦送我情。

此刻，我与李白是"心有灵犀一点通"的。1998年6月首次的海峡两岸史学史学术研讨会，给两岸学人都留下了难忘的记忆，这场"破冰之旅"为海峡两岸同胞往来，尤为史学界人士的学术交流建桥铺路，不管日后阴晴变幻，莫道世间风雨无常，但终究不能隔断海峡两岸"同为一家人"同根同种同源的血脉和情缘，让我们携手同心同向同行，传承与发扬华夏文明，一如台湾遍地种植的榕树，蔚然长青！

作者附记：本文之写成，特别要感谢北京师范大学资深教授瞿林东先生的鼎力支持，我与他长途通话，共同追忆这非凡的1998年首次海峡两岸史学史学术研讨会，从某种意义上而言，文章是由我们两人共同完成的，鄙人不过是一个执笔者而已。

（原载《历史评论》2022年第5期）

我们总要前行
——寄语《西方史学史研究》

山河温润，万象更新。春来了，和着新时代的春风，由复旦历史学系西方史学史研究中心主办的《西方史学史研究》应运而生，在这创刊之际，浮想联翩，思绪纷飞，但眼下最想说的只是一句话："我们总要前行"。

为了传承我系的优良传统，我们总要前行。

复旦历史学系于1925年创系迄今已有97年，再过三年就是它的百龄嵩寿、期颐之岁了。近百年来，我系随时代的风云变革，在曲折坎坷中前行，为后人积累了宝贵的精神财富。倘问：先贤给我们留下了什么？答曰：概言之，那就是强烈的爱国主义精神、博大精深的学术气派、彰显独特的学术个性、以学问为生命的学术情怀。在这四个方面中，头尾衔接，尤为重要，第二与第三方面则相辅相成，各显其能（即"通才"与"专才"）又互相兼容；四个方面，合为一体，即以学术报国也，为全面建设社会主义现代化国家、实现中华民族伟大复兴的中国梦，博学笃志，切问近思，做出每个人的卓越贡献。于是，它的传承终成了复旦历史学系耀眼的特色和优良的传统，具有无与伦比的感召力和影响力，不啻成了全体历史学系同人教书育人，培根铸魂，进一步促进教学与科研工作的一种强大的动力，也成了吸引莘莘学子"学步邯郸"、求学我系的一种动因。

有道是，继承传统，超越传统。这当然是一个理想主义的目标，但要超越，首先必须要继承传统，舍此就是一句空话。历史长河川流不息，继往开来未有穷期。在当下，我们最迫切需要把先贤们所熔铸的优良传统发扬光大,在各自专业的岗位上争创一流,奋发有为,以求开拓与创新,永葆历史学系之青春活力,铸就明日的辉煌。

为了传承我系重视史学史的学术传统,我们总要前行。

在上述所言历史学系的优良传统之下,产生了各具学术个性和特征的众多分支学科,这些分支学科最初皆由我系之大家领衔,通过代际传承,这些分支学科不断地在发展壮大,成为我系在国内史学界一张令人瞩目的品牌,取得了后人一时所难以企及的学术成就,成为某一学科的"奥林帕斯山上的宙斯"。回望近百年系史,就其历史久远、代际交接与具体成就,我系的史学史学科当属前列之一。早在抗日战争烽火的年代里,身居"孤岛"上海的周予同先生就写下了中国近现代史学史研究的开山名作《五十年来之新史学》。此后,他与周谷城先生相继主持系政,都十分重视史学史,强调史学史是文化史的核心成分,历史学专业应同时开设中国史学史和外国史学史(实为西方史学史)这两门主课,以及与之相关的课程。60年代初,由陈守实先生、耿淡如先生分别开设"中国史学史"和"外国史学史",两位先生讲授的两门史学史课程,都以独特的风格吸引着青年师生,并且各自都在本系带出传人。

正是在这个时期,耿淡如先生不畏艰难、不辞劳苦,在荒芜的西方史学史田野里垦荒:1961年发表《什么是史学史?》这一方向标性的大作,同年为历史学系本科生讲授"外国史学史",1961年由教育部任命主编《外国史学史》,1964年招收西方史学史专业方向的研究生,从事西方史学名著的译介等,为西方史学史的学科建设做了一系列奠基性的工作,在中国的西方史学史之史中书写了重要的篇章。唯听驼铃声声,我们要追寻耿师的足印再出发,去绘就中国西方史学史的愿景。

为了中国的西方史学史学科的发展,我们总要前行。

复旦历史学系重视史学史的传统,自改革开放后谭其骧先生重主系政以来,一直在延续着。以西方史学史而言,在耿师的学术精神指引下,我们在教学上得以"跟着讲",从西方史学史、西方史学名著导读、现代西方史学理论到西方史学史专题研究,从本科生到硕士、博士研究生,一届又一届地传授,作为历史系学生的基本素养,也作为有志于从事西方史学史学术研究的津梁;在耿师的学术精神指引下,我们的学术团队从编纂《西方史学史》《西方史学通史》到《近代以来中外史学交流史》,为中国的史学史学科体系、学术体系与话语体系做出了一点微薄的贡献。

观天下史坛,中国史学总要前行,它之进步离不开以下两个方面:一是我国的传统史学,这当然不是原封不动地继承,而是要传承它的优良传统,以发掘它潜在的和现代的价值;一是引进域外史学(主要是西方史学),以汲取异域优秀的史学成就,为我所用。倘如是,中国的西方史学史学科也是这样。如今,复旦西方史学史的接力棒传至我们第三代,那就更应当乘势而上,奋力前行,这一重任出自中国史学走向世界的时代诉求,出自我国从"史学大国"走向"史学强国"的历史使命。历史与现实告诉我们,历史机遇稍纵即逝,时代氛围弥足珍贵,让我们牢牢地把握这个难得的机遇,只争朝夕,不负韶华,求索无疆,在与世界史学的互动中前行,为中国史学的发展添砖加瓦,为中国的西方史学史发展增光添彩。

我们总要前行,在不断的探索中前进,归根结底,它是与史学理论相连贯。就史学理论的广义而言,自然是指历史学家对人类文明发展进程,亦即历史发展客观进程的认识,通常称之为历史观或历史哲学,如黑格尔的《历史哲学》。历史时空的发现层出不穷,势必成为一种持续不断的探索范畴,而一种新的激励因素又促使人们不断去寻求解读整个大千世界的"斯芬克斯之谜"。正如美国文化史家丹尼尔·J. 布尔斯廷在其名著《发现者》一书中所言,整个世界仍是个"美洲新大陆",在人类知识的版图上,最令人瞩望的标识永远是 terra incognita(未知领域)。诚哉斯言,人类的发现是永恒的,世界文明的广阔无垠,将会持久地闪发出各自的光彩,犹如我们前行,会一直朝着诗和远方……这就是"我们总要前行,在不断的探索中前进"的史学理论亦即历史哲学观。

"世上无难事，只要肯登攀。"探索犹如登山，我以为只有那些不畏艰难险阻，沿着崎岖山路攀登的人，才能登上峰顶，领略"会当凌绝顶，一览众山小"的情景，我们的历史研究亦然。借此一角，谨以上述微言权作"寄语"，献给《西方史学史研究》，也献给我们年轻一代的历史学家们，愿我们共勉之，共为之！

作者附记： 2021年，复旦历史学系西方史学史研究中心创办辑刊《西方史学史研究》，应该刊编辑部邀约要我写点励志的话，于是我就以"我们总要前行"为题撰文，聊作"寄语"，祝贺《西方史学史研究》的创刊。今日审稿，又略有修订，由"寄语"变成了一篇小文。

学步邯郸

癸卯秋日去美国探亲,在纽约邂逅学生申芳,闲话聊天,自是愉悦。聊得最多的竟是师生同感兴趣的、她多年前求学复旦历史学系读硕士研究生时的一份班刊《学步邯郸》。

《学步邯郸》之名,自然会牵引成语"邯郸学步"之来由,其出典如下:春秋列国时,赵国都城邯郸流行踮屣舞(一种类似于现代芭蕾舞踮着脚尖的舞步,甚是优美),有燕国寿陵少年到邯郸学步,结果是"未得国能,又失其故行矣,直匍匐而归耳。"(《庄子·秋水》)这故事传之后世,于是就有了唐代大诗人李白的名句:"寿陵失本步,笑杀邯郸人。"至清代蒲松龄的"我自有故步,无须羡邯郸"。这一成语的原意是讥讽学习他人之长,又失去自信,不得真谛,竟把自己原有的东西也忘却了。

时光飞速穿越。2009 年 9 月,"申芳们"来自五湖四海,汇聚复旦攻读硕士研究生,我为他们开设"西方史学史专题研究"一课,于此就与该班部分同学结下了师生情缘。当时,申芳所在的班筹划办班刊,为刊名斟酌良久,最终他们把成语"邯郸学步"词序互易,以"学步邯郸"为名,其睿智凸显且含义深刻,既自谦"学步"一切从零开始,又巧妙地暗示出他们的求学地——复旦(邯郸路 220 号),蕴含着文雅含蓄之美。编辑部的同学们要我为他们的班刊创刊号写几句话,我义不容辞地写了个"小引",题名《浓绿万枝红一点——贺〈学步邯郸〉诞生》,引用王安石在《咏石榴花》诗中"浓绿万枝红一点,动人春色不须多"的名句。小序经《复旦校报·芳草地》转发,《学步邯郸》曾风光一时,在复旦园内颇具影响。

《学步邯郸》的创刊号，我至今仍保存着，它也留给我无限的遐思。"学步邯郸"，每一个在复旦读过书的莘莘学子，都曾在登辉堂（今为相辉堂）聚会，在燕园小桥流水嬉戏，在曦园卿云亭眺望，在"南京路"（即今光华大道，复旦人习称"南京路"）漫步。想当初，同学少年多豪情，学步邯郸留遗篇。总之，都写下了每个人生命中浓墨重彩的一章，而这一章把过去的时光和将来的生命联系在一起，去铸就未来的璀璨和辉煌。

"学步邯郸留遗篇。"我对申芳直言道。

"老师的话，含有深意，我记住了。"申芳回应说，"我读过您在我系西方史学史研究中心主办的《西方史学史研究》（2021年）创刊号的寄语，感人至深。"

她一边感叹，一边打开手机，很快地找到了我写的这一寄语。申芳读道："探索犹如登山，我以为只有那些不畏艰难险阻，沿着崎岖山路攀登的人，才能登上峰顶，领略'会当凌绝顶，一览众山小'的情景，我们的历史研究亦然。"

稍歇，她望着窗外墨色的夜空又言道："如今，我留学深造，也亦然？"

一旁的蔡老师插话，连连说："亦然，亦然！也许更需要不畏险阻，攻坚克难啊！"

确实如此。这位来自殷墟甲骨文之乡的安阳女孩，苦读硕士三年，在吾生、导师陈新教授的指导下，出色地完成了以"试论托克维尔的民主思想和历史写作"为题的硕士学位论文，获得了评委老师们的一致好评。尔今，她又更上一个台阶，在美国留学深造。前些日子，她打来电话传来了好消息，说毕业在即，将留校任职。

我打趣地在电话这头笑道："你姓申名芳，但我要说的是，不只是'申芳'，不只是显示出上海的、复旦的芬芳，更要有宏大的志向，奋力在世界百花园中展现光华。"

当下，正逢开学，复旦园里真兴旺。学步邯郸，放飞梦想，采一片绚丽的卿云,揣一缕世纪的霞光,笃志切问,薪火相传,行走在望道路上……

(原载《新民晚报·夜光杯》2024年3月5日)

第二辑
史 海 拾 贝

将各国史学放在一起作比较,由比较可以知其异同,由异同可以求得会通、综合之道,到求得会通、综合之道时,就是一种创新了。

——杜维运:《史学方法论》

读史小引

每当我出版新书赠友人或学生时，他们"加码"要我题词，写得最多的是"历史是民族的史诗"与"读史使人明智"。前句出自19世纪法国史家米什莱之言，多呈同人；后句是17世纪英国思想家弗朗西斯·培根说的，常予弟子。

"历史是民族的史诗"，它从整体的或抽象的层面上说到了历史的重要性，说到了历史教育与提高民族素质和国民教育的重要性。据此，历史则是人类社会文明的"集体记忆"，是人类最好的老师，是引领个体寻找精神家园的路标。"欲知大道，必先为史"，我国先贤之语正与之吻合，真有异曲同工之妙矣。

"读史使人明智"，它从个别的或具体的层面说史，说到了历史的重要性，说到了历史对于提高个体的思想境界、人文情怀、修身养性、审美意蕴等，具有为其他学科所无可取代的潜移默化的作用，大凡读史者都会感受到历史那"永恒的魅力"。

说到"永恒的魅力"，我倏然想起一则真实的故事：且把时空定格在法兰西，90多年前，某晚，是时一位史家正在伏案写作。

"告诉我，爸爸，历史有什么用？"一个小朋友指着书架上他老爸写的《国王的奇迹》《法国农村史》等著作问道。

这位史家就是后来名闻天下的法国年鉴学派创始人之一、现代西方史学大师马克·布洛赫（1886—1944）。

"历史有什么用，有什么用呀？"面对他十分宠爱的小儿子，半是回答，半是自语。

"告诉我，爸爸，历史有什么用？"布洛赫幼子的这一发问，竟成了后来风行我国史坛他的《历史学家的技艺》开篇之句。在这本文约事丰的名著中，他力图用言简意赅的文字论证克丽奥所赋予的"永恒的魅力"。提起克丽奥，须溯源于古希腊神话：众神之父宙斯与记忆女神谟涅摩辛结合，生下了文艺女神缪斯，有九位，居首位者乃克丽奥，司历史，她年华似锦，容貌美丽，神情高雅，具有如布洛赫赞之的"永恒的魅力"，后世西方作家笔下的克丽奥已引申为历史（或历史学）的代名词了。

我要为那"永恒的魅力"吟唱，她让我们重温过去。沿着历史的轨迹，人们就蓦然发现，世界历史，古今上下，绵延不绝，从愚昧走向知性，从野蛮走向文明，不畏艰难，百折不挠，铸就汇聚了每个文明各具特色的璀璨的世界文明。我们由此领悟了历史，人类总是不断地向着文明、向着幸福的道路前进，谁也阻挡不了历史发展的这客观规律。读点史吧，它收获的是智慧。

我要为那"永恒的魅力"吟唱，她让我们面对现实。环顾全球，展望当下，气候变化，环境污染，人口膨胀，贫富分化，恐怖肆虐，还有那俄乌战火，试问：今日之世界，究竟何处去？奔走在喧嚣的现代社会中的人们呀，是不是也应当放慢一下脚步，去倾听抵抗俗世邪恶的呐喊，去聆听追随初心返璞归真的声音；放慢一下脚步吧，回看一下各自的足印，不致忘却"心灵的图画"，去抚慰那躁动不安的心灵。读点史吧，它换来的是清醒。

我要为那"永恒的魅力"吟唱，她让我们盼望未来。借此，我与诸位读者分享一则读书体会。近读人文新著，由布赖恩·费根写的《大发现四百年》（上海人民出版社2023年3月出版）这本涵盖从哥伦布发现新大陆至19世纪末的四百年史，沾染着"新世界"原住民的血泪史，记述的是个"悲剧故事"。但作者并不悲观，书末不无乐观地预示着世界有一个美好的未来。读点史吧，它憧憬的是希望。

笔者言而未尽，试作小诗一首，题目就是《希望吟》。

希望吟

大发现，多少代，

暴月凶年究可哀。
四百年，风云疾，
论世衡史几多载。

忆往昔，万千灾，
悲剧故事记心怀。
观当下，思安危，
乌云终散化阴霾。

行道难，奋力迈，
期盼五洲百花开。
看世界，前景灿，
揣着希望向未来。

是的，克丽奥具有"永恒的魅力"。人类历史，世代相继，生生不息，但总是在过去、现在和未来这三个世界里度过的，我们满怀信心，不遗憾往日，不虚度现世，不辜负将来，倘如是，这或许就是个体生命对人生最好的答卷。总之，有希望在前面引路，将鼓舞着一代又一代人的奋勇前行。

行文至此，记得李大钊论史之大者，把历史、现实、未来作了生动而又精辟的论述，录此作为本文的结语："宇宙的运命，人间的历史，都可以看作无始无终的大实在的瀑流，不断的奔驶，不断的流转，过去的一往不还，未来的万劫不已……无限的古代，都以现今为归宿；无限的将来，都以现今为胚胎。"

(原载《钱江晚报》2023年4月23日)

汤因比给我们留下了什么？

"衡文论史贯长虹，瀛寰回眸话西东。彰往察来多少事，学海史林数汤公。"

这里的"汤公"者，阿诺德·汤因比（Arnold Joseph Toynbee，1889—1975年）也，被后人誉为"近世以来最伟大的历史学家"。

1959年，当我求读复旦大学历史学系时，已从是年上海人民出版社出版的汤因比《历史研究》（索麦维尔缩节本，曹未风、耿淡如等合译）知道了他，自此迄今与这位英国历史学家结下了一个甲子的不解之缘。回顾汤因比的东传史，从20世纪40年代"战国策派"的中国知音，到五六十年代的全盘否定，到改革开放后的拨乱反正，至新时期的新论重评。

晚近以来，汤因比的大名与年俱增，随着《汤因比著作集》（上海人民出版社出版）的发行，不仅在我国学界掀起了一场不大不小的"汤因比热"，而且在坊间他的著作也广为流传。近年出版的现当代国际史学大家威廉·麦克尼尔（1917—2016年）撰著的《阿诺德·汤因比传》（上海人民出版社出版），为"汤因比热"升温，真是"大家"写"大家"，他俩无愧为"20世纪对历史进行世界性解释的巨人"。汤氏著作，大家写传，唯独缺他的自传了。

如今自传来了！本书出版人还给它取了一个令人深思且别具新意的正题《人类的明天会怎样？》，这种撞击每位读者心灵的叩问，促使奔走在喧嚣的现代社会中的人们，是不是也应该放慢脚步，回看一下自己的足印，抚慰那躁动不安的心灵，认真地去思考一下："人类的明天会怎样？"

人类的明天会怎样？让我们还是安下心来，先读一下《人类的明天会怎样？——汤因比回思录》这本书。通览全书，可以对汤氏的生平作一个极简的表述：汤因比生当近代西方社会处于莺歌燕舞的盛世，其时英国维多利亚王朝的雍容华贵与轻歌曼舞，风光一时，在伦敦肯辛顿公园，留有他童年和少年时嬉戏玩耍的身影，但这如同昙花一现，"儿时的天堂被晴天霹雳劈得粉碎"，随之而来的是一个史无前例的大变革时代，两次世界大战的血雨腥风，战后世界的风云变幻，在这个天翻地覆的20世纪，他足足生活了四分之三个世纪，也足足奋斗了75年。

汤因比逝世已近半个世纪了，但他似乎还活着，活在他的著作中，活在这位"智者"的"警世通言"中，活在世间每个个体生命的心中，清新、鲜活而又透彻，这就会让世人情不自禁地发问：汤因比给我们留下了什么？

须知，汤因比的思想犹如浩瀚的大海，汤因比给我们留下了什么？以我的微薄之力，只能舀取一瓢水，"以蠡测海"而已。

其一，汤因比给我们留下了丰赡的文化遗产。汤因比的学术身份首先是历史学家，他留下的文化遗产，主要显示在史学文化上。而史学，居于文化的中枢和核心部分，乃是文化中的文化。的确，汤氏不无史才，著作等身，从12卷本的皇皇巨著《历史研究》到晚年写就的史诗性的《人类与大地母亲》，两书前为思辨，后为叙事，笔法不一，但旨趣归一，都有一个共同的特点，那就是史家的宏观视野，整体史观，全景考察，给人以一种高屋建瓴、无与伦比的气派，由此两书充分显示出他思辨与叙事兼具的良史形象。

在现当代西方史学发展史上，汤因比是西方史学现代转型中的弄潮儿，他树起了以兰克为代表的19世纪西方传统史学反叛的旗帜，传统的国别史或民族史元素被打破了，而以单个文明（或文化）作为历史研究的基本单位，继承并发展了斯宾格勒的文化形态史观，秉持"各个文明价值等同论"、"文明发展的同时代论"（或平行论）、"文明之间相互比较论"等新见，为批判旧史学、创建新史学立下了汗马功劳。他除了从宏观上考察整个人类历史发展进程外，还借助典型，比较分析，多角度地对文明模式进行个案研究，于是他总结出世界文明研究的"三种模式说"，即各具特征的希腊模式、中国模式和犹太模式。汤氏对这三种文明的个案研究，虽不能包含一切，但却在很大程度上概括了世界文明发展史上不同地区和民族发展的特点，对于当今我们研究世界文明史具有重要的学术价值和借鉴意义。不管怎样，卓尔不凡的成就奠定了汤因比作为20世纪国际史学界大师的历史地位。

其二，汤因比给我们留下了出众的域外史观。西儒先贤伏尔泰曾曰："欧洲王室及商人们发现东方，追求的只是财富，而哲学家在东方发现了一个新的精神和物质世界。"是的，汤因比在20世纪大变革的年代里，在批判传统的世界史体系时，跳出欧洲，跳出西方，关注东方。他曾漫游东方世界：1929年7月23日至1930年1月29日，有中国之行；1960年2月19日至7月1日，有阿富汗、巴基斯坦和印度之行等。他以其行与思，发现了一个别样的"新东方"，汤氏由此感叹："文明不再单一，世界因此而变得色彩纷呈！"

汤因比的域外史观之出众，这里仅就他的"中国文明观"为例略说一二。在汤氏的学术年谱中，可以很清晰地找出他对中国文明的关注是一以贯之的：早在1929年7月至1930年1月对中国进行实地访问后，认为中国是"一个伟大的国家！"（《中国纪行》，第155页）；20世纪30年代，在他的《历史研究》前三卷中，就有六处集中论述了关于中国历史和文明，认为古代中国文明起源于对黄河流域困难的自然环境的挑战，此说当可取；1972年5月和1973年5月，他与日本佛学家、社会活动家池田大作的两次对话中，一再称颂中华民族所确立的美德能代代相传，并对中国文明的独特地位及其在未来世界中的引领作用充满了期待，明确地指出："中国有担任这样的未来政治任务的征兆，所以今天中国在世界上才有惊叹的威望"；在1973年出版的《人类与大地母亲》一书中，他"不畏浮云遮望眼"，从中国"文革"的内乱中，还能看出中国显示出的"良好的征兆"，这个在他心目中的"一个伟大的国家",其前景灿然。他满怀信心地说,中国已经为人类文明创造并将继续创造着"令人惊叹"的丰功伟绩。正如他在《一切尽在我心》诗中曰:"俯仰之所见,道在其中矣。"(司佳译,本书402页)诚然,汤氏的"中国文明观"尚有可斟酌之处,但他对中国文明锲而不舍的探索精神,却是难能可贵的。

其三,汤因比给我们留下了浓郁的人文情怀。在漫长的人生之旅中,汤因比不只是一位坐而论道的学者,还是一位投身于社会实践的斗士。"风声雨声读书声,声声入耳;家事国事天下事,事事关心。"借用我国明代东林书院中的这副对联,或可描画他在当时国际政治舞台上匆忙的样子,他反对战争,捍卫和平,抨击种族歧视,时刻关心着人类的命运,从中散发出了他那光彩夺目的国际人道主义光芒。

汤因比的人文情怀,其核心理念是:尊重人,维护人的尊严,敬畏生命。这如同一根红线,贯穿在他的生涯中:20世纪20年代初,青年汤因比在巴尔干半岛考察,面对满目疮痍的景象,他陷入了对西方文明前途的深思,至晚年,他在《人类与大地母亲》一书之末,从对个体人的命运的关注深化到对整个人类命运和未来的思考,穿越时空,对接古今,发出了"警世通言":"人类将会杀害大地母亲,抑或将使她得到拯救?如果滥用日益增长的技术力量,人类将置大地母亲于死地;如果克服了那导致自我毁灭的放肆的贪欲,人类则能够使她重返青春,而人类的贪欲正在使伟大母亲的生命之果——包括人类在内的一切生命造物付出代价。何去何从,这就是今天人类所面临的斯芬克斯之谜。"其言醍醐灌顶,其声振聋发聩,不啻是一位"智者"谢世前的《广陵散》。环顾今日之世界,在全球生态危机频发的年代里,尤其当下新冠肺炎肆虐,在全球蔓延时,我们总是想起了他,想起了他的"警世通言",想起了这位被人们称之为"最伟大的人道主义精神"的历史学家。

在这里,我们需要指出的一点是,古今中外,大凡大历史学家都是大文学家,在我国,司马迁作《史记》,被鲁迅称为"史家之绝唱,无韵之《离骚》"。借用大先生的话,用来评价西方"史学之父"希罗多德的传世之作《历史》亦然，他也由此赢得了"散文学之父"的美名。汤因比继承与发扬了这文史合一不分家的优良传统，并是这个传统的践行者。汤因比不但是大史家，而且也是出色的散文作家，他以笔写意，字如流水，挥洒自如，风趣幽默，这集中体现在他的游记作品中，也充分体现在这部自传体的散文佳作中，尤其是本书的第三部分"反思"的32首诗歌，与其说是"诗"，还不如说是"散文诗"，是一位史家在60年间（1907—1966年）的创作，亦可以结集题为"反思散文诗"，不知汤因比以为如何？

行文至此，蓦然间，传来了一个声音，由远及近，由弱转强，就这两个字："希望！"这是汤因比的声音！他为天下众生呐喊，他为全球康泰祈祷，他为生命至上呼唤，他为未来前景点赞，正如汤因比的孙女波莉·汤因比所言："我的祖父为我们树立了要在这个世界上寻找希望而非绝望的榜样。"诚哉斯言！

笔者文题"汤因比给我们留下了什么？"和本书之正题"人类的明天会怎样？"这两个问号从不同的视角发问，与此相关的主旨与意韵是相通的，在我看来它就是"希望"，这是我们的追求，是世人的理想，也为前行者带来了无穷的力量。悠悠千载，前路漫漫，行囊中始终只装着一份希望。希望，希望啊！让我们迈着雄健的步伐，带着它一起向未来！

[本文是为《人类的明天会怎样？——汤因比回思录》（上海人民出版社2022年版）一书写的序。后又被《中国社会科学报》《文史天地》等报刊转发]

大发现四百年给我们留下了什么？

壬寅秋日，凉风习习，正是读书时。近读布赖恩·费根的《大发现四百年》，他那流畅的文笔，一开卷就把我吸引住了。我发觉，作者是一个会讲故事的人，他在前言开头和结语尾句都表明，这本书为读者讲述了一个"悲剧故事"。在悲感中，历史证实大发现四百年史中，西方殖民者的征服与暴行，无不沾染了原住民的血与泪。掩卷而思，这不由令人发问：大发现四百年给我们留下了什么？或者说从这本书里，我们获取了多少知识、几多深思？笔者不才，就此略说一二，望识者赐正。

其一，改制了世界近代史的版图。

本书以丰硕的史料批判了欧洲中心论。人类从原始、孤立、分散的发展为全世界成一密切联系的整体，是一个悠远漫长的过程。马克思在《政治经济学批判》导言中指出："世界史不是过去一直存在的；作为世界史的历史是结果。"世界近代史是断代史，不过是整个世界历史的一个组成部分，它或许可以从哥伦布发现新大陆至19世纪与20世纪之交，正如费根的《大发现四百年》所涵盖的，它时间虽短，但意义非凡，自此人类历史迈上了一个新台阶。

由此，这不由让我想起大学念书时，教我们世界近代史一课的启蒙老师程博洪先生，他上课时随身携带一个蓝封面的小本子，但他从来不看，只是讲到兴致高时，用手拍拍这个小本本，意思是"我之所云，句句有据也"。程先生不仅熟谙世界近代史，而且还是当时国内屈指可数的拉丁美洲史的权威。现在回想起来，我们所接受的世界近代史的启蒙，还是疏离欧洲中心论的，它增添了拉丁美洲的养分，真是得益匪浅。

说起欧洲中心论,自然又想起了教我们世界古代史的周谷城先生。一次在校庆学术报告会上,我聆听这位史界前辈尖锐抨击欧洲中心论,他说,"世界整体的历史,应该具有世界性","地理的'发现'叙述了,发现了的'地理'仍略而不谈,好像谈了就会动摇欧洲中心","我们不能追随以欧洲为中心的思想"。先生用浓重的湖南乡音演讲,然此言却一直记在我的脑海里。

这"发现了的'地理'",充盈在《大发现四百年》一书里,其书所展示的各个异域如南非的科伊科伊人、南美的阿兹特克人、澳洲新西兰的毛利人等皆创造了各自的文明(文化)成果,对此,我们都要重视。殊不知,"莺歌燕舞"的19世纪欧洲盛世,无论是维多利亚时代的雍容华贵,还是哈布斯堡王朝的轻歌曼舞,怎能漠视"发现了的'地理'"原住民的贡献呢?由此说开去,人类文明具有多样性和独特性,因此一切文明成果都要珍惜和尊重,应以文明交流互鉴超越文明隔阂和冲突,唯其如此,才能去拥抱世界文明的未来远景。

其二,助长了历史人类学的兴旺。

大发现四百年,充满探险,充满发现,而且有不断的新发现。作者在书中写道:"16世纪以后,欧洲国家把目光投向一个完全不同的世界。大发现时代的旅行者、传教士和殖民者带回的关于全球的知识,为新的冒险和科学探索开辟了无限可能,还有那留传了数世的关于天堂与高贵野蛮人的传说中的灿烂未来。"(本书,第150页)这也应了美国文化史家丹尼尔·J. 布尔斯廷在其名著《发现者》一书中所言,时间与空间的发现势必成为一种连续不断的探索范畴,而一种新的激励因素又促使人们不断去寻求大自然的秘密,这是个没有结尾的故事,整个世界仍是个"美洲新大陆"。在人类知识的地图上,最令人瞩望的标识永远是 terra incognita,即"未知领域"。是的,人类的发现是永恒的,世界文明广阔无垠,将会持久地闪发出各自的光彩,犹如我们前行,会一直朝着诗和远方……

倘如是，由于历史发展进程充满了"未知领域"，那么历史学的发展进程亦然。就西方史学而论，20世纪以降，具有悠久传统的西方史学发生了裂变，日渐剥离传统史学的脐带，开启了现当代西方史学的新进程。这一进程，随着社会发展而推陈更新。历史人类学就在这多姿多彩的史学景观中应运而生了。

须知，历史人类学并不是历史学或人类学的分支学科，在一段相当长的时间内两者之间仍是相当疏远的，但到了20世纪60年代后期则发生了变化，历史学与人类学之间的相似性与共同性被逐渐揭示，因此两者结合的可能性被提上了议事日程。法国年鉴学派史家雅克·勒高夫在《新史学》中阐述"史学的前途"时，就用了"历史人类学"这一雅名。不管今后怎样，历史人类学的问世有助于历史学与人类学两个学科的发展。

《大发现四百年》，粗览是历史学的著作，作者对原始文献的看重，对史学研究方法的运用，都应属史学范畴，细读又不尽然了，作者在"前言"中说："《大发现四百年》涵盖了一段引人入胜又鲜为人知的世界史的要点，这一点我是满意的；它还展示出把人类学作为一种历史学科的重要性。"（本书第1—2页）换言之，他的书并非是纯粹的世界史著作，还有人类学的"展示"，尤其是在对阿兹特克人（见本书第三章）的叙述时，顿使"欧洲人凝望着一个眼花缭乱的、新鲜的、充满异域风情的世界"（本书第65页）。从比较史学的角度来分析，我们把《大发现四百年》视为历史人类学之作，或可以在法国年鉴学派第三代代表人物埃马纽埃尔·勒华拉杜里的《蒙塔尤》那里找到两者之间的关联，在这部史学名著中，我们可以发现很深的人类学痕迹。

费根的《大发现四百年》结合历史学与人类学，这不由让人联想起时下学术文化界的"出圈"与"跨界"，此书也是"跨学科"之作。进言之，自20世纪六七十年代以来，随着西方新史学的嬗变，全球史也应运而生，《大发现四百年》正是在伊曼纽尔·沃勒斯坦的《现代世界体系》和艾尔弗雷德·罗斯比《哥伦布大交换》等全球史著作影响下的产物,我们或可把《大发现四百年》归入全球史的范畴,不管如何,费根的这本书是很典型的"跨学科"和"跨国史"之作。

令人颇有兴味的是,本书篇章的散文化风格,增添了阅读的兴趣。关于这本书,我可以向广大读者作如下的荐词:布赖恩·费根徜徉在历史学与人类学之间,在全球史观的学术氛围下,博观而圆照,以生动的笔调书写了大发现四百年史,使读者看到了一个别样的、色彩纷呈的新世界。在知识世界的莽原里,《大发现四百年》自有它应得的地位与标识。

其三,看到了未来世界的希望。

本书第十七章名为"不平等的遗产",正文前引《圣经新约全书·启示录》21:1—4中的文字,照录如下:

> 我又看见一个新天新地。因为先前的天地已经过去了,海也不再有了……我听见有大声音从宝座出来说:"看哪!神的帐幕在人间……神要擦去他们一切的眼泪;不再有死亡,也不再有悲哀、哭号、疼痛,因为以前的事都过去了。"

这不到万字的篇章,我读过不止一次。依我看,从书的结构来看,可以作为全书结语。引《圣经》之言,它启发人们从非西方的视角,阐释"不平等的遗产",以获取每个人的"启示录",称得上是匠心独具的点睛之笔也。

这近万字的"结语",可摘要如下:作者落墨于工业革命后西方与非西方社会之间的冲突,随之而来的是殖民国家通过或"精心骗局",或"武力威胁",以稳固地维持着它的统治地位,因为大多数非西方的部落社会,几乎无力在同等条件下抵御西方文明,而一大堆眼花缭乱的支持原住民利益的声音或行动,或是宗教的信条,其力也微不足道。长久以来,不平等成了把整个社会、文明甚至帝国维系在一起的黏合剂,历史向我们展示了让不同文化或民族背景下的族群走向和谐关系的简单道路是不存在的。历史的进程正是这样，在我们看来，二战以来，世界不平等不是在削弱，而是在日益加深。面对此景，作者并不悲观，他指出："现在我们正在寻找一个新世界，一个新的乌托邦，数世纪的不公正和不平等将会在那里消除和遗忘。"（本书第374页）

"《大发现四百年》讲述了一个悲剧故事，但从它的教训中显现了一条有希望的讯息。即或许某天，人类将能在地球上创造至少一部分公正的社会。"本书以此结尾。作者不无乐观地预示着世界有一个美好的未来，这正呼应了中国学者陈恒教授的论断："当下的世界变化复杂，未来难以预料，但我们相信进步是大趋势，虽然有时会有很大的倒退，但总会有一个越来越美好的世界。"（见《人类发展的中心、边缘与美好世界秩序》，《探索与争鸣》2022年第8期）。两位学人表述不同，但恰有异曲同工之妙矣。

最后，笔者试作小诗一首，以与广大读者分享阅《大发现四百年》的读后感。

希望吟

大发现，多少代，
暴月凶年究可哀。
四百年，风云疾，
论世衡史几多载。

忆往昔，万千灾，
悲剧故事记心怀。
观当下，思安危，
乌云终散化阴霾。

行道难，奋力迈，
期盼五洲百花开。

看星空,前景灿,
揣着希望向未来。

壬寅秋日于复旦书馨公寓

(原载《解放日报·读书周刊》2023 年 4 月 15 日)

铜山西崩　洛钟东响
——《牛津历史著作史》探微

公元 2011 年，世界风云骤变，大事连连，这是世界年鉴政治编者之要务，且不赘言。在这里，我要说是年与我专业相关之一项要事：加拿大史学史家丹尼尔·沃尔夫主编的单卷本《全球史学史》、五卷本《牛津历史著作史》相继出版。在我看来，此乃 2011 年世界史学史之伟业，在世界史学编年史上也留下了璀璨的华章。

新世纪伊始，全球化浪潮汹涌澎湃，全球史学也应运迅猛发展，随之也迅速传入中国，较早见到的相关中文译本，是由伊格尔斯、王晴佳和穆赫吉合著的《全球史学史：从 18 世纪至当代》，恰逢上述沃尔夫主编的两部史学史问世之时。这引起了中国学者陈恒的高度关注，随即谋划移译，他先领衔主译了沃尔夫（Daniel Woolf, 1958—　）的《全球史学史》，与此同时，又主编并与多位译者共同翻译了五卷本《牛津历史著作史》于 2022 年岁末一起推出。记得沃氏的《全球史学史》译就后，应陈恒之约，我以"建造巴别通天塔的伟业——序丹尼尔·沃尔夫《全球史学史》"为题撰文。现今五卷沉甸甸的中译本《牛津历史著作史》，在我看来更是"建造巴别通天塔的伟业"，一项世界史学史编纂的伟业，其成就非凡，影响深远。

读皇皇巨著，需要时间和精力，方能观其旨，察其意也。不管怎样，《牛津历史著作史》的学术研究，当为中西文明的比较研究提供一个个案，更是中西史学比较研究的题中之义。欣逢北京师范大学历史学院召开"中西文明比较研究暨刘家和先生从教 70 周年国际学术研讨会"之时，笔者谨以这篇小文略说一二，望识者赐正。

其一，从西方史学史之史而言。

毋庸置疑，《牛津历史著作史》是西方史学史之史的一部新著，它继承传统，但又超越传统。西方史学史之史，或可溯源于古典时代古罗马卢奇安（一译琉善，Lucian，约120—180）的《论撰史》；萌芽于文艺复兴时代法国史家波普利尼埃尔（La Popeliniere，1541—1608）1599年出版的《史学史》；奠定于兰克（Leopold von Ranke，1795—1886）1824年的《拉丁与日耳曼民族史（1494—1514）》，它被学界视为"史学的批判新时代的开端"；成熟于傅埃特（Eduard Fueter，1876—1928）的《近代史学史》（1911年）、古奇（G. P. Gooch，1873—1965）的《十九世纪历史学与历史学家》（1913年）。20世纪三四十年代，西方学界的历史著作史的写作，在美国形成了一个小高潮，先后问世的有：巴恩斯（H. E. Barnes，1889—1968）的《历史著作史》（1937年）、绍特威尔（J. T. Shotwell，1874—1965）的《史学史》（1939年）和汤普森（J. W. Thompson，1869—1941）的《历史著作史》（1942年）等。二战后更甚，为我国学界知名的中译著作有：巴勒克拉夫（Geoffrey Barraclough，1908—1984）的《当代史学主要趋势》、唐纳德·凯利（Donald R. Kelley，1931— ）的《多面的历史：从希罗多德到赫尔德的历史探询》、恩斯特·布雷萨赫（Ernst Breisach）的《古代、中世纪和近现代的历史编纂》等。

丹尼尔·沃尔夫主编的《牛津历史著作史》确是在继承西方史学史书写传统的基础上，在广度和深度上不断地开拓创新，为史学史的编纂彰显了别开生面的新景象。略举一例证之：1942年汤普森的二卷本《历史著作史》问世，70年后，即2011年沃尔夫主编的五卷本《牛津历史著作史》付梓，两者书名相同（The History of Historical Writing），就总体来看，其文脉与旨意也是相通的。然而，70年来，随着时代的变革与社会的进步，推动了历史学的不断发展，从西方新史学的演变到后现代主义史学的兴起，从全球史的编纂到全球史学的蔓延，这部《牛津历史著作史》就是在这样的背景下产生的，沃尔夫主编和全书撰稿者力图在全球视野下，合力书写涵盖从古代世界到现当代世界各国各民族史学的历史著作史，呈现在人们面前的是一部宏伟的世界史学史，与上述汤普森的《历史著作史》之类实质上是西方史学史相比，两者真的是不可同日而语了。

其二，从史学史学科本身而言。

以纵横论之，《牛津历史著作史》不仅就纵向而言即从西方史学史之史的进展中是出类拔萃的，而且从横向而言与同时代的著作（比如伊格尔斯等合著的《全球史学史》）相比也是佼佼者。陈恒教授指出："《牛津历史著作史》是一套由众多学者合作编撰、涵盖全球的史学史著作，全书由150篇专论组成，是迄今为止最为全面的、涵括整个人类史学文化传统的历史著作史。"确实，这套厚重的学术著作为我们研究世界史学史提供了一部不可多得的案头书，正是：全球眼光，瀛寰回眸；彰往察来，无问西东。无疑，众人修史，也有难以避免的缺憾，正如安德鲁·菲尔德、格兰特·哈代在本书第一卷"导论"中所言："这套丛书是由超过150位现代学者编纂而成。每位学者承担着历史著述某些方面的任务，但是都置于一个清晰的时间和地理框架内。虽然这种表现不一的设计类型可能会显得混乱，但是整套可能会是一部更为可靠，且内容奇妙缤纷的作品，其中蕴含的创造力正是赋予人类趋向回溯过去、探究历史意义的特征。"群贤奋力写史，终成硕果。

从史学史学科来看，《牛津历史著作史》突出的或创造性的亮点在哪里？我个人肤浅地观之有三：一是全球性。记得在我国坊间流传的《全球通史》作者斯塔夫里阿诺斯在其书一开篇就说："就如一位栖身月球的观察者从整体上对我们所在的球体进行考察时形成的观点，因而，与居住伦敦或巴黎、北京或新德里的观察者的观点判然不同。"（斯塔夫里阿诺斯著《全球通史：1500年以前的世界》，吴象婴、梁赤民译，上海社会科学院出版社1988年版，第54页）站在月球上观察地球，对人类历史进行全球的考察，确是现当代历史学编纂的一个亮点，《牛津历史著作史》尤甚。二是客观性。斯塔夫里阿诺斯上述之语，也含有客观性：站在月球上考察全球，就可看出伦敦或巴黎、北京或新德里观点之差异，对此就有作出客观评价的可能性。可以看得出来，本书撰稿者们力图在各篇章中疏离"欧洲中心论"，打破陈规，为此而尽力了。三是创造性。本书创新的亮点甚多，比如突破传统的"四分法"，设计了一个崭新的从开端至当今的世界史学史之分期，沃尔夫们大胆创新，成就了一个新的分期，也成就了本书的一个最大亮点。各卷各有千秋，各篇各有特色。

其三，从中外史学交流史而言。

我国有丰富的史学遗产，但在从史学大国走向史学强国的过程中，需要寻找一条沟通中外史学交流的路径。为此，中外史学交流就显得格外重要。倘在"司马迁从未听说过修昔底德，塔西佗也完全不认识同时代的班固"（见本书第一卷"导论"语）的时代，缺乏史学文化之间的互通，人类文明总会显得苍白而缺乏厚重与张力。须知，史学交流是史学生命力之所在，舍之史学会日渐枯亡。进言之，一部全球的历史著作史，是世界各个国家和民族共同书写的，不同国家和民族史学之间的交流互鉴，比较异同，方能使世界文明、世界史学变得丰赡且各具特色，散发出各自独特的个性化的和持久的生命力，正如杜维运所言："将各国史学放在一起作比较，由比较可以知其异同，由异同可以求得会通、综合之道，到求得会通、综合之道时，就是一种创新了。"（杜维运：《史学方法论》，台湾三民书局1986年版，第356页）

当下，《牛津历史著作史》为我们深入研究中外交流史的发展提供了一部取之宏富的教科书。深读五大卷150篇的华章，会有一种感觉，犹如深山寻宝，不时会有新发现。略举一例：第三卷第三十章由凯瑟琳·朱利安执笔的《印加历史的形式》，该文搜集罕见的史料，从印加的历史形式（绳结、花瓶、纺织品等）出发，进而考察了欧洲与印加历史形式之间的相互作用，以及外来传统对印加历史书写的影响，这不正是域外两地（欧洲与中美洲）之间的史学交流一个典型案例吗？这种难得的史学交流案例，还散落在各卷中，等待寻宝者来深挖之。由此，这也是我们要进一步拓宽中外史学交流史研究的题中应有之义。

  我们总要前行。"铜山西崩，洛钟东响"，这个出自我国典故的成语，实为山崩地震而产生的共振共鸣，后据传说记之，比喻重大事件的相互感应和相互影响，不是吗？因此，五卷本《牛津历史著作史》的问世及其后中译本的出版，为21世纪域外史学东传留下了中国学者深重的足印。当今世界正面临百年未有之大变局，倘要观大变局之头绪，察大变局之足迹，历史研究是大有作为的，历史书写的古今演变也正切中肯綮。为此，我们既需要有勇攀高峰的魄力，也要有脚踏实地的毅力，在与国际史学发展的互动中前行，不断贡献出能体现中国历史著作特色的学术精品，为书写世界史学史的伟业做出中国历史学家的卓越贡献。

（原载《世界历史评论》2023年秋季号）

影视史学的前世与今生

影视史学兴起于20世纪80年代后期，就其社会的大众文化层面而言，其空间传播的速度并不迅达。在现时代，西方新史学，诸如心理史学、比较史学、计量史学等，不仅盛传在书斋，而且也流行于坊间，相比之下，"影视史学"这个名词，由于它的晚出，人们对它可能还比较陌生。在这里，有必要对影视史学的出现及其产生的历史背景作一点介绍。

一、一个新概念

在现时代，作为一种文化工业，电影与电视获得了长足的进步。电影与电视的发展，给现代社会的精神文化带来了不小的冲击，也对历史学产生了深刻的影响，以美国为例，据有关调查资料表明，大多数美国人所接受的历史知识是从历史题材的影视片中得来的，对此，格尔达·勒纳（Gerda Lerner）曾在美国历史学家组织1982年度的年会上发表的主席演说中，这样说道：

> 电影和电视深刻影响了人们与历史的关系，这一点在近几十年里最为明显。
>
> ——《历史学的必要性与职业史学家》

因此，自80年代初以来，历史影视片越来越受到了一部分历史

学家的关注,导致这一现象的直接原因至少有三:

首先,对历史的认识发生了变化。传统史学的任务,正如现代历史学家傅斯年所说:"近代的历史学只是史料学,利用自然科学供给我们的一切工具,整理一切可逢著的史料。"(傅斯年:《历史语言研究所工作之旨趣》,《国立中央研究院历史语言研究所集刊》第一本第一分册,1928年)但现代新史学家,对此发生了动摇,那种把历史仅视为过去时代的一种反映、那种认为可以透过搜集到的第一手史料就可以还原历史与写出真实可靠的历史的想法,在不少历史学家中产生了与日俱增的怀疑。在一部分历史学家中,历史已不再是一种纯学术的书斋式的个人研究行为,而是一种带有自己主体价值观念与现实紧密相连的社会行为。

其次,对历史影片的分析,不仅要知道故事发生的背景,而且还应了解各种元素被组合在一起的方式(影片的剪辑过程)。但是,正如法国历史学家皮埃尔·索兰所说,对历史题材影片的分析在很大程度上被符号学家的研究工作改观了,他们急于想知道的是,那些各自看来几乎没有意义的单独的符号在被组合起来之后是如何产生意义的;而历史学家则不同,他们对符号被组合起来之后的结果及其社会影响更感兴趣。(历史学家用作研究工具的历史影片)既然如此,历史学家没有必要置之度外。

最后,历史影片已越来越多地受到了人们的青睐,对此作出正确的舆论指导,看来已成为历史学家的题中应有之义了。

但是,历史影视片中的虚构与真实常常是杂糅在一起真假莫辨,虚实难分,从而可能误导观众,误把虚谬作为信史来传扬,这一点更令一部分历史学家深感焦虑与不安。正是在这样的情况下,1988年12月海登·怀特在《美国历史评论》上发表了《书写史学与影视史学》(Historiography and Historiophoty)一文,首先提出了迄今为止那个已被不少人所沿用的"影视史学"这个"经典性"的定义。在我们看来,这篇文章至少有以下几点应引起众人的注意:

1. 关于影视史学的定义。在《书写史学与影视史学》这篇文章中，怀特杜撰了一个与"书写史学"（Historiography）相对应的新词"Historiophoty"，中译为"影视史学"。在这里，所谓"书写史学"，指的是口传的意象以及书写的话语所传达的历史，而影视史学则是指透过视觉影像和电影话语传达历史以及我们对历史的见解。

2. 电影（或电视）的确比书写史学更能表现某些历史现象，例如，风光景物、环境气氛以及复杂多变的冲突、战争、群众、情绪等。

3. 选择以视觉影像传达历史文件、历史人物、历史过程，也就决定了它所用的"词汇""文法"和"句法"，这与透过书写或语言所揭橥的是大异其趣的。影像的证据，尤其是电影和照片，是重塑（重现）某些历史情境的基本证据，它比单独使用书写的或语言的证据更确实可靠。

4. 任何历史作品不论是视觉的或书写的，都无法将有意陈述的历史事件或场景，完整地或大部分地传真出来，即使连历史上任何一件小事也无法全盘重现。

5. 书写史学与影视史学之差别在于传播媒体的不同，一是书写的，另一是影像视觉的；两者相同的是，都得经过浓缩、移位、象征与修饰的过程；不论是以叙述见长的历史影片或者以分析取胜的历史作品，都难免有"虚构"的成分，专著性的历史论文其建构或"塑造"的成分并不亚于历史影片。两者都有其共同的局限性。

6. 有人说，以影片描述历史事件时，既无法作注解、下定义，也难以提出反对或批判的意见。这种假设，原则上纯属无稽之谈。我们看不出任何法则足以妨碍历史影片完成上述的几种功能。

7. 通常讨论历史影片时，多半认为有难以弥补的虚构本质。人们之所以持有这种看法，是因为未能将实验或前卫性的电影考虑在内。对于实验或前卫电影的制作人而言，论述中分析的功能一向比那种说"故事的"更为迫切重要。

对上述怀特氏的这些言论，见仁见智，自当别论。最值得一议的是第一点他所提出的影视史学的那个"经典性"的定义。在这个定义中，他言简意赅地揭示了影视史学的特点，同时也厘清了它与书写史学的界限。但是,我们切不可望文生义,影视史学不仅仅是电影、电视等新媒体与历史相交汇的产物,正如台湾学者周樑楷所说,这个名词所勾画出的视觉影像(简称影视),还应包含各种视觉影像,凡是静态平面的照相和图画,立体造型的雕塑、建筑、图像等,都属于这个范畴,从远溯到古代世界各地的岩画,到最现代的电影、电视及电脑中的"视觉现实"(visual reality),凡是所有影像视觉的媒体和图像,只要能呈现某种历史论述,都是影视史学所要研究的对象(《影视史学与历史思维》)。周氏之论甚是。不过,怀特在这个定义中所强调的视觉影像,明显地突出了电影的重要性,而晚近以来,美国历史学家所关注的也恰恰是历史影片的史学价值的问题,本书之所以选择历史影片《鸦片战争》为讨论中心,旁及其他,不只是考虑到读者对象,另一方面也是囿于笔者的学识,并不反映笔者对影视史学定义的全部认识。

二、媒体革命

由电影发端的媒体革命是现代社会的产物,也是20世纪时代的投影。

影视史学的萌发与兴起,有赖于媒体革命,有赖于现代科学技术的发明创造,尤其是有赖于现代传播技术的高度发展。始于世纪之初的传播媒体革命是导致产生影视史学的前提条件。

一百多年前,即在1895年12月28日,法国人卢米埃尔兄弟在巴黎放映了《火车到站》《婴儿的午餐》《卢米埃尔工厂的大门》等短片,于是向世人宣告:电影诞生了,电影艺术出现了。

1925年,英国人贝尔德发明了机械电视,并于1926年1月在伦敦举行了第一次公开表演。1936年11月,英国开始定期播出电视节目,此举宣告了电视的发明。

1956年发明了录像机。自此,影、视、录三分影像世界之天下,它们之间相互竞争，相互渗透，乃至出现了共存共荣的局面。

媒体革命在当代（50年代以后）以更快捷的步伐前进着：

电影在经历了从无声片到有声片，从黑白影片到彩色影片之后，随着新的电影技术的进一步提高，诸如环幕电影、球幕电视、立体电影、动感电影及至全息电影、味觉电影等五花八门的各类银幕电影正陆续问世。

1954年美国试验成功了彩色电视，70年代开始又出现了卫星电视传播，美国率先发射"同步静止卫星"，使电视打破国别与地区的界限，寰球的人们可以在同一时间内收看到同一个电视节目，随着高清晰度电视、数码电视等的研制，促进了电视业的进一步的普及与繁荣。

此外，多种新媒体的开发，贮存讯息媒介由磁性材料向光学记录材料的转换，捕捉讯息手段由模拟讯号向数字讯号的转换等，人类已把20世纪初由电影滥觞的媒体革命推向一个更新的阶段。

在这世纪交替之际，人类正处在一场新的媒体革命发生的前夜，且看，1997年7月4日13时7分（美国东部时间），美国"火星探险者"号火星探测器，在经过长达八个月的漫漫旅途之后，终于登上了这颗令多少科学家魂牵梦萦的太阳系中的第四颗行星——火星，从此揭开了人类探索这颗红色星球奥秘的新纪元。虽则"探险者"历史性的登陆场面未能向世人现场直播，但不管怎么说，"火星探险者"的成功，是人类空间技术飞速发展的一次大检阅，也是当代尖端的影视技术（它第一次向地球发回了彩色三向度立体图像照片）最新成就的一次有力的展示，真可谓是"探险者"移动一小步，全人类迈出一大步。在这种不断迈进的步伐声中，是不是也预示着一种新的媒体技术革命即将要发生呢？我们且拭目以待。

20世纪延续不断的媒体革命，对20世纪人类文明的发展产生了无与伦比的影响，它极大地改变了人们政治的、经济的、社会的、文化的生活，试想，全球性的奥林匹克运动盛会、令世人为之如痴如狂的世界杯足球比赛，一直到阿波罗号登月，现代影视技术（卫星电视转播）不仅真正实现了国人所称的"秀才不出门，能知天下事"的夙愿，而且全体电视观众也都可以坐在电视机前获知最新讯息，了解整个世界。

20世纪以降，尤其是在第二次世界大战之后，以意大利为始的前卫电影运动及第二次西方现代主义电影浪潮的涌起，真正开启了人类从静态的文字语言文化转向动态的图像语言文化。当然，现代意义上的图像语言，并不是退回到原始稚拙的"看图说话"的上古时代。但是，影像的意指系统更易为人们解读，在原著《红楼梦》《围城》与同名影片和电视连续剧之间，恐怕多数人更愿意选择后者。画家蔡志忠为《论语》《老子》等配上漫画，话语一旦融汇在图像之中，既妙趣横生，又赏心悦目，无异使这些中国古代典籍插上了翅膀，进入了更多的寻常百姓家，吸引了更多的读者。

莫里斯·梅洛-庞蒂（Maurice Merleau-Ponty）在论及绘画时，这样说道：

> 画家孜孜以求的是什么？就是揭示形形色色的能见方法，而非其他方法，透过这些方法，山在我们眼里便成了山。它把可见的存在提供给外行人的视觉以为不可见的东西。
>
> ——《眼与心》

梅洛-庞蒂之论，不仅适用于绘画，也可延至对所有图像语言文化的分析。正如南帆所论，"无论是绘画、雕塑还是电影、电视，重要的不是让人看到了什么，而是提供视觉的种种模式。在这个意义上，影像的意指系统不是好奇心的满足，它隐含了一套异于话语组织的代码，一套光、影、颜色、线条、造型形成的表意符号，一套特定的'蒙太奇'式衔接，这甚至将提供一套迥异的知识典范和'真实'的概念"（《话语与影像》）。

总之，在图像语言文化的视像性与逼真性（以电影与电视为代表）的映衬下，顿时照见了文字语言文化的淳朴与凝重。但一旦将话语转换成图像语言文化（如前面说到的电影《红楼梦》、电视连续剧《围城》），就可窥见它所潜藏的魔力。在这里，不容我们详细讨论躲匿在图像语言文化（或视觉文化、或视听文化）背后的种种隐蔽。但有一点是肯定的，人类从文字语言文化进入图像语言文化，其意义及对人类文明发展的深远影响也许并不亚于从远古时代的结绳记事到文字的发明。对于这一重大的文化转型，人们是准备不足的，历史学家似乎也不例外，当他们仍以往昔的史学观念与史学方法来观察影视史学这一新学科时，两者的巨大落差与失衡是可以想见的。这就牵涉到历史学自身在20世纪的嬗变了。

三、重 新 定 向

作为现当代西方新史学的一个新门类，影视史学的产生，也有其具体的学术背景，这就是20世纪特别是20世纪下半叶西方史学新陈代谢的结果。

自19世纪末至20世纪初，西方史学经历了一次重新转向，这就是从19世纪占据西方史学主流的传统史学亦即兰克史学向现代西方新史学的过渡。

现代西方新史学的源头在德国，它可以追溯到19世纪末发生在德国文化史家卡尔·兰普勒希特（Karl Lamprecht）与西方传统史学的代表兰克学派传人之间的争论，此后有法国亨利·贝尔（Henri Berr）的"综合史学论"，继有美国新史学家鲁滨逊（James H. Robinson）所倡导的"史学革命"，更有20年代末产生的年鉴学派，新史学潮流因而在欧美史学界兴起，终于在第二次世界大战后，尤其到了20世纪的70年代前期，发展为西方史学的主潮，达到了它的全盛时期。

但在20世纪上半叶，西方传统史学仍有雄厚的实力，著名的"剑桥三史"（即《剑桥古代史》《剑桥中世纪史》《剑桥近代史》）在这一世纪的前期出版，它说明了传统史学在欧美史学界所具有的影响。当代西方史学史家伊格尔斯（George G. Iggers）在谈到20世纪历史科学的变化时指出：

> 真实性、流逝的时间和有图的行为，这三种前提假设决定了从修昔底德到兰克、从恺撒到丘吉尔的历史叙述的特点，而正是这些前提假设在二十世纪的大变革的过程中却逐渐地成了问题。
> ——《二十世纪的历史科学——国际背景评述》

确实，自从19世纪末期以来，以兰克（Leopold von Ranke）为代表的西方传统史学不断地遭到了新史学的挑战，故从20世纪初开始，西方史学发生了一次新的转向，这就是从传统史学向新史学的转向，而这种转向，由于社会的进步尤其是现代技术革命新浪潮的冲击，而至20世纪50年代中叶又再度发生了一次新的"重新定向"。

在这里，我们借用当代美国科学哲学家库恩（Thomas S. Kuhn）的"范式"（paradigm）概念，以说明20世纪欧美史学的这种变革，最基本的就是史学典范的变化，即是从传统史学典范向新史学典范的转化。所谓"典范"，在库恩那里，代表科学共同体成员所共有的信念、价值和技术手段等总体，是指为某一"科学共同体"所拥护，并在进行研究时所应共同遵守的准则，在库恩看来，"科学革命"从根本上来说是一种"典范"的更替。

关于史学典范，我们则从更为宽泛的意义上，亦即从史学观念、史学研究的内容与范围、史学研究方法等方面，把西方史学分为两大史学典范：传统史学典范与新史学典范。自然兰克学派是前者的代表，而年鉴学派则就是后者的圭臬了，它们分别代表着近现代西方史学发展的两大趋势。

以兰克学派为代表的西方传统史学的典范，摄其要旨，大体有如下一些特点：撰写历史要客观公正，还历史以本来面目，兰克所标榜的"如实直书"也好，"消灭自我"也罢，都是力图要历史学家在写史过程中，不夹带任何个人的政治偏见和宗教偏见；重视搜集第一手史料,所谓史料,限于文字的,而主要又是官方的档案文献,在他看来,依据这样的史料就能写出信史;历史研究的主要对象是重大的政治、军事和外交事件,并致力于描述这些事件中杰出人物的活动,吴于廑在论及这种史学典范时,指出:

> 朗克(兰克)主张写历史必须如实、客观,而终不能免于有所不如实、不客观;主张超然于宗教及政治,而终不能免于有所不超然;主张不涉哲学和理论,而又自有其哲学与理论。
> ——《朗克史学与客观主义》

这或许是对兰克史学典范,亦即西方传统史学典范的一种较为严谨与简练的概括。

新史学典范与上述传统史学典范是很不相同的,我们且从以下几个方面,比照传统史学典范,来揭示西方新史学典范的特点。

1. 从史学观念来看。所谓史学观念,在这里也是一个宽泛的概念,从本质上来说,它主要指历史学家对历史与历史学的基本看法,如对现实与过去关系的认识、对史学研究中主体(历史学家)与客体(研究对象)关系的认识等。在以年鉴学派为代表的新史学家看来,历史研究是一个认识过程,这一过程也就是历史学家对过去构建的过程:历史学家写过去,同时也是在写现在,亦即年鉴学派奠基者之一马克·布洛赫(Marc Bloch)所云:"透过过去来理解现在,透过现在来理解过去。"这就很清楚地道明了在史学观念上与兰克学派的差异,显然它突出了历史学家作为认识主体在历史研究中的中心地位与重要作用,从而大别于传统史学典范对认识主体作用的忽视。

2. 从史学研究的范围与内容来看。西方传统史学内容狭隘,时空范围偏窄,以兰克史学而言,他的几部重要的著作,时间范围不出十六、十七世纪,地域范围不出西欧几个主要国家,主题不出政治史。现代西方新史学强调要把历史研究扩充到整个人类文明的发展进程,扩充到人类生活的各个方面。这一情况在二次大战后尤其明显,在

"自下而上看"的历史观的影响下,从普通民众的视角去观察与研究历史的风气日浓,在"全球历史观"的影响下,历史学家的视线投射到了整个世界,历史研究的领域不断开拓,历史研究的内容也就日益丰润了。

3. 从史学研究的方法来看。西方史学向纵深的开掘,一般说来是以新的研究技术和方法的运用为前提条件的,这正如天文学上的新发现往往要依赖于新研制出来的功率更大和效果更佳的望远镜一样。历史学借鉴吸收其他社会科学的新技术和新方法,借鉴运用现代自然科学的最新技术与方法,是欧美各国新史学的时尚,方法的多样化导致了史学研究新领域的不断出现,例如,计量方法、电子计算机的运用为历史学家的研究开辟了新的前景,"计量革命"被视为"当代史学的突出特征"(巴勒克拉夫:《当代史学主要趋势》);又如心理方法,它深入到历史的深处,有助于人们对历史和文化现象的深层了解;再如比较办法,它为进一步揭示历史(包括历史学)发展模式之间的共性与差异,在更广阔的背景上作出综合的分析提供了门径;他如口述方法,它成了沟通历史学家与非历史学家之间的桥梁,并有望为前者提供更多的独创性观点与真实生动的历史创造条件;此外,还有系统方法、模糊方法、符号方法等。这些方法的一个共同特点是要求打破学科之间的隔离,注重跨学科的研究。现代欧美史学在方法上的革新,它总是与一定的史学思想体系相联系的,因此,史学研究方法的变化,不只是具体的技术手段的变革,而带有方法论的意义。

影视史学就是在这样的学科变革与史学革新的背景上应运而生的。但它这个新生儿从 19 世纪末电影发明之后,在电影发展史上的默片时代,还不曾引起历史学家的注意,历史学家开始正视影片与历史的关系,是到了二次大战后,确切地说,影视史学获得历史学家的注意是在 60 年代。此时,从普通民众的视角去观察历史人物与解释历史事件逐渐成为时尚,自从英国的历史学家爱德华·汤普逊(E. P. Thompson)在 1966 年发表《自下而上看的历史学》一文之后,"自下而上看的历史学"便成了学界一个专用名词,并与传统的"自上而下看的历史学"亦即"精英史学"相抗衡。

在这种学术风气的影响下,透过影视所传达的历史意念开始受到了专业史家的真正关注。特别是到了20世纪70年代下半叶,西方史学又发生了一次新的转向,这次转向基于这样的背景,战后西方新史学从50年代勃兴至70年代上半叶达到了它的全盛期。但正当新史学高视阔步的时候,新史学也产生了流弊,如新史学家为了寻求"结构"与"深层"的历史,于是历史著作中的引人入胜的故事情节与环境气氛、栩栩如生的人物形象不见了,历史学变成了"没有人的历史学";历史著作中充满的大量数学公式、数据、图表等,不仅在专业史家中鲜有反应,而且更失去了社会大众的广大的读者群。西方新史学所崇尚的分析性的史学著作遭到了许多学者的批评,于是从70年代下半叶开始,叙事性的史学著作又开始复兴,英国史家劳伦斯·斯通(Lawrence Stone)在1979年当叙事史兴起的时候,就撰文《叙事史的复兴:对新的传统史学的思考》,断言"新叙事史"的问世,标志着一个新时代的开始。不管斯通的见解是否有些片面,但毋庸置疑的真实是,叙事体史书在整个80年代重又得到了历史学家的青睐。这一学术背景与时代氛围,对以叙述性为专长的影视史学的发展,无疑起到了某些推波助澜的作用。

四、历史学的新生代

影视史学是当代西方史学的一个新品种,它的基本定位应归属于史学的范畴,应为历史学家所研究;但影视史学又是历史学与影视(指电影与电视等)新匹配的"混血儿",它的这个特性似乎也应当引起文学艺术家的关注。如此看来,影视史学的这个跨学科的交叉性质,既是历史学家,也是文学艺术家共同研讨的时代课题。

在这里,我们以历史影片《鸦片战争》为讨论中心,阐明历史影片在传播历史知识、传达历史意念、传扬历史精神与书写史学所要表述的同类题材（如鸦片战争史）相比，所体现出来的长处，借以揭橥影视史学的特征，说明影视史学之优、影视史学作为"历史学新生代"的缘由。

我们的述说要从电影的发展史说起。

电影已经历了百年沧桑，存亡继绝，消长盛衰，但在人类艺术发展的长河中，一百年是不算太长的。与历史学这一古老学科相比，它犹如一个婴孩面对一位耄耋老者。因此，电影的晚出，则常常被人们称之为"第十位文艺女神"（缪斯：或译为缪思）。学界对百年电影史，已作过许多研究，出版了数量可观的作品，毋庸赘说，在此仅就它的三个发展阶段略说数语：

1. 第一阶段：形成期（从1895年电影问世至20世纪20年代初）。在这个阶段，以"电影之父"卢米埃为代表，注重电影的真实性、照相性，是为后世电影纪实派之祖，而法国人乔治·梅里爱与美国人格里菲斯则强调电影的技巧性、假定性，是为后世电影蒙太奇派和戏剧派的奠基者；在20年代的法德两国出现的电影前卫派，是为后世现代主义电影之滥觞。

2. 第二阶段：发展期（从20年代至60年代）。从20年代至40年代是电影艺术大发展的时期，发展的标志是在本阶段形成了许多对后世颇具影响的电影流派与电影思潮，如有以好莱坞为代表的戏剧电影派，它以戏剧艺术为基础，依据戏剧冲突原理来安排故事情节；有以苏联为代表的蒙太奇电影派，简单说来，它借用"蒙太奇"（montage）这个词，作为镜头、场面和段落的代称，它是电影艺术一种独特的表现方式，也是电影艺术一种独特的思维方式；此外还有意大利的新现实主义、纪实主义派、西方现代主义电影派等。经过这一阶段的大发展，电影艺术则日趋成熟。

3. 第三阶段：更新期（70年代至今）。自60年代以后，由于电视与录影机的冲击，尤其是电脑影像技术的日臻完善，多媒体系统产品的改进与上市等，把电影逼近低谷，关于世界电影危机的惊呼不绝于耳。但是，正如一首影视歌曲唱道："走过去，前面是个天。"在经历了对传统电影美学观念重新进行思考的基础上,电影艺术拓展了新的空间,并吸收与运用当代科学技术中的许多新方法,把结构主义、现代主义、后现代主义及其理论话语融汇于电影制作实践中,为当代电影的进一步发展奠立了坚实的理论基础,在这当中,好莱坞电影率先突破困境,从70年代末起重新获得生机,并从80年代开始进入了一个新的发展阶段。我们期待世界电影经过这一阶段的调整与更新,将为下一轮电影的百年史再铸辉煌。

电影是什么?在我们看来,电影是一门新的艺术门类,是一位新的缪斯,在艺术序谱上为这"第十位文艺女神"安排一个叨陪末座的位置也未尝不可,但齐格弗里德·克拉考尔在《电影的本性》一书中,却这样写道:"电影是一种跟其他传统艺术毫无二致的艺术,这一得到普遍承认的信念或主张,其实是不可能成立的。"大陆资深电影理论研究家邵牧君认为:"电影首先是一门工业,其次才是一门艺术。"(《电影万岁》)看来"电影是什么"的命题令中外学界困惑,而迄今依然是一个难以索解的"斯芬克斯之谜"。对此,暂且可置而勿论。但电影无疑是20世纪对人类文明产生无与伦比影响的一种媒体,我赞同郑向虹如下的论说:

> 电影,这个本世纪最先诞生、影响深远的大众媒介,一开始就诉诸最广泛的社会群体。电影很快摆脱了"杂耍"的婴儿期,而成为现代社会一种复杂的文化媒体。
>
> 电影沉积的是民族的文化心理,融汇的是人类具有普遍意义的愿望与要求,电影是民族的,同时是人类的文化仪式。
>
> ——《电影:一种文化仪式》

关于电影的感性特征,英国影视专家约翰·艾里斯在与电视进行比较时,曾作过一些归纳,大体说的是:电影是一门影像艺术,它讲究以规模宏大和精雕细刻的影像画面、强烈的色彩对比来吸引观众,它的叙事结构严谨,并始终围绕一个中心问题,影片中的人和事都按照"发展—高潮—最终解决"这个逻辑顺序演进，看电影是一种社会性的集体行为，电影观众期待的是影片的最后结果。对此，电影艺术家和电影理论家也许还有不同的说法，但艾里斯之论，对于我们从总体上认识电影的基本特点无疑是有帮助的。

在此，有一点需要附带讨论，这就是电影与电视之间的关系以及未来发展的问题。其实没有必要先验地去断定电影与电视的孰优孰劣，在我看来，它们都是"异质而同构"，二者相互依赖，共生共荣，绝无一方将吃掉另一方的可能，作为艺术的电影和电视，视像性和逼真性都是两者的基本特征，它们的"异质而同构"，"异质"指的是影像材料的不同，电影是胶片拍摄的声光影像，而电视则属于电子影像体系；"同构"指的是表述结构上的相同，表现在两者具有共同的影视语言，都具有"运动的影像、人语声、音乐、自然音响和字幕文字"（W. 宣伟伯：《传媒、讯息与人》）等外化的载体。

然而，当现代电子技术飞速发展，电视在讯息的获取传递与接收上体现出更为便捷的优越性时，似乎把电影推向了末路，电影果真已失去了昔日的辉煌而成为"斜阳企业"？20 世纪的艺术领域，果真如某些理论家所宣称的那样，是以电影世纪开始，而作为电视世纪结束吗？且慢为电影"举行葬礼"，一个最明显的事实是，在一片电影危机与衰退的噪声中，电影在今日美国、法国、印度、香港等地依然生机勃勃，尤其是好莱坞从 80 年代开始了全面的电影复苏，票房连创纪录，印度于 1993 年创下年产影片 810 部的纪录，十分雄辩地说明了电影仍具有强大的生命力，仍具有为电视所不可替代的独特魅力，看过谢晋执导的电影《鸦片战争》，谁还会去看广东的那部拖沓的电视连续剧《鸦片战争演义》呢？电视的普及与发展，充其量只能冲击电影，而不能替代电影（至少在目前是如此)，更不能抵消电影的独特魅力，无怪乎 D. 戈里梅博士从社会历史文化的视角，作出宣言："电影业永不死亡。"对此，美国学者托马斯·沙兹说得更明确：

电视的便利，它那不断改进的技术和节目质量，以及它的意识形态的威力，最终也未能抵消电影那种独特的混合：个人与公众，美学与神话，智力与感性。

——《好莱坞/新好莱坞：仪式、艺术与工业》

五、影视史学的最新讯息

21世纪以来，中国大陆的影视史学日渐发展，有的研究者把"影视史学"易名为"影像史学"，旨在开拓创新。不过，从总体来看，还是以电影为最，故局限于这方面的研究者，仍以"影视史学"研之，这也符合海登·怀特所新创的"Historiophoty"之原意。

这里发表一则短讯，管中窥豹，以见一斑。

第四届中国高校影视史学年会举办

2022年12月17日至18日，由中国高校影视学会影视史学专业委员会、南京大学文学院、南京大学亚洲影视与传媒研究中心、南京艺术学院电影电视学院联合主办的第四届中国高校影视史学年会暨"现代中国电影文学（1905—1949）观念、形态与批评"高端论坛，通过线上会议的形式举办。

研究者以开放的思维在现有研究成果和学术话语基础上，对中国现代电影文献影像史料进行多视点考察、深入发掘与全方位整理，力求还原中国现代电影文学的历史全貌，完善中国现代电影文学的学术体系。据悉，截至目前，已陆续有"百年中国影视的文学改编文献整理与研究""中国电影学派理论体系构建研究""中国艺术文化传统在当代中国电影中的价值传承与创新发展研究""中国特色电影知识体系研究""中国早期电影的身体修辞（1905—1949）""中国早期电影思潮研究（1905—1930）"等重大或重要项目获得立项或完成课题研究。

本次会议得到学界广泛关注，研究者以现代电影文学为重心，围绕现代电影文学的发生机制、民国电影文学文本研究、民国电影文学家研究、民国电影文学观念研究等 10 多个核心议题，将现代电影文学置于世界电影文学视野中展开全面研讨，对中国现代电影文学史料进行多维度观照，完成对早期中国电影历史场域、文化生态与艺术风貌的立体勾画。

——中国作家协会主办《作家通讯》2023 年第 1 期

作者附记： 20 世纪末，应台湾扬智文化事业股份有限公司所约，陆续为他们的"文化手边册"丛书写有《影视史学》和《心理史学》等，与此同时在大陆学界也刊发了这方面的学术文章。于今一览，这些文字或可供对《影视史学》等感兴趣的朋友指点津逮，或许在西方史学史之史上留有印记。这里辑录《影视史学》的个别章节，以飨读者，与此相关的学术论文如下：

1.《影视史学：历史学的新领域》，《学习与探索》1996 年第 6 期。

2.《重视历史——再谈影视史学》，《学术研究》2000 年第 8 期。

3.《影视史学与书写史学之异同——三论影视史学》，《学习与探索》2002 年第 1 期。

4.《影视史学：亲近公众的史学新领域》，《人民日报·学术版》2016 年 2 月 22 日。

"把历史交还给人民"（一）

——口述史学的传统及其前景

口述史学，作为历史学的一种新领域与新方法，它在现代西方新史学思潮的推动下，是20世纪40年代末以来西方（主要在美国）口述史学复兴运动的产物。

但是，口述史学有它悠久的传统。了解这种传统及其延伸，将使我们对于现代西方口述史学，对于它的发展进程中的困难，以及它的未来前景，会有一个比较清醒的认识。本文就这些内容试作论述。

一、远古声音

史学发展的历史，可以从远古时代的神话传说与史诗谈起，一位历史学家这样写道：史学史从神开始，人们最早认为神创造了世界和历史，而跟神交通的人，即那些宗教家，是最早的历史学家。①

其实，口述史学史也是这样。在邈远的洪荒年代，在文字发明之前，神、巫与诗人可说是水乳交融、浑然一体。那时，一个氏族的诗人，就是这个氏族的历史档案库。诗人们可以将神或巫作为抒发情感的媒介，祭神巫祝，行咏歌手，正是通过世代的口耳相传，在神话传说或英雄史诗中，为后世保存了原始先民最初活动的记录。于是，就

---

① 白寿彝：《中国史学的童年》，《北京师范大学学报（社会科学版）》1979年第4期。

有了十口相传为"古"的说法。这在世界各个民族与地区，都大体如此。

这里我们先说中国。远古时代的神话传说多为英雄人物，它大抵反映了原始先民对自然界进行斗争的故事，也有一些是反映氏族部落间原始战争的①。其中前者流传至今甚多，如治水的故事。在上古时代，许多氏族中曾流传着那些治水有功的英雄人物。例如，原在今山西省境内居住的金天氏的昧和他的儿子台骀，原在今山东省境内居住的少皞氏的修和熙，原在今河南省北部居住的共工氏，都是那时能治水的英雄人物，后来都被演化为神。当然，神话传说中最著名的治水英雄，当数夏后氏的禹了。禹按着地势的高下，疏导汗漫的洪水，使之分别归入一定的水道，使民众脱离水患，得以在平地上栖居下来。在治水过程中，无论风里雨里，他都身先士卒，吃苦耐劳，为大家所敬重，他为治水，三过家门而不入的故事更是为后世所传颂。至于精卫填海、女娲补天、羿射九日等反映先民与自然界作斗争的故事，就更为现代中国人耳熟能详了。

关于氏族、部落间战争的传说，尤以黄帝蚩尤之战最为著名。传说他们神通广大，黄帝曾把应龙调来，要他用水去淹蚩尤。而蚩尤请来了风伯雨师，呼风唤雨，阻止了黄帝的进攻。后来，黄帝又把天女旱魃请了下来，才把雨止住了，这才由应龙把蚩尤杀掉。

这些远古时代的神话传说，不管在具体事件上的真实性如何，但总的看来，却是原始社会人们社会生活的一种折射，从中也可依稀看出一些原始的历史观念。对英雄人物的颂扬是原始先民传述历史的一种最古老的形式，也是一种最古老的口述历史。

这种情况不独中国存在，在西方亦是如此。这里以古希腊为例。古希腊的神话传说是颇为丰富多彩的，它系列完整，内容宏富，在古希腊人看来，电闪雷鸣、白昼黑夜、江河湖海，乃至雨后的彩虹，深谷的回声，举凡大自然的一切，都是"万物有灵"的，一切自然

---

① 白寿彝：《中国史学史论集》，中华书局1999年版，第1—5页。

现象都被人格化了、形象化了。在人格化了的诸神身上，也具有人的衣食住行和人的喜怒哀乐，体现了更多的人的品格，诸如勇敢与懦弱、善良与残忍、宽容与嫉妒等等。你看：神情威严的"众神之父"宙斯，干出了多少风流逸事；农神得墨特耳失去了爱女，痛不欲生，甚至连万物草木也都枯萎了；由于俄底修斯未获海神波赛冬的批准，私自航海回家，于是海神大发雷霆，兴风作浪，结果把即将抵岸的俄底修斯重新刮到茫茫的大海上去漂泊；更有甚者，是爱与美之神的丈夫所干的那个恶作剧，说的是战神阿瑞斯和爱与美之神阿芙洛狄蒂私通，被爱与美之神的丈夫匠神赫斐斯托斯发觉，于是他把他们包在一张网里送到众神那里，使之当众出丑，引得哄堂大笑……

　　诗是原始的历史，也是一种古老的可以咏唱的口述历史，与神话传说一样，也是人类童年时代的产物，是一种远古的声音。在上古希腊，尤以荷马史诗最为有名。荷马生活的年代大约在公元前9至前8世纪之间，相传为盲诗人，因此才叫他"荷马"（Homeros，在爱奥尼士语里就是"盲人"的意思）。"荷马史诗"的形成，曾经历了一个很长的口头流传的年代，在流传过程中，又不断补充，不断丰满，最后才由大诗人荷马整理定型，成为特具风格的史诗，斯时已是希腊城邦国家步入文明社会的时候了。我们今天所看到的荷马史诗（包括《伊利亚特》和《奥德赛》），学者们普遍认为那是公元前3至前2世纪时亚历山大里亚的学者们编订的。现代学术界对荷马其人其作争论不休，但再多的争论也掩盖不了这样一个事实：这出自远古时代的声音，它是对昔时流传在人们口头中的上古历史的一种呼唤，是人类跨入文明时代门槛前的一份历史遗产，也是我们所知道的人类最早的历史，在它那里，包含了人类最初的历史意识，而这正是史学史，也是口述史学所要追溯的源头，这在古代希腊如此，在古代中国如此，在古代犹太如此，在世界其他地区也是如此。可以说，在文字发明前，人类的历史大致是通过口述历史的方法传承下来的。

二、早 期 回 应

随着人类文明的发展，文化渐启，文字既出，各种文献资料也纷纷出现，这就开始了用文字记载历史。然而，此后的古代历史学家，由于文献资料的匮乏，在历史著述中，口述历史仍是记述历史的重要方法，时愈古而愈显其重要性。

以中国古代为例。孔子曰："夏礼，吾能言之，杞不足征也；殷礼，吾能言之，宋不足征也；文献不足故也。"（《论语》）也就是说，在文献资料不足的情况下，口述历史有其优越性，它并不逊于当时的文献资料。《论语》正是这种典型的口述语录体。可见，我国史学中的口述历史的传统及对它的认识与重视，确实源远流长。如《礼记·玉藻》曰："动则左史书之，言则右史书之。"左史记言，右史记事，事为《春秋》，言为《尚书》，这可否说明，在中国上古周代，便有专门的史官，从事搜集人们（主要为君王）口头的言谈，用来记载历史。当然，中国古代的史官，其职能要比我们理解的广泛得多。

这种做法，至汉代大史家司马迁写《史记》时，更有大进。在司马迁撰写《史记》的时候，文献资料更富，但有时亦穷，也需借助与依靠口述历史的材料。这一点，司马迁在《史记·刺客列传》中谈及荆轲刺秦王的史料来源时说得很清楚，他说："始公孙季功、董生与夏无且游，具知其事，为余道之如是。"古代史家多为大旅行家，其游历，不仅是访求名山大川，探寻历史陈迹，也在于搜罗天下放失旧闻，这就包括蒐集口传史料，为其撰史之需要。史家司马迁正是这样一位大旅行家，他的足迹几乎遍及中国本部，前后有十年之久。他首先"南游江淮，上会稽，探禹穴，窥九疑"，"浮于沅湘"，"北涉汶泗"；其后，他"讲业齐鲁之都，观孔子之遗风，乡射邹峄"，"厄困鄱薛彭城，过梁楚以归"；他"仕为郎中"，扈从天子，巡幸四方，又开始新的远行。

司马迁被学界称为中国的"史学之父",由司马迁所奠定的口述史学方法传统,一直影响后世,绵延不绝。无独有偶,这一点在西方"史学之父"希罗多德那里,也表现得很明显。

希罗多德(Herodotus,公元前484—前425)是生活在公元前5世纪的古希腊历史学家。他和司马迁一样,喜游历,其足迹东至两河流域南部,南达北非埃及最南端,西迄意大利半岛及西西里,北临黑海沿岸,几乎遍及当时希腊人所知的古代世界。他与司马迁当然不是同时代人(希罗多德早于司马迁足约三个半世纪),但司马迁不知道有希腊,希罗多德也不知道有中国,这未免令人遗憾。

然而,有一点在东西方两位"史学之父"那里是共同的,那就是把口传资料用来写作历史著作。"纸上得来终觉浅,绝知此事要躬行。"在古希腊,由于文字记载出现较晚,因此在希罗多德撰史时,他所能看到的文献资料颇为匮乏。在那时,史家撰史,往往要靠自己的亲自采访和实地调查,口头流传的资料大多成了古希腊史家觅取资料的"主要来源"。"历史"这一词,在古希腊文中,最初即指通过考问、探究而求得的知识。希罗多德正是这样。他每到一处,总是仔细了解各地的风土人情,考察各地的名胜古迹,多方采集各种民间传说,努力搜集各类历史故事。随着广泛的旅行,他接触各色各样的人物,上至国王大臣,下至平民百姓,从他们的口中,他获知许多人类过去的故事,随旅途所见所闻,写下了不少片段的作品(即后来他写的《历史》一书的前半部分,第一至第五卷)。就这样,他躬身实践,实地调查,亲自采访,从中获得了大量的第一手资料,可以这样认为,如果没有口碑(口传)史料,希罗多德是不可能完成他的传世之作《历史》的。他是一面游历,一面写书的,这种口述的资料,在他书中是占大部分的,当然他也采用文字资料与考古学资料等。

稍后,更有古希腊杰出史家修昔底德(Thucydides,公元前460—前396)撰写名著《伯罗奔尼撒战争史》。为了写作这部著作,修昔底德也继承了希罗多德的传统,大量采用口碑史料。他奔赴各地,进行实地考察，尤其重视当事者的口述，并从事件的目击者那里取得可靠的材料。他比希罗多德的进步之处在于，修昔底德表现了对口述见证资料可信度的怀疑，并由此确立了缜密求真的科学方法。在这里，有必要引述一下西方史学史上不断被学者征引的著名论断："不要偶然听到一个故事就写下来，甚至也不单凭我自己的一般印象作为根据；我所描述的事件，不是我亲自看见的，就是我从那些亲自看见这些事情的人那里听到后，经过我仔细考核过了的。就是这样，真理还是不容易发现的；不同的目击者对于同一个事件，有不同的说法，由于他们或者偏袒这一边，或者偏袒那一边，或者由于记忆的不安全。"①

在上引这段著名的论述中，修昔底德显示了作为古希腊最卓越史家的批判精神，一种史料批判原则与考信的精神，它对后世西方尤其是19世纪的德国史学大师兰克产生了深远的影响，他的口述历史的传统也不因岁月流逝而消失。可以这样认为，中西早期历史学家著史时兼用口述历史，是历史学对远古传统的一种回音，这种回音仍在不断的延续。

三、不断延续

只要历史学在发展，口述史学悠久的传统就不会被湮灭或阻塞，历史学家总是不断地"发现"它，运用它，直至现代口述史学运动的崛起，以及口述史学的现代复兴。

我们在这里需略加笔墨，铺陈一下西方史学这一"崛起"前的成绩，"复兴"前的"发现"。当代英国著名口述史家保尔·汤普逊有一段话很耐人寻味，他这样说："历史学家们对'口述史'的发现现

---

① 修昔底德：《伯罗奔尼撒战争史》，谢德风译，商务印书馆1985年版，第17—18页。

在正在进行之中,因此不太可能被遮掩住。并且它不仅是一次发现,而且是一次复兴。它赋予历史学一个不再与书面文献的文化意义相联系的未来。它也将历史学家自己技艺中最古老的技巧交回到他们手中。"①

事实正是这样。口述历史,这种最古老的技巧(方法)自历史学产生后,历史学家对它的"发现"(实为运用),就不可能被阻滞,它总是处于"现在进行时"中,这从一个方面反映了这古老传统的顽强,也说明了历史学的生命力。

在西方中世纪的"黑暗社会"中,基督教神学的史学观念改造了西方古典史学。这时的史学,不在世俗的书院,而在僧侣的庙堂,编纂历史的多为教士;所叙述的对象,不在现实的人间,而在空渺的彼岸世界。但古典史学的口述史传统却在中世纪仍得以一脉相传。如被称作"英国历史之父"的比德,就是这样一位学者。从他留传至后世的《英吉利教会史》来看,在那里除留有丰富的文献资料外,也包含了可观的口述史料。在大多数的英格兰地区,由于文献资料匮乏,他总是想方设法搜集口头传说,并对这些资料加以佐证。"我决不愿意让我的子孙后代读到谎言。"② 这是这位生活在 7 世纪后期的"英国历史之父"的临终遗言,也是一位富有求真精神的历史学家的心声。比德对于他所叙述的事情,不管是普通的还是非凡的都尽可能地提供第一手资料;倘若缺乏第一手资料,如果材料的来源除了一般的口头证据外,他就会坦率地承认这一点。不管怎样,口述资料与口述史的写作方法始终是与这位历史学家结伴的。

至西方近代,这一传统仍在延续,如伏尔泰,这位被称作"理性主义史学之父"的史家,自然厌恶口头传说的"荒诞不经";但令伏尔泰高兴的是,那些"预兆、奇迹和幻象现在被送回到寓言的领域

---

① 保尔·汤普逊:《过去的声音》,覃方明等译,辽宁教育出版社 2000 年版,第 88 页。
② 比德:《英吉利教会史》,陈维振等译,商务印书馆 1991 年版,第 3 页。

"把历史交还给人民"(一)

中,历史需要受到哲学的启蒙",换言之,他要把"哲学的明灯"引入到精芜杂沓的历史档案库中,因此,他写的历史著作,绝不排斥口述史料,包括他的传世名作《路易十四时代》,口头证据是该书一个必不可少的资料来源。

到了19世纪,我们可以举出更多的历史学家对口述史"发现"的范例,这里略写几位:一是英国历史学家马考莱(Thomas Babington Macaulay,1800—1859),他的名著《英国史》是19世纪用英语写作的最著名、最畅销的作品。在这部著作中,马考莱浓墨重彩描述了社会下层的人们的生活,为了写好这些人,他充分运用了来自坊间的调查、回忆录、日记、民谣、寓言、诗歌和小说等多方面的资料,其中口述史料占优。无怪乎他的书能在坊间行销一时。口述资料所具有的生动性等特点,在马考莱那里有着很明显的反映。另一是法国历史学家米什莱(Jules Michelet,1798—1874)。这位"法国第一位伟大的人民史学家",以其《法国大革命史》这样一部"把自己融化在当年的那个革命环境中"的名作而享誉后世。他对口述史有着自己独到的见解和偏爱。他这样说:"当我说到口头传说时,我指的是民族的(national)传说,它仍然普遍地分布在人民的口头上,它在为每个人所言说与重复,农民、城镇居民、老人、妇女、甚至儿童;如果你在夜晚走进一家乡村小酒店,你就能够听到它;你可以这样来收集它;你发现一位过路人在路旁休息,于是你开始和他攀谈起来,先是谈到下雨的天气,然后是季节,然后是食物的高昂价格,然后是皇帝的时代,然后是大革命时代。"① 米什莱的卓越,在于他对历史充满着一种赤诚之情,这种赤诚之情在他那里已化作一种取之不竭的动力,这种不竭的动力转换成一种行之有效的方法,这种有效的方法演绎成一种他所笃信的史学理念,为此,他整整花了10年时间来搜集口述资料,他的名言"历史是民族的史诗",将与他对历史学的贡献而永远

---

① 保尔·汤普逊:《过去的声音——口述史》,覃方明等译,辽宁教育出版社2000年版,第25—26页。

为后人所传颂。

在这里,我们要特别提到马克思与恩格斯。作为历史学家的马克思和恩格斯,他们不仅在创立唯物史观、推动史学革命的进程中,做出了不可磨灭的贡献。可贵的是,他们在自己的翔实与严密的作品中,也乐于吸纳口述资料,运用口述史的方法。这就是"既依赖于他们自己的直接经验,也依赖于来自他们的无数通信者与访问者书面的或者口头的报告"①。如马克思的不朽之作《资本论》。在这部宏著中,马克思除大量地引用古典文献资料外,还征引两类资料:一是当代经济和政治理论及对它们的评论资料,另一是来自报纸、议会蓝皮书以及当代发生的一些生动的趣闻轶事。显然,在这里马克思使用了不少已经出版的口头材料,借以帮助他的论证。又如,恩格斯为了写作《英国工人阶级的状况》,曾作了不少调查访问,以搜集民间的口述资料。1842年,他在曼彻斯特曾作过很深入细致的调研工作,对当时英国工人阶级"充满了无穷的贫困、绝望和饥饿"②的状况,有着很切身的体会。很难设想,这部著作只是关在书斋、依靠那时官方的文献资料就能写得出来的。

19世纪以降,史学研究与世变桴鼓相应,西方史学取得了长足的进步,有"历史学的世纪"之称。在乐观主义的时代背景与科学主义大兴的学术氛围下,历史学家对"科学的历史学"的追求甚笃,在这种情况下,兰克的客观主义史学大盛,他所标榜的"如实直书",注重原始史料,尤其是刻意觅求官方的档案文献资料,以及他的内证(internal criticism,论证史料的价值)和外证(external criticism,鉴别版本)相结合的考订方法,构成了他的客观主义史学的基础。对此,他这样说:"历史向来把为了将来的利益而评论过去、教导现在作为自己的任务。对于这样崇高的任务,

---

① 保尔·汤普逊:《过去的声音——口述史》,第46页。
② 恩格斯:《英国工人阶级状况》,《马克思恩格斯选集》第4卷,人民出版社1972年版,第281页。

本书是不敢企望的。它的目的仅仅在于说明事实发生的真相而已。"①

在这种史学理念及时代风气下,口述史学的传统受到了阻滞,口述史料被排斥,被降为民俗与神话一类而不能入流,以至于"到了19世纪中期(兰史客观主义史学大盛之时——引者注),使得一位伟大的历史学家更有可能在毋需使用任何'活的文件'(即口述史料)的条件下进行写作"②。于是就有了法国史家古朗治(Fustel de Coulanges,1830—1889)的名言:"不是我在写历史,而是史料通过我在陈述它自己。"③ 这里的史料即兰克及其学派所主张的文献资料,而主要是指官方公布的档案文献资料。

由此可以看出西方史学发展的复杂轨迹,它既使史学向着前进的、科学的方向迈进,与此同时,它又与此相背离,向着如口述史家保尔·汤普逊所说的"最古老的技巧"(即口述史方法)相背离的方向迈进。正是在这种进步与背离的双重变奏中,口述史学因时代的机缘而迎来了复兴的年代,而西方史学(其实岂止是西方史学)正是在这样曲曲折折的过程中不断地前进着。

四、发 展 前 景

现代口述史学的发展前景怎样?1998年岁末,美国口述史家,《口述史评论》杂志主编勃鲁斯·斯代夫在北京大学作口述史学的讲演,他一开场就这样说:在中国,口述史就像"中国的难题"(The Chinese Puzzle,这是斯代夫写的一篇文章的篇名)一样,难以寻找到

---

① Fritz Stern, *The Varieties of History from Voltaire to the Present*, New York: Meridian Press, 1956, p.57.
② 保尔·汤普逊:《过去的声音——口述史》,第56页。
③ 参见黄俊杰:《史学方法论丛》,台北学生书局1977年版,第9页。

所有的部分①。"中国的难题"？难道口述史学的发展仅仅是"中国的难题"吗？口述史学恐怕是一个"世界的难题"。

口述史学之所以是一个普遍性的难题，在我看来，原因不外有以下几点。

其一，口述史学没有得到应有的重视。

这种不重视，在许多方面得到了验证。例如，以中国内地而言，口述历史的研究还未能列入从国家到地方的学术研究课题规划之中，目前国内大概还没有一个专门性的口述史学的研究机构，有热心者曾提议成立"口述史学研究中心"，但却是"泥牛入海无消息"。又例如，资金不足。从事现代口述史学，是一项需付出高代价的史学工作，"对于任何渴望开展口述历史项目的研究者来说，最重大的问题是资金"②，美国口述史家卡什和胡弗发出这样的感叹。20世纪90年代中期，复旦大学历史学系曾进行过抗日战争上海"孤岛"时期的口述历史访谈，后来由于没有得到后续资金的支持而未能继续开展下去，实为可惜。再例如，在高校的相关专业中，缺乏学科支撑点。有消息称北京大学历史学系杨立文、刘一皋教授已开设了口述史学课程，但这在国内恐怕是凤毛麟角的吧。由于没有相关专业的哺育，这方面的人才就培养不出来。于是就相应地产生了下一个问题。

其二，缺乏从事口述史学所必需的人才。

要从事口述史学吗？你必须是个优秀的历史学家，有良好的历史学的素养，有现代学者的眼光，有广阔的知识面，有熟悉从事某一课题的具体的专业训练，有能驾驭如何做口述史学的一套方法（如何制定课题、如何访谈、如何整理、如何综合等）。这样的人才，在目前大陆学界，似乎也是至为鲜见。因此，我们发展中国的口述史学的当

---

① 勃鲁斯·斯代夫：《口述史的性质、意义、方法和效用》，《北大史学》1999年第6期。

② 杨祥银：《试论口述史学的功用和困难》，《史学理论研究》2000年第3期。

务之急是要加速培养这方面的人才，而不是听之任之，放任自流。这当然不只口述史学是这样，其他如发展中国的影视史学、心理史学、计量史学等，也都是这样。

其三，口述史学的可信度受到了质疑。

这恐怕是口述史学发展进程中所遇到的一个主要难题。由于对口述史学缺乏深入的了解，也由于传统的"口说无凭"的观念根深蒂固的影响，人们对口述史料的可靠性产生了怀疑，如约翰·托什所说："大多数专业史学家甚至现在仍对利用这类材料进行研究持怀疑态度，并时常不愿意讨论它实际存在的优点与缺点。"① 正因为这样，口述史料在那些重文字史料、重文献考据的学者那里受到了轻视，乃至被一些史家完全地抛弃了。

诚然，口述史料主要是通过访谈而获得的。如何看待受访者的回忆，回忆在多大程度上能反映历史的真实，这些都是可以存疑的。造成这种缺憾有很复杂的情况，或由于年深日久致使受访者的记忆失误和不完全，或由于受访者的个人原因而故意歪曲真相（或避重就轻、或自我拔高、或无中生有、或欲言又止），或受访者受到了访谈者的诱导（或暗示，或曲迎等）而使"过去的声音"变成了"现在的声音"，如此等等。不管出现哪一种情况，都可能使回忆失真，从而背离了历史的真相。这是为什么？此乃访谈者与受访者的主体意识所使然也。客观存在的历史是不可能复原的，口述史家通过口述史料重建历史，并辅之以文字史料，经历一个去伪存真、去粗取精、由浅入深、由表及里的过程，在这一过程中无不显现着历史学家的主体意识，事实上，以文字史料为主进行历史研究的过程难道就那么客观吗？难道文字史料就那么可靠吗？难道它就不充斥历史学家的主体意识吗？如此厚此（文字史料）薄彼（口述史料），这不是出于传统史学的偏见，就是出于对历史研究过程理论认识上的盲区或误解。对此，应另文详加讨论，在此就不多费笔墨了。

---

① 约翰·托什：《口述的历史》，《史学理论》1987年第4期。

现代史学在前进，现代口述史学也必将在坎坷曲折中前进。其实，方向业已指明，坚冰必须打破，航道应该开通，我们对现代口述史学发展的前景，同影视史学、心理史学等一样，抱着非常乐观的态度，不论是"中国的难题"还是"西方的难题"都阻挡不了我们。前任美国口述历史协会主席莫斯这样说："口述史学要对历史学在学术上有所贡献，就必须使自己彻底地被人们所了解，并接受严峻的考验。"① 要使口述史学彻底地为人们所了解，需要做多方面的艰苦的工作，我们愿意为此做一颗铺路石子，为现代口述史学充当"吹鼓手"②，让历史学成为我们生活中的一部分，让克丽奥（Clio，历史女神）早日走向坊间。

（原载《江西师范大学学报（哲学社会科学版）》2003年第3期）

---

① 参见杨祥银：《试论口述史学的功用和困难》，《史学理论研究》2000年第3期。
② 对此，钟少华、杨雁斌、杨祥银等同志曾写过不少文章，功不可没。他们的大作大多发表在《国外社会科学》《史学理论研究》《学术研究》等刊物上，不另一一列出。

"把历史交还给人民"(二)

——口述史学的复兴及其现代回响

现代口述史学的奠立,源于史学的一种悠久传统。这种传统经历了悠长的岁月,久远的磨炼。文化的赓继与繁衍,需要继承传统,但又需要打破传统,不断创新。现代口述史学的"复兴"正是这样。

复兴,从文化的视角而言,它是对传统的延续,更是对传统的革新;它是前进中阻滞的疏通,更是发展中障碍的清除;它是衰落后的再兴,更是式微后的重铸。众所周知的西方文艺复兴运动是如此,本文所说的现代口述史学复兴运动也是如此。这种复兴运动,源于美国,波及东西,在史学上产生了深远的影响。

一、复兴运动

现代口述史学复兴的发源地在美国,这在19世纪下半期就可见发展的踪迹,那时口述访谈一时非常盛行。到20世纪20年代,美国芝加哥学派的一些社会学家,热衷于用访谈的形式,搜集资料,进行学术研究。但是,真正把通过访谈搜集材料与口述史学联系在一起,亦即现代口述史学的发生,还要等到20世纪40年代。

国际学术界通常把1948年作为现代口述史学奠基的日子。这要归功于现代口述史学的奠基者阿兰·内文斯(Allan Nevins, 1890—1971)的贡献。他曾长期从事新闻工作,先后任《民族周刊》《纽约晚报》《纽约太阳报》的编辑;1931年起任哥伦比亚大学教授。1938

年,内文斯的《历史入门》(*The Gateway to History*)一书问世,在该书中他明确提出:进行有系统地、从还活着的美国风云人物口中和文件里,获取他们最近60年来,参与政治、经济、文化活动的全部记录①。

可见,内文斯对于建立现代口述史学颇具心气,且志向远大。自《历史入门》一书出版10年之后,即1948年,他率先在哥伦比亚大学建立了第一座现代口述历史档案馆,设置了口述史的研究项目,成为美国史学史上第一个口述史学研究机构,为现代美国口述史学的兴盛做出了贡献。美国口述历史协会的一份报告这样写道:"口述史是在1948年作为一种记录历史文献的现代技术而确立自己的地位。当时的哥伦比亚大学的历史学家阿兰·内文斯开始录制美国生活中的要人们的回忆。"

确是这样,最初他的工作重点大多集中在哥伦比亚地区的一些知名人物身上,对他们进行个别访谈,然后打印成文字稿,经受访者过目与修改,把这些资料积累下来。后来,他这种口述研究计划扩展到对整个美国历史上有影响的人物,如对历届美国总统进行口述研究,并最先完成了对罗斯福总统任期内的口述访谈工作,此后,口述史学的研究便渐渐开展起来。最初,口述史家们所研究的伐木史仅限于美国中部、北部几个州,至1953年,他们把访谈的范围扩大,进而去研究整个美国和加拿大的伐木史,故有专门性的口述史学协会"森林史研究协会"的成立。同年,加州大学伯克利分校也成立了与哥伦比亚大学相类似的口述历史档案馆。1958年,加州大学洛杉矶分校也随之跟进。1960年,杜鲁门总统图书馆制定了第一项口述历史计划。肯尼迪总统遇刺后,肯尼迪总统图书馆尚未破土兴建就开始了口述访谈,口述历史方法很快就成了建立总统档案资料的基本方法。

美国于1966年在加利福尼亚州正式成立了第一个全国性的"口

---

① 转见唐诺·里齐:《大家来做口述历史》,王芝芝译,台北远流出版事业股份有限公司1997年版,第39页。

述历史协会"（Oral History Association），其宗旨是：促进口述历史的发展，彼此交换关于理论与实践相结合等问题的情报，鼓励使用口述历史资料，改进技术。该协会还创办《口述历史通讯》（在70年代初易名为《口述历史评论》）。

至20世纪70年代，现代口述史学在美国取得了突破性的进展。此时美国口述历史协会已发展到1 500多人，会员遍布全美与海外各地，并有500多个口述史学项目在协会组织与资助下进行。至此，美国的口述史学进入了一个新的发展时期，成为"一门发展特快的新行业"。

现代美国口述史学在这一时期的突破更主要表现在口述史家们历史观念的变化。在他们看来，口述史学要获得进一步的发展，就应当把视角从上层（精英阶层）转向下层（普通民众），研究普通民众也正可以发挥口述史学的优越性。历史学再也不能桎梏在政治军事史传统的狭小圈子里，研究政治史，不仅要研究上层，还要研究下层，例如研究选民，就要了解普通选民的政治态度；研究经济史，不仅要研究工资、价格、失业率，而且还要研究普通民众的生活状况，以及他们对待生活的态度与情怀等。

在这种思想指导下，口述历史学家的触角伸向了穷乡僻壤，如黑人聚居区、边远小村镇；并聚焦于历史学的新兴学科与边缘学科，如黑人史、社区史、妇女史、儿童史、家庭史、部落史、城市史等。所谓"亚文化群体"的历史因口述史学的振兴而走向了历史舞台的前沿①。事实上，口述史学的方法也为历史学家在这些领域的工作提供了有力的支撑。在80年代之后，美国的口述史学方法得到了更普遍的运用，向着纵深发展。

20世纪60年代以来，现代口述史学由美国向外扩展，在西方诸

---

① 参见庞卓恒主编：《西方新史学述评》，高等教育出版社1992年版，第十章；杨雁斌：《口述史学百年透视》（上），《国外社会科学》（北京）1998年第2期。

国获得了长足的发展。

在英国,现代英国口述史学的发展,一是集中在社会史领域,特别是那些有马克思主义史学旨趣的新社会史家,诸如《乡村生活与劳动》《罗斯柴尔德大厦》《矿工》等作品相继问世,为研究普通民众的社会生活提供了可贵的资料。

另一是普通民众的参与。在这里,充分显示了口述史学的社会性、民主性与广泛性的特点。而口述史学的这些特点又为普通民众的参与提供了条件,如伦敦东区就有民众自己的自传写作组织。一些地区的民众还直接参与口述史的写作,如布赖顿地区从 1974—1981 年共出版了 12 本口述史作品。这些实践活动的大力开展,使普通人相信,他们不仅可以依靠这种方法确立自己的历史,而且他们自己也有能力撰史,史学已不再成为少数历史学家的专利,"人人都是他自己的历史学家"①。

此外,在加拿大以及法国、德国、意大利、西班牙和北欧斯堪的纳维亚地区,以及在亚洲、非洲和拉丁美洲等国家与地区,他们的口述史学运动虽不及美英两国,但也有不同程度的发展,且有自身的发展特点,这里就不再一一陈述了。

1987 年,世界各地的口述史家在英国牛津集会,成立了国际口述历史协会(International Oral History Association),定期召开学术会议。至此,现代口述史学运动迈上了一个新台阶。

二、业 绩 犹 存

现代口述史学运动以蓬勃之势发展着,也留下了它的历史踪迹。这种踪迹反映了口述史学的成就,也反映了口述史学方法在其他学科

---

① 此语见美国史家卡尔·贝克尔(Carl Lotus Becker)的《人人都是他自己的历史学家》(*Everyman His Own Historian: Essays on History and Politics*, New York: F. S. Crofts and Company, 1935, p. 231)。

领域中的运用。这种运用又使人们从另一侧面窥见了口述史学的业绩。然而,对现代口述史学运动的评价也有不同的声音,例如现代美国历史学家塔奇曼曾说过这样的话:虽然口述历史或许会向学者们提供一些"宝贵的线索",但是总的来说都是保存了"一大堆废物"。①

"一大堆废物"?塔奇曼对现代口述史学的成绩如此不屑一顾,这实在是有失公允的,我们在这里稍稍陈述口述史学与其他学科"结盟",并通过这种结盟来说明它所显示出来的业绩。因此,本节的主要着眼点不是为了说明口述史学的跨学科性质与综合性特征,而在于回答与驳斥"塔奇曼们"的偏见。

口述史学与经济史结盟。这两者的结盟是十分必要的。因为,在经济史的研究中,对于不少经济史的分支领域,光靠现有的文献资料是远远不够的,例如有关工资收入、劳动时间和劳动生产率的留存资料,采矿业的留存资料,农业史研究的留存文献资料等,都是十分缺乏的。而且,有的留存下来的资料并不可靠,有的纯粹是胡乱猜测的瞎编,容易引起人们的误解。

因此,经济史各分支领域,充分运用口述资料,具有广阔的空间,在一些领域的研究中,通过口述访谈积累资料,更成了不可或缺的方法。如在农业史的研究中,通过口述相传的资料所保留下来的农耕技术与劳动方式等,更是胜过文献材料。不管怎么说,口述资料至少可以成为经济史研究中的一个补充,一个因文献资料短缺而可借助的必要的补充,这不只在经济史领域的研究中是这样,在其他学科的研究中也是这样。

口述史学与政治史的"结盟"。西方传统史学的主题是政治史或政治军事史,写作这类主题的历史学家,他们的材料多依靠文献资料,尤其是官方保存的文献资料,但自二战后新政治史的兴起,他们着眼与关注的对象从上层移向下层,因而撰写这类题材的政治史就不

---

① 福克斯:《面向过去之窗:口述历史入门》,《国外社会科学》(北京)1981年第1期。

能光凭文献资料,在那里,口述资源十分丰富,在写作中扮演了重要的角色。

研究历史事件,尤其是研究晚近发生的历史事件(如震惊当代世界的美国9·11事件),口述资料就比文字资料有不可取代的功用,历史学家通过采访事件目击者,可以获取第一手的资料,为真实地反映历史本相创造了条件。这种情况,在殖民地史(政治史的一个分支)的研究中亦显示出优越性。非洲的历史学家一直在依靠与发掘那些丰富的口述资料,这种发掘包括追溯殖民地化之前的口头传说,包括对这些资料确立一种"口头传说年表的特殊技术"等。不管怎样,口述史学加盟政治史,尤其是与新政治史的结合是十分必要的。

口述史学与社会史的结盟。这两者结盟的必要性,我们先看例证。英国口述史家保尔·汤普逊在写作《爱德华时代的人们:英国社会的重塑》一书时,他这样发问:

> 我想要了解在这一时期,作为一个孩子或是作为父母是什么样子;年轻人如何相遇和求爱;他们如何作为丈夫和妻子生活在一起;他们如何找到工作,又如何变更工作;他们对工作感觉如何;他们如何看待他们的雇主和工人同伴;他们在失去工作时如何生存,感觉如何;阶级意识在城市、农村和不同职位之间有什么不同……①

汤氏在一口气提出了这些问题之后,感叹道:上述这些问题似乎没有一个能够凭借常规的历史资料来源回答的。于是,他不得不借助访谈,收集证据,获得的资料大大出乎他的意料,丰赡的口述资料为写作这本书提供了扎实的基础。口述史学与社会史结盟的必要性与可能性于此可见一斑。因此,正如有学者所说,社会史与口述史之间存

---

① 保尔·汤普逊:《过去的声音——口述史》,覃方明等译,辽宁教育出版社2000年版,第107页。

在着一种天然的联系，它在社会史各分支学科中的应用有着广阔的前景①。

例如，在农村社会史中，口述史的广泛应用已成了众所皆知的领域，像罗纳德·布莱恩的《阿肯菲尔德：一个英国村庄的肖像》，在史学著作的通俗性方面取得了无可置疑的成功，这种成功影响与激励了口述史学的发展。

在城市社会史中，口述史学的运用同样广泛而又强烈。如在大城市史的研究中，在描述城市社区及其社会各阶层的日常生活中，口述资料都成了历史学家的好帮手。

在文化社会史，诸如宗教、教育、闲暇等方面，口述资料的运用，已在学界产生了相当大的影响，这方面的出版物也很多，如《教育与工人阶级》《工人阶级共同体》等，都是很出色的口述史作品。

此外，在家庭史、妇女史、少数民族史、黑人史等方面，口述史学都可以占有一席之地，并都取得了许多成就。

前进道路充满了艰辛，这种艰辛只有口述史家才能体会，这种体会，既包含在从事口述史访谈中，也包含在反对者的质疑与冷嘲热讽中。然而，业绩犹存，岂容否定，口述史学也正是在质疑与成功的双重变奏中取得了成就，迈开了前进的步伐。

三、星火燎原

"星火燎原"，原是指我国20世纪50年代出版的通过口述回忆而写成的历史读物的名称，这里姑且借来，用以表达由西方发起的现代口述史学运动在东方（中国）的回应。50年代以来，这

---

① 参见杨雁斌：《口述史学百年透视》（上），《国外社会科学》（北京）1998年第2期，又见保尔·汤普逊：《过去的声音——口述史》，覃方明等译，辽宁教育出版社2000年版，第107页。

口述史学复兴之"星火",确是在中国不断地蔓延,遂成"燎原"之势。

与《星火燎原》同时同类的出版物还有《红旗飘飘》等。20世纪50年代以来,此种回忆录性质的史料搜集工作,成绩非凡,迄至1966年前,在十几年间,出版的回忆录约500余种,属革命回忆录性质者居多。另外,亦有《王明回忆录》《张国焘回忆录》以及外国人李德、司徒雷登等人的回忆录出版。尤其需要提及的是,1959年周恩来在全国政协招待60岁以上的委员的茶话会上,号召大家记下自己的经历、见闻、掌故,或口述让别人记下来,流传给后代。此后,全国政协及各地政协便多方征集史料,纷纷整理出版《文史资料选辑》。复旦大学历史学系资料室在80年代初集体编有《五十二种〈文史资料〉篇目分类索引(创刊号—1981年)》①,按内容分类编排,一册在手,便可检索全国政协及各省市从创刊至1981年间出版的《文史资料选辑》全部篇目,极大地方便了需要利用这种口述史料进行历史研究的学者。

此外,还有《工商史史料丛刊》《文化史料丛刊》和搜集有大量口述史料的《近代史资料》等,以及在20世纪60年代社会主义教育运动中盛行的"四史"(家史、厂史、社史、村史)的作品,都是分量很重的口述史学的成果。

在中国新时期,口述史学继有成就。20世纪70年代末,由20万人参加的在28个省、市和1 800县所进行的地方志编纂工作,也是运用口述方法所取得的一个方面的杰出成绩②。近年来,随着西学东渐,现代西方口述史学的东传,口述史学的成果及出版物屡见于世,如北京大学历史学系与西方口述史家合作研究的成果《北京大学"一二·九"运动回忆录》《红楼风雨》,还有张辛欣、桑晔的《北京人:一百个普通人的自述》、王书君的《张学良世纪传奇》(访录者为唐德

---

① 复旦大学出版社1982年版。
② 杨立文:《中国的口述史》,《光明日报》1987年5月6日。

刚)、窦应泰的《张学良三次口述历史》以及由中国社会科学出版社2002年推出的"口述自传"丛书，其中率先推出的《舒芜口述自传》，因与50年代大陆震惊一时的"胡风反革命集团案"的瓜葛而备受关注与争议，有论者读完此书后这样写道："在文字狱完全进入历史博物馆之前，文人还是应当多存几分谨慎和自律，防止自己的文字成为权力者加害别人的由头。否则，导致别人受到伤害，历史后果可能是跳进黄河也洗不清了。"① 不管怎样，这套"口述自传"丛书的出版，无疑对推进新世纪中国内地口述史学的发展起到了良好的促进作用。

　　在这里，笔者另有插叙，说的是我所在的复旦大学历史学系运用口述史学的理论与实践，取得了成功。那是在20世纪90年代中期，在美国纽约中国近代史口述史协会的资助下，我系16名学生分成8个小组，在教师的带领下，作口述访谈，搜集抗日战争上海"孤岛"时期的口述资料，由录音整理成文字稿，这是一次很好的口述史学的实践活动，对培养高素质的历史学人才也将起到良好的作用。后来由于经费的短缺，未能坚持，实为可惜。

　　在台湾，口述史学也获得了长足的进展。在20世纪60年代，台湾大学历史学系曾在美国哈佛大学燕京学社的资助下推行口述历史计划，其后由黄富三整理出版部分成果。"中研院"近代史研究所在郭廷以、沈云龙两位的领导下，拟定了周密的口述历史计划，从1959年开始执行，访谈了70多位重要的历史人物，据录音整理成文字稿，1982年以"口述历史丛书"为名出版，至目前（2003年）为止，已问世的有近20本。在这套"口述历史丛书"的"弁言"中，这样标明了丛书的宗旨："其目的在广泛搜集当代人物的有关史料，为民国史留一忠实而深入的记录，以备将来之研究。"② 1984年，该所又成

---

　　① 丁东：《读舒芜》，《中华读书报》2002年12月25日。
　　② 见台湾"口述历史丛书"，"弁言"（第一部，上），台北"中研院"近代史研究所编，1982年。

立了口述历史组,由王聿均任召集人,继续进行新的口述历史的研究课题。此外,"中研院"民族学研究所、台湾史研究所(筹)也着手从事口述历史的工作。

综观台湾的口述史研究,在早期阶段(如20世纪60年代),访谈对象多属上层的精英人士,至90年代,逐渐由上层延及下层的普通民众,这种气象至今仍方兴未艾。

在台湾现代史学的复兴运动中,有一人乃功不可没,必需提及,他就是海外华裔历史学家唐德刚。他是一位卓越的口述历史学家,由他主其事的美国哥伦比亚大学口述历史学部,以其出色的研究成果与工作方式为学界所注目。当年,他利用在哥伦比亚大学与胡适交往的机会,提着录音机做完了一项口述历史研究计划,这就是后来享誉史坛的《胡适口述自传》。他的《顾维钧回忆录》《李宗仁回忆录》更是以其个性特色而名闻海内外。尤其是他得到了张学良的青睐,并认为唐氏是他口述历史访谈工作的最佳人选,从1988年开始,唐德刚就在台湾采访张学良,工作历尽艰辛,但他锲而不舍。对此,唐德刚曾发出了这样的感叹:

> 作为一个流落海外的华裔史学工作者,眼底手头所见,是一些琳琅满目的中华无价之宝,眼睁睁地看其逐渐流失,内心所发生的沉重的使命感和遗恨、惋惜之情交织,而又无能为力。心理上的孤独之感,真非亲历者所能体于万一也。①

为了抢救"中华无价之宝",唐德刚确实有一种责无旁贷的历史使命感。他是这样说的,也这样做了,留给世人的就是前述这一部部口述史学的成果,他为现代口述史学的复兴运动做出了贡献。

---

① 转引自王俊义:《抢救"中华无价之宝"》,《中华读书报》2002年12月25日。

四

让克丽奥（Clio，历史女神）走向坊间，这是时代的要求，这是民众的呼唤。换言之，让历史学走出高楼深院，走出学府殿堂，与现实生活相连，与社会大众结伴，这种声音与时俱增，日益强烈。于是，口述史学便应运而振兴了。

总之，口述史学的生动性、广泛性、民主性的特点，充分显示了它是一种"自下而上"的史学，一种普通民众而非精英人物的史学，一种由大众直接参与而又为大众建构历史的历史学，对此，保尔·汤普逊说得好：

> 口述史是围绕着人民而建构起来的历史。它为历史本身带来了活力，也拓宽了历史的范围。它认为英雄不仅可以来自领袖人物，也可以来自许多默默无闻的人们。它促使师生成为合作伙伴。它把历史引入共同体，又从共同体中引出了历史。它帮助那些没有特权的人，尤其使老人们逐渐获得了尊严和自信。在它的帮助下，各阶级之间、代际之间建立起了联系，继而建立起了相互理解。而且，对于单个的历史学家以及其他人来说，由于口述史具有意义共享的特点，所以它在地点和时间上为这些人提供了归属感。①

确是这样。走出了书斋的克丽奥，不再一脸严肃，不再装腔作势，不再神秘莫测，她变得亲和、平易且具人情味。比如，同样写滑铁卢战役，它不再注重描写威灵顿公爵怎样统率反法联军打破了拿破仑，在这里，历史被还原为普通人的历史，它通过一个普通士兵威勒

---

① 保尔·汤普逊：《过去的声音——口述史》，第24页。

的视角，运用战士们留下来的回忆录、信件、日记等资料，叙述滑铁卢战役的细节，历史成了一种活生生的、有血有肉的东西。

又如，同样写二战史，它不仅描述罗斯福、丘吉尔与斯大林这样的"大人物"，也不仅罗列诺曼底登陆、攻克柏林、日军投降等政治军事大事。历史也可以这样写：美国的一个口述史项目"奶奶，你在战争中做了什么？"——视角的转换，由下而上的历史发问，使克丽奥变得如此楚楚动人，历史就在我们身边，我们就是历史的主人，历史的真正创造者①。这一口述史项目理所当然地受到了欢迎，也获得了成功。

这就启示我们，正是口述史学把历史还原为普通民众的历史，还原为与人民大众共写的历史。"口述史用人民自己的语言把历史交还给人民。它在展现过去的同时，也帮助人民自己动手去构建自己的未来。"② 这是对传统史学的一个巨大的反叛，新史学也正是在这种反叛中迈出了前进的步伐。这在现代西方史学那里是如此，在现代东方史学那里，如在现代中国史学那里，也是如此。

(原载《学术研究》2003 年第 9 期)

---

① 参见杨祥银：《试论口述史学的功用和困难》，《史学理论研究》2000 年第 3 期。
② 保尔·汤普逊：《过去的声音——口述史》，第 327 页。

心理史学在东西方的双向互动与回响

心理史学是借助于心理学的理论与方法,去探索人类的行为,以揭示历史的真相。现代西方心理史学始于奥地利心理学家弗洛伊德,他于1910年出版的《列昂纳多·达·芬奇及其对童年的一个记忆》,奠定了现代心理史学的基础。此后,尤其在二战后,以埃里克森为代表的新一代心理史学家,突破了弗洛伊德所设置的理论架构,重视社会文化因素的作用,进一步推动了心理史学的发展。自1910年迄至今日,现代心理史学将近走完百年路程,在这并不短暂的过程中,它与现代西方新史学的其他流派一样,也势必要对外界释放与扩展它的影响。本文主要论述现代西方心理史学在20世纪中国所发生的回响,也涉及中国文化对西方现当代心理学家所产生的影响,以阐明不同国家与地区之间史学文化的相互交汇与相互影响。

一、西书中译:西方心理史学之东传

西方史学在中国的最初传播,大多借助东邻日本的间接介绍,现代西方心理史学之东传大体也是这样。当20世纪的曙光初照时,中国学界就通过日本学者的著作,略知心理学可有助于历史研究的识见。光绪二十九年,即1903年,李浩生翻译日本早稻田大学教授浮田和民的《史学通论》,即为国人传来西说,在该书中,浮田和民指出:"个人心理学成立,并社会心理学亦成立,则历史成为完全科学也。"① 此时与弗洛伊德的名作《梦的解析》的问世之日（1900年），只不过相差三年。1907年，王国维又翻译了霍夫丁的《心理学概论》一书。

其后，留美的何炳松于1916年归国，致力于输入西方治史方法，并着手翻译鲁滨逊的《新史学》。何氏译本《新史学》于1924年由商务印书馆推出，成为"吾国史学界所译有关西洋史学理论及方法论之第一部著作，历史意义至为重大"②。商务印书馆在史学新书介绍中说，该书"凡所论列，颇足为我国史学界之指导"③。确是这样，在鲁滨逊看来，历史学家要使历史成为科学，不仅要依靠自然科学，也应该依靠心理学，依靠社会心理学。鲁滨逊在他的代表作《新史学》一文中着墨尤多，他把心理学细分为动物心理学、社会心理学与比较心理学。鲁氏特别批评了心理学与历史学不能"结盟"的陋见。在现代西方史学史上，鲁滨逊也许是最早认识到历史学要与心理学"结盟"的历史学家了。

鲁滨逊的弟子继其志，在倡导历史学与心理学相结合的工作中做得更为出色一些。1919年，鲁氏门生巴恩斯在《美国心理学杂志》上发表《心理学与史学》一文，进一步阐发了心理学对历史研究的影响。巴恩斯对历史学的跨学科研究更有宏著，他的《新史学与社会科学》（1925年英文版）经董之学翻译，由商务印书馆于1933年出版中译本。全书综论历史学与地理学、心理学、人类学、社会学、经济学、政治学等学科的交叉融汇，中译本共588页，其中专论心理学与史学的部分就有185页，可见巴恩斯重视历史学与心理学的结合。他在这一部分最后预见："吾人相信一百年后，弗洛伊德与其信徒所创出之心理系统，将被视为史家之一种工具，史

---

① 转引自邹兆辰：《当代中国史学对心理史学的回应》，《史学理论研究》1999年第1期。

② 黄俊杰编译：《史学方法论丛》"增补再版代序"，台湾学生书局1981年版，第16页。

③ 卢绍稷：《史学概要》，商务印书馆1930年版，封底。

家之欲成功,则必须利用之。"① 他说这话的时候是在 1925 年,那时他就对心理史学的前景做出了这种很有信心的预测,其前景究竟如何,我们将拭目以待。

在 30 年代,蔡斯翻译弗洛伊德在美国的演讲集《精神分析的起源和发展》,在当时上海商务印书馆出版的《教育杂志》上发表。这是弗洛伊德的精神分析理论第一次比较系统地被介绍给国人。高觉敷翻译弗洛伊德的名著《精神分析引论》于 1930 年由商务印书馆出版。此书经修订,于 1984 年 11 月由同一出版单位重印面世。

在大陆学界,从 20 世纪 50 年代开始,由于心理学被戴上"资产阶级的伪科学"的帽子,迄至 70 年代末,译介西方心理学作品的工作被迫中止。直至 80 年代,随着大陆的改革开放政策的实施,心理史学的"母体"——心理学的译介工作勃兴,如作者所见,就有辽宁人民出版社推出的"心理学丛书"、浙江教育出版社的"20 世纪心理学通览"等。此外,如前面所引用的美国学者黎黑的《心理学史:心理学思想的主要趋势》等类作品所见也不少,尤其是 80 年代初随着"弗洛伊德热"在大陆流行,弗洛伊德等人的作品被广泛译成中文,曾经风行一时。

关于评论心理史学的直接论著,就我们视野所及,其重要的翻译成果有:

美国学者大卫·斯坦纳德《退缩的历史:论弗洛伊德及心理史学的破产》,冯钢等译,浙江人民出版社 1989 年 7 月第一版。这是一本对弗洛伊德的心理史学进行尖锐批评的作品。

法国学者 C. 克莱芒、P. 布诺德和 L. 塞弗合著《马克思主义对心理分析学说的批评》,金初高从俄译本转译,商务印书馆 1985 年 9 月第一版。此书的学术背景是,70 年代以来,法国的马克思主义思想界以巴黎的"马克思主义研究中心"和《思想》周刊、《新评论》月刊

---

① 斑兹(即巴恩斯):《新史学与社会科学》,董之学译,商务印书馆 1933 年版,第 260 页。

所组织的一些研究小组为中心,对弗洛伊德心理分析学说展开了一场较为深入的批判,该书即为现当代法国马克思主义思想界对弗洛伊德的心理分析学说进行严肃的学术批判而作出的一份学术总结。

美国心理史学家劳埃德·德莫斯《人格与心理潜影》(原书书名直译应为《新心理史学》)。本书选编了10篇论文,以心理史学的分支序列分别为童年历史、心理传记和群体心理史。德莫斯在本书中声言:"犹如19世纪末叶社会学从经济学中分离出来、心理学从哲学中分离出来一样,心理历史学迟早必定会从历史学中分离出来,组建自己独立的学术研究体系。"[①] 这充分显示了新一代心理史家对这门学科前景的看法。德莫斯乃美国《童年历史:心理历史学》季刊主编,既受过心理分析训练,又精通历史各门专业,他为美国心理史学的拓展做出了贡献,此书中译本出版后,国内学人引用率甚高。

一些很重要的心理史学译文的发表也为大陆学人的心理史学研究提供了条件,常为人引用的有以下几种:

(1)〔美〕郎格:《下一个任务》,《美国历史协会主席演说集(1949—1960年)》,何新等译,商务印书馆1963年版。

(2)〔美〕奥托·弗兰茨:《俾斯麦心理分析初探》,金重远译,田汝康等编:《现代西方史学流派文选》,上海人民出版社1982年版。

(3)〔美〕托马斯·科胡特:《心理史学与一般史学》,罗凤礼译,《史学理论》1987年第2期。

(4)〔美〕理查德·舍恩沃尔德:《对历史的心理学研究》,姜跃生等译,《史学理论》1987年第2期。

(5)〔美〕彼得·洛温伯格:《纳粹青年追随者的心理历史渊源》,张同济译,《史学理论研究》1996年第3、4期。

总的看来,在这方面的译事成绩还是微不足道的。不过,需要说明的是,由于现时代交通便利,信息迅达,文献流传更快速了,中国

[①] 苏埃德·德莫斯等:《人格与心理潜影》,沈莉等译,上海人民出版社1989年版,第7页。

的心理史学研究者可以更多地直接运用西文资料，而不必一味依赖翻译作品了，更不必说，在当今时代，学人还可以通过网络检索到他们所需要的材料，如此更是自由而便捷了。但是，尽管如此，译事工作仍不可废，昔日梁启超曾言："今日中国欲为自强，第一策，多以译书为第一义。"① 梁氏之论不仅于今日中国之自强，而且于包括心理史学在内的西方史学的输入，仍是醒世之语，似未过时也。

当然，输入西方心理学新论，不必说在晚近20年来，即使在20世纪30年代，也可以通过西方学者直接来华讲学或传授来实现，事实上也不乏这样的先例。如奥地利犹太人范尼·吉泽拉·哈尔彭（Fanny Gisela Halpern，汉名韩芬），毕业于维也纳大学，是弗洛伊德的学生。1933年，她应国立上海医学院之聘来上海任教，开设精神学等相关课程达十余年，直接将精神分析学说系统地介绍到中国②。

二、东方回应：国人对心理史学的评价

"铜山西崩，洛钟东响。"现代西方心理史学自产生后即输入中国，在20世纪的中国学界激起了悠远而持久的回响。

西方心理史学之东来，对东方学者治学产生了或间接或直接的影响。在历史研究中运用心理分析，前贤梁启超就做出过榜样。他于1918年冬至1920年春曾漫游欧洲并访学，归国后梁氏于1921年在南开大学讲授中国历史研究法，提出要探求历史的因果关系，则需探求该一时代的社会心理的状况，这一点从他的《中国历史研究法》一书

---

① 梁启超：《读日本书目志书后》，《饮冰室合集》（一），中华书局1989年版，第53页。
② 参见潘光：《犹太人与中国：近代以来两个古老文明的交往和友谊》，时事出版社2010年版。又，该书由博士论文修改而成，笔者曾是这篇博士学位论文的答辩委员会成员，潘光在回答我提出的问题时，还提供了韩芬来华传授弗洛伊德精神分析学说的若干细节。

中可知概况。先辈史家李大钊也在20年代的作品《史学要论》中倡导史学的研究应借助包括心理学在内的其他诸多学科的成果。

在20世纪前期，学界在争论中国民族性的问题时，如陈独秀、鲁迅、林语堂等人都有很精辟而警世的言论，笔锋犀利，并且深入到民族的深层心理结构，对此不另作详述。

在20世纪的前期，对西方心理学说做出积极回响的著作是朱光潜的《变态心理学派别》。此书是1930年开明书店出版，历经70余年，至新世纪来临之际，被收入"商务印书馆文库"重版。需带一笔的是，"商务印书馆文库"是与著名的"汉译世界学术名著丛书"相比肩的，旨在精心遴选国人原创性的学术作品，提升中国学术水平。如今国人介绍现当代西方心理学说之作甚多，但朱光潜的《变态心理学派别》在今天看来仍有其学术意义。为此，我们对朱光潜的这本著作有略加译介的必要。

朱光潜是现代著名美学家，他在译介西方美学理论方面成绩卓著，功不可没，在此不容评议。不仅如此，朱光潜对把西方心理学说介绍到中国贡献亦多。他是第一个给中国读者介绍弗洛伊德精神分析学说的，我们只要查阅一下当时出版的《东方杂志》《留英学报》便可知晓了。

研究隐意识和潜意识的心理学，通常叫作"变态心理学"（Abnormal psychology）。朱光潜认为，严格说来，这个名词并不精确，传统心理学只研究意识现象，而意识不能察觉的现象则称之为"变态"，这自然是不精确的。朱光潜还指出，其实对变态心理现象的研究由来已久，亚里士多德在《诗学》中论及悲剧的功效，曾说到哀怜和恐怖两种情绪可因发泄而净化，亚氏的"净化"和弗洛伊德的"升华"就很相似。近代德国哲学家如莱布尼茨（Leibniz）、叔本华（Schopenhauer）、尼采（Nietzsche）等人对于弗洛伊德精神分析学派心理学说早已开其先河了。

《变态心理学派别》介绍了近代西方心理学的主要思潮。朱光潜认为，近代西方变态心理学有两大潮流：

其一，发源于法国，流衍为"巴黎派"和"浪赛派"，后"浪赛派"又发展为"新浪赛派"。

所谓"巴黎派"即以巴黎的沙白屈哀医院（La Salpêtriè）为大本营，所以称沙白屈哀派，亦称巴黎派，这派最大的领袖是夏柯（一译柴柯，Charcot）①。夏氏门下出了两位著名的弟子，一为耶勒（一译庄纳，Janet），乃现代法国心理学之泰斗，另一个门生就是后来蜚声世界的佛洛德（一译弗洛伊德）。

所谓"浪赛派"（一译南锡派，Nancy School）即以浪赛大学和医院为中心，所以得名浪赛派，这派最大的领袖为般含（一译柏南，Bernheim）。

两派各树一帜，但却有以下一些共同点：他们都看重潜意识现象；他们都用观念的"分裂作用"来解释心理的变态；他们都应用催眠或暗示为变态心理的治疗法。

其二，发源于奥地利与瑞士，在奥地利称之为"维也纳学派"，以弗洛伊德为宗，在瑞士称之为"柔芮西派"（一译苏黎世学派，Zurich School），以融恩（一译荣格，Jung）为宗。另有爱德洛（Adler）受学于弗洛伊德，本为"维也纳学派"成员，后因意见不合而自立门户，一般称之为"个别心理学派"。

1929年高觉敷（即前述在30年代最早翻译弗洛伊德的《精神分析引论》的那位学者）为朱光潜的《变态心理学派别》作序，称此书对变态心理学派别的叙述采取了"不偏不倚的态度"。通观全书，高氏之论确非虚言。不过，朱光潜在这种貌似客观的笔法后面，也有臧否褒贬，如他在叙述维也纳学派与柔芮西派的争执时这样写道："我们读佛洛德自著的《心理分析运动史》，不禁起一种不大惬意的感想，这般心理分析学的先驱，谈到谁在先发表某个主张，谁是正宗，

---

① 参见彭卫：《历史的心镜——心态史学》，河南人民出版社1992年版，第88—90页。

谁是叛逆时,互相倾轧妒忌,比村妇还要泼恶。这是科学史上少有的现象。"① 朱氏文字直率而不失风趣,批评尖锐而不失幽默,其在30年代的写作风格可见一斑。

此外,潘光旦在翻译英国心理学家霭理士的《性心理学》一书时,在注释中泛论中国古代社会的变态行为,这应是现代中国学者用西方心理学理论研究中国古史中的变态行为的作品,已远远超出译作的范畴了。大体与此同时,另有心理学家张耀翔在研究心理变态问题时写有《中国历史名人变态行为考》等文,林传鼎写有《唐宋以来三十四个历史人物心理特质的估计》一文。至于历史学家借用心理学的理论来研究历史,那时似乎还不成气候。

历史学家借用现代西方心理学的理论与方法运用于历史研究,那是要等到20世纪80年代之后。

大陆的改革开放政策,犹如春风化雨,为学术研究创造了很有利的宽松环境,也为西学的引入提供了外部条件。综合这一时期心理史学的引入,是在"弗洛伊德热"的推动下行进的。所以,先有对弗洛伊德精神分析学说的一般性的介绍,继之就有大量的探讨心理史学的文章发表,各抒己见,亦有争论。为了说明问题,在这里有必要就其一些主要的论文,罗列如下:

蔡雁生:《创造"历史心理学"刍议》,《华南师范大学学报(社会科学版)》1983年第2期。

辛敬良:《社会心理与唯物史观》,《复旦学报(社会科学版)》1984年第2期。

莫世雄:《护国运动时期商人心理研究》,《历史研究》1986年第4期。

马敏:《中国近代商人心理结构初探》,《中国社会科学》1986年第5期。

---

① 朱光潜:《变态心理学派别》,上海开明书店1930年版,第102页。又,本文保留了朱氏原书之译称,在括号内另注了当代通行的译法。

周义堡：《史学研究应重视社会心理分析》，《安徽史学》1987年第2期。

李桂海：《对中国封建社会农民起义口号的心理分析》，《争鸣》1987年第3期。

吴达德：《历史人物研究与心理分析》，《云南社会科学》1987年第6期。

邹兆辰、郭怡虹：《略论我国心理历史学的建设》，《历史研究方法论集》，河南人民出版社1987年版。

邹兆辰、郭怡虹：《西方心理学的理论与方法简析》，《世界历史》1987年第4期。

陈锋：《论心理分析在历史研究中的应用》，《江汉论坛》1988年第1期。

胡波：《试论历史心理学及其研究对象》，《学习与探索》1988年第2期。

裔昭印：《心理学原理在历史研究中的应用》，《上海师范大学学报（哲学社会科学版）》1988年第4期。

王玉波：《传统的家庭认同心理探析》，《历史研究》1988年第4期。

林奇：《研究封建社会史必须重视对帝王个性心理的分析》，《社会科学家》1988年第5期。

罗凤礼：《西方心理历史学》，《史学理论》1989年第1期。

罗凤礼：《再谈西方心理历史学》，《史学理论》1989年第4期。

朱孝远：《现代历史心理学的产生和发展》，《历史研究》1989年第3期。

葛荃：《中国传统制衡观念与社会阶层政治心态》，《史学集刊》1992年第3期。

迟克举：《试论历史人物的个性在社会历史中的作用》，《社会科学》1993年第9期。

徐奉臻：《群体心理历史学探微》，《求是学刊》1993年第4期。

胡波：《社会心理与历史研究》，《广东社会科学》1994年第2期。

王建光：《明代学子的心态及其价值取向的归宿》，《史学月刊》1994年第2期。

吴宁：《非理性因素在社会发展中的作用》，《社科信息》1994年第8期。

邱昌胤：《心理分析法：一种马克思主义史学方法》，《贵州师大学报（社会科学版）》1996年第2期。

宋超：《汉匈战争对两汉社会心态的影响》，《史学理论研究》1997年第4期。

罗凤礼：《心理史学与马克思主义史学》，《史学理论研究》1998年第3期。

邹兆辰：《当代中国史学对心理史学的回应》，《史学理论研究》1999年第1期。

周兵：《心理与心态——论西方心理历史学两大主要流派》，《复旦学报（社会科学版）》2001年第6期。

以上所列，为本书作者所见，遗漏是难免的。仅从大陆新时期所发表的这些论文来看，它大致涉及以下一些问题：心理史学的学科地位、理论架构与发展前景，心理史学与马克思主义的唯物史观的关系，个体心理（如帝王心理）与群体心理（如商人阶层），社会心理、民族意识与文化心理，心理史学与心态史学之异同，西方心理史学的衍变与现状，弗洛伊德的精神分析学说与历史研究，当代美国心理史学的发展等。总之，这些论文在一定程度上反映了域外这一史学新说在当代大陆学术界所激起的回响。

在这里，我们要特别提到两部著作：

一是谢天佑的《专制主义统治下的臣民心理》（吉林文史出版社1990年版）。这本书着眼于历史人物和历史活动的心理刻画，通过对两千年来臣民心态的分析，阐发秦始皇嬴政以来君臣间的心机和智术，以及忠臣义士的应对苦心，于中国古史研究另辟蹊径，令人有耳目一新之感。此书虽因作者的溘然逝世而戛然中止，所写才及半，但作者借用西方心理学的方法于中国古史研究，所叙所论恣肆新颖，其思绪足以表明作者之识见，而又无生搬硬套西方社会心理学术语之嫌。这本书的出版，可以认为是中国大陆学界对西方心理史学的一个重大的反响。

另一是彭卫的《历史的心镜——心态史学》①，这是大陆学界第一部比较系统的关于心理史学理论架构的作品。作者用心理学方法研究历史人物和历史进程，向人们揭示往昔岁月中各种人的动机、欲望、气质、性格、情感、智慧、能力、处世观、择偶观、生死观等精神状态，窥探群体幻觉和重要历史人物的变态心理等，为人们洞悉历史深层打开了一扇新的窗口。作者年少才盛，其书不仅材料丰赡，内容宏富，而且论述精审，自成一说，文采斐然，值得一看。

关于台湾心理史学方面开展的情况（包括译介与著述），我们所知甚少，这里只能略说一二。

众所周知，从20世纪50年代开始，台湾的心理史学研究与同时期的中国大陆情况不同，它大体承袭了20世纪前期的路数，在经过了一段时间的沉寂后，于60年代末开始勃兴。从70年代开始，台湾学术界陆续译介西方学者的有关著作，如弗兰克·E.曼纽尔（Frank E. Manuel）的《心理学在史学上的应用与滥用》[原载 Daedalus, winter 1971，江勇振译，载《食货》复刊第二卷第十期（1973年2月）]。又如，康乐、黄进兴主编的《历史学与社会科学》的论文集（华世出版社1981年版），其中收有两篇很重要的心理史学译文，它们是：Fred Weistein and Gerald M. Platt, *The Coming Crisis in Psychohistory*（《当前心理史学的危机》）；Bruce Mazlish, *Reflections on the States of Psychohistory*（《对当前心理史学发展的回顾》）。两文均为70年代中叶美国心理史家的作品，翻译者为康乐岛。此外，康乐岛还翻译了当代美国心理史学名家埃里克森的名作《青年路德》（台北远流出版公司1985年版）。

此外，台湾心理学的发展又为心理史学的成长起到了推波助澜的

---

① 参见彭卫：《历史的心镜——心态史学》，第93—94页。

作用，如杨国枢提出的社会心理学理论颇有特色。尤其值得一提的是扬智文化出版公司近年推出的"心理学丛书"，以译作为主，亦有著述，如郭静晃等著的《心理学》（合订本）、高尚仁编著的《心理学新论》等，出版后深受好评。

台湾学界的心理史学研究较多地侧重于个体心理，关注那些活动于历史前台的人物，而较少研究历史上群体的精神面貌。这方面的论著所见的有：

雷家骥：《狐媚偏能惑主：武则天的精神与心理》，台北联鸣文化有限公司1981年版。

张世贤：《五代开国君主政治人格类型分析》，台湾《行政学报》1986年第5期。

张瑞德：《蒋梦麟早年心理上的价值冲突与平衡（光绪十一年—民国六年）》，《食货》复刊第7卷，1977年11月。

另有张玉法的《心理学在历史研究上的应用》（载张玉法：《历史学的新领域》，台北联经出版事业公司1978年版），纵论心理史学的方方面面，很可参考。

台湾的心理史学在20世纪80年代中期以后，亦处于低谷，这一点大体上与西方心理史学的发展进程倒是相吻合的。

三、东学西渐：中国文化对西方心理学的影响

文学家柯灵曾记载过这样一个掌故：1936年，日本文学家岛崎藤村从南美归国，途经上海，适值鲁迅先生逝世不久，这位日本作家特地到鲁迅故居凭吊，在鲁迅生前常用的椅子上坐了一下。岛崎归国后乃撰文追忆，说他在那一瞬间恍惚感觉到鲁迅的体温传到了自己的身上。

这则文坛轶事很值得我们细细品味。这里说的是文学交流所能起到的沟通作用，那么，史学交流呢？其他学术文化的交流呢？我想，

也是能的。如果缺少了这种交流，这种国家与国家、民族与民族、地区与地区、东方与西方之间的互通、互介、互学、互访，那么现代人类也会感到苍白与浅薄的。

"铜山西崩，洛钟东响"，这一成语只说及了"西"对"东"的影响，只说到了一半，事实上，文化的交流总是双向的，即上文所强调的"互"字，在学术文化交流史上，东西互相交汇与相互影响的事例不胜枚举，如晚近以来由季羡林主编的"东学西渐：中国文化在西方"丛书（河北人民出版社出版），便是东方（中国）文化西传及其在西方所产生的回响。鉴于这样的理由，本节以简略的文字，陈述一下中国文化（当然就题旨中的心理学方面）对西方的影响，以为学术文化交流的双向与互动作一点补白①。

就心理学而言，西方学者们对"中国智慧"的神往，其实并不亚于中国的心理学家们对西方心理学的迷信，当代西方心理学出现的一个新分支"东-西方心理学"乃是东西方心理学交汇的结果，"东方心理学"已成为西方心理学家所关注的一个重要领域，美国一些大学也开设专门的"东方心理学"课程，中国学者在它们那里讲授这类课目，深受好评。

事实表明，西方的一些心理学家如荣格、马斯洛、弗洛姆等人，无不与中国文化（心理学）有着密切的接触，也不讳言从中所获得的灵感。

比如荣格。荣格的心理学说有着中国文化的深刻影响。他的自传《回忆·梦·思考》引中国老子的话作为结束，从中不难看出他与"道"的内在沟通。他在自传中这样写道："老子说，'众人皆明，唯吾独懵'，'众人熙熙，如享太牢，如春登台。我独泊兮，其未兆，如婴儿之未孩；累累兮，若无所归。'这正是此时的我所感受的。老子是具有超然领悟力的典范，他能够体验到价值与整体，体验到一致

---

① 本小节有关中国文化对西方心理学影响的文字，均参见高岚与申荷永的论文：《中国文化与心理学》（载《学术研究》2000年第8期）。特此说明，并致谢忱。

性。于是，老子在其老年的时候，愿意回归其自身本来的存在，回归于那永恒而未知的意义之中。"

又，荣格于《易经》，也有言论说明了他受到过博大精深的中国文化的影响。荣格这样说："《易经》中包含着中国文化的精深和心灵；几千年中国伟大智者的共同倾注，历久而弥新，仍然对理解它的人，展现着无穷的意义和无限的启迪。"又说："任何一个像我这样，生而有幸能够与维尔海姆，与《易经》的预见性力量，做直接精深交流的人，都不能够忽视这样一个事实，在这里我们已经接触到了一个'阿基米德点'，而这一'阿基米德点'，足以动摇我们西方对于心理态度的基础。"荣格把《易经》说成是"阿基米德点"，而正是这个"点"成了他的心理学发展的基础。

比如马斯洛。当马斯洛在构建其人本主义心理学说时，他借助的也正是东方的智慧。马斯洛接受过中国哲学的思想影响，他阅读了中国道家的文献资料，东方传统的禅思与冥想技术，对于西方人的心理与行为的发展、对于马斯洛的"自我实现"的主张，都发生了重要的影响。伴随马斯洛人本主义心理学说的奠建，他同时也勾画出了"东-西方心理学"发展的最初思路。

比如弗洛姆。弗氏著有《禅与精神分析》一书，那是他从东方获得灵感的切实体验，尤其是弗洛姆对道家人格和思想的向往，给人们留下了深刻的印象。即使是弗洛伊德，也会在弗洛姆的著作中借用或者是引用中国文化智慧，从中获得启发。

凡此种种，中国文化的这些要素，对西方心理学与心理学家莫不产生了广泛而又深刻的影响，这些影响，随着时间的推移，在当今心理学的分支与"后代"中得到了积极的回应。谓予不信，拭目以待。

四、小　　结

现代西方心理史学的发展同现代西方史学的历程一样，有繁荣，也有式微，有高潮，也有退落，坎坷曲折，不一而足。现代西方史学在发展，现代西方心理史学也要前行，那么这种外来史学对中国的影响就不可能中止，反之中国文化对前者的影响也日益浓烈。因此，这种史学文化之间的双向互动的研究也就大有作为。

于是，我们感到，史学史的研究应该拓宽视野，不仅局限于某国或某一地区历史学发展自身进程的研究，还应包括某国或某一地区史学向他国或其他地区传播，为异域所接受的过程的研究。就我看来，这正是"狭义的比较史学"的研究领域，换言之，它所要研究的是不同国家或地区之间史学的相互交汇与相互影响[1]，这也就是史学文化之间的相互传播的过程。

美国文化人类学家卡·恩伯与梅·恩伯夫妇在《文化的变异》一书中说："一个群体向另一个社会借取文化要素并把它们融合进自己的文化之中的过程就叫传播。"[2] 本文所要探讨的现代西方心理史学向中国学界传播，以及中国文化对前者所产生的影响，正是这种不同国家或地区史学文化之间相互传播的范例，由此一端，我们也看到了史学文化传播的必然性以及它们之间的互动性，这既体现了文化的一种特质，也正是我们的史学史研究的题中之义。

（原载《学术月刊》2002 年第 12 期）

---

[1] 参见张广智：《关于深化西方史学研究的断想》，《社会科学》（沪版）1992 年第 3 期。

[2] C. 恩伯、M. 恩伯：《文化的变异——现代文化人类学通论》，杜杉杉译，辽宁人民出版社 1988 年版，第 535 页。

我们应当如何看待心理史学?

为了走向历史的深处,我以为历史的心理研究有其可取之处,心理学的理论或方法是可以在史学研究中应用,并有用武之地的。

现在的问题是,心理史学仍在经历着种种的磨难,正如美国学者科胡特所言:

> 不同流派的历史学家尽管对历史学科的方法论感到不安,但却都以为可以无所顾忌地批评心理史学。心理史学似乎成了吸收历史学专业自身某些不安情绪的避雷针。①

那么,我们应当如何看待心理史学,如何看待它的弊端,并由之而来的是如何看待现当代西方新史学,以及它与马克思主义史学之间的关系呢?

一、现代心理史学的发端

历史研究中运用心理分析,起源甚早。但现代意义上的心理史学却是要等到心理学与历史学都已成为独立的专门学科之后。就我们看来,现代心理史学发端于 20 世纪初,具体说来,即是弗洛伊德于

---

① 托马斯·A. 科胡特:《心理史学与一般史学》,罗凤仪译,《史学理论》1987 年第 2 期。

1910年用精神分析学说运用于个体人物的历史研究。此后一段时期，在西方出现不少用精神分析理论撰写传记的作品，但从事者鲜有历史学家的踪影。直至1957年美国历史协会主席威廉·兰格"下一个任务"的鼓舞之下，翌年美国新一代的心理史学家艾力克森写出了这一方面的经典名著《青年路德：对精神分析学与历史学的研究》。直到此时，在欧洲由弗洛伊德播下的心理史学的种子才在当代心理史学最发达的地区，大洋彼岸的美利坚的土地上"生根开花"，才有了现代意义的心理史学的发展。

可以这样说，现代意义上的心理史学的发展不足百年，如果从1958年艾力克森的《青年路德》一书问世之时算起，心理史学的现当代历程还不过四十多年。与有长远历史与悠久传统的西方传统史学相比，它简直是一个"小不点"，一个"新生儿"。

如此说来，它因稚嫩而显露出来的种种不足，它为批评家所訾议的生物决定论或文化决定论，或只注意强调个人无意识欲念而不关注决定个人行动和心理因素的社会根源等弊病，那就不足为奇了。

事实很清楚，现代西方心理史学，行程短暂，很不成熟，还未成派。它的种种问题，是在前进中产生的，任何粗暴的攻击都不可取，在背后评头论足也不对，对它的缺陷采取"友善容忍"将于事无补，正确的态度是要帮助它克服，在前进中加以探索与解决。

就笔者个人以为，当下心理史学的发展，需要突破。通常我们所谓的心理史学的定义，是艾力克森的"经典定义"："从根本上说，心理史学就是用精神分析理论和历史学相结合的方法来研究个人和群体生活。"应当承认弗洛伊德用精神分析理论运用于历史研究，取得了令学界为之瞩目的成绩，但弗氏之研究，停留于自我、本我、超我的心理陈说，他的理论和研究并不能进一步推动心理史学的发展，如果不突破弗洛伊德所设置的本我、自我、超我心理学的旧框架，不从社会文化环境因素来解释人的行为和历史事件，那么，心理史学就只能在原地踏步，而不可能有新的发展。

是艾力克森打破了这种局限，重视社会文化因素的影响，拓宽了心理史学的研究范围，推动了心理史学在20世纪50年代以来的美国史坛的勃兴。但艾力克森的研究，仍难逃弗洛伊德精神分析理论的根本缺陷。于是，突破精神分析理论，如今又成了心理史学发展的题中应有之义。

事实上，历史学与心理学的结合，不仅仅与弗洛伊德的精神分析的心理学说有关，还应当与现当代心理学家的各家各派学说相结合，如运用行为主义心理学、认知心理学等理论与方法于历史研究的领域之中，就颇具新意，显示了与精神分析心理史学不同的个性与特点，在此不再举例说明了。

我们当然不能说，精神分析心理史学之途已走到了它的尽头，而是说心理史学要继续前进，需要摆脱完全依赖弗洛伊德心理学理论的研究路数，而注目于更宽广的研究领域，运用更广泛的心理学理论，这是心理史学克服自身缺陷的必经之路，同时也是心理史学未来的发展趋势。

二、心理史学的挑战

作为西方新史学的一个"新生儿"，它所暴露出来的缺点，也正是现当代西方新史学在行进中所需要克服的。因此，我们如何看待心理史学在前进中的缺点，从根本上来说，也是如何正确看待西方新史学在前进中的缺点。

就心理史学的研究方法而言，它与传统史学的方法确实有别。如，在崇尚兰克史学的传统史学家那里，他们信奉信史出于第一手史料的主张，并以不偏不倚的态度来撰史，而反对任何理论的指导；而心理史学家则依靠理论，用心理学的各家各派的理论来理解与阐释历史，故史料的不足或无据，往往为心理史学家所诟病。又如，正如科胡特所言，心理史学方法采纳证据的范围比传统史学宽。通常历史学家只从历史往事中寻找证据，但心理史学家在依靠理论进行分析时，也用现在的事情作证据,以证实他们的解释。他们在将精神分析理论应用于历史问题时,并不企图以历史的证据来证实其理论的可靠性。这与传统史学的方法是大异其趣的。因此,我们不能用传统史学的眼光,简单地来衡量心理史学之短长与优劣。

以心理史学为例的此种新史学方法与传统史学的差异,在影视史学那里、在计量史学那里、在口述史学那里,都还可以举出不少的差异,我们无须一一列出这两种范型的区分。这里再说一点,我曾在《年鉴学派》一书的结语中,说过这样一段话:

> 年鉴学派(西方新史学的代表)的史家们打破了传统史学封闭式的圆圈,强调要把整个社会与人类的命运作为自己的研究物件,积极倡导跨学科、多学科研究,这就为历史学和社会学与自然科学各学科之间的交流、融合作出了一种战略选择。①

心理史学家虽然没有年鉴学派那样要把整个社会与人类的命运作为自己研究物件的"雄心壮志",但他们与年鉴学派的历史学家们一样,致力于突破传统史学的樊篱,他们的跨学科研究方法是完全符合现当代西方新史学发展趋势的,在这种"战略选择"中,他们也是"史学革命"营垒中的"马前卒"。在这种跨学科交汇与融合的史学文化的潮流中,谁反对心理史学,谁以挑剔的眼光,一味跟心理史学做对,这不啻是对现当代西方新史学发展潮流的一种挑战。

笔者以为,心理史学家应该接受这种挑战,突破陈说,另辟蹊径,舍此,别无他途。在这个过程中,心理学家与历史学家应该携起手来,取长补短,互相合作,共同前进。这是心理史学寻求新发展所迫切需要解决的问题。

从现代心理史学发展的简史来看,最初活跃在心理史学领域的

---

① 张广智、陈新:《年鉴学派》,台湾扬智文化事业股份有限公司1999年版,第198页。

大多是心理学家而非历史学家,年鉴学派奠基人之一吕西安·费弗尔曾这样说过:"一种真正的历史心理学,只有透过心理学家和历史学家明确地协商,才有可能获得一致。历史学家由心理学家指点方向。"① 确实,在心理史学发展的初始阶段,在历史研究中运用心理分析方法,心理学家们能起到的作用要比历史学家更重要。正因为如此,心理史学在此时所显露的令传统历史学家吃惊的成就的同时,也暴露出它的不足,究其因,这在相当大的程度上是历史学家疏离心理史学的结果。

我在《影视史学》② 一书中,谈及历史学家应与戏剧家、影视艺术家等"结盟",共同从事影视史学的建设时,说到漫画家华君武的一幅漫画《何不下楼合作》。在那幅漫画中,一位历史学家在批判戏剧家:"你不了解历史!"而一位戏剧家则批评历史学家:"你不了解艺术!"华君武用漫画的形式形象地表达了他们下楼合作的必要性。如今,时间已过去了四十年,漫画家的"何不下楼合作"的呐喊,在今天仍有其现实意义,这对于历史学家与心理学家的携手合作,也有其现实意义。

三、唯物史观与心理史学

在 70 年代,法国知名的马克思主义理论家塞弗在《心理分析和历史唯物主义》一文中开首这样写道:

> 究竟应该怎样看待心理分析学说和马克思主义之间的关系,我们对这个问题半个世纪以来的发展情况越是深入地进行了研

---

① 田汝康、金重远选编:《现代西方史学流派文选》,上海人民出版社1982年版,第61—62页。
② 张广智:《影视史学》,台湾扬智文化事业股份有限公司1998年版,第163页。

究，就越会经常地感觉到：这个问题已经解决了。①

"这个问题已经解决了"？塞弗之论，令人生疑。应当说，用马克思主义及其唯物史观如何正确地对待心理史学的问题，并未解决，它迄今仍摆在我们的面前，等待着我们去回答。

这显然是一个可以发表长篇大论的议题，但此处显然不容我们这样做，只能略说几句，以示作者之立场。

我们以为，马克思主义史学与心理史学并非格格不入。恰恰相反，他们都企求用科学的方法，致力于探求事物与人物的奥秘，以发现历史的真相。诚然，他们在理论体系、思维方式乃至词汇概念（"工作语言"）等方面，又显示出了很大差异，乃至巨大的差异，如用精神分析学说运用于历史研究，他们常用的"本我""自我""超我""利比多"等"话语"确实不曾在唯物史观那里发现；反之，生产力与生产关系、经济基础与上层建筑等概念，在心理史学中也遭到了摈弃。但这并不能成为两者不能交汇、对话与沟通的理由。彭卫曾在其《历史的心镜——心态史学》一书中专门讨论过这个问题，有一段话值得我们重视。他指出：

> 事实上，内容不同的思想流派，从对方身上获得的启发，吸取到的有意义的东西往往会更多、更广泛一些，无论这个启迪是来自正面，还是来自反面。其中的道理既简单又复杂：别人看到了你没有看到或忽视的东西。何况，否认历史唯物主义与心理分析的联系，片面强调二者的对立，是缺乏深入分析和必要论证的，因而也是肤浅的。②

---

① L. 塞弗：《心理分析和历史唯物主义》，《马克思主义对心理分析学说的批判》，商务印书馆 1985 年版，第 151 页。
② 彭卫：《历史的心镜——心态史学》，河南人民出版社 1992 年版，第 10 页。

因此，在历史研究中，运用马克思主义唯物史观与运用心理学的方法（如人物的心理、性格分析等）是可以并行不悖而不互相排斥的，只要运用得当，他们更不是水火不相容，而是可以互补的。其实，在历史研究中，回避历史事件与人物心理层面，并不符合马克思与恩格斯的原意。那些自称是掌握了马克思主义的唯物史观，把自己束缚在一个"社会经济解剖学"的框框内，而不关注除经济因素之外的其他非经济因素，那么他们的历史研究只能是越来越偏离马克思主义史学的方向，而不可能是相反。

我们曾在20世纪80年代末以"走向历史深处"为题撰文介绍现代西方心理史学。敝帚自珍，我认为这一"走向历史深处"的"话语"，很可以说明心理史学的意义，也很可以说明它的前途与命运。对此，现代英国历史学家杰弗里·巴勒克拉夫有一段话说得不错，他说：

> 对历史上的每一个决策和事件所做的合理分析都留下了一部分剩余的问题未加以解释。只要心理学能够帮助历史学家弄清这些剩余的问题，历史学家就不会拒绝它的帮助。然而，心理学透过提出新问题来帮助历史学家澄清自己的思想也许比为历史学家提供新答案的可能性更大。只要对心理学加以谨慎的应用，便没有任何理由不应当借助于心理学来扩大历史理解的范围。①

必须指出，巴勒克拉夫并非是一位马克思主义史家。但是，细读上引巴氏之论，能说他的这种论见是与马克思主义及其唯物史观背道而驰的吗？不知读者诸君以为如何？

---

① 杰弗里·巴勒克拉夫：《当代史学主要趋势》，杨豫译，上海译文出版社1987年版，第113页。

四、心理史学的新世纪微音

美国文化人类学家卡·恩伯与梅·恩伯夫妇在《文化的变异》一书中说:"一个群体向另一个社会借取文化要素并把它们融合进自己的文化之中的过程就叫传播。"① 现代西方心理史学派向中国学界传播,以及中国文化对前者所产生的影响,正是这种不同国家或地区史学文化之间相互传播的范例。由此一端,我们也看到了史学文化传播的必然性以及它们之间的互动性,这既体现了文化的一种特质,也正是我们的史学史研究的题中应有之义。

以上所述是笔者关于20世纪末之前心理史学的思考。21世纪以来,就笔者有限的观察,从20世纪80年代兴起的心理史学"热"退潮了,究其原因,或许可以列举一二:一是跨学科研究的不易,实践证明,倘若没有对中西相关专业领域的深入了解,是出不了相应的心理史学的成果的;二是当代中国公众史学的勃兴,其学术辐射力日益增强,比如一度独行的影视史学、口述史学等新史学,均被公众史学包揽或收容了,于是心理史学也受到了冲击,被削弱了学科生命力。

然而,21世纪以来,心理史学仍有一定的声音:有张广智、周兵著的《心理史学》(台湾扬智文化事业股份有限公司2001年版)这样介绍性的小书。此外,邹兆辰的专著《英雄的悲剧:李秀成心理分析》(首都师范大学出版社2016年版)通过对《李秀成自述》的剖析,运用心理分析方法于历史研究,探讨了李秀成的心理活动与心路历程,另辟蹊径,为李秀成研究的深化做出了贡献。另外,他的《探讨历史背后人的心理》一文(《人民日报》2016年6月13日)也是关于心理史学论述的佳作。还可举出的是金道行的《我看香草美

---

① [美] C. 恩伯、M. 恩伯:《文化的变异——现代文化人类学通论》,杜杉杉译,辽宁人民出版社1988年版,第535页。

人——对屈原的精神分析》（长江文艺出版社 2012 年版），不过，它已归属文学范畴了。总的说来，类似的学科成果不多，相关的译著也相对缺乏。

（本文部分摘自张广智、周兵：《心理史学》，台湾扬智文化事业股份有限公司 2001 年版。又，摘录部分由第一作者执笔）

西方史学史津逮·教改篇

一、概　　况

　　史学史的研究，是一种承上启下、继往开来的工作。作为一门学科，西方史学史是以总结与评价西方过去的史学工作为宗旨，注重探讨西方史学的发生、发展及其演变的客观规律。如果说历史学家是为历史作总结的话，那么从某种意义上来说，史学史家就是为历史学家作总结。以探索人类社会发展规律为己任的中国历史科学工作者，如果漠视自身学科发展的历史，这是令人费解的，遑论担负建设与发展中国特色的马克思主义历史学的重任。

　　据此，西方史学史与中国史学史一样，应当列为历史学专业的主干课程，换言之，它应当列为历史学专业学生的必修课。

　　对此，在我执教的复旦大学历史学系，具有较为明确的认识与传统的优势。早在20世纪50年代，主政者"两周"（周予同和周谷城）都强调史学史是文化史的核心成分，历史学专业应该同时设置"中国史学史"和"外国史学史"（世界史学史）这两门主课。1956年，教育部制定《历史科学研究工作十二年远景规划》（草案），就将中国史学史和西方史学史（西洋史学史）分别列入"迫切需要"和"重要研究"的学科。60年代初，复旦历史学系陈守实与耿淡如两位先生分别讲授《中国史学史》《外国史学史》。耿氏作为列入全国历史学十二年远景规划的世界史学史项目主持人，为此早在50年代开始就做了不少准备工作，如译介西方的和苏联的史学史资料等，为以后的西方史学史的综合性研究创造条件。至60年代初,耿淡如先生更是全心致力于西方史学史的学科建设。1961年他发表《什么是史学史?》(载《学术月刊》1961年第10期)提出"需要建设一个新的史学史体系",并结合西方史学的实例,对史学史的对象与任务作了广泛的探讨。从1961年开始,他为历史学系本科生开设"外国史学史"一课,系统讲授自古迄今的西方史学的发展进程,直至1965年,他还为本科生最后一次开设这一课程。1964年,耿师招收了当时国内首名西方史学史专业方向的研究生,开当今招收西方史学史专业研究生之先河。我作为耿先生第一位也是最后一位西方史学史专业的研究生,专业素养就是在那个时候很困难的条件下打下基础的。

1961年4月12日,中共中央宣传部召开了高等学校文科教材编选工作会议,中国史学史和外国史学史的编写均榜上有名,这就有力地促进了这两门学科的建设。是年5月,上海高教局计划编写《外国史学史》,由耿淡如主持。根据教育部指示,1962年2月19日至26日,上海市高教局召开了"外国史学史与近现代资产阶级史学流派资料选辑"讨论会,会议决定由耿淡如先生主编《外国史学史》,由田汝康先生负责编译西方史学流派资料。前者因"文革"与耿先生在"文革"中病逝而中辍,后者在中国新时期初以"现代西方史学流派文选"为书名出版。早在"文革"前,耿先生还着手系统翻译出版多部西方史学史的名著,其中有英国历史学家古奇的史学史名著《十九世纪历史学与历史学家》、美国历史学家汤普逊的《中世纪经济社会史》(上下卷)等。[①]

从总体来看,复旦大学历史学系在前辈历史学家的努力下,在20世纪60年代前后国内西方史学史的学科建设方面居领先地位。

中国新时期以来,我们在更有利的条件下,继承与发扬这种传统,在校系两级领导的一贯的支持下,在西方史学史的教学体系改

---

① 参见张广智:《耿淡如与中国的西方史学史研究》,《史学史研究》2002年第4期。

革,包括课程与教材建设、人才培养与学术梯队等方面,付出了多年的辛劳,在全国同行中,继续保持领先地位。张广智的"西方史学史"课程被教育部立项确定为"面向21世纪教学内容和课程改革研究项目",之后又被本校定为"本科面向21世纪教学内容和课程体系改革计划",并作为重点建设的主干课程之一。我们的改革成果多次在校内获教学成果一等奖、上海市教学成果三等奖,其中张广智主著的《西方史学史》被教育部历史学科教学指导委员会列为"历史学主干课程推荐教材",获全国普通高校优秀教材一等奖等。

在此,着重说及中国新时期复旦历史学系西方史学史的教学与改革等方面的情况。

20世纪70年代末80年代初,"文革"结束,大地重光,在西方史学史的教学领域出现了一道奇特而亮丽的风景线:历尽浩劫后的我国前辈治西方史学史的学者,如武汉大学的吴于廑先生、北京大学的张芝联先生、华东师范大学的郭圣铭先生、四川大学的谭英华先生、东北师范大学的卢文中先生、湖南师范大学的孙秉莹先生、北京师范大学的李雅书先生等多已年逾古稀,却以年轻人的劲头纷纷重执教鞭,为学生开设西方史学史,受到了那时学生的热烈欢迎。

然而,好景不长,由于各种原因(前辈学者或病故或年迈等),这道亮丽的风景线消失了。在80年代,国家教委(教育部)做过不少努力,如启动由张芝联先生任主编的《西方史学史》教材的编纂工作,由于同上原因,这一教材编纂计划迄今未能完成。笔者还记得,1985年在上海举办了"西方史学史讲习班"(前列几位先生都是任课者,笔者也忝列其中),1988年在北京举办了"史学新学科与史学理论基础讲授班",它起到了推动本学科建设,培养新一代西方史学史教学与研究人才的良好作用。这些讲习班的成员,成了90年代及其后中国西方史学史教学与研究的中坚力量。

至90年代,据我们所知,在全国高校历史学系开设西方史学史并把它列为必修课的学校明显增多,西方史学史的教学改革工作在教育部的领导下,各校多有建树,在这一时期本学科的研究成果中得到反映,如 90 年代关于西方史学史的教材(或著作)就有 10 余种出版①。

目前本学科建设的主要问题是:(1)有不少任课教师从其他专业改行过来,未受过系统的训练,"现买现卖"者较多,教学质量难以提高;(2)教学内容陈旧,多为讲授历史编纂史,方法单调,缺乏现代手段;(3)一些学校由于不具备条件,至今还没有开设西方史学史课程。

二、我们所做的工作

近 20 年,主要是近 5 年来,我们在西方史学史课程教学改革研究与实践方面,大致做了以下一些工作。

(一)课程建设

教学改革的首要任务是课程建设。我们充分认识到西方史学史的教学工作对培养历史学专业学生的必要性与重要性,从 80 年代中期我们即把它列为必修课。同时考虑到西方史学史是一部内容宏富且跨越古今的历史长编,经过调整,我们把它分成两篇,成为两门课:上篇即名为"西方史学史",讲授自古希腊至 19 世纪末以来的西方史学的发展历史;下篇易名为"当代国外史学理论"(或"现代西方史学"),专论 20 世纪西方新史学发展的历史进程。前者为每周 3 课时,后者为每周 2 学时,共 5 个学分,这在全国同类课程中似乎是少见的。

目前,我们已努力使单一的"西方史学史"发展到"西方史学史""当代国外史学理论""当代史学前沿研究""西方史学名著选

---

① 参见张广智:《近 20 年来中国的西方史学史研究》,《史学史研究》1989 年第 4 期。

读"（以名著为中心贯穿史学史与史学理论）等多门课程。

其次，在西方史学史的教学体制上，逐步奠立了本科生—硕士研究生—博士研究生的有序系列，从基础课到专业选修课到专题讨论课（大学本科高年级、研究生阶段），使学生在这一领域中的专业素养步步提高，不断深化。

（二）改革教学内容与教学方法

教学内容之革新是教学体系改革的基本内容。我们在这方面所做的工作是：

（1）改变西方史学史传统的教学结构体系，即只讲历史编纂的那种陈旧构架，代之以讲授各个时期各个国家和地区的史学思想的变迁，并以此纵贯西方史学史的发展进程；突出这一学科领域内中国历史学家的主体意识，批判吸收与借鉴西方史学中的有益成分。重视中外史学的比较研究，留意中西文化对各自史学所产生的影响。

（2）修订教学大纲。新的西方史学史与当代国外史学理论等课的教学大纲，在充分兼顾学生对这一课程所应达到的基本要求（基本理论与学科知识点等）外，更充分地突出了上述对教学内容革新的要求，旨在使学生了解西方史学自身的发展规律，以进一步打好历史学系学生的专业基础，这也是实施大学人文素质教育的一个重要方面。

（3）改革教学方法。改革课堂教学，精讲多练，多讨论，启发学生的思考，以调动他们学习的积极性；要求阅读西方史学史的原版教材，以开阔视野；在高年级采用习明那尔（seminar）讨论班；加强课外阅读的指导，有选择地让学生接触西方史学的一些最基本的原著，以扩充知识面；加强课外小作文（论文）的写作，并选择优秀者在课堂上交流。在这方面，每届都有许多成功的尝试。如任课者曾以"西方史学的传统及其现代回响""20世纪西方史学的发展及其未来走向"等为题，要求学生作文，然后举行学术演讲，评出公认的优秀者，收到了很好的教学效果，学生一致反映这种做法很好。

此外，多媒体的教学手段也开始尝试运用，但还是初步的。

（三）新编教材

这是与课程建设的"配套工程"，也是落实教学内容乃至教学方法改革的实事项目。如果一门课程讲得好，而没有主讲者自己编写的有特色的教材，那是难以说完善的。通过近20年的努力，我们在西方史学史的教材建设中取得了一些成绩。

我们在"八五"期间编纂出版了《现代西方史学》（国家教委"八五"社科项目），"九五"期间编纂出版了《西方史学史》（教育部"九五"规划的"面向21世纪课程教材"）。在两书前后出版了《克丽奥之路：历史长河中的西方史学》《史学，文化中的文化：文化视野中的西方史学》《影视史学》《年鉴学派》《心理史学》《西方史学散论》等专著，作为本课程学生选用的教学参考书，共计约有8种。我们的西方史学史教材编写与配套工作是较为齐全的，这在全国同行中是领先的。

这里约略说几句由张广智主著的《西方史学史》教材。新编一本具有先进性、适应性和有特色的西方史学史教材，我们认为这是实施本课程教学改革的"主要工程"。

多年来，我们为此做出了最大限度的投入。这本教材虽不能说有很多足以自信的结论，但却凝聚着我们多年来开设"西方史学史"这门课的心得体会，更是凸显本课程教学改革的一项成果。

这本新编教材有如下几个特点：

以史学思想（包括史家之史观及狭义的史学理论）的演变贯穿全书，改变若干同类书以历史编纂为主的旧说；

材料翔实，内容丰富，尤其是本书吸收国内外学术界的最新研究成果，关注现当代西方史学的最新发展趋势。

内容丰富但不烦琐，体例与结构齐整且严谨，关注学科的基本理论与知识点，文字表达畅达，有利于读者由此书入门，再作深造。因是单卷本，字数不到45万字，书价不贵，学生能买得起。

2001年此书已作为教育部规划的"面向21世纪课程教材"，由复旦大学出版社正式出版。据知，目前已被包括北京大学、山东大学、华东师范大学等全国大多数院校选作教材，2003年已被教育部历史学科教学指导委员会列为"历史学主干课程推荐教材"。

(四) 队伍建设

从20世纪80年代初张广智单枪匹马讲授西方史学史，到如今已形成了一个在年龄层次与学术层次均较为合理的老、中、青队伍，我们的努力与期待也用了近20年。我们深感课程建设不易，教学内容与方法改革不易，新编教材不易，但人才梯队建设更是不易，倘无后者，则一切都将流于空谈。现在我们的任务是要稳定这支队伍，并加以发展与延伸。那么，继续保持复旦历史学系西方史学史的学科优势，则有望矣。

三、今后的任务

在今后一段时间，尤其在"十五"（2001—2005）期间，我们还有许多工作要做，比如：

一是梯队建设。目前主要的任务是加速培养新人，让他们挑大梁，走上教学第一线，同时在科研中压重担，参与或独立承担科研任务。目前我们正在从事上海"十五"社科项目"当代国外马克思主义史学研究"，以此为依托，推动学科建设，培养人才，健全队伍。

二是改革教学内容与教学方法。在教学体系改革中，这是一项与时俱进的常改常新的工作。内容改革要在继续关注当代西方史学最新发展的基础上，尽快落实到教学大纲与课堂教学实践中去。

本课程教学方法的改革还大有文章可做，在"十五"期间，我们力求在运用多媒体进行教学方面，有更大的突破。我们的想法与打算是：在西方史学史课程原有的教材讲义、教学大纲和多年教学实践的基础上，应用现代先进的多媒体影像等手段，将原来相对单一的课堂讲授形式改进得更加丰富多样、直观生动，用先进的现代教学手段代替传统一支粉笔一本讲义的教学形式。

三是修订教材。一本好的教材需要不断修订，现《西方史学史》一书既已列为教育部"历史学主干课程推荐教材"，就更要不断修订，使之成为"精品"。我们目前正在进行修订的《西方史学史》已被列为普通高等教育"十五"国家级规划教材，可望在2004年推出新版《西方史学史》（插图本）。此外，估计可在2004年底出版新编教材《马克思主义史学思想发展史》。另外，我们计划编撰一本《西方史学史教学参考资料集》，争取在"十五"期间出版。

四是课程建设。除了完善前述的系列课程外，还计划在今后开出新课：一门为面向本科生的选修课"马克思主义史学发展史"，一门为研究生课程"中外史学交流史"，并由年轻教师主讲。

四、学科发展前景的几点预测

回顾是为了展望未来，总结是为了更快地进步。上述的回顾总结以对本学科自身发展进程的反思，是为了更好地认清自己的目标与责任。对此，我们充满信心。

至于说到未来中国的西方史学史研究，它会具体发展为何种面貌，考虑到西方史学本身的以及社会因素和科学因素等诸多情况，恐怕难以作出精确的预测，但这并不妨碍我们在总结现有情况的基础上，对它作出一般性的推断。在我看来，这个推断尤其适用于21世纪的头20年内，因为这是为推进中国的西方史学史研究而必须要做的。如果是这样，那么西方史学史教学改革的未来方向也就较为明晰了。现暂想到以下几点：

（一）积极引进西方史学论著，这是继续发展中国的西方史学史研究的前提条件。

一般来说，对于西方史学的研究，西方学者的优良成果具有某种前瞻性和示范性，比我们的研究要具体深入，因而具有借鉴性。外来史学尤其是西方史学是中国史学更新的一种动力，它在很大程度上成了中国的西方史学史研究的一种制约因素。既然实现现代化是我国不可动摇的奋斗目标，继续实行改革开放也是不可逆转的，那么西方史学文化的输入亦就势所必然了，这是不以任何人的个人意志为转移的。

引进的必要性，还为20世纪西方史学入华史的经验所昭示。20世纪30年代与80年代中国的西方史学史二度勃兴（尤其是后者），当与那个时候积极引进西方史学论著分不开的。在这项工作中，有许多事情要做，但译书，即有计划地译介西方史学原作，在当今信息时代依然是必要的，这也是深化西方史学研究的一项"基础工程"。梁启超尝言："今日中国欲为自强，第一策，当以译书为第一义。"梁氏之论不仅于今日中国之自强，而且于西方史学的引入，仍是醒世之语，似未过时。

在西方史学论著的引进工作中，需要强调的一点是，应当凸显中国历史学家的主体意识，既不应把引进的西方史学当作新教条把自己的思想重新禁锢起来，也不应出于猎奇心理把西方史坛的一些"洋玩意"当作时髦的东西；不要盲目信从，也不要一概拒绝，总之要出于中国历史学家的主动与自觉的选择。

（二）把西方史学的研究与中国历史学发展的历史与现状结合起来，这是继续深入发展中国的西方史学史研究之关键所在。

我国的史学具有丰富的遗产，在漫长的发展历程中形成了悠久的传统，西方史学作为我们的一种参照系，也是独树一帜的。数千年来，这两种史学在平行地发展着，形成了各具特色的史学体系。无论是在平行发展的时代，还是在互有交往的岁月，中西史学的发展都是内容宏富与丰赡的，为此，我们迫切需要开展中西史学的比较研究，这一工作在20世纪最后二十年已渐有成就，作为一个颇具潜力的学术课题，值得今后中国学人去开掘、去研究。

此外，为了深化中国的西方史学史研究，更需要与当代中国历史学家的实践结合起来。20世纪（尤其是80年代）西方史学引入中国的历史经验告诉我们,脱离当代中国历史学的实践,采用生搬硬套或主观臆想的方法去剪裁历史,移植域外的史学理论与方法,其结果已是众所周知的了。换言之,今后我们在引进西方史学时,需留意与当代中国历史学家的实践的结合,从而写出体现这些理论与方法并用于分析具体历史问题的作品,只有这样,才能使西方史学的"种子"在我国生根开花,结出硕果。反过来,也可以促使我们对西方史学史本身的思考,从而去探幽索微,疏凿源流,阐明它自身的发展规律。正是这种互动关系,将会有力地推动我们的西方史学史的研究工作。

(三)加强西方史学史的学科建设,这是奠定这门学科在我国人文学科地位的基本保证,也是继续引进与深入研究西方史学的基本保证。

如果说中国的西方史学史研究是以继续引进西方史学为前提条件的话,那么西方史学史的学科建设,尤其是大学的史学史教育(包括中西史学史)就是它的基础,因为包括史学文化在内的文化积淀从来就离不开大学教育,离不开相关学科建设的支撑。

我们认为,中西史学史教育对造就新一代的历史学家的重要性是不言而喻的,对发展与深化中国的西方史学史研究也是不言而喻的。20世纪80年代以来,在相关高等院校西方史学史学科的勃兴,正是由于我们重视了这门学科建设,重视了这方面的人才培养,已经显示出来的事实或未来即将显示的事实都有力地证明,新一代的西方史学史教学与科研人才的培养,为中国的西方史学史的学科地位,为中国的西方史学史研究提供了最有力的学术支撑。舍此,引进也好,深化也罢,都可能成为没有根基的空中楼阁,随时有可能倒塌下来。

最后,还需要指出的一点是,在未来的中国的西方史学史研究中,我们仍需坚持马克思主义及其唯物史观的基本原则,实践证明,唯其如此,才能使我们的引进工作少走弯路,并可为我们的研究工作指点迷津,那种鼓吹马克思主义及其唯物史观已经过时的论调同对待它的教条主义的做法同样是不可取的。当然,在新的世纪里,马克思主义及其唯物史观必将面临严峻的挑战,这也恰恰是它发展的大好机会，只要它不故步自封，墨守成规，发展了的马克思主义及其唯物史观可望在我们的史学研究中继续处于主导地位。倘如是，这将对中国的西方史学史研究带来积极的影响，对中国的西方史学史学科的教学改革也将带来积极的影响。

作者附记：新世纪伊始，教育部为实施"新世纪高等教育教学改革工程"，委托教育部历史学教学指导委员会主持"历史学专业主干课程教学改革研究与实践"重大项目。经公开招标，复旦大学历史学系张广智的"西方史学史"中标，作为上述项目的子项目。2004年12月，本文及《西方史学史津逮·教学篇》作为子项目的结项成果，获教育部高等学校历史学科指导委员会通过。

《西方史学史津逮·教改篇》与《西方史学史津逮·教学篇》主要是绍述复旦大学历史学系主干课程《西方史学史》的相关情况，集中在教改与教学这两个方面，如今看来，或可在构建中国特色西方史学史的学科体系、学术体系、话语体系的行程中汲取经验，本项目的成果具有参考价值。

西方史学史津逮·教学篇

教书不易，教史学史更不易，而讲授西方史学史尤为艰难，这是我多年来讲授西方史学史这门课程的深切感受。现从改革教学内容的视角出发，谈一下本人自20世纪80年代初以来讲授西方史学史这门课的一些粗浅的体会。

西方史学史是一部跨越古今的历史长编，撇开神话与史诗的"童年时代"，如果从"史学之父"希罗多德诞生时（约公元前484年）算起，西方史学发展的历史迄今也将近有2 500年了。面对时间跨度长、内容宏富、涉及广泛的西方史学史，在教学内容上应做怎样的安排或构想呢？通过多年的教学实践，我感到在这门课中，尤其要注重以下几点：

一、抓住一条线索：从宏观上勾画出西方史学的发展进程与新陈代谢

在长达两千多年的西方史学发展嬗变中，各种史学思潮交替出现，诸多流派此消彼长，文献资料浩如烟海，史家辈出，形形色色的史学理论与方法像走马灯似的登上了史坛，面对这样一部西方史学发展的历史长编，需要找到一条主线索。

这一答案来源于西方史学自身的发展变化，蕴涵于西方社会的深刻变革之中。多年的教学实践使我观察到西方史学自古迄今大体上经历了五次重大的转折。这五次转折可以作这样简单的表述：第一次转

折发生在公元前5世纪的古希腊时代，从记神事发展到记人事，从神话传说的真假莫辨到批判方法的初步运用，从早期史话家的杂沓到正宗历史编纂体例（历史叙述体）的确立，终于使西方史学走出了"童年时代"，标志着西方史学的确立；第二次转折发生在公元5世纪前后，基督教史家不仅征服了古典史家的人本观念，而且也征服了古希腊罗马史学的地域观念。从基督教史学开始，历史第一次被理解为一个由固定的起点（上帝创世）到终点（末日审判）的直线运动，历史是一个向着既定目标的前进运动，这在西方史学史领域中不啻是一场"革命"；第三次转折是从欧洲的文艺复兴运动开始的，人文主义史学打着复兴古典史学的旗号顺应时代发展的潮流，向旧史学发起挑战，又一次把人置于历史发展的中心地位，完成了这次史学的"重新定向"，人文主义史学的出现，揭开了西方近代史学发展的序幕；第四次转折发生在19世纪与20世纪之交，西方的传统史学发展到鼎盛之日亦是对它的挑战之时，从19世纪下半叶的"文化史运动"以及随之而来的德国"新史学派"与兰克学派的论争，进而引起20世纪初的西方诸国新史学思潮的勃发，历史观念从思辨的向批判的、分析的历史哲学的转变，确是开创了20世纪西方史学变革的新篇章；第五次转折发生在20世纪50年代，当代西方史学的变化令人目迷五色，特别是记叙体转向分析体、社会科学特别是行为科学向史学的全面渗透、计量方法的广泛运用、史学成果的数理模式化等特征，已成为西方新史学的显著标志。自20世纪70年代，西方新史学又发生了一些新的变化。

从以上叙述中，我们不难看出，西方史学的转折与西方社会变革之间的对应关系，当然不能忽视史学的相对独立性；在史学变革中，尤见明显的是史学观念上的更新，由此而推动史学上的全面革新：西方史学的新陈代谢有一种越向近现代发展，其变化越烈的加速运动的趋向。抓住了西方史学史上的这五次重大转折，这正是我要寻找的主线索。

二、突出一个核心：力求阐明各个历史时期史学思想的进展

通常认为，史学史研究的主要对象应当包括史学思想、历史编纂学、史料学、史学方法论等，西方史学史亦不例外。但在这几者之中，应当突出史学思想的主导地位。就我看来，史学思想应当论及历史学家对历史客观发展进程的认识，它大体表现为历史观；还应当论及历史学家对历史学这门学科本身的认识，一般称之为史学理论。简言之，历史学家对历史和历史学的认识和解释，应当成为史学史研究的核心内容。

从西方史学发展的大势来看，大体在20世纪以前，西方史家多致力于研讨历史发展的进程问题，因而如历史倒退论、历史循环论、历史进化论等都一一见世。众多历史学家（包括历史哲学家）的论见，各自从一个方面触及了历史科学的某些根本问题，其中不乏闪光的睿智和启人心扉的历史认识，为人类思想宝库留下来许多有益的资料。20世纪以来，在风气大变的西方史学的发展中，注重探讨历史学自身的问题已成为一个十分突出的倾向，于是史学流派与史学思潮纷起，诸说并存，互争雄长，看来是与这种重视对历史学自身进行反思的观念有关的。这一史学情景，大别于20世纪以前的西方传统史学。

我们讲授西方史学史，就应当突出上述这些内容。在这里，值得留意的是，不能把西方史学史等同于历史编纂学，不能把西方史学史搞成史家评传或书目答问之类，正如当代英国史学史家巴特菲尔德所指出的："如果人们把史学史归结为一种纯粹的提纲，如同另一种的'书目答问'，或把它编纂成一种松散的编年形式的历史学家的列传，那么它将是一门很有限的学科了。"[①] 的确，传统的史学史作品，似有

[①] 巴特菲尔德：《人类论述它的过去：史学史研究》，剑桥大学出版社1969年版，第14页。

一种偏重于历史编纂学的倾向。在我国，20世纪40年代出版的金毓黻的《中国史学史》，曾饮誉史坛30年之久，对后世中西史学史的编纂甚有影响，但此书正如作者所言，"只就过去三千年间之若干史家、史籍加以编排叙述，殊不足以说明祖国史学发展演变之主流所在。"① 而金氏的体例又明显地受到了《四库全书总目提要》之类书目解题的影响。因此，这种书目答问或史家列传式的写法，在我国是有历史传统的。在西方，无论是20世纪30年代出版的美国历史学家巴恩斯的《历史编纂史》，还是40年代初出版的另一美国历史学家汤普逊的《历史编纂史》（现中译为《历史著作史》），都有十分明显的把史学史的研究等同于历史编纂学的倾向，前书尤甚。当然，我们无意否定这些著作的学术价值，在讲授从古典时代至19世纪的西方史学史时，尤其是汤氏之书，旁征博引，资料丰赡，足资参考。但他们的书能否拿过来作为我们讲授西方史学史的现成教材，那是值得考虑的。

诚然，讲授西方史学史是不能脱离史家与史著的，白寿彝先生在谈到编纂史学史时说过这样的话："史学史有自己的特点，总离不开史学著作，离不开作者生平，这都是要写的，但应当摆在史学洪流里去写，要从那种就书论书、就人论人的状态中解放出来。"② 白氏之言甚是。比如我们讲希罗多德或修昔底德等史家，应当把他们置于公元前5世纪古典史学创立的时代背景中，突出他们在西方史学第一次转折的史学洪流中的诸多业绩；又如文艺复兴时代的众多人文主义史家都竞相编纂过意大利文艺复兴运动圣地佛罗伦萨城邦的历史，从史学发展的洪流看，这些著作都回荡着一种从中世纪基督教神学史观逐渐脱身出来的历史前进的音响。这种把史家与史著放到史学发展的洪流中作综合的考察，比一人一书提要式的讲法要困难得多。然而舍此不能突出史学史的核心内容，不能说

---

① 金毓黻：《中国史学史》重版前言，中华书局1962年版。
② 白寿彝在1984年12月17日在《史学史研究》编辑部学术座谈会上的发言，发表于《史学史研究》1985年第1期。

明西方史学自身的发展规律,以至使它变成一门"很有限的学科"了。

三、强调一种特色:努力把西方史学史建设成一门具有中国特色的学科

对于倡导世界史学科(包括它的分支学科)的中国特色,不时在报刊或在一些学术会议上见有争议。在我看来,中国学者讲授一门从内容上来说纯粹是属于域外文化的学科,强调在教学过程中的中国特色,这应是顺理成章的。1983年在中国史学界渐次展开的关于世界通史的讨论,一开始就提出的"世界历史研究如何具有中国特色"这一提法,我以为是很正确的,而且也适用于它的分支学科——西方史学史的教学工作。

现在的问题是西方史学史的教学(与研究)究竟怎样才能体现出中国特色?这当然是一个值得认真思考的问题,亟待集思广益,各抒己见,从理论与实践上求得进一步的解决。我这里结合教学提出一些不成熟的想法。

首先要有马克思主义的理论指导,运用马克思主义的唯物史观和方法论去研究和把握西方史学发展的全过程,借以阐明西方史学自身的发展规律。坚持这一点,不仅对于新时期中国的西方史学史教学工作者是毋庸置疑的,而且也能从根本上体现中国特色。在这门课的教学指导思想上,我以为以下两种倾向都是应当摈弃的。一种是一概排斥、全盘否定,对西方史学采取虚无主义的态度。另一种是照单全收、肯定一切,对西方史学采取盲目崇拜的态度。两者殊途同归,都是对中国历史学家自主意识的一种偏离,也是对马克思主义唯物史观指导作用的一种背弃。在这里需要提及的一点是,早在1920年,我国马克思主义史学的奠基者李大钊就在北京大学史学系为学生开设"史学思想史",尝试用马克思主义的唯物史观讲授西方史学史,尤其

是近代以来西方史学的发展进程了①。我们应当在新的历史条件下，在这门课中继承与发扬由李大钊所开创的这种优良传统。

其次，应当把西方史学史置于世界史学发展的总进程中，从空间系列上把它与其他地区的史学作出平行的比较分析。我这里所说的"其他地区"，主要指东方。在东方史学中，除中国史学外，还应包括与东方其他地区史学的比较分析。

例如，古希腊人远不是最早记录历史事件的，在世界史学发展史上，远在公元前三四千年左右，古代东方的一些地区就出现了最早的和颇为引人注目的历史记录。在埃及，早在公元前三千年代就有了编年史；在两河流域，巴比伦国家统一前，诸小邦已用楔形文字记其事于泥板之上，古代希伯来人也很早就有了较系统的历史记载，著名的《旧约全书》即为显例。古代东西史学的这一对照叙述，使我们得以理解古希腊史学何以在公元前5世纪勃兴并达于繁荣，原来它是在踏着"巨人"的肩膀前进的。又如到了中世纪，西方史学亦可与东方史学作出平行的比较分析。是时，在神学史观桎梏下的西方史学，与同时期的东方史学大异其趣。

近世以来，随着时代的进步，东西方史学之间这种平行比较的内容就更加丰富多彩了。在对东西方史学进行比较分析中，作为中国学者当然会更加留意中西方史学之间的相互关系。我以为，以下一些方面是尤其要留意的：中国史学及其思想文化对西方史学的影响，如18世纪欧洲的理性主义史家，在构建他们的思想体系乃至寻求启蒙运动的思想资料时，都把目光投向了中国，中华文明的历史遗产对西方近代史学文化的影响是不容低估的，这一点，从法国启蒙思想家兼历史学家伏尔泰身上得到了充分的反映；西方史学文化对中国的影响，这种影响自19世纪末以来随着西方史学的不断输入而逐步加深，直至今日。近百年来中西史学冲突与交融的历史，是一个有待继续深入探

---

① 参见张广智、张广勇：《论李大钊对西方史学史的研究》，《江海学刊》1986年第3期。

讨的课题；还有，应当关注西方史家笔下有关中国的论述，这一工作当然尚待史料的发掘、钩稽与爬梳，但对中外史学史的研究无疑是有益的；另外，在西方史学史中，如能另辟专章论列西方学者对汉学研究的贡献，那将是对西方史学史研究内容的一个拓展。此外，中西史学的比较分析，还可以以专题进行，如从历史观、史学理论、历史编纂、史学方法论等方面比较异同；也可从某一具体史家着手，如中西方的两位"史学之父"司马迁与希罗多德，就可比照分析，事实上海外学者已经写出了这方面的专著。总之，中西史学的交流融汇与比较研究前景诱人，有着广阔的拓展空间，其成果也将为具有中国特色的西方史学史的教学充实内容。

最后，要说的是对西方史学遗产的批判与继承的问题。如何运用马克思主义的理论批判地分析与对待历史文化遗产，这是一个被反复讨论的重大的理论问题，限于本文的主旨，笔者对此未敢存有阐发任何新见的奢望。我觉得，对于西方史学遗产的批判继承，谭英华先生有一段话说得比较中肯且言简意明："我们所理解的继承，不等于原封不动地全盘接受，或客观地介绍。所谓肯定，应当首先是历史的肯定，然后在吸收其精华、舍弃其糟粕的基础上，加以发展和创新。所谓批判（这原是一个外来语），按其本义，不能简单地全盘否定，一笔抹杀，而是沙里淘金，去粗取精，尽可能地化无用为有用，从思想的渣滓中找出合理的、对我们有益的、有参考价值的因素。"① 诚哉斯言。我以为在这门课的教学中，对西方史学遗产就应当采取这样的态度。考虑到西方史学史这门课程自身的特点，我这里只提及以下两点很肤浅的认识。

第一，在总体上属于唯心主义的西方史学思想中，寻求其中所包

---

① 谭英华：《关于促进西方史学史研究的几点意见》，《史学史研究》1985年第2期。另外，笔者在1984年8月于成都召开的西方史学史教材编写会议与1985年3月于北京召开的中外史学史座谈会期间，曾与张芝联教授、谭英华教授就西方史学遗产的批判继承等问题作过广泛的讨论，受教良多，此处所谈，也包含了两位先生的一些见解。

含的有益的与合理的思想资料。我们在分析西方史学遗产时，对于阶级的局限性是不能忽视的，就其哲学体系来看，亦多为唯心主义的思想。然而，在西方史学发展的长河中，透过唯心主义思想体系的外表，我们不难看到许多西方史家所包含的"天才的闪光"，不管是他们对客观历史进程的探讨还是对历史学自身进程的研究。比如在古代，修昔底德史学中所包含的朴素唯物主义的历史观，阿庇安对罗马内战时代物质基础的考察；在近代，众所周知的维柯、黑格尔和法国复辟王朝时期的历史学家们的识见，不仅是资产阶级历史学家视野中令人耀目的思想火花，而且对马克思及其学说的创立也具有不可忽视的意义。这类例子，在西方史学史中是不胜枚举的。总之，不能抹杀西方唯心主义史家从各个方面所作出的可贵探索，他们认识中一切有价值的东西，都应当视为全人类的精神财富而予以批判地继承。

第二，把史学思想置于一定的历史范围之内，对历史学家及其学派作出具体的和全面的分析。这里所说的"具体的和全面的"，在教学上我大致考虑到的有如下几种情况。

一是要注意到阶段性。如对19世纪英国历史学家托马斯·卡莱尔及其"英雄崇拜论"，稍加考察他的生平及这一理论提出的历史进程，就发觉对其人其论不能简单地加以臧否。1848年欧洲革命前的卡莱尔，就总的倾向而言可以把他列入小资产阶级浪漫主义史学流派，他前期作品中的英雄崇拜实际上反映了资产阶级领导人民群众进行反封建斗争的要求，1848年的欧洲革命使他在政治上发生了逆转，其后他鼓吹的"英雄崇拜论"才显示出旨在反对革命的立场。如果忽视了他一生中的思想变化，像昔日那样不分前后，一概斥之为反动，就不够科学，也难以服人了①。这种情况在某些史学流派那里也是如此，如普鲁士学派，在德意志统一前，它所宣扬的民族主义的史学理论，在历史上对促进民族统一曾起过积极的作用，但在德意志帝国建立以

---

① 参见张广智：《重评托马斯·卡莱尔的史学思想》，《史学理论》1989年第3期。

后，其论就成了为民族沙文主义张目的反动理论了。

二是要注意到二重性。如同历史的发展充满了曲折坎坷，历史人物也具有复杂性，史家亦然。在西方史学史上，那种政治上与学术上相背离的二重性史家不乏其人，如果一见到某一史家政治上持保守乃至反动的立场就一笔勾销他在史学上的成就，那就有可能会丢弃许多不该丢弃的东西。如政治上属于保守派的德国史学家尼布尔，却以其名著《罗马史》及其批判史学奠基者的功绩享誉后世；又如在政治上充当了镇压巴黎公社元凶的梯也尔，却又颇具史才，写出了像《法国革命史》《执政府和帝国史》等为后世史家所称道的历史名篇。这类比较复杂的二重性或多重性的人物，还可以和前述的阶段性联系起来考察，纵横交错，综合分析，就能比较全面地反映这个历史学家的面貌了。

三是要注意到时代性。把史学的发展与时代的要求与变化联系起来加以考察，这也是马克思主义的唯物史观所要求我们的。如以伏尔泰为代表的18世纪的启蒙史家，他们揭橥理性主义，摈弃虚妄的神学史观，探求社会历史变化的规律性，在史学上立意革新，打破了史学中的政治史传统，与这之前的人文主义史学相比，应当说理性主义史学把西方史学推进到了一个新的阶段。由是观之，当我们在讲述16世纪的人文主义史家时，就不应该苛求他们为什么不能像启蒙时代的历史学家们那样思考和表述，不妨说，这两者还有一段属于时代间隔的距离。后来，18世纪与19世纪之交风靡欧美的浪漫主义史学又适应了西方社会的新变化应运而生，并以自己的史学思想革新了理性主义史学的种种弊端，又为"历史学的世纪"（19世纪）西方史学的飞跃迈出了具有决定意义的一步。明乎此，至少使我们得到这样的认识：一定时代的史学无不打上深刻的时代烙印，它在当时所具有的进步意义和积极作用及其局限性，都无不以此为转移。倘离开了史学的时代性，就有可能对它作出种种非历史主义的评价，这是我们要努力加以防止的。

"编年事辑":打开学人心路历程的窗户
——序贾鹏涛《耿淡如先生编年事辑》

2023年葳蕤春意遍华林,站在阳台上,鸟儿在蓝天飞翔,花儿在窗下绽放。三年抗疫终于结束的日子,收到了贾鹏涛寄来的《耿淡如先生编年事辑》,作为耿淡如先生的关门弟子,拜读本书,百感丛集,摭拾一二,书于后。

一、回 延 安

心口呀莫要这么厉害地跳,
灰尘呀莫把我眼睛挡住了……
手抓黄土我不放,紧紧儿贴在心窝上。
几回回梦里回延安,双手搂定宝塔山。
千声万声呼唤你,母亲延安就在这里!
……

这是诗人贺敬之1956年重回革命圣地延安时写的名篇《回延安》。文首即引,这恰是对题。《耿淡如先生编年事辑》撰写者贾鹏涛正是"延安之子"、"黄帝之孙"也,他是延安市黄陵县人。

"手抓黄土我不放"啊,这片黄土地哺育着他成长,使他深深眷恋。十多年前,大学毕业后,南下深造,拜华东师范大学名师植耕史苑,在丽娃河畔留下了他的踪影。2016年5月,我参加了他的博士学位论文《论叙事中的历史想象》的答辩,论文获得了评委老师的一致好评。学成北归,几经周折,终在2019年春日重返故乡,落户于延安大学。

大雁北飞,不对,应是大鹏北归,且等春来归。"千声万声呼唤你,母亲延安就在这里!",诗人的《回延安》啊,牵动了多少人的情怀,也揉碎了一位年轻学者的心。浦江与延安紧相连,他立鸿鹄之志,又脚踏黄土地,教书育人,史学研究,奋进在新时代的征途上……

二、奋 进 中

疫情前。

2019年岁末,我收到了贾鹏涛的大作《杨宽先生编年事辑》,通览之后,半是赞叹,半是惊奇。赞叹的是一位刚博士毕业三年多的年轻学者竟然有如此业绩;惊奇的是,与他的博士学位论文《论叙事中的历史想象》相较,从思辨转向叙事,而有所成。

思之若何?解开这"斯芬克斯之谜",一看《杨宽先生编年事辑》就可知然。他在"后记"中说:"这原本不在他学术研究的计划之内,列入计划端赖吾师张耕华。"在台湾政治大学研修,得到了学界众多友人的支持与帮助,终成硕果,交由中华书局出版。我以为,这一转向,不啻是一个明智且又成功之举,趁着尚年轻,通过"编年事辑"的历练,进一步打好扎实的搜集与考证史料的能力,为日后更深层的史学理论研究,自然也包括他的"论叙事中的历史想象"在内,就更有发言权了。我想这也契合鹏涛个人的心志与趣向。

我十分赞同学者李天飞之言:"编年事辑在学术研究中很重要,它可以反映一个学者的心路历程。"例如那本一直在坊间流传40多年的蒋天枢撰《陈寅恪先生编年事辑》,可谓范本。

陈门弟子蒋天枢撰《陈寅恪先生编年事辑》,他在前言一开头就说:"余欲纂寅恪先生编年事辑已数年,悠忽蹉跎,今乃得从事辑录,距先生之逝世已将十周年,余亦老矣。追怀一九六四年夏谒先生于广州,循承教诲,一别遂不获再见,恸何如之!所知粗疏缺略,不敢名曰年谱,故题'编年事辑'云。"蒋氏1964年此番南下羊城谒师,这是寅恪先生向弟子蒋天枢一生事业的"生命之托",他将他的所有著作托弟子整理出版。可见,他对蒋氏信赖之深,相知之深。昔有"程门立雪",今(1964年)有陈门恭立聆诲,对此,陆键东在《陈寅恪的最后20年》一书中略有记载:

某日蒋天枢如约上门,刚好唐篔不在,没有人招呼蒋天枢,陈寅恪也不在意,就这样蒋天枢一直毕恭毕敬地站在陈寅恪的床边听着陈寅恪谈话。听了很久,也站了很久,蒋天枢一直没有坐下……

由此可见,向先贤学习,敬重前辈,敬畏学术,从中可以获得智慧和力量,蒋氏终于在1981年完成了先师的编年事辑,读蒋氏之作,寅恪先生一生追求的"独立之精神,自由之思想"心路历程纤毫毕现,溢于言表。《陈寅恪先生编年事辑》一书出版后,不仅成了后世研究陈寅恪史学的案头书,也成了如贾鹏涛在内的"编年事辑"写作的年轻一代的指南。

三、谱 新 篇

疫情后。

2023年5月,从陕北望江南,正是上海好风景,此时贾鹏涛进入畅开的复旦园,走在望道路上,他不辞辛苦,四处寻找新撰《耿淡如先生编年事辑》一书的材料,增补修订,精益求精,力求在传承中创新。

细心的读者从书中可以发觉笔者与耿先生的师生情、学术缘。为不重复,下面特录我2007年3月28日在北京师范大学历史学院为该校师生作学术报告的一段开场白作补充,与鹏涛,也与广大读者分享。

作为前辈学者,耿师给我们留下了一份珍贵的精神遗产。我从他那里懂得了为人之道,他的"谦虚做人,谦虚治学"更成了我毕生牢记的格言;耿师还给我们留下了一笔丰赡的史学遗产,我从他那里懂得了为学之道,敬重先贤,敬畏学术。从老师那里,不只学到了西方史学史的专业知识,更重要的是培养了独立思考的能力,学会了分析问题和解决问题的方法,这正是"授人以鱼,不如授人以渔"。

有同学问:你在中国新时期之初,怎能"单枪匹马"地前行?

我答曰:简言之,主要是得益于耿师的精神遗产的指引,以及他的史学遗产的哺育,促使我在新时期肩负起重振复旦西方史学史学科的使命。

平实而言,我为耿师这两份遗产的传承与发扬做过一些工作,这从这本书中可见一斑,特别是我写的散文体的文字,通过报刊和新媒体的传播,在学林广为流传,这是我颇为欣慰的。我常对我的学生说"师荣生亦荣,反之亦然"。很明显,这也是一句励志的话,寓意鼓励我们师生一路同行,奋发有为,争取新的成就。

通览《耿淡如先生编年事辑》,如同扑面的春风,先生鲜活的形象从书中向我们走来。且看:19世纪与20世纪交替的时代变革,民国时期的风云变幻,新中国发展的曲折坎坷,他77年的编年事辑,为我们打开了一扇认识与研究耿淡如先生心路历程的窗户,再现了这位中国第一代世界史学科的先行者、中国西方史学史学科的主要奠基者的风貌。

《耿淡如先生编年事辑》一书出版,着实为学界做了一件有意义的好事，它助推耿淡如史学思想的研究，有益于中国西方史学史的学科建设，作为耿氏弟子，为鹏涛的大作写序，我自当义不容辞，责无旁贷。

最后，我还要重复说的是，希望鹏涛仍要笃行先生的"谦虚做人，谦虚治学"的教导，继续奋发进取，不断拿出新成果，为新时代中国历史学的研究添砖加瓦，至所望焉！

是为序。

癸卯夏日于复旦书馨公寓

"捧出地下的太阳，为你发热发光"

——序李勇《对话克丽奥：西方史学五十论》

> **题　记**
> 我们捧出地下的太阳，
> 为你发热，为你发光；
> ……
> 我们就是升起的太阳，
> 为你燃烧，为你兴旺……
>
> ——《淮北矿业之歌》

20年前，我曾为吾生李勇的博士学位论文《鲁滨逊新史学派研究》的出版作序，迄今已有整整20年了。一晃20年，历史一瞬间。20年间，他一路走来，披荆斩棘，勤于笔耕，成绩斐然。一个月前，当我收到李勇厚厚的书样《对话克丽奥：西方史学五十论》时，不由心里重重地咯噔了一下，由此想开去，感叹不已。

淮北大地的奋勇者

回顾历史，淮北具有悠久的历史文化传统，词家纪健生作《淮北赋》曰："惟今淮北，乃古相城。数朝郡治，历代名城。既为一方之雄镇，必聚异代之精英……"但在我少年时代的脑海里，淮北总是与煤炭画上了等号。这知识首先来自老师教的地理课，老师说淮北产煤，是上海的主要供应地，也是中华人民共和国成立后十大煤炭基地，故被人们称为"煤都"。更多的是出自上海人的日常生活。在20世纪50年代，当时家家户户用煤球炉子烧饭。记得我小时候放学回家，母亲总是隔三岔五地叫我去附近的煤炭店买煤球，借用店家的四轮小型平板车运回家中。那活真是又脏又累，然一想到这天妈妈下班回家，总是会从厂里食堂带来几个肉馒头作为奖励，也就乐意地接受了。

多少年过去了，淮北再一次给我深刻印象的是李勇。是时我已是花甲之年，但却是我个人学术生涯的"黄金时代"，奠定基业的《西方史学史》已问世，六卷本《西方史学通史》和后来的三卷本《近代以来中外史学交流史》已"待产"或"怀胎"了。

李勇的复旦三年（1999年9月—2002年7月），时跨世纪交替之际，沐浴在改革开放的春风里，身处于思想解放潮流中，莘莘学子读书正当时，奋勇向前行。他求学在安师大历史系本科，又在华师大历史系读硕士，在复旦攻博，打下了史学，尤其是中西史学史的基础，于他选择鲁滨逊新史学派作为博士学位论文的题目是很合适的。我在为他的书作序时评论道："李勇的书，材料翔实，论证有力，是在新世纪开始时中国学人对鲁滨逊新史学派的一种新认识，它的问世，能不说是中国的美国史学尤其是鲁滨逊新史学派研究的一种进步的标志吗？"

学成归来，这"淮北之子"以全新面貌，大展身手，业绩不凡，略记一二。一是培养人才。他把淮师大的拔尖人才推荐给史界，攻读硕士或博士，我为本系西方史学史专业方向学生上课时，这些淮北子弟刻苦、勤奋和谦和，给我留下了良好的印象。二是"小学校，办大事"。随着时代的进展，淮北这座城市的"最高学府"终由安徽师范大学淮北分校（1974年）到淮北煤炭师范学院（1978年），直至"华丽转身"为淮北师范大学（2010年3月），于是它成了教育部中西部城市中学教师国培班的基地之一。我初来淮北，就是到淮师大为那里的中学历史教师国培班授课。8年后，再访淮北，是应邀参加2018年

11月由淮师大主办的"近百年中外史学传承与创新"学术研讨会，这个大型的全国性的学术会议取得了圆满的成功。三是与此同时，李勇与母校历史系的文脉绵延始终不息，我上述《西方史学史》《西方史学通史》和《近代以来中外史学交流史》等，李勇皆挑重任，劳苦功高矣。

西方史学的耕耘者

"我们应不畏艰难，不辞劳苦，在这个领域内做些垦荒者的工作……比如垦荒，斩除芦荡，干涸沼泽，而后播种谷物；于是一片金色草原将会呈现于我们的眼前！"

大音希声，历久弥新。60多年前，耿淡如师上述这段现已为学界所熟知的名言，启人心智，影响深远，李勇更信然！他20年拓荒耕耘，20年劳苦艰难，终成50论，结集为5篇：总论篇，史家篇，史著篇，学派篇，融通篇。通览之下，其作丰盈厚重，不落窠臼，新意纷出，在西方史学的长河中，疏凿源流，抉隐钩沉，与克丽奥（Clio，历史女神）做了20余年的"心灵对话"，发出了中国学者的强音，为中国的西方史学研究做出了卓越的贡献。

（1）西方史学的新陈代谢。西方史学从古希腊史学发端到后现代主义史学，有着久远的历史，形成了它自身的史学传统。李勇的书从古希腊神话写起，论证了希罗多德与修昔底德两种史学模式之优劣，继之评析了中世纪基督教神学史观，着重考察了文艺复兴时期诸史家，尤注重探讨启蒙时代的理性主义史学派诸家，绍述19世纪的欧美史学至20世纪以来的西方新史学，从美国的鲁滨逊新史学派到法国的年鉴学派，直达当今的全球史学，等等。观览其论，作者视野开阔，以大手笔落墨，史海拾贝，挥洒自如，足见他对西方史学史整体把控的能力。这是他多年来独当一面为学生讲授西方史学史一课训练出来的，于此我深有同感。

(2) 西方史学的个案研究。历史学研究当起步于个案，渐至专题，然后才有能力进行综合性的研究，西方史学研究亦然。李勇治西方史学也是沿着这样的路径。他的个案研究精到细致，比如他对 18 世纪理性主义史家伏尔泰、休谟、罗伯逊、吉本的论作，又如他对 19 世纪英国史家、牛津大学钦定教授弗劳德所谓的"弗劳德病"（Froude's Disease）的剖析。他关注"弗劳德病"术语的形成和衍义，兼及中西，并考察"弗劳德病"一词背后复杂的学术与社会因素，在学术因素之外又及弗里曼的个性和品德、弗劳德身后史家之见。从某种意义上言，两位英国科学主义史学代表弗里曼、费希尔（前者尤甚，对弗劳德污名化）和两位法国科学主义史家朗格诺瓦、瑟诺博斯一道，把弗劳德这位英国浪漫主义史家掀翻在地，并冠之以"弗劳德病"加以嘲讽。一路读来，十分有趣，也令人深思。"冠名一种史学上的粗心大意为'弗劳德病'，则实属过分，体现了科学主义史学的理性缺失"，条分缕析，纤毫毕现。我赞同这个结语。

(3) 西方史学的开拓创新。21 世纪以来，中国的西方史学研究，在马克思主义史学、西方史学史之史和中外（西）史学交流史等方面开拓创新，取得了显著的进步。反观李勇的书，在这几方面都有成果，从《鲁滨逊新史学派研究》至本书的"沃尔夫心中的中国史学"一论，尤其他看重中外（西）史学交流史，在我主编的《近代以来中外史学交流史》一书中挑起重担，是为显证，兹不另述。

中西兼通的追逐者

"培养一批学贯中西的历史学家"，这是中国新时代的历史使命，是从史学大国向着史学强国奋斗的目标，也是文明交流互鉴之基。据此，应为构建中国特色历史学学科体系、学术体系、话语体系，为中华民族伟大复兴做出应有的贡献。

回顾李勇的学术生涯，他得相城之古韵，浦江沾溉着他的心灵，卿云缦缦滋润了他的史魂,在淮北大地上,守望史学,博学笃志,切问近思,积以时日,他成了中西兼通的追梦人。他平常在电话中跟我聊天,我不时夸他"中西兼通"了,他羞愧难言,说刚刚在起步,去回答梦想的召唤。

他确实在践行。本书一开篇,就比较古代中希史学上的神话价值;写到博学时代就考辨史料之真伪,论证中西史学的"相通";论及史学批评的"中正"问题,举同时代的章学诚与英国史家威廉·罗伯逊做比较,真是做足了文章;他在"传播、比较篇"里,力陈中西史学交流,进而详细阐解中西史学的共通性。如此深耕,必有大成。

笔者借此,披露李勇近10年来"兼及中西"的学术硕果。他申报的国家社科项目"郭沫若史学的命运与中国马克思主义史学的发展"已结项成书,定名为《郭沫若史学研究》,将由人民出版社龙年推出,与本书合框,为李勇的"中西兼通"增光,这是值得史界庆贺的一件事。作为他攻博时的导师,我自然高兴。20年前,我为《鲁滨逊新史学派研究》作序时,最后说道:"我们期望李勇以本书出版为契机,更加努力,勤奋学习,笔耕不辍,为我国的史学史研究多做贡献。"20年后我为本书写序,借此重录此言,期盼他在学术研究领域更上一层楼。

行文至此,我又想起了淮北,想起了这昔日的"煤都"正在转型的阵痛中浴火重生。"我们捧出地下的太阳,为你发热,为你发光……我们就是燃烧的太阳,为你燃烧,为你兴旺……"《淮北矿业之歌》,质朴、形象、高亢且有着鼓舞人们奋进的力量,且看:黎明从黑色的巷道里走来,这"地下的太阳"绽放出无限的能量,散发的光和热点燃世界,让我们举着光亮的贯通古今、东西交汇的火炬奋勇前行!

是为序。

2024年元旦于复旦书馨公寓

刘大年：在马克思主义史学发展史的坐标上

——在"马克思主义史学理论与刘大年史学思想"学术讨论会上的发言

很高兴主办方邀请我参加这个会议，我顿时感到有一种跨界的快乐，因为我是从事西方史学史领域教学与研究工作的。尽管我没有跟刘大年先生作过传统意义上交流，但我觉得心灵上是相通的，这次应邀与会，我视为一种际遇。

这个会议——"马克思主义史学理论和刘大年史学思想"学术讨论会，我个人认为颇具现实意义。现在的学术界，包括历史学界，就我个人观察，问题不少，我知道的情况不多，存在的问题或可用六个字来归纳，这就是：迷路，失范，无序。所谓"迷路"就是没有方向。我们走路应该是有方向的，如果要到曲阜，乘京沪高铁至曲阜东下来，这就是方向，倘若乘京广线就不对了，完全错了。当今学界在这个问题上存有很大的分歧，特别是在我们的年轻一代人中，对马克思主义的唯物史观是否依然可以指导历史科学研究存在疑问。这就有可能迷失方向。失范，就是失去规范。我们的史学理论研究中有个词叫"范型"（paradigm），或者译成模式或范式。在一个倡导史学多元化的时代里，史学当然应该是有个性或多元的，这是毫无疑义的，但是历史学研究总还有一定的规范。没有规矩，怎么成方圆。史学研究没有了"规矩"，那怎么行？我想，这个问题，在我们学校，在我们的学生中，或多或少都存在。所谓"无序"，就是乱套，历史充满了戏说，特别是为公众欢迎的历史题材电视连续剧，问题不少。在这个情况下，我们历史学家为什么不站出来呢？历史学家在这个时候不应选择沉默，咱们的失语往往会给伪历史在坊间的流行开了绿灯。对此，我个人很有感慨，所以我刚开始说开这样的会具有强烈的现实意义。刚才张海鹏先生说到刘大年先生明年是诞辰100周年，我们这个会当是为此拉开了序幕。

关于刘大年先生，我了解得不是很多，他的书我当然是读过的，而且很早，像《美国侵华简史》，早在20世纪60年代初读大学时就看过了。但我对刘大年先生的了解，学术上的认识还停留在当年金冲及老师为我们上"中国近代史"课的那个水平，金先生给我们开的参考书里面就有《美国侵华简史》。在我的大学生时代，刘大年先生写作了我迄今仍难以忘怀的那篇宏文——《论康熙》。历史文章能写得像《论康熙》那样，那我们说这一辈子也就满足了。这篇《论康熙》的文章，我们学生时代的年轻学子们都非常崇拜。这次，为参加这个会议，我事前做了一点功课，看了一点书，又看了黄仁国教授新近发表的研究文章，还有姜涛教授的。当然，我在这方面还是没有发言权的。我们常说"不识庐山真面目，只缘身在此山中"。搞中国近代史的同志，如海鹏先生和这里在座的专家学者，对刘大年先生的成就那是如数家珍，因为你们"身在此山中"，可以如数家珍；但是我也有我的"优势"，我的"优势"只因我不"在此山中"，我可以换个视角来看刘大年先生的史学思想。所以我就拟了这样一个题目"刘大年：在马克思主义史学发展史的坐标上"。这个题目好像有点吓人，题目很大，我只能对此略说一二，请大家批评指正。

我想从历时性和共时性两个方面对刘大年先生的史学思想进行一下探讨。所谓的"历时性"就是从纵的方面，"共时性"就是从横的方面。因为时间关系，只能简单说一下。

从历时性来说，中国的马克思史学从李大钊等前辈奠基，至新中国成立后的"五老"，个人认为是中国马克思主义史学发展史上的一个高峰，倘对郭沫若、范文澜、吕振羽、翦伯赞、侯外庐的史学成就逐个作一分析，应该是个高峰，这里不容细说。来之前，我查了一下他们的生平简历，刘大年先生应该是作为他们的后一代，因为他比郭老晚出生23年，比范老晚出生22年，比吕老晚出生14年，比翦老晚出生 17 年，比侯老晚出生 12 年，年龄差距在 20 岁上下，应该是下一代人。我认为刘大年先生在中国马克思主义史学发展史的坐标上，纵向来看具有继往开来的历史地位。何谓"继往"？当然，是继承"五老"的史学思想，更早的是李大钊及李大钊这一代人，这一代人还包括很多人。刘大年先生是在前一代人基础上的一个发展。"开来"就是开创了新一代的马克思主义历史学的成长与发展。倘作比较，和他同年龄的马克思主义历史学家当中，或许只有白寿彝先生可以相媲美，但他们的史学成就是各有千秋，因为他们各自研究的领域不同。所以说从纵的历时性这条线来看，刘大年先生应该在中国马克思主义史学发展史上具有"继往开来"的历史地位。当然还应该作一点具体的论证，但在在座的同志面前多话就显得多余了。

历史的际遇促成了刘大年先生独到的史学成就，这就是：从中外史学交流史的角度而言，他有时代给予他的优势，因为他是 1999 年过世的，而"五老"大多是在改革开放后几年就谢幕了。刘大年先生是 1999 年离开我们的，在改革开放后的二十年里面是非常活跃的，在中外史学交流中，他的成就突出，功不可没。我举两个例子，其一，他于 1985 年 8 月 25 号到 9 月 1 号率团参加在联邦德国斯图加特召开的第十六届国际历史科学大会，非常成功。

为参加这次会议，刘大年先生写了一篇长文《论历史研究的对象》，这篇文章共 90 页，可以看作是一本书了。从这篇宏文来看，我觉得刘大年先生不仅对马、恩熟悉，对西方史学也熟悉，例如法国的年鉴学派或文化形态史观，汤因比或斯宾格勒，讲得头头是道。我看后感到很亲切，因为这里面讲的内容都是我所研究的领域的东西，也觉得很佩服。总之，此文视野开阔，应当说中国的马克思主义史学家视界如此开阔的并不多见。

这里顺便说一下中国与国际历史科学大会的关系，因为这与刘大年先生的史学贡献有关联。其实，中国与国际历史科学大会及其常设机构国际史学会早在 20 世纪 30 年代就有联系。1938 年 8 月，胡适代表中国参加了在瑞士苏黎世召开的第八届国际历史科学大会，与此同时中国成了国际史学会的成员国。后来因战乱与时局，与之脱钩，直至1982年再次入会，又成了国际史学会大家庭中的一员。此后，每隔五年召开一次的国际历史科学家大会，我国都组团参加，在会场内外都可以见到中国历史学家活跃的身影，听到来自东方的历史学家的声音。

我这里还要说到的是，第二十二届国际历史学大会也不遥远了，明年就将在我国济南召开，届时应该有很多国家的历史学者会到曲阜来，这是一个很好的机会，我们可以借此宣传自己，宣传我们的华夏文化，宣传我们的齐鲁文化，这次百年一遇的国际历史学大会将为我们提供一个很好的平台。进言之，中国史学工作者现在有一个任务，就是要在不同的场合介绍我国的史学，因为外国学者对中国史学不了解，有很多误解，他们中很多人也没到过中国，像黑格尔没有到过中国，就妄加判断中国的历史和中国的史学，这很不公平，也不公正。所以我们要帮助外国人，不管是西洋人还是东洋人，都应当帮助他们来认识中国，认识中国的史学。

第二个例子，中日史学交流。刘大年先生为中日两国人民的友好事业和两国史学家的沟通，总是竭尽心力，奔波不已。就两国史学交流而言，它有很强烈的现实意义。

比如说日本修改历史教科书的问题。这里说两次，一次是1982年6月的事情，一次是1989年2月的事情，他都积极应对，贡献尤多。比如1989年的那次，面对日本当局对侵华战争罪恶的开脱、翻案，他非常气愤，撰文慷慨陈词。在中日史学交流中，他坚持中国历史学家的主张，表达对抗日战争的看法，或对其他学术问题的看法，显示出马克思主义历史学家的担当与职责，回想他当年的作为，不由令人感怀。刚才海鹏先生已经讲了对抗日战争的一些看法，我觉得我们应该记住刘大年先生在这些方面的贡献。总之，在20世纪中外史学交流史上，刘大年先生所做出的贡献，应当记上一笔而不致泯灭。

从共时性来说，刘大年先生所生活的年代也是西方马克思主义史学发展的"黄金时代"。20世纪以来，特别是在二战后，随着世界发生的深刻变革，世界史学也发生了新的重大的变化，西方马克思主义史学，在战后一些西方发达国家有其滋生与成长的气候和土壤，在西欧和北美等地呈不断上升的发展态势，从其代表人物 E. P. 汤普森、埃里克·霍布斯鲍姆等人的史学思想来看，既有与经典马克思主义文脉相互承接的传统本性，也有张扬个性特征的时代品格，昭示出一种新的史学发展趋向，令国际史学界瞩目。在我看来，"西马亦马"，归根结底，西方马克思主义史学仍然是马克思主义史学谱系中的一支或一种类型。不管怎么说，西方马克思主义史学的成就，客观上也为中国马克思主义史学的发展提供了借鉴。

　　从横向来看，中国马克思主义史学虽一度深受苏联版马克思主义史学的影响，教条主义与形而上学的东西也曾深深地在国人心目中烙有印记，这自然也包括刘大年先生。尽管如此，中国的马克思主义史学在改革开放年代的大好形势下，逐渐摆脱旧说，拓宽视野，开拓创新，取得了令人注目的新成果，这中间自然也包括刘大年先生在最后二十年的学术贡献。倘稍加比较，刘大年先生的治史特点与西方马克思主义史学的一些代表人物，也有相似的一面。比如刘大年先生对现实的关注，重视史学的经世功能，那种以天下为己任的崇高情怀等，以此反观西方马克思主义历史学家撰史之旨趣，也大体如此，或者说两者有其相通的一面，尤其是两者对马克思主义（指经典的马克思主义）及其唯物史观的恪守与捍卫，更是如出一辙。且看：1992 年 3 月 4 日，E. P. 汤普森已重病缠身，却抱病接受了中国学者刘为的访谈，他声言："我仍然坚持历史唯物主义。"不久他就与世长辞，告别史坛。真是无独有偶，这种掷地有声的话语在七年后一位东方的马克思主义历史学家那里也说了出来。那是 1999 年 9 月 24 日，刘大年先生以病弱之躯，抱病参加"中国社会科学五十周年学术报告会"，用枯瘦的双手捧着他的发言稿，戴着老花镜，一板一眼地念着："我是主张马克思主义对哲学社会科学研究的指导作用的。"不久他也与世长辞，告别史坛。这一中一西的两位马克思主义历史学家，对马克思主义唯物史观的守望，其语境、其虔诚、其归宿，真是何其相似乃尔！

最后，对我的发言作一点简单的归纳。我个人认为，通过历时性与共时性的比较研究，在马克思主义史学发展史的坐标上，刘大年先生应占有位置，当留下一席之地。进一步说，我们正可借此，重新认识与弘扬马克思主义及其唯物史观，为未来的中国马克思主义史学的大发展开辟新天地。

作者附记：2014年6月3—5日，在山东曲阜参加"马克思主义史学理论与刘大年史学思想研讨会"的发言稿，文稿据大会发言的录音修改与增补而成。

探索无穷　风范长存

——朱政惠教授逝世十周年祭

> 故人风华已不再，
> 声音笑貌今犹在。
> 古今通变成遗梦，
> 归忆江天动地哀。

光阴似箭，倏忽之间，朱政惠教授离开我们已有十年了。我推开窗户，遥望远方，回忆往事，泫然命笔，写下了如上的一首小诗，以寄托我的哀思。政惠兄乃吾同城挚友、学界同人。曾记得，我们在丽娃河畔衡文，在曦园卿云论道，不管是晴天云舒云卷，还是大地疾风暴雨，不畏艰难，携手同行。我们今日纪念他，怀想他的学术成就，他业绩昭然，在探索史学研究的道路上为人们留下了厚重的足印……

在探索的行程中，他是以学习与研究中国马克思主义史学起步的。他苦读十年，其中六年集中研究吕振羽的史学思想，终成硕果，从博士学位论文增补而成专著《吕振羽和他的历史学研究》（湖南教育出版社1992年版），被导师吴泽先生赞之为"打出一口好井"，为他早期史学研究的探索交出了一份出色的答卷。为此，需要指出的一点是，在《吕振羽和他的历史学研究》一书出版前，他就有很多的积累，同时也发表了不少文章，大作出版后，仍始终关注着吕振羽史学的研究，陆续出版有《吕振羽年谱简编》（1996年）、《吕振羽学术思想评传》（2010年）等专著和论文。可以这样说，他一生与中国马克思主义史学的开创者"五老"之一吕振羽为伍，这是史家之荣耀与缘分啊。

2006年，我应《历史教学问题》主编王斯德先生之邀，为该刊开设"马克思主义史学史"专栏，约定六篇，前五篇从马克思主义史学的诞生一直到西方马克思主义史学的勃兴，由我着墨，第六篇《马克思主义史学遗产的传承及其在中国的回响》，由政惠执笔。文稿成后一览，出类拔萃，深得吾心，发表后也得到了广大读者的好评。这篇文章还收录在我主编的《史学之魂：当代西方马克思主义史学研究》（复旦大学出版社2011年版）一书中，易题为"马克思主义史学在中国"，为拙编增辉添彩。由此，我与他也加深了学术情缘。

在探索的行程中，他在史学理论与史学史研究领域深耕，新作不断，时有新见，辑集为《史之心旅——关于时代和史学的思考》（华东师范大学出版社1996年版）。大作一经问世，即引起了学界的热烈反响。回望20世纪80年代，那是一个激情澎湃的岁月，改革开放的潮流推动了思想解放，迎来了"历史科学的春天"。他的《史之心旅》诸文，正是改革开放新时期史学研究的产物。比如他对当代中国史学的研究，尤其是对当代中国史学思潮的探索，颇具卓识：他揭示主流与非主流的对立统一，各种史学思潮的交流与碰撞，进而分析马克思主义史学研究总体要求的革命性、科学性与主张史学的纯学术性的碰撞与斗争；马克思主义史论结合的总体要求与重论轻史、重史轻论治史观念的批判和反批判；马克思主义研究的民族化、国际化的客观要求与文化关闭主义、"全盘西化"理论的批评和反批评。以上立论，既是对新中国史学发展历程的一种如实描述，也是对中国现代史学发展史的一种总结。我认为，政惠之论，很具前瞻性。

又如，他在20世纪80年代中期相继发表了《从接受角度研究史学》《关于比较史学研究的若干问题》等佳文，这个被他认为在当时属探索性的尝试，迅即得到了学界的响应和支持。我也以自己的史学实践，从域外史学之东传到中外史学的交流互通，进而研究中外史学交流史。现在回想这些，他在这方面的成绩影响深远，功不可没。

在探索的行程中，他的海外中国学的研究为新的"史之心旅"打开了一扇窗户。他在这一领域的前期成果，结集为《美国中国学史研究——海外中国学探索的理论与实践》（上海古籍出版社 2004 年版）。记得 2004 年年初，政惠给我打电话，要我为他的书写一个序，这令我诚惶诚恐，再三推辞之下，只能以一个学界同人的身份，写点读后感。时光如流水，不知不觉间 19 年过去了，当下又重读此文，真让我感慨万分，往事历历在目，大作新论，我深深地感受到了他那永无止境的探索精神。

记得 1996 年初春时节，华东师范大学春来早，"海外中国学研究中心"在中山北路校区举行成立会议。政惠作为中心主任，在会上的发言，自谦中透着自信，困难中充满信心，至今仍使我印象深刻。他那时还不到 50 岁，是那样朝气蓬勃、奋发有为，我钦佩他一往无前的探索精神和创新精神。他在《从〈史记〉看司马迁的创造性思维》一文中（见《史之心旅》一书）说道："任何创造都是人们创造性思维的成果。所谓创造性思维，即在思维领域里追求'独到'和'最佳'，在前人和常人的基础上有新的见解、新的突破、新的发现。"是的，探索与寻求"新的见解、新的突破、新的发现"谈何容易，但他却见难而上，并为此锲而不舍，奋发不已。他的《美国中国学史研究——海外中国学探索的理论与实践》就是他为此不断努力而收获的成果，由此也引发了我的思考。

海外中国学研究，是进一步发展当代中国学术研究的需要。海外中国学研究，传统称之为"汉学研究"，二战后则称之为现代的"中国学研究"，政惠把这两者统称为"中国学"，这是颇为明智和可行的。他从 20 世纪 80 年代中期开始，在海外中国学研究的道路上，主要关注美国的中国学史，对"他乡的夫子们"——不管是史华兹也好，还是柯文也罢，都进行了研究。其研究成果为我们提供了一个可资借鉴的参照系，颇具学术价值和现实意义。这不由让我想起苏格兰诗人彭斯所说的"能以别人的眼光来审查自我"。换言之，在学术研究工作中，从对方的视角与立场去观察和思考问题，这对我们深入展开学术研究意义重大，政惠对海外中国学研究亦然，比如他对史华兹的研究尤然。21世纪初，他在哈佛大学费正清东亚研究中心调研，用了将近一年的时间，查阅了几大箱的史华兹个人学术档案，连放有笔记本电脑的书包带也换了三根，可见政惠的学术研究之艰苦，这就有了他后来史华兹研究的一系列成果。史华兹的史学思想是以中国学为基础，而延伸到人类文明的探索，其学术贡献非凡。对此，政惠也是以对方的视角剖析这样或那样与我们有距离的见解，足见他治史之深矣。

海外中国学研究是进一步发展中外史学交流的需要。须知，中外文化交流，倘缺少了史学文化的交流，那么世界文明的发展也会苍白和浅薄的。因为史学乃是文化之中枢，文化中的文化。政惠研究的海外中国学，既为我们打开了一扇新窗户，也为沟通中外史学文化交流开辟了一条新途径。他指出："中国史学和世界史学交往密切之日，是中国史学昌盛之际，也是世界史学繁荣之时。"此乃真知灼见也。他曾对20世纪中外史学交流百年史做过系统的梳理，写下了长篇华章《20世纪中外史学交流回顾》（载《史林》2004年第5期）。在这方面，我们又一次精诚合作，我铭记于心。2005年，我应瞿林东先生主编的"二十世纪中国史学研究系列丛书"之邀，主编《20世纪中外史学交流》卷，全书共18章，政惠撰写了两章，都是现代国外学者对中国史学的研究，大体涵盖了世界史学中的各个主要国家，这对我来说是一个鼎力的支持。知己知彼，他之研究助力我们对中国史学理论和史学史的研究，也是为了进一步开展中外史学交流的需要。

在此顺便说及一则与此有关的史事：2002年，吾生梁民愫从复旦大学修习西方史学史专业方向毕业，随后我向政惠引介小梁去他那里做博士后。2006年冬日，完成其博士后论文《英国马克思主义史学及在中国的反响研究——以埃里克·霍布斯鲍姆史学研究为中心》，经政惠的指导，写得像模像样。如今梁民愫已在西方史学理论与史学史领域上立足，自然离不开从丽娃河畔汲取的营养。之后，我主持教育部人文社会科学重点研究基地重大项目"近代以来中外史学交流研究"（后成书易名为《近代以来中外史学交流史》，复旦大学出版社

2020年版），在组建写作团队时，我又从他那里"引进"了其高足吴原元，小吴不辱重托，出色地完成了《中国史学之西渐·美国篇》，令我非常满意，自此也与他结下了学术情缘。

海外中国学研究是进一步发展中国的史学理论和史学史学科建设的需要。我与政惠都是从事史学理论与史学史专业工作的，虽则重点有所不同，他比较多的关注中国史学史，而我则侧重于西方史学史，但海外中国学研究却使我们走到一起来了，那就是姑且被我称为的"影响研究"。我这里说的"影响研究"，指的是中外史学史的研究不应只局限于各自史学自身发展历程的研究，还应当研究不同国家或地区之间史学文化的相互交汇与相互影响。我个人以为，海外中国学是一种史学上的"影响研究"。在这方面，政惠既有理论，又有实践，他的遗著《美国中国学发展史：以历史学为中心》（中西书局2014年版），是他毕生致力于海外中国学研究的示范和总结之作，是留给后人的一笔丰厚的遗产。

探索之路，曲折坎坷，崎岖难行。但是，历史学家的职责就是要勇于探索，勇于创新，历史学的价值与生命力也就体现在不断地探索与创新之中，这是时代赋予当代中国历史学家的历史使命。探索之路漫长，作为个体的历史学家的生命是短暂的，但历史学却伴随着广阔的世界而趋于不朽。但是，时代在变迁，社会在进步，人的认识能力也在不断提高，因而对人类历史发展进程的探索是没有止境的，对历史学自身的探索也是没有止境的。

是的，探索无穷，朱政惠教授的一生就是在不断地探索，从《吕振羽和他的历史学研究》到《史之心旅》，再到《美国中国学史研究》《美国中国学发展史》，一步一个足印，在探索史学研究的道路上不畏艰难险阻，勇敢前行，生命不息，探索不止，值得我们向他学习。"历史"一词，按古希腊文的原意即为"探索"，因此，在这个领域中，探索，发现真理，再探索，再发现……以至无穷。只要历史之树是常青的，那么历史学就注定不会枯萎与死亡，让政惠的学术探索和他的学术结晶为之作证吧。

探索无穷,风范长存。值此朱政惠教授逝世十周年之际,谨以此文作为由衷的纪念。

(本文原刊华东师范大学中国史学研究中心:《永不停息的探索者——朱政惠先生纪念文集》,上海辞书出版社2023年版,2023年11月9日由《社会科学报》刊发)

弗兰茨·梅林与马克思主义唯物史观的传承

19世纪40年代,随着马克思主义的横空出世,经典马克思主义史学亦同步诞生,这在世界史学的发展史上不啻是一场伟大的"革命"。

文化的生命力在于传播,马克思主义史学亦然,弗兰茨·梅林正是其中最有代表性的一位。就我个人而言,大学念书时就接触过梅林的著作,弱冠之年课余读《马克思传》,不过,我当时关注的是马克思,而不是《马克思传》一书的作者。因此,那时对梅林的了解很肤浅。直至中国新时期,在教学与研究马克思主义史学发展史时,又重拾这段马克思主义史学曙光初照的年代及其代表人物。本文以梅林对马克思主义唯物史观的贡献与传承为中心说开去,进而寻求马克思主义唯物史观的真谛。

一、学人与斗士的双重品格

弗兰茨·梅林(1846—1919年),出生于普鲁士的一个军官家庭,受过良好的传统教育,曾先后受教于莱比锡大学和柏林大学,学习文学、历史和哲学。他是一介书生,更是充满朝气的斗士。早在大学时代,就已参加资产阶级激进民主派办的《未来报》的工作,开始其政治生涯。他从19世纪60年代末至80年代大体完成了从资产阶级民主主义者到马克思主义者的转变。1891年,他加入了德国社会民主党,任党刊《新时代》的编辑,并撰写了大量的政论和文论。与此同时,梅林积极参与现实的政治斗争。第一次世界大战爆发后，他加入左翼组织"斯巴达克派"。1918年德国十一月革命时期，他为德国共产党的创建做出了自己的贡献。

1916年2月27日，时值梅林七十寿辰，德国社会民主党左翼领导人之一罗莎·卢森堡特写来贺信，信中说：

> 你是光辉灿烂的真正精神文化的代表。如果按照马克思和恩格斯的说法，德国无产阶级是德国古典哲学的历史继承人，那么你就是这一遗嘱的执行者。你从资产阶级阵营里，把过去资产阶级精神文化的黄金宝藏里留下来的一切珍宝都抢救出来交给我们……我们已经夺得了德国资产阶级最后一个最富才智、最有天才、品德最高的最杰出的人物——弗兰茨·梅林。[①]

罗莎·卢森堡对梅林的评价虽有溢美之词，但就其史学成就而言，确实颇具"才智"，追溯欧洲早期尤其是近代德国马克思主义史学的源头，称他为"天才"亦无不可。

从宽泛的意义上而言，梅林的史学实践及其成果颇为丰硕，他的作品大致可以分为以下几类：

人物传记。主要有《莱辛传奇》《马克思传》。梅林在1892年上半年连续在《新时代》杂志上刊发了一系列阐述德国文学家莱辛的文章，次年结集为《莱辛传奇》出版，恩格斯对此书甚有好评，不过它还不是一部像《马克思传》那样的传记作品。《马克思传》于1919年初版，中译本在20世纪50年代就在中国传播了，在马克思主义风行的年代里，中国学界迎来了这部"最为完整"的伟人传记，一部"眉目清晰、资料丰赡、文笔畅达"的经典著作，在当下再读亦具有现实意义。

[①] 转见梅林：《论文学》，张玉书等译，人民文学出版社1982年版，译者序第3页。

历史著作。主要有《中世纪末期以来的德国史》①（以下简称《德国史》），此书缘起于作者在党校4年所作的关于德国历史的报告，因此，它最初付印的是一本简明的教材，后来据此进行扩展与加工，最终成了一本简明的德国史，叙述中世纪末期（自宗教改革运动）以来迄至俾斯麦垮台这一历史时段的历史。"这本书文笔生动，深入浅出，叙述语言感人有力，表达明确扼要，堪称楷模，同时又具有罕见的想象力，措辞异常丰富多彩。这本书就是这样地提供了德意志民族形成过程的简明而极为生动的概貌，并且完全符合科学性和通俗性的要求。"② 这是1947年柏林狄慈出版社在"原出版者前言"中对该书的评价。不仅如此，此书在二战后推出新版，出版者当另有深意，这就是：第二次世界大战和德国纳粹法西斯政权给全人类造成了巨大的伤害和灾难，战后痛定思痛，反思德意志民族怎么会陷入政治歧途，它犯了哪些根本性的错误，今后又怎样避免重蹈覆辙，在这样的时刻，人们需要借助历史智慧，于是梅林这本《德国史》就应运而重版了，这与1946年问世的梅尼克名著《德国的浩劫》③对德国历史文化的反思或有异曲同工之妙。

更为重要的梅林的历史著作是《德国社会民主党史》④，也是他作为马克思主义历史学家的代表作。此书自1897—1898年间推出后，有多个版次，共印了12版。这部书分四卷，从19世纪30年代法国七月革命写至1891年反社会党人法时期。通观全书，梅林把德国社会

---

① 弗兰茨·梅林：《中世纪末期以来的德国史》，张才尧译，生活·读书·新知三联书店1980年版。
② 同上书，第5—6页。
③ 梅尼克（Friedrich Meinecke, 1862—1954年），德国历史主义的一位主要代言人，他在晚年写就的《德国的浩劫》一书，对德国历史作出了新的思考，尤其是对法西斯政权、纳粹主义的或导致德国灾难的根源，作了反思。参阅张广智、张广勇：《现代西方史学》，复旦大学出版社1996年版，第121—123页。
④ 弗·梅林：《德国社会民主党史》，青载繁译，生活·读书·新知三联书店1963年版。

民主党的历史置于整个欧洲波澜壮阔的无产阶级运动的洪流中,填补了当时还未曾有人涉及的历史研究领域,做出了开创性的贡献。梅林自述道:社会主义文献为头绪纷繁的现代工人运动史提供了一部包罗万象的参考书,但至今还没有一本关于德国社会民主党的内容广泛的历史,那时研究学术的教授们谈到工人运动时代的通史时,总是耸耸肩膀表示遗憾①。马克思主义历史学家梅林并未"耸耸肩膀",他做到了。

论文。梅林在这方面的思想遗产十分丰厚,其中有大量的文艺论文(4卷),中国新时期初有他的《论文学》选辑本出版。关于非文艺性方面的论文(主要是为数甚多的哲学论文)也很多,其中中译本结集成书的有两种:一为《论历史唯物主义》,这原是一篇阐述历史唯物主义的长篇论文,原文作为1893年《莱辛传奇》的附录见世。中文以单本小册子②在20世纪50年代就在我国坊间流行了。

另一为《保卫马克思主义》③。关于此书要作些说明,首先要说的是书名。中译本是据1927年俄译本转译,故该书书名来自俄文原本。其实,梅林并没有写过名为《保卫马克思主义》这样一本书,是苏联的马克思主义理论家们根据他们的理解,从梅林的哲学文献中筛选出若干篇章结集,选取了这样一个充满战斗色彩且渗透苏版马克思主义况味的书名,书内各辑子标题如"反对修正主义和唯心主义""保护马克思主义和哲学"等,也留下了深刻的时代烙印以及选编者强烈的主体意识。顺便插一句,倘以梅林《论哲学》之名取代《保卫马克思主义》,当是实之名归,也可与20世纪80年代初他的《论文学》相匹配,不知诸君以为如何?此外,上面所说的《论历史唯物主义》一书,也辑录在该书的首篇,这成了此书的另一个译本。

---

① 见弗·梅林:《德国社会民主党史》(Ⅰ),注释"概说",第388—389页。
② 梅林:《论历史唯物主义》,李康译,生活·读书·新知三联书店1958年版。
③ 梅林:《保卫马克思主义》,吉洪译,人民出版社1982年版。

此外，梅林还编辑了多种文献，其中有《马克思恩格斯选集》《马克思恩格斯通讯集》《卡·马克思、弗·恩格斯和斐·拉萨尔遗著》等，充分显示了他作为一位资深编辑在历史编纂方面的才干。

近日为撰本文，又重读梅林的上述著作，不由深深感叹，在19世纪后期与20世纪前期的时代剧烈变革中，在从事德国工人运动的紧张而又繁忙的日子里，梅林竟写出了这么多的作品，令人称赞与钦佩，也对前引罗莎·卢森堡致梅林信中对他的高度评价，有了更深入的理解。

二、批判旧世界　找到新世界

"通过对旧世界的批判而找到新世界"①，梅林在求索马克思主义唯物史观方面，于此是个范例，并就此做出了卓越的贡献，奠定了他作为欧洲早期马克思史学家的前沿地位。简言之，梅林在这方面的贡献可以归纳为如下几个方面。

1. 研究西方哲学及其流派

梅林熟悉西方哲学史，其内涵与外延比较宽泛，与"历史哲学"或广义的史学理论相近，他尤其对古希腊哲学，不管是综论它的哲学发展阶段，还是分论它的代表人物（如德谟克利特和伊壁鸠鲁），都有独到的见解。对于近代哲学家与哲学流派，如康德、费尔巴哈和伏尔泰等人以及诸多挂上"主义"的派系，着墨亦多，此处不再一一赘述。这是梅林史学成就的理论基础，他所显示出来的历史哲学对梅林来说不过是一个支撑点，他的历史舞台由德意志向更广袤的大地延伸。

2. 宣传与捍卫马克思主义的历史唯物主义

梅林在这方面的理论贡献卓越且令人瞩目。像下列这样的名言早已在20世纪50年代的中国随《论历史唯物主义》一书而为人所知晓

---

① 梅林：《保卫马克思主义》，第285页。

了，它是：

> 历史唯物主义并不是一个排他的、达成最后真理的体系；它只是探究人类发展过程的科学方法。①

在这方面，梅林的理论贡献充满了论战性，换言之，他是在批驳资产阶级学者的谬论中阐发历史唯物主义真理的，如在《论历史唯物主义》中，就用了相当大的篇幅，针对保尔·巴尔特的《黑格尔和至马克思和哈特曼为止的黑格尔派的历史哲学》一文而发的，虽"不足以对历史唯物主义作详尽无遗的阐述"②，但也是一篇宣传与捍卫马克思主义唯物史观的檄文。

综观他在这方面的文章，梅林所要批驳的非马克思主义流派，诸如雅利布·摩莱肖特、卡尔·福格特和路德维希·毕希纳等人的庸俗的唯物主义③，叔本华、哈特曼和尼采等人的"唯意志论"④，新康德主义者的"回到康德那里去"⑤，以及马赫主义⑥等，这就有力地宣传和捍卫了历史唯物主义，起到了"保卫马克思主义"之真谛的历史作用。

通过这些，从中我们可以看出梅林对历史唯物主义基本原理的识见。下面粗列几点，以略见一斑。

关于唯物史观的产生，梅林写道："唯物主义历史观也服从于它自己所制定的那个历史运动规律。它是历史发展的产物，在较早的时

---

① 这里引用的见李康译的梅林《论历史唯物主义》，第18页。又见吉洪译的梅林《保卫马克思主义》，第25页。这段文字吉洪译本为："历史唯物主义并不是一个封闭的、以最后真理为其终点的体系；它只是研究人类发展过程的科学方法。"
② 梅林：《保卫马克思主义》，第74页。
③ 梅林：《德国社会民主党史》（Ⅱ），第229页。
④ 梅林：《保卫马克思主义》，第242—249页。
⑤ 同上书，第100—115页。
⑥ 同上书，第160—164页。

代,它是不会被任何最有天才的头脑凭空想出来的。只有达到一定高度时,人类历史才能揭开它自己的秘密。"① 此见,于马克思和恩格斯所奠立的唯物史观亦然。事实上,马克思主义的唯物史观,当然不是凭空产生的,它既是世界历史发展的产物,也是19世纪时代变革的结果。是时,社会生产力的飞速进步,对物质生产和社会生活直接产生了巨大的推动作用;无产阶级力量的不断壮大,1831年和1834年法国里昂工人的两次起义、1836年开始的英国宪章运动、1844年德国西里西亚纺织工人起义,可见无产阶级已是一支独立的政治力量,于是与此相适应的理论也就应运而生了。

关于唯物史观的"边界",梅林区分了它与自然科学唯物主义的界线,他指出:"人不只在自然中,而且也在社会中生活;除了自然科学之外还存在着社会科学。历史唯物主义包含自然科学唯物主义,但自然科学唯物主义不包含历史唯物主义。自然科学唯物主义认为人是具有意识而行动着的自然产物,但它没有考察,人的意识在人类社会中是由什么决定的。因此,当它进入历史领域时,它就转化为自己最相反的对立物,即转化为最极端的唯心主义了。"② 梅林的论述有力地为历史唯物主义树立了界标,既区分了自然科学的唯物主义,又与历史唯心主义划清了界线。

关于唯物史观的物质与精神的关系,梅林既指出"人类精神是依靠物质生产方式,同物质生产方式一起和从物质生产方式发展起来的"③,同时又强调"历史唯物主义并不否认观念的力量"④,它旨在说明"精神发展的规律"存在于"生活本身的生产和再生产中"⑤,摈弃了那种"相信人类精神是像不可捉摸的鬼火那样四处乱窜的"胡言与迷信,也是对把唯物史观曲解为"经济决定论"的一种警示。梅

---

① 梅林:《保卫马克思主义》,第3页。
② 同上书,第17—18页。
③ 同上书,第29页。
④ 同上书,第39页。
⑤ 同上。

林以"荷马史诗"的产生对此作出了说明,他这样写道:"荷马的史篇(应译作诗篇——引者)给我们描画出了一幅在野蛮期高级阶段所获得的生产上成就的图画,而荷马的史篇本身又是在这种生产水平上产生出来的精神生活的古典依据。"① "荷马史诗"当然反映了古希腊社会曙光时代的社会生活,归根结底,它是社会存在的反映,正如梅林所说,"意识是由它的社会存在决定的"②,亦即是远古时代希腊物质生产方式的产物,而它一经问世,作为观念形态的文学作品又反作用于社会存在,从"荷马史诗"的产生及其影响来看,此语信然。这符合马克思主义的文艺理论,从根本上来说,这也是符合历史唯物主义的。

关于唯物史观的前景。前引梅林"历史唯物主义……只是探究人类发展过程的科学方法",以及从梅林对那种"历史唯物主义是一种任意的历史结构"责难的评析③中,使我们看到历史唯物主义作为一种"科学方法"所具有的生命力,因为它的非"排他性"(非"封闭性"),它必将会随着时代的进步而发展,从而葆其美妙之青春。谓予不信,且拭目以待。

3. 历史唯物主义与西方思想遗产之间的联系

马克思主义的历史唯物主义原本是在西方社会语境下的产物,它当然不可能与西方社会的思想遗产割断联系,正如梅林正确地指出的:

> 历史唯物主义是越过全部以往唯物主义向前跨出的有决定意义的一步;由此而产生马克思和恩格斯对于唯物主义的全部以前的阶段占有批判者的地位。但是,虽然如此,并且也许正因为如此,他们并不曾与以前的唯物主义割断一切关系。④

---

① 梅林:《保卫马克思主义》,第29页。
② 同上书,第21页。
③ 同上书,第20—21页。
④ 同上书,第147页。

就其与西方史学思想遗产之关联而言，事实上马克思和恩格斯不仅谙熟西方史学，而且曾从西方古典史学迄至他们同时代的史学思想中汲取养分，对此笔者已另文详述①，在此不再重复。这里要涉及梅林在这方面的论述，以进一步认识他的理论贡献。必须指出，学界从这一角度论述梅林理论的论著不多，笔者不敢妄自置喙，在此只能略说一二。

在梅林的作品中有两个范例，不妨在此一说。例一，他关于17世纪荷兰哲学家斯宾诺莎与现代社会主义在三个强大的思潮上发生联系，这就是："他对于我国的古典文学中的几乎全部大人物——歌德、莱辛、海德（疑为海涅——引者）——的影响（曾有一时为康德信徒的席勒几乎是唯一的例外）；他对于十八世纪法国伟大的唯物主义者们的影响；最后，他对于谢林、黑格尔、费尔巴哈的影响。"② 如此一来，斯宾诺莎的思想遗产与"科学社会主义的正确道路"③，也与历史唯物主义接轨了。

例二，说的是费尔巴哈。梅林指出："费尔巴哈的人道主义原则本身，对于马克思说来则是一种启示。在这个原则的启发之下，法国社会主义的一切不完备之处都了若指掌了。"④ 因为他"抛弃了一切唯心主义的幻想"⑤，成了"永远守卫着德国社会主义的伟大的解放者之一"⑥。在这里，他揭示了费尔巴哈与历史唯物主义之间的思想联系，一种难以割舍的思想联系。我们正是可以从梅林的言辞中发觉，这位欧洲早期马克思主义历史学家对思想遗产批判与传承关系的认知，闪现出了马克思主义思想家的光芒。

---

① 参见张广智：《马克思主义史学与西方史学》，《历史教学问题》2006年第4期。
② 梅林：《保卫马克思主义》，第230页。
③ 同上书，第230页。
④ 同上书，第284页。
⑤ 同上书，第268页。
⑥ 同上书，第276页。

三、"拉萨尔情结"探微

梅林是生活在 19 世纪后期至 20 世纪早期的历史人物,离开我们并不久远,但是历史时空的相隔,历史迷雾的遮掩,已使我们看得有些模糊;传统陈见的桎梏,惯常思维的沿袭,又使我们认识有些偏离。模糊掩盖了真相,偏离疏远了真理。走出"迷宫",还得靠历史唯物主义的引领。于是,打破传统的陈见,还其历史本来面目,就成了本文题中之要义。

本节子标题"拉萨尔情结"是我的杜撰。近读相关史料后,有感于梅林对拉萨尔的深情缅怀,有感于他对拉萨尔的跟踪追寻,有感于他对拉萨尔的高度评价,掩卷而思,梅林这种挥之不去的"拉萨尔情结"便蓦然而来。且看,梅林在拉萨尔逝世 30 周年时,撰文纪念他的一段文字:

> 在他过早地逝世之后这几十年中,他就像一个完全未死的那样在活人中间生活着和行动着。在这一段长时期里,他的火焰般的雄辩一天又一天地总是在重新激发人的敏感的灵魂,使感到苦闷的人坚强起来,安慰着失望者,吸引着斗争者前进。①

就个人的视野所及,似乎还没有材料能证明梅林与拉萨尔(1825—1864 年)曾经有过交往,这也难怪,当拉萨尔在 1864 年死去时,梅林还只是一个 18 岁的年轻人,但这并不阻碍他对拉萨尔的了解。从梅林早期发表的作品中可以看出,他相当熟悉拉萨尔的著作和他的生平。这位"鼓动家"的个人魅力、多方面的才学以及坚强不屈的毅力等,都在当时还处在资产阶级民主主义者时期的青年梅林心中

---

① 梅林:《保卫马克思主义》,第 287 页。

留下了深刻的印象。可见,梅林"拉萨尔情结"的形成,这既归之于他当时的资产阶级民主主义者的立场,也在很大程度上与他在年轻时候就逐渐郁结的上述这种"心理症候"不无联系①,否则就不能解释梅林在将临天命之年,拉萨尔逝世 30 周年之际,还用这样情真意切的语言写了上引纪念他心目中的偶像的文章。

然而,传统的关于梅林对拉萨尔的评价,几乎是众口一词地予以指斥。例如,不说别的,仅在梅林历史著作中译本的"出版说明"中,就可见一斑。在 20 世纪 60 年代初出版的中译本《德国社会民主党史》"出版说明"中,批评梅林所犯的错误是:对拉萨尔和拉萨尔派评价太高,完全低估了爱森纳赫派在德国工人运动中的意义,把马克思与拉萨尔相互并列,对于马克思对哥达纲领的批判作了完全错误的论述等。一言以蔽之,"说明"称拉萨尔为"德国工人运动中的机会主义的头子"②。在 1980 年出版的《德国史》中,中译本简略的"出版说明"也以梅林对拉萨尔派的评价过高诟病③。直至 1999 年版《辞海》"拉萨尔"条仍对他定性为"机会主义派别首领"④,其调与 30 年前的"机会主义头子"并无二致。

不过稍加留意,我们就可以发现《德国社会民主党史》中译本的"出版说明"中关于梅林对拉萨尔评价的看法,乃是学舌 1960 年德意志民主共和国迪茨出版社刊行的《梅林文集》第一、二卷前言的调子;稍读一下这篇署名为托马斯·霍勒执笔的"前言"⑤,从那种很极端化与简单化(对梅林如此,对拉萨尔也如此)的论述中,例如"完全错误""从来没有"等充斥"苏式"词汇的批判文字,我们不难听出一点苏版马克思主义的调子。

---

① 参见托马斯·霍勒:《梅林文集》第一、二卷前言,载弗·梅林:《德国社会民主党史》(Ⅲ),附录。
② 梅林:《德国社会民主党史》,出版说明。
③ 弗兰茨·梅林:《中世纪末期以来的德国史》,出版说明。
④ 《辞海》1999 年版(缩印本),上海辞书出版社 2000 年版,第 829 页。
⑤ 载弗·梅林:《德国社会民主党史》(Ⅲ),附录,第 405—417 页。

拨开历史迷雾，消除传统陈见，更是困难。需要说明的一点是，笔者是治史学史的，用马克思主义的唯物史观正确认识梅林对拉萨尔的评价，当下确是时候了。

历史学的基本要求需要我们从文本出发，寻求历史的真实性，而不是被某种理论框架所束缚，或是被某些讹传所左右。因此，我们首先要问的是，梅林关于拉萨尔，写了一些什么呢？

在上面引用过的那篇凸显"拉萨尔情结"的《斐迪南·拉萨尔》一文中，梅林还用类似的语言赞美拉萨尔，如说"拉萨尔曾用黑格尔德国所完成的精神工作的使人坚强奋发的呼吸，鼓舞了工人阶级"。又认为，他"组织德国无产阶级进行阶级斗争，他以此而和种种社会主义的宗派主义者不同，也由于这一点他是属于社会主义革命者之列的"。"从在实际上具有决定性的一点来说，拉萨尔从一开始就把德国工人运动引导到正确的道路上来，这也正是《共产党宣言》所指出的那条道路；拉萨尔以整个一生献给了为德国工人打开这条道路的工作；他以有史以来不多几个人曾作出的努力和牺牲真正地为德国工人们开辟了这条道路，德国工人们今天在这条道路上已达到了那样的成就。"与此同时，梅林也指出了拉萨尔的缺点，"拉萨尔和马克思、恩格斯不同，始终没有同这种唯心主义决裂"①。

在《德国史》中梅林仍有两节涉及拉萨尔和拉萨尔派。在第五章第六节中，他介绍了拉萨尔的生平，其基调同上文的赞美语调大致吻合，梅林正确地指出："他（指拉萨尔——引者）还不能完全掌握唯物史观。"并明确说道："马克思有比他更伟大的思想。"② 这反映了梅林关于马克思和拉萨尔的比较观。在第六章中，梅林对拉萨尔与拉萨尔派仍留有余言，但着笔轻重较为平和而并不偏袒。

梅林在《德国社会民主党史》一书中，对拉萨尔的描述真可谓浓墨重彩了。前已述及该书中译本"出版说明"（兼及托马斯·霍勒的

---

① 本节引文均见梅林：《保卫马克思主义》，第287—292页。
② 弗兰茨·梅林：《中世纪末期以来的德国史》，第178、177页。

那篇"前言")所指出的梅林关于拉萨尔评价之訾。不过，其指斥是言过其实的，在这里笔者无须一一辩驳，只要实事求是地从书中摘引几条就足以回应了。

梅林在《德国社会民主党史》第二卷多章中介绍了拉萨尔的生平，尤其是介绍了拉萨尔包括《赫拉克利特》在内的多方面的著作，并在第二章第一节"马克思和拉萨尔"中揭示了马克思和拉萨尔之间的"差别"，批评了后者的唯心主义世界观，指出："马克思的主要著作""将会存在许多世纪"，而拉萨尔的著作"只会存在几十年"①。与马克思和恩格斯相比，梅林揭示道："拉萨尔是马克思和恩格斯在生存期间所得到的最高明的追随者，但是他始终不曾充分把握住他们的世界观的首位，即历史唯物主义。"②但梅林还是认为"拉萨尔是符合《共产党宣言》精神的坚决的共产主义者"③，即便如此，怎能说梅林把拉萨尔与马克思等量齐观，并为了赞扬拉萨尔而贬损马克思呢？恰恰相反，在拉萨尔去世后数年，马克思在给拉萨尔的继任者施韦泽的信中不无赞扬地说过，在德国工人运动沉寂了15年以后，拉萨尔又唤醒了这个运动，这是他不朽的功绩。

其次，我以为对"拉萨尔时代"，主要是1848年欧洲革命之后的形势需要作一点历史的说明，这有助于我们认识梅林对拉萨尔的评价。在我们看来，轰轰烈烈的1848年欧洲革命失败以后，欧洲各国的工人运动暂时处于低潮，论者指出，"至此，马克思得出一项战略判断：欧洲革命堕入低谷，一时不能返回祖国了"④。正当而立之年的马克思是在1848年8月渡过海峡移民伦敦的，此后在英国生活了35年，直至逝世。因此，在当时各国所面临的主要任务是发展经济，改善民生，而不是"继续革命"。特别是德意志，"能否形成统一的资本

---

① 弗·梅林:《德国社会民主党史》（Ⅱ），第241页。
② 弗·梅林:《马克思传》，第344—345页。
③ 弗·梅林:《德国社会民主党史》（Ⅱ），第245页。
④ 赵一凡:《西马在英国》（上），《中国图书评论》2007年第9期，第83页。

主义民族国家,并尽快地完成工业革命,在经济上迅速赶上其他国家的发展,这对德意志民族提出了严峻挑战。它不仅事关这个历史悠久的欧洲民族的生存,而且深深地影响着整个欧洲未来的政治格局"①。在这种背景下,考察与分析拉萨尔的言行,不能不说他在某些方面能切合当时德国的实际情况。梅林一再说马克思对拉萨尔的批评不公,在很大程度上可能与此有关。不管怎样,给拉萨尔扣上"机会主义的头子"这类大帽子,总有点不妥。

梅林写作《马克思传》,可以明显地看出他对这位"无比的高度"的伟人的虔敬与尊重了,但伟人"不是神",虔敬与盲从无缘,尊重与史实相伴,这对于"严谨遵照史实的正确性来处理的"②《马克思传》而言,当是不言而喻的了。

同样的是,梅林若在这些问题的思考与评析中有不当乃至错误,也就完全可以理解的了。这位欧洲早期杰出的马克思主义史家,当然也不是"超人",也难免带有其时代的与历史的局限性,这样看待梅林才是马克思主义唯物史观应有的态度。

四、谱系:薪火绵延相续

欧洲社会主义运动,屡经挫折,但至19世纪80年代末,出现了转折,对此梅林满怀信心地说:"新时代的曙光开始照临在世界地平线上"③了。说得好!这"新时代的曙光"是马克思主义的光

---

① 王斯德主编:《世界通史》第二篇"工业文明的兴盛——16—19世纪的世界史",华东师范大学出版社2001年版,第136页。又,我国德国史大家丁建弘在阐析拉萨尔所处时代的德国形势时,说拉萨尔是把德国工人运动引上改良主义的"祖师爷",丁氏之言,我以为比较公允,见丁建弘:《德国通史》,上海社会科学院出版社2002年版,第256页。
② 弗·梅林:《马克思传》,Ⅵ。
③ 弗·梅林:《马克思传》,第564页。

芒,是马克思主义史学的光彩,也是马克思主义唯物史观传播的光辉。马克思主义唯物史观作为一股全新的史学思潮,从它问世时起,便以其锐不可当之势,在欧洲蔓延,传播天外,照临在世界地平线上。

粗略算来,马克思主义史学从开创至今将近有180年了,其文脉与思想也在不断地变化中。关于马克思主义史学的"谱系",我以为可以作这样的描述:经典的马克思主义史学,则是指以马克思和恩格斯创立的、以唯物史观为核心的马克思主义史学①,其大体生发出四个主要分支:

首先是马克思主义史学在欧洲的最初传播。当马克思主义史学起于青蘋之末,就开始向外扩散,这首先归功于马克思和恩格斯,他们的史学实践为后来者树立了榜样。其后,则全力依仗于欧洲早期一批马克思主义史家的工作业绩。在这曙光初照的年代,其代表人物有德国的弗兰茨·梅林和卡尔·考茨基、法国的保尔·拉法格、意大利的安东尼奥·拉布里奥拉、俄国的格·瓦·普列汉诺夫等,他们中有的是马克思和恩格斯的战友,有的是学生,有的受其影响,共同为捍卫和传播马克思主义的唯物史观做出了各自的贡献,而弗兰茨·梅林的贡献最为杰出。马、恩之于梅林等人的思想,我以为是一脉相承的,可视为"嫡系"。

梅林于1919年逝世,四年后的时期被当下中国学界称为"西方马克思主义史学派"正在萌发,其源头可以追溯到葛兰西和卢卡奇,尤其是后者在1923年问世的那本《历史与阶级意识》,被供奉为西方马克思主义的"圣经"。在马克思主义史学的谱系中,它异军突起。改革开放之风给我们传来了令人耳目一新的 E. P. 汤普森和霍布斯鲍姆们的作品。西方马克思主义史学源出西方的社会实践,它就不可避免地与当代西方新史学关联密切,从这一意义上而言,又可以把现当

---

① 参见张广智:《关于马克思主义史学遗产传承中的几个问题》,《复旦学报》2005年第5期。

代西方马克思主义史学归之于现当代西方新史学视野之中,关于西方马克思主义史学,诸家争论不一,如今已大体被认为也是马克思主义史学的一种类型,我意亦然也。①

苏联的马克思主义史学大体从1917年十月革命至20世纪80年代末,在成就与失误的双重变奏中经历了70多年的发展进程②。在马克思主义史学传播史上应有一席之地,尤其是它对我国史学有着直接的影响。我的导师耿淡如先生,在20世纪50年代初,为向当时被视为先进的苏联史学学习,还特地学了俄语,翻译出版俄文史学著作,供教研之用。大学读书时,苏版的《世界通史》《联共(布)党史简明教程》等著作,也深刻地影响着我们。如今苏联这个国家虽已解体,但苏版的马克思主义史学作为一份史学遗产,并不会随之消失。在马克思主义史学发展史上,认真总结苏版马克思主义史学的沉浮,也是颇具学术价值和现实意义的。苏版马克思主义史学进入中国,要用马克思主义唯物史观正确看待它的积极意义与负面影响,任意夸大或一笔抹杀都是不可取的。

中国马克思主义史学的发端,大体与上述西方马克思主义史学兴起相近,随着中国马克思主义史学的奠基者李大钊的《史学要论》《史学思想史》等著作流传,经典马克思主义史学也已光照在东方的星空。③ 然而,从边缘到主流,它经历了曲折坎坷的历史进程,逐渐形成了当下史学范型多元并存的新局面,在我国从史学大国走向史学强国、建设中华民族现代文明的进程中,构建史学史自主知识体系,捍卫与发扬马克思主义唯物史观,这是中国马克思主义史学薪火绵延相续的必然要求。

---

① 参见张广智主编:《史学之魂:当代西方马克思主义史学研究》,复旦大学出版社2011年版。
② 参见张广智:《珠辉散去归平淡——苏联史学输入中国及其现代回响》,原载陈启能等主编:《消解历史的秩序》,山东大学出版社2006年版。
③ 张广智、张广勇:《论李大钊对西方史学史的研究》,《江海学刊》1986年第3期。

五、余　　论

行文至此，尚留余绪，兹摭拾一二，聊作"余论"。

其一，历史学家也应当是思想家。

梅林的榜样作用，令每一位史家得到启发，历史学家也应当是思想家。梅林既有从宏观方面驾驭历史的能力，写出通史性的作品《德国史》；又有从微观方面掌握历史的本事，写出专史性的作品《德国社会民主党史》；更有传记性的文史合一的佳作《马克思传》流芳世间。他不愧为一位优秀的历史学家。

不仅如此，梅林还是一位思想家。他谙熟马克思和恩格斯著作，他的哲学素养尤其精湛，颇富历史哲学的功力，这一点只要读一下他的诸多著作就可以感受到作品中的思想深度。由此，使我们悟到：历史学家也应当是思想家。对此，前辈历史学家何兆武先生说得好："一个历史学家不但同时也必然是一个思想家，而且还必须首先是一个思想家，然后才有可能谈到理解历史。对历史理解的高下和深浅，首先取决于历史学家本人思想的高下和深浅。……只有历史学家的思想才能向一大堆断烂朝报注入活的生命。"① 还是这位前辈，在 2002 年 1 月接受记者采访时再次并更明确地指出：总是要有点思想的深度才能理解历史，而没有点哲学的深度就不能达到深入的理解②。这不仅是前辈史家的经验之谈，而且还应当视为治史的至理名言。唯其如此，在历史研究中才能有所"发现"与"再发现"，取得更多的成绩。

其二，"做些垦荒者的工作"。

马克思主义史学在 19 世纪下半期至 20 世纪初的实践与传播，在

---

①　梅尼克：《德国的浩劫》，何兆武译序，生活·读书·新知三联书店 1991 年版，第 23 页。

②　史家访谈：《没有哲学深度，就不能真正理解历史——何兆武先生访谈》，《历史教学问题》2002 年第 3 期。

马克思主义史学发展史上的地位至关重要,正因为有了它的初始,才能成就 20 世纪马克思主义史学的洋洋大观。在我看来,这一时段的马克思主义史学是座"富矿",有待发掘。无论从史学史的学科发展,还是当下学习马克思主义唯物史观的现实需要,作为史学工作者,都应当重视马克思主义史学发展史的研究。从马克思主义史学史的视角来看,前述谱系中经典马克思主义史学、中国马克思主义史学、西方马克思主义史学乃至苏联的马克思主义史学,都有相关研究以及出众的成果。唯一令人失望的是,对欧洲早期马克思主义史学研究尚显不足。笔者在撰写拙文时,几乎不曾发现前人从史学史的角度对作为马克思主义史家梅林的研究论著,遑论其他。鉴于此,我们需要"不畏艰难,不辞劳苦,在这个领域内做些垦荒者的工作"①,共同为书写马克思主义史学史奉献力量,以无愧于中国马克思主义史学工作者的使命担当。

(2007 年初稿,2024 年 2 月修订稿)

---

① 耿淡如:《什么是史学史?》,《学术月刊》1961 年第 10 期。

经典是条河,经典是束光

——重读凯撒《高卢战记》遐想

岁月匆匆,物换星移,凯撒(公元前100—公元前44年)已离世2068年矣,历史学家还记得"凯撒的三月十五日"(参见张广智:《春天的哀怨:凯撒的三月十五日》)。是日,凯撒被刺身亡。这是震惊古罗马和整个古代世界的事件,如今看来,依然动人心魄,令人遐想。

2068年过去了,弹指一挥间。甲辰冬日,商务印书馆"汉译名著·历史学经典十种"(作者、书名和译者见附录)推出,凯撒的《高卢战记》被收入其中,两千多年前的古人凯撒似乎复活了,他以显赫的魅力让人们淡忘了寒冬,以其《高卢战记》经典之作抚慰了读者的心灵。就西方史学发展史而言,不管是"商务版"的汉译十大史学经典,还是他版,我以为凯撒的《高卢战记》都是缺一不可的。

经典是条河

经典是条河。台伯河水尽自流,源于神话时代的这条河,长40多公里,流经罗马城,将古城一分为二,入第勒尼安海,汇合地中海,成为昔日古罗马的重要水道,滋润浇灌了世世代代的罗马子民。公元前59年,凯撒任执政官,次年前往高卢,至公元前49年初率大军以迅雷不及掩耳之势进入意大利,最终击败政敌庞培,统一全国,机缘凑合,完成了历史要他完成的伟业。

公元前52—前51年冬，高卢地区局势安定，《高卢战记》就是在那个时候整理和编撰的。该书共分八卷，其中前七卷是凯撒亲自撰写的，每卷各记载一年战事，最后一卷由其幕僚奥卢斯·伊尔文斯续写而成。凯撒的史才充分地表现在这部经典中。他采用妙笔，用第三人称，不露一点声色，不带一丝情感，曲折地回击政敌对他的谬言，寓功过是非于客观冷静之中。在古代世界的历史回忆录一类体裁的著作中，凯撒的《高卢战记》无疑是极佳的一部，随岁月传播，随台伯河水流传，可以列入任何一个历史时代的史学经典行列之中。这正应了我国世界史学者陈恒近日在导读商务版"汉译十大史学经典"一文时的论证："在文本的原典性、静态性、凝聚性与读者的再生性、动态性、创造性之间，存在着持久的张力，不断激发新意和洞察。"这正是《高卢战记》这部经典流传的理论依据，不再赘言。

经典是束光

经典是束光。这蓦然让我记起安徒生写的《卖火柴的小女孩》：圣诞夜，一个小女孩，在街头卖火柴，却一根都未卖出。她饥寒交迫，为取暖，她擦亮了火柴，一根又一根，看见了烤鹅、圣诞树和外婆，直至擦亮一整把火柴。然而，当火柴熄灭，所有美好的幻觉都消失了，小女孩最后冻死在街头。经典童话，寓意悠远。由此我想，当小女孩在擦亮第一根火柴时，她见到的应是黑暗中的一束光荧照着世界……借用这众所周知的文学经典，我以为《高卢战记》也许是凯撒手中整把的"火柴"，他一根又一根擦出火花，如同他每年一卷，向元老院作出的书面汇报。这一束一束光可以让后人看到凯撒那魁梧的身影——戎装在身，目光坚毅，昂首挺胸，举手投足间尽显英雄气概；他栉风沐雨，风餐露宿，纵横驰骋在高卢地区的莽莽原野之中，誓要以一己之力换山河。面对千里之外首都罗马的政局变化，他为反击政敌，奋笔疾书，为我们展示了一幅幅刀光剑影的生动的"战争实录"图景。

  凯撒是古罗马时代第一个亲身到过高卢等地区的历史学家,因此,他的《高卢战记》是一部详尽记述古代高卢、日耳曼和不列颠等地区情况第一手珍贵的历史文献,为我们今天研究法国、英国等国的历史借来一束光,去寻找欧洲文明源头的路径。

经典永不朽

  《高卢战记》一经问世,便获得了同时代著名文学家西塞罗的激赏,他称此书为"朴素、直率而雅致"。是的,《高卢战记》奠定了他作为古罗马时代一流史家的地位。

  凯撒的《高卢战记》经岁月洗礼成经典,经翻译中介传西东。由此我认为,倘缺少"巴别通天塔",没有文明的交流互鉴,世界也许永远会在"黑暗"中徘徊,可见翻译的意义是何等重要。我在20世纪80年代伊始曾研读刚出版的汉译本《高卢战记》,写成了学术论文《〈高卢战记〉与凯撒的史才》并发表,刊于《史学史研究》1981年第2期。这一文事被沪上拉丁语行家、《高卢战记》的译者任炳湘知晓,我们很快便成了由凯撒的这本书牵线搭桥的挚友。

  某日闲聊,说起了《高卢战记》永不朽的显例,我与炳湘不约而同地认为是大仲马的长篇小说《基督山伯爵》(我们当时看到的译本是蒋学模汉译本)第37章的一个情节:深夜,罗马郊外,在圣·西伯斯坦陵墓中,盗首借着昏暗的灯光,聚精会神地在读着一本书。"很想知道,你在读什么大作?"来客问。"《凯撒历史回忆录》(现通称之为《高卢战记》),"盗首说,"这是我最爱读的书。"在漫长的历史长河中,由于《高卢战记》的文风简朴、优美,雅俗共赏,在古代就成为民众喜爱的读物,近代自文艺复兴以来,更成了西方学童的启蒙读物,第一课就选自该书。

  看啊,《高卢战记》千百年来仍在坊间传播。凯撒不仅是著名的政治家、卓越的军事家,也堪称一流的史学家,正是"文韬武略舞蹁跹,凯撒轶事传世间"。

附录　商务印书馆史学经典十种

1. E. H 卡尔:《历史是什么?》,陈恒译
2.《吉尔伽美什史诗》,拱玉书译
3. 希罗多德:《历史》,王以铸译
4. 凯撒:《高卢战记》,任炳湘译
5. A. A. 瓦西列夫:《拜占庭帝国史》,徐家玲译
6. 马克·布洛赫:《封建社会》,张绪山、李增洪、侯树栋译
7. 勒内·格鲁塞:《阜原帝国》,蓝琪译
8. 雅各布·布克哈特:《意大利文艺复兴时期的文化》,何新译
9. 费尔南·布罗代尔:《地中海与菲利普二世时代的地中海世界》,吴模信、唐家龙、曾培耿译
10. 托克维尔:《旧制度与大革命》,冯棠译

第三辑
方 寸 之 间

是诗意、是梦境、是凄凉、是回想?
缕缕的情丝,织就生命的憧憬。
大地在窗外睡眠!
窗内的人心,
遥领着世界深秘的回音。

——宗白华:《生命之窗的内外》

方寸之间

我家的阳台不大,东西两侧或可谓"西边书山东边景",这"景"不过是常见的几只仙人球和宝石花盆景,这是懒人的摆设,闲时浇点水就可。但窗台中间球与花的簇拥下,有一个玻璃器皿制作的盆景,它有我陆续从神州大地撷拾来的纪念品:三亚的贝、敦煌的沙、新乡的土,虽欠"有心栽花"的雅致,但却有"无意插柳"的结晶,此中缘由,且听我一一道来。

一、三亚的贝

"浮云随风廿七载,往事难忘玉兰开。此行阅尽琼州美,寻梦天涯在南海。"我写的这首小诗记录了一段往事,说的是:1985年的春天,教育部委托上海师范大学筹备的西方史学史讲习班开课,学员来自全国各地高校从事这一专业的教师,共35人(助教25人,讲师10人)。当时聘请的授课者,皆国内治西方史学史的大家,比如有张芝联、郭圣铭、谭英华等史学前辈,我也有幸忝列其中,不过那时我还是一个讲师,自然是沾了耿淡如先生弟子的荣光。我奉命备课自然是开足马力,丝毫不敢怠慢,为该班开讲"西方古典史学"这一专题,共上了8天的课(上午上课,下午研讨或自习)。说实话,那是极度疲惫的活儿,但却获得了学员的好评,也与班中学员结下了浓浓的学术情缘,至今不断。27年后,在海南工作的李秀领发起,于是就有了2012年8月15日至18日的海南行,回头望,迄今也有整整十年了。

"此行阅尽琼州美"。我们一行8人（我和其他7位学员）在朋友的引导下，分别考察和游览了博鳌国际论坛会址、海南民族文化博物馆、热带雨林、天涯海角旅游区，纵贯全岛，一路览胜，一路笑语，一路前行。且把时空定格在三亚。是年8月18日，斜阳时，游人稀，晚潮未临，海风习习，微波粼粼，我们一起漫步观海；继而光着脚，像年轻人一样打闹嬉水；最后的节目自然是拾贝。退潮时，沿海岸捡贝，据各人喜好而拾之。我小盆景里的海螺、牡壳、卵石，就出自这里。

我与大家一边捡贝，一边闲话。我向身旁Z问道："你知道贝的寓意是什么？""我知道，是财富。财字不是贝字旁吗，一切与财富有关的字，多以贝字为偏旁。"我又说："贝也被视为一件礼物，宝贝么，可不能随便送人啊。"他茫然。我又道："要是你把贝送给一个女子，或许她会以为你在追求她啊。"他听后，仍茫然。我又对他一旁的夫人说道："当年，想必贤兄给你赠贝了。"她倒是爽快地作了回应："收到的，不过是一串珊瑚珠，我猜想是地摊上买的'宝货'吧？"说罢，我们都哈哈大笑起来，这笑声是对三亚盛情的答礼，更是对胸怀宽广南海的致敬，感叹它东接太平洋，西邻印度洋，把中国与广袤的世界连成一片。于此，我们行者心中也留下了一个美好的而又令人难忘的印象。

二、敦煌的沙

海南之行后四年，2016年8月15日至17日，我应兰州大学邀请，出席了一个很专业的史学史学术研讨会。会后，与会议代表结群去了敦煌，应了与文化学者金耀基同样的心愿："敦煌是我认为一生中不能不到的地方。"

从兰州乘火车夜行，晨起就到了壮观的敦煌火车站。步入城区，映入眼帘的是"青铜飞天""反弹琵琶"。夜阑灯灿，街灯把个沙漠中的祁连山脚下的一块绿洲装扮得如此辉煌,远近闻名的沙洲夜市正热闹非凡。我在一家小店驻足,几位游客在挑选夜光杯,顿时让我想起唐代王翰《凉州词》中的诗句:"葡萄美酒夜光杯,欲饮琵琶马上催。醉卧沙场君莫笑,古来征战几人回!"夜入梦,梦的是夜光杯,是"春风不度玉门关"的回望,是"西出阳关无故人"的惆怅。

翌日,汽车从敦煌向东南行驶,约半小时抵达莫高窟。关于它的始建,据金耀基先生的记载,还流传着一个美丽的传说:僧人乐僔从东方云游至鸣沙山下,打坐时,忽见对面的三危山上有万道霞光,状如千佛,因觉此为灵异之地,便在此开凿了第一个洞窟,设坛礼佛。此后千年,从前秦始,历经十六国、北朝、隋、唐、五代、宋、西夏、元,在广阔的戈壁沙漠上建造了一座"沙漠的艺术馆",有洞窟700多个,泥质彩塑2 000多尊,石窟四壁与天庭上的壁画,其面积竟有45 000平方米,位居中国三大石窟之首(另两个为洛阳龙门石窟、山西云冈石窟),这千年累积的宝藏,中华文明的圣殿,在1987年终于被联合国教科文组织列为"世界文化遗产"。

从莫高窟移步西行,顷刻就到鸣沙山下,只见一队队驼群,五峰一组,我们一行10人,正好两组,加入了驼群。时年我已77岁,足尚健,但同行的9位却不这样认为,我能感受到他们处处都在照顾我这个"老人"。爬山了,他们都劝我别玩,我执意为之。其实,沿栈道登山,再借助底座竹片的木制小垫下滑,真爽啊,我"过关"了,大家乐不可支,为我点赞。鸣沙山啊,我小盆景里的沙,就出自这里。

爬山之后再出发,骑在驼背上遥想当年:驼群阵阵,首尾难见,听羌笛胡笳声声,驼铃悦耳,在大漠戈壁上,激起了经久不息的历史回音,成了古代丝绸之路兴旺畅达千年的一道风景。观当下,大漠无垠,前路漫漫,追逐先行者的足印再出发。悠悠千载,纵横万里,行囊中始终只装着一份中国梦的牵挂。

三、新乡的土

从新乡回上海,乘坐高铁。坐在列车上,我不时要望一眼手提包里的一只原来装维生素C的小瓶子,这里面是何宝物呀?泥土,一小勺新乡的热土,那是上古牧野区域的吉壤,那是中华文明的发源地之一啊!此情此景,不由让我想起一年前在从兰州飞往申城的飞机上我也不时望一眼手提包里的一只小瓶子,那里面装的"宝物"是鸣沙山的沙——"敦煌的沙"。不管是"敦煌的沙",还是"新乡的土",我觉得都是沉甸甸的,我之所以感到分量很重,主要不是物理学意义上的载重,而是感受到了巨大的精神上的"重负"。列车飞驰,朝东南方向,开往申城,一路回想不已。我联想一年前的兰州会,其主旨"历史的理论、观念与叙事"与此次会议"问题与方向:当代中国的史学理论与史学史研究",两会均放眼古今,捭阖东西,从司马迁到汤因比,从中国的传统史学到后现代主义,不谋而合,真有异曲同工之妙矣。

上述两会当另文述之,在此不容赘述。我这里要侧重落墨于新乡行的田野访古,它挥之不去,像电影一样在我面前回放:新乡,别名"牧野"。追溯历史,这片沃土吉壤曾是我国上古时代夏商周王朝的京畿之地、政治中心。公元前1046年1月在牧野(今河南淇县以南、卫河以北,大部分属今新乡市政区所辖)大战,商军惨败,商亡周建,自此开启了中国上古周王朝790年的基业。公元前1046年这一重大历史节点,由"夏商周断代工程"多年研究后确定,今已获得了学术界的普遍认可。

五千多年中华文明的发源地之一就在此地。在今日新乡辖区内,以牧野大战遗迹为代表,遍布着历史遗存,先人留下了各自的行踪刻痕,倘稍不留神,你就可以"遇见"姜太公卫河垂钓,比干剖心忠谏,听到曹操、张良和潞王的声音……拜谒比干庙,更给观者留下了刻骨铭心的记忆。

　　走进庙堂，建筑壮观，幽深宏大，气度不凡。入正殿，供有比干圣像。穿过正殿，就是墓园，呈圆形，高 20 米，上写六个大字"殷太师比干墓"，墓周古柏环绕，林木深深。传说武王灭商后，在山中找到了比干的妻儿，武王知后赐其子林姓，封为"林穆公"，后世就有了天下林姓出自比干一说，于是林氏后裔，心念祖恩，从世界各地赶来寻根。进言之，比干也是华夏子民的一座"人生标杆"，也承载着中华民族的精神基因和血脉，正如河南作家二月河所言："比干就是一块永不磨灭的丰碑，矗立在人们心中。"新乡啊，我小盆景里的土，就出自这里。

　　回家后，我即把"新乡的土"和收藏的"敦煌的沙"放进玻璃盆景填底作为基础，添上浦江的水，置上三亚的贝，拙手摆弄，方寸之地，山光水色，融成一体，仿佛一幅山水画扑面而来：近处，清澈的水里，海螺、牡壳和卵石躺在泥沙里；远处，有一座山峰、两座尖塔。远山近水，行者若要登塔尖攀峰顶以望天下，须经跋山涉水，历风雨兼程不可。暇时，我站在阳台上，眺望东边天际的满天云霞；观眼下，对着自己制作的这个小盆景出神。方寸之间，交相辉映，光彩夺目，令人遐想。小盆景，大世界，由此联想开去，闪烁着的分明是中华文明的光芒，大千世界的宽广，还有人类文明未来的希望！

　　　　　　　　　　　　　（原载《解放日报·朝花》2022 年 9 月 4 日）

浣花溪畔

秋色正浓，最是蓉城好风景。跨出杜甫草堂，从正门西行百余步，便到了浣花溪，我在河边观景：一条小河，河面宽不到10米，河水清澈，在静静地流淌着；见河边那高大挺拔的银杏，与园内那艳丽的芙蓉花形成鲜明的对照，格外诱人。当地友人告诉我，早在1983年，银杏与芙蓉就被定为成都的市树与市花。时值仲秋，那红色的、白色的、粉红色的芙蓉花，硕大美丽，绽放在闹市乡野、园林道旁、亭台楼阁，真是"花重锦官城"，称成都为"蓉城"，真是实至名归。

我在浣花溪畔散步，遥望杜甫草堂。如今的浣花溪已扩建为包括"杜甫草堂纪念馆"在内的"浣花溪风景区"。说起"浣花溪"这条河名，还有一个故事。据传在唐代，有一天，一个任姓的农家女子在河边洗衣时，见到一位遍体生疮的过路僧人跌入沟渠，甚是可怜，便为他在河中洗僧服，结果那袈裟的污垢散落在水中，竟化成了朵朵莲花，浣花溪由此而得名。此后，因她守护成都建功立业，人们即在浣花溪畔立祠纪念，历代毁建不断，直至1983年修葺一新，名"浣花祠"，她也被人们尊为"浣花夫人"。不过，使浣花溪真正出名的，还得归功于杜甫草堂，归功于杜甫在这里写下的那些流传后世的名篇。后人不是有"浣花溪上草堂存，会见能诗几代孙"（宋代书法家赵孟頫诗）的诗句吗？

纵观杜甫一生，四十岁前，应试屡屡落第，仕途不畅，四十岁后，也没做过大官，到处漂泊流浪，日子过得非常艰辛。至公元759年，这是杜甫一生中最为困苦的时候，前半年在洛阳道上颠簸，后半年在陇蜀路上跋涉。是年冬，他来到成都，面对这座富庶的与安宁的城市,不由让他眼前一亮,顿使他有安居在这片乐土的念头。说干就干,他在城西七里,浣花溪畔,开辟一块荒地造房。为此,他四处张罗,十分忙碌,百般操劳,次年春,终于造起了一座茅屋,使他有了一个温馨的休憩之地。杜甫居住在这座草堂里,有三年零九个月,在此期间,暂时生活在一个宁静、葱郁的世界里,与浣花溪为伴,与花鸟虫鱼为伍,享受田园,笔耕不辍,为后人写下了240多首不朽的诗篇,在他留给后世的1 400多首诗中,占有重要的地位。比如他的《茅屋为秋风所破歌》《春夜喜雨》等诗篇成了千古绝唱,风靡当下的《中国诗词大会》四季比赛过程中,那"好雨知时节,当春乃发生……"的声音似是听得最多的一首。如此说来,杜甫草堂就具有非凡的象征意义,正如杜甫研究名家冯至所言:"这座朴素简陋的茅屋便成了中国文学史上的一块圣地,人们提到杜甫时,尽可以忽略杜甫的生地和死地,但总忘不了成都的草堂。"

我在浣花溪畔散步,遥望盛唐。有道是,中国是一个诗的国度,而唐诗则是"奥林帕斯山上的宙斯"。不是吗?就诗作数量看,据清代康熙时编的《全唐诗》,总数就有48 900多首,作者达2 300多人,文人无一不是诗人,令人叹为观止。

史家通常所称之"盛唐",一般指的是从唐玄宗即位到唐代宗登基,即公元712—762年间的那个时代,大致是李白(701—762年)和杜甫(712—770年)生活的年代,杜甫的晚年,正是唐由盛转衰的时期。说起"盛唐气象",这原本是文学史家评论唐诗的成就时提出来的,其中最集中的莫过于宋人严羽《沧浪诗话》中关于"气象"的论述,现代诗评家林庚则有了进一步的发挥,说"盛唐气象",不只由于它的发展的盛况,更重要的乃是一种蓬勃的思想感情所形成的时代品格,指出:"蓬勃的朝气,青春的旋律,这就是'盛唐气象'与'盛唐之音'的本质。"且看:陈子昂的"前不见古人,后不见来者,念天地之悠悠,独怆然而涕下"(《登幽州台歌》),唐人积极进取与高蹈胸怀跃然纸上!再读岑参的"北风卷地白草折,胡天八月即飞雪。忽如一夜春风来,千树万树梨花开"(《白雪歌送武判官归京》），是何等磅礴的气势，这就是"盛唐之音"！这"盛唐之音"在李白的"黄河之水天上来，奔流到海不复回"（《将进酒》）那里奏出了它的最强音。

无须多加解读，这就是"盛唐气象"，共同奏出了"盛唐之音"，这就是："蓬勃的朝气，卿云的旋律。"然而，唐代诗人又是各有个性的，上述陈、岑、李的表述即是。记得黑格尔说过："我们所要求的，是要能看出异中之同和同中之异。"这里用来比较陈、岑、李然也，倘比较李白与杜甫尤然。确实如此，李杜不论阅世还是诗意都呈现出了各自独特的个性色彩，或用"天"与"地"之异来作比，庶几可矣。李白看到的是"天"，黄河之水明明是从地上来，他偏说"黄河之水天上来"；杜甫看到的是"地"，看到的是"朱门酒肉臭，路有冻死骨"。由是，李白的浪漫主义风格和杜甫的现实主义情怀，在唐诗中形成了强烈的反差。李白生逢其"盛"，日子过得优哉游哉（后人称为"诗仙"），他咏唱的也是"盛"；而杜甫面临由盛转衰的乱象，与其说他触摸到了盛唐的"背影"，还不如说他落墨于国家之危难、下笔于百姓之疾苦，用时下的话来说，杜甫称得上是唐代最"接地气"的诗人，他的心是随那时黎民百姓而跳动的。他直面现实，揭示"盛世"背后的"阴影"，指出处于变革时期唐代的社会病兆，后人称杜甫为"诗圣"，称杜诗为"诗史"，这就是"诗圣"的能耐，"诗史"的品性啊！

我在浣花溪畔散步，遥望世界。从7世纪初唐之建立至10世纪初衰亡，这个有着近300年历史的泱泱大国，不仅在中国文明史上写下了最为光辉的篇章，而且在世界文明发展的长河中留下了璀璨的一页。我们不妨把唐代与同时代中古世界亚欧大国比较一下：西方中古时代查理大帝治下的"加洛林帝国"，虽则军威立于四方，但它缺乏高度的文化，"加洛林文艺复兴"所烛照下的西欧广大地区仍处于半开化状态，与唐文化相比不可同日而语；其时，拜占庭文化是古希腊文化的一脉相传，与同时期西欧文化相较，拥有许多成就，但与唐文化相比不免相形见绌；至于当时的阿拉伯文化也闪烁着光辉，但两者相比，唐文化却更光彩照人。回望不是为了炫耀，回望是为了获取文化自信的气度，寻求中华民族的精神基因，砥砺奋进再出发，在新时代为世界文明做出我们的新贡献。

夕阳西下，晚霞与浮云聚合，与晚风相依，灿黄的树叶倒映在水面上，最后只见一缕落霞，融化在这小河里。这美丽的景色，正是因为有了浣花溪，有了杜甫草堂，就成了千古不易的"圣地"。蓦然，从背后传来唤我的声音，打断了我的遐思。好熟悉的童声啊，我回头一望，一个身穿红马夹的小朋友朝我奔来，这不是前几年我在杜甫草堂参观时结识的小讲解员骆鸿宇吗？他今天轮岗讲解完了，与几个小伙伴在河边嬉戏，刚巧碰上了我。这孩子还真了得！我知道，他从小学一年级开始，经过选拔与培训，就成了杜甫草堂的小讲解员，自此一直坚持这个志愿者的岗位，现已是在读初中一年级的学生了。鸿宇说："我要努力学好英语，争取早日成为一个双语讲解员，向外国友人传诵杜诗，让唐诗走向世界。"这孩子好大的口气！我伸出大拇指夸他，并充作外宾，用英语与小朋友作了简单的会话，这不成问题，又对唐诗名篇的英译作了一点测试，采"我问你答"的方式。我问："李白《将进酒》的第一句英文。"他答："You can not/see the water of Yellow River coming from heaven."又问："杜甫的《春夜喜雨》的英文名。"他答："Happy rain on spring night."再问："王之涣的《登鹳雀楼》英文。"他中文背得滚瓜烂熟，英文却卡住了。见此情景，站在一旁一直默不作声的孩子他妈说："宇儿的梦想希望能成为唐诗的一个传承人，他距离这个目标还很远，还要发愤努力啊！"面对这对母子俩，此刻，我除了赞叹不知说什么才好。

在晚霞的相伴下，我看着溪水依然在静静地流淌，眺望这小河汇锦江、入岷江、穿三峡，直达长江下游我的故乡——海门，归入东海，汇入浩瀚的太平洋。写到这里，思绪万千，不由忆起当代著名诗人赵丽宏的《站在新世纪的门槛上》那首豪放且深情的诗句，借以抒怀言志，诗曰："站在新世纪的门槛上，我把自己想象成一条大江。汹涌澎湃奔流了千里万里，锲而不舍寻找浩瀚的海洋。身后的河床是那样曲折，每一个履痕都凝集着探寻者的心迹，每一簇浪花都折射出跋涉者的坚强。不要说风光如昨涛声依旧，迎面而来的前程如此辉煌，且看远方的大洋洪波连天，海平线上涌动着一轮新的太阳！"望今朝，我们走在新时代的大路上，迎着一轮新的太阳，传承创新，在世界文明史的版图上创造新的"盛唐气象"，播放出新的"盛唐之音"！

（原载《解放日报·朝花》2019年6月30日）

"少年"三题

夏初，站在阳台上观落日晚霞，窗外传来了清雅感人的歌声："我还是从前那个少年，没有一丝丝改变，时间只不过是考验，种在心中的信念丝毫未减……"侧耳倾听，这分明是清华大学上海校友会老年艺术团合唱的歌曲《少年》，白发老人唱《少年》，真如同落日与艳阳牵手，晚霞与朝云联姻，令我遐想不已。

一

两年多前，我读到了文学大家王蒙的新作：短篇小说《地中海幻想曲》（载《上海文学》2019年第1期）。小说正章说的是，女主人公"她"家势显赫，高颜值，高学历，39岁，23年前有过一段痛心的情感经历。3年前，她遇到了小李，已至谈婚论嫁时，却发生了隔膜，因为她希望小李为她做一件事，小李未予置理，她伤心欲绝，取消了婚事。两周后，她登上了"地中海幻想曲"号邮轮，在船上她喝醉了，做起梦来，梦见小李也在这个邮轮上，他说："我没有收到你的信啊？"于是，所有误会就释然而解。她坚信，"如果余下的几天她不能在这个邮轮上找到小李，那么小李一定会三天后在罗马附近的奇维塔韦基亚码头，要不就是北京的首都机场，拿着一束产自荷兰的玫瑰等她……"我们好像跟着小说女主人公观览了人生之风景，领略了青春的纯真以及对生命、幸福的幻想与渴望。

又一章名为"美丽的帽子"，正是前述这一旨趣的再现与深化，它说的是：40岁的隋意如，至今一个人，她为自己庆祝生日，出门去旅游，登上了"地中海幻想曲"号邮轮。在阳台上观景，一阵海风把她放在阳台小桌上那顶心爱的美丽的帽子吹飞了，她发誓此生要把自己喜欢的帽子找回来。"它会不会飘到我所一直等待的那个男生那里呢？会不会他拿着他无意中得到的这顶欧罗巴中国造草帽，在我生命的未来的某个节点上，正诚挚地、热烈地、坚持不懈地等待着我呢？"于是，她感觉到爱与寻找的甜蜜了。

两则短篇小说，各1 500字左右，合起来也不过3 000字，但读后我却被深深地感动了，莫名的，心中也生出些许青春的况味和生命的活力，从而悟出作家的笔意与深情，这不正吻合王蒙19岁时写的《青春万岁》时的青春景象吗？老了仍是少年，"米寿"之年的王蒙不老，青春万岁！是的，在我看来，这顶"美丽的帽子"已幻化为一种意象，激励人们寻找自己心中的那顶"美丽的帽子"。总之，这西式的"地中海幻想曲"，在东方作家的笔下，成了中式的"青春进行曲"，节奏优美，激越昂扬，在生活中充满美好和向往，在生命中充满了希望和阳光。这就是文学的魅力。

二

两个多月前，我参加了一次不寻常的聚会。

把时空定格在20世纪70年代初，苏州河畔、四行仓库旁的新中中学（现在静安区），我与黄霖兄（现为复旦大学中文系资深教授）因"文革"中断研究生学业，一起"下放"被分配到这所有久远历史的中学工作。回想在那个荒芜的年代里，我们各带一个班级，风雨同舟，奋斗在教育第一线；在那个荒芜的年代里，我们还带领这些"小不点"行军拉练，口号是"练好铁脚板，打击帝修反"；在那个荒芜的年代里，还带他们去农村"学农"，去工厂"学工"，说要让孩子们在实践中成长……"文革"一结束，我们听候母校召唤，分别回到历史学系和中文系,迄至今日。

我们与昔时新中同事离别已近半个世纪了。聚会发起者是现已定居在澳门的老殷,他比我和黄霖要大七八岁,参与者还有三位新中友人,都至老境矣,依年龄高低分别为90岁、88岁、85岁、82岁、80岁、76岁,平均年龄83.5岁。最年轻的76岁的陈老师说,大家没变,仍是老样子啊!说没变,那是谦辞,岁月风尘,脸上多皱纹,时代转折,黑发变白首。不过看上去90岁的老沈最为年轻,他向我们娓娓道来他的"养老经",退休后的生活过得有滋有味,听后令人生羡,今年"六一"国际儿童节前,他写了一首诗发在"新中国丁"群,诗云:"昨日小童今日翁,红尘岁月快如风。人老留住童心在,晚霞夕照别样红。"任凭时光流逝,风雨无常,但只要心态年轻,童心就永在,就可以活出一个别样的人生。

餐毕,步出小包间,穿过大堂,85岁的谭老师心明眼亮。妙哉!瞧这大堂一角,竟然置放一架钢琴。说起迟,那时快,她已坐在椅子上,只见灵巧的手指,在琴键上流动,犹如湖面上风吹起的碧波荡漾,温婉而幽丽的琴声在大堂里回响,随即引来了许多人的"围观",他们以为是一个妙龄少女在弹琴,却原来是一位老太太在奏乐,众口啧啧称赞,都跷起了大拇指。一曲既毕,谭老师对我们说,这是波兰女钢琴家巴达捷夫斯卡(1834—1861)于桃李之年写的名作《少女的祈祷》,她一生作有30多首钢琴曲,唯只有这一首曲子广为流传,成了学琴者攀登钢琴高地之津逮。我想谭老师情不自禁地弹起这支名曲,既是怀念我们那时共同经历过的"战斗的"青春,也是穿越时空隧道,借此让我们听到了"老了仍是少年"的声音。

三

当下,庆祝中国共产党成立100周年之际。

"青年循蹈乎此,本其理性,加以努力,进前而勿顾后,背黑暗而向光明,为世界进文明,为人类造幸福,以青春之我,创建青春之家庭,青春之国家,青春之民族,青春之人类,青春之地球,青春之宇宙,资以乐其无涯之生。"这段文字是李大钊《青春》一文的结尾部分,1916年9月发表在《新青年》上,它是回应时代之呼唤、传承文脉之标杆和点燃青年之初心的宝贵的精神财富。

回应时代之呼唤。红色电视连续剧《觉醒年代》有一集写到李大钊挥笔写《青春》的场景:1916年春日,他在东瀛,遥看风雨如晦、灾难深重的故土,他心潮澎湃,怀抱着强烈的爱国主义情怀,激扬文字,致力于寻找与重塑"青春之中华",用文言文写下了他之著述史上的长篇华章,唤醒了无数青年,也唤醒了时代。

传承义脉之标杆。须知,李大钊不只是一位无产阶级革命家,而且也是一位卓越的学者,在现代中国学术文化史上留下了他的足印,以史学而论,他是中国马克思主义史学的奠基人,他的《史学要论》《史学思想史》等成了当今史家的必读书。至于说到他铸就的"青春话语"的传承,自然就想到了梁启超的名篇《少年中国说》:"少年智则国智,少年富则国富;少年强则国强,少年独立则国独立……前途似海,来日方长。美哉我少年中国,与天不老!壮哉我中国少年,与国无疆!"读《少年中国说》与读《青春》一样,给我们同样的振聋发聩、雄浑豪放的感受,因为两者同属一个文脉,然《青春》继承先贤而又有新的进展,不愧为传承文脉的标杆,也成了观照当代青年"青春话语"的经典文本。

点燃青年之初心。记得20世纪80年代初广为流行的《青春啊青春》,它以动人的旋律唱道:"若问青春,在什么地方?她带着爱情,也带着幸福,更带着力量,在你的心上……"噢,"青春"在哪里?却原来藏在每个人的心上。青春啊青春,不仅是看年龄,主要看心态,即便到了耄耋之龄,只要心情愉悦,乐观进取,那么你将永远青春焕发,一如我上文提及的老沈以及作家王蒙的"青春万岁"。为此,我仿梁启超《少年中国说》之笔法与意韵,草成《心态康健说》(简版)如下:"心态好则康健,心态良则康顺;心态正则康泰,心态安宁则身体安宁……山河温润，草木欣荣。美哉我心态康健，与天不老！壮哉我康健心态，与寿无疆！"东施效颦，哂之一笑。但有一点要补说的是，梁氏写《少年中国说》，时为 28 岁英姿勃发的青年；而鄙人写《心态康健说》，已是 82 岁的老人了，但我也将保持健康的心态，如文首那首《少年》的歌言，"历尽千帆，归来仍是少年"，以达《青春》所说的"其不变者无尽之青春也"，如此而已，岂有他哉！

（原载《解放日报·朝花》2021 年 8 月 23 日）

辛丑纪事

——中国作家协会新会员培训学习心得

上海，国福路51号，陈望道旧居，今为《共产党宣言》展示馆。

步入馆内，一尊陈望道站立的雕塑全新亮相：他身着长衫，一手拿书，另一只手抬起，目光朝向远方。雕塑家吴为山写实传神，把心怀信仰和理想的青年陈望道栩栩如生地呈现在世人面前。塑像揭幕之日，时值习近平总书记给《共产党宣言》展示馆党员志愿服务队回信一周年的时刻，"心有所信，方能行远"，让我们再次强烈地感受到信仰的力量和真理的味道。

源　　泉

此刻，阳光灿烂，我正行走在望道路上，前方传来了歌声，由远及近，深情昂扬："老百姓是地，老百姓是天，老百姓是共产党永远的挂念；老百姓是山，老百姓是海，老百姓是共产党生命的源泉……"这不是歌曲《江山》吗？

"源泉"？不由让我想起红军长征时发生的一个故事：1934年11月，红军长征途经湖南汝城县沙洲村，3名红军女战士借宿徐解秀老人家中，临走时，她们把自己仅有的一条被子剪下一半，留给了老人家。老人说，什么是共产党？共产党就是自己有一条被子，也要剪下半条给老百姓的人。这个真实的故事，距今已有87年了，还是那样鲜活动人、那样刻骨铭心。

从1921年到今天，从石库门到天安门，中国共产党在领导中国革命、建设、改革的伟大实践中，为何能无往而不胜，请重温一下这个故事吧。它告诉我们，这力量的"源泉"是老百姓，是广大人民群众，天地宽啊山海情，这就是中国共产党人百折不挠、勇往直前的源头活水！

于此，中国共产党人秉持"江山就是人民，人民就是江山"的理念，在中华民族奋斗史上谱写了史无前例、气吞山河的壮丽史诗，一页页闪现在人们面前：

"雄关漫道真如铁，"在革命的年代里，在抗日战争时期，在解放战争时期，中国共产党人与人民风雨同舟，血肉相连，写下了中国现代史上不朽的篇章。

"敢教日月换新天，"在建设、改革的年代里，在脱贫攻坚中，在抗击疫情中，中国共产党人与人民同心协力，砥砺奋进，写下了共和国史上崭新的篇章。

是的，"求木之长者，必固其根本；欲流之远者，必浚其泉源。"这"泉源"就是习近平所深刻指出的："人民是历史的创造者，群众是真正的英雄。人民群众是我们力量的源泉。"是习近平的"我将无我，不负人民"的"人民中心观"，这是对马克思主义唯物史观的继承与当代表述和发展。

观当下，中国共产党人正紧密联系广大人民群众，与人民同呼吸，共命运，必将在建设社会主义现代化国家的历史伟业中创造新的奇迹。

火　种

当朝阳照进柴房，《共产党宣言》（下简称《宣言》）响彻东方。1920年8月，由陈望道（1891—1977）翻译的《宣言》第一个完整的中文译本在上海出版，在风雨如晦的年代里，如同普罗米修斯把火种带到了神州，照亮了行者的方向。39年后，1959年9月，我入复旦大学历史系求学，即有一门"马列主义基础课"，任课老师用一个学期的时间给我们精讲马克思和恩格斯合著的《宣言》，它所闪发出来的唯物史观的光芒，一直引导着我，使我终身受益。

在长达半个世纪的历史学科研究中，我不断地学习马克思主义唯物史观的精髓，对此有了一些肤浅的体会与大家分享。

唯物史观是马克思的一个伟大发现，正如恩格斯《在马克思墓前的讲话》中所精辟揭示的："正像达尔文发现有机界的发展规律一样，马克思发现了人类历史的发展规律，即历来为繁芜丛杂的意识形态所掩盖着的一个简单事实：人们首先必须吃、喝、住、穿，然后才能从事政治、科学、艺术、宗教等等；所以，直接的物质的生活资料的生产，从而一个民族或一个时代的一定的经济发展阶段，便构成基础，人们的国家设施、法的观点、艺术以至宗教观念，就是从这个基础上发展起来的，因而，也必须由这个基础来解释，而不是像过去那样做得相反。"自此，由于马克思的先行，像混沌初开，引领人们冲破世界的逼仄与桎梏，指引人们拨开陈腐与偏见的阴霾，终于开创了世界历史的新纪元。

纵观唯物史观的形成和它的发展史，从史学史学科的角度而言，我认为具有以下三个特性：

一是唯物史观的历时性。马克思所创立的唯物史观，同其他一切事物一样，也是历史的产物。一方面，马克思的唯物史观诞生于19世纪中叶，既是当时社会生产力高度发展，尤其是科学技术在19世纪全面进步的时代反映；又是其时无产阶级力量壮大，并作为一支独立的政治力量的迫切需要，因而唯物史观的出现应是水到渠成，应运而生。另一方面，也因为马克思（当然还有恩格斯）天才般的智慧，他批判继承了一切优秀的西方史学遗产的结果。唯物史观既然是历史的，我们也应以唯物史观的态度对待唯物史观。

二是唯物史观的发展性。唯物史观是19世纪世界历史发展的产物，它既然在历史中形成，自然也会随着历史的发展而发展与变化，不可能是一成不变的，因而我们不应拘泥于马克思主义经典作家的片语只言，或墨守他们的个别结论。在20世纪中国马克思主义东传史上，无论是正本清源也好，还是回到原典也罢，都旨在推进马克思主义中国化，把马克思主义同中国实际相结合。这是马克思主义唯物史观的生命力之所在。

三是唯物史观的恒定性。我们常说唯物史观是长青的，这就是说它的恒定性。这种恒定性，不是指的马克思主义经典作家的个别结论和片语只言，而是指的唯物史观的核心理念（或基本原理），唯物史观的个别论点可作完善与修正，但它的核心理念却是万古长青的。对此，我们应笃信不疑。这个核心理念是什么？学界见仁见智，自可进一步探讨。我以为，简言之，就是前引恩格斯的这段经典论述，我们在革命和建设工作中，应当始终坚持马克思主义唯物史观的指导地位而不动摇，唯其如此，才能让唯物史观的火种燃遍东方，照亮这片古老的大地，永葆青春之活力。

逐　　梦

五年前，冬日，一个暖和的下午，上海作家协会新会员座谈会在作协大厅热烈而又欢快地进行着，大家挨个发言，每个人都激情满怀而又个性迭现。轮到我了，我从包里拿出一本旧杂志说道："我的文学梦始于这本杂志，始于编辑部所在的巨鹿路675号。"是的，65年前，中国作家协会上海分会就设在这里。当我还是一个初中学生的时候，因酷爱文学同那时许多少年一样做起了文学梦。1956年，适逢《萌芽》创刊，这本杂志就是在这里觅到的。65年后，今又回到了675号，与其说那是上海作协一直不变的地址，还不如说我热爱文学那永不泯灭的理想。

1959年报考大学，结果我被复旦大学历史学系录取了，而没有进令我日思夜想的中文系，那就"既来之，则安之"吧。那时五年制的大学历史学系本科和三年的研究生，历史学专业基础相当扎实，这就为培养造就一位历史学家创造了无比优越的条件。此后，我习史从教五十余年，不断地辛劳地写作一篇又一篇"高头讲章"（学术论文），这是我的"正业"。但也忙里偷闲，"破圈"寻求跨界的乐趣。偶有闲暇时，我就去文苑"散步"，让史学与文学相结合，写了《影视史学》《多面的历史》等散文随笔类作品。这些"不务正业"的东西，却得到了文史两界的认可，尤其是受到了广大读者的欢迎，取得了很好的社会反响。

其实，文史贯通是中国文化的一种传统，正如习近平总书记在《中国文联十大、中国作协九大开幕式上的讲话》中明确指出的，文学艺术家也"必须有史识、史才、史德"，文学家与史学家都生活在同一星空下，"告诉人们真实的历史，告诉人们历史中最有价值的东西，这是他们合一的旨归和共同追求，一如中国"史学之父"司马迁，也被人们称作"文学家"，一如西方"史学之父"希罗多德，也被人们称作"散文家"。打通文史，以文学的体例与眼光写史或编史，都意在告诉人们真实的历史。于是，写现实题材的作品，藏有历史感；写历史题材的作品，蕴含现实感，这成了我孜孜以求的目标。

我自2009年"荣退"后，徜徉在史学与文学之间，未了的史事继续做，渐启的文事兴味盎然，但我也没有乐不思"史"啊。说真的，我感恩史学，它为我带来了一份荣光，更是一种使命；我也要感恩文学，它为我的生命带来了一丝绚丽，更是一种担当。总之，文史合一，互相贯联，为此而度过一生，终觉泰然。

回到座谈会上，我指着《萌芽》创刊号的封面，继续说道："请大家留意，封面这幅由画家黄永玉创作的《我们的幼芽》，多年来，那孩子提壶浇花的意象，一直在我的心头萦绕，竟成了我心中一幅挥之不去的'心灵图画'，足足陪伴了我一个甲子。"会场即刻响起了热烈的掌声，大家被我矢志不渝的文学梦感动，更是对我逐梦文学不忘初心的认可。

五年后，2021年我加入了中国作家协会，作为中国作协的一名

"新兵",也圆了我的文学梦。我虽已逾杖朝之年,但可喜足尚健,仍要笔耕不辍,坚持"以人民为中心"的创作导向,立鸿鹄之志,写时代华章,写无愧于人民的精品力作,为建设社会主义的文化强国做出自己微薄的一点贡献。

作者附记:2021年初,我申请加入中国作家协会,经严格的审批手续,于是年6月3日入会。入会后,也要经过严格的培训(据当时情况,采线上培训),交出作业合格,最后于2021年9月邮寄"中国作家协会会员证"到每个2021年的新会员手里。本文即是我的"结业文稿",得到了有关单位的好评。

台中行记

"晚风轻拂澎湖湾,海浪逐沙滩,没有椰林缀斜阳,只是一片海蓝蓝……"悠扬的曲子,熟悉的歌声,由远而近传来,顿时让我感觉到,我到了台湾,人已在桃园。这篇文章就谈谈我的两次台中之行吧。

"克丽奥之桥"

第一次台湾之行是应台中市中兴大学的邀请,出席首次"海峡两岸史学史学术研讨会",时为1998年6月6—7日,与会的大陆学者有5人,分别是北京师范大学瞿林东、吴怀祺、陈其泰,浙江大学仓修良和我,皆是治中西史学史的学者。

当时,两岸还未开启"三通"。6月5日,我们迎着晨曦,各自从京、沪、杭出发,飞往香港启德机场汇合,再办入台相关手续,转乘台湾的国泰航班,抵达桃园的中正机场,已是华灯初上时,主办方接机,一路坦途开往台中。本会主要联系人、中兴大学历史学系主任王明荪教授和着满天的星斗迎宾,设宴为远道而来的客人洗尘,似久别重逢的老友,开怀畅饮。王主任好酒,但他一人对饮四人(我不喝白酒,喝饮料),终于酩酊大醉。一醉方休,这下子可以入梦了,香港—桃园—台中,像我年少时看的拉洋片,都一一幻化在梦里。

其时,两岸交流总体上还处于封闭的状态,这次学术性会议却无意中在两岸之间架起了一座"克丽奥之桥"(Clio,历史女神),我们也在无意中充当了"破冰之旅"的行者,这"台中之行"意义非凡。

我们入住中兴大学的迎宾楼。翌日晨,我早早地就起来了,漱洗毕,就外出散步。校园满目苍翠,遍地都有高大挺拔的榕树,那椭圆形的叶子随风飘动,那树叶好像也有灵性,竟不断地向我招手,似乎在说:"欢迎你呀,大陆的朋友们!"

6月6日上午,首次海峡两岸史学史学术研讨会在台中市中兴大学开幕了,这"破冰之旅"也就迈出了坚实的一步。两天议程,排得满满当当,没有参观和访古等安排。此次会议的主题是《关于历史人物的评价及其书写》,亦可"兼及史学史的其他",这就给与会者广阔的思考和写作的空间。会议主旨演讲由海峡两岸三位史学大家杜维运、逯耀东、瞿林东担任。他们纵横捭阖,沟通古今,博观约取,娓娓道来,获得了与会者的一致称颂。以杜公为例。他从中西史学史交互的视角出发,说道:"我们今天的史学,面临着内忧外患。""内忧外患"?一开讲就让与会代表怔住了。然后,他解释道:这"内忧"说的是史学自身的危机;这"外患",指的是后现代主义思潮对史学的颠覆性影响……杜公说史学的"内忧外患",犹如轰雷贯耳,刻在与会代表的记忆里,迄今未忘。

分场讨论,相类合为一场,宣读论文,注重评论,评论人与报告人力求同一研究方向,比如我提交的《近20年大陆学者的西方史学研究》,就由台湾"中研院"史语所的王汎森教授作评论人。两年前,即1996年5月,我与汎森兄在山东聊城一起参加"海峡两岸傅斯年百年诞辰暨学术研讨会"时结识,一见如故,他专治中国近代思想史,但他熟谙西方史学史,会上一问一答,交流十分畅达。名家也作评论人,如台湾史学前辈孙同勋、院士陶晋生先生等也当评论人;有的评论人对报告人论文作细致的解读,比原报告人还要深入,提出的问题切中要害,往往让对方措手不及。这给我们以深刻的印象。

会内收获甚丰,会外收获亦盈。两天会议结束后,年近古稀的世界史大家孙同勋先生邀我合影留念。不知他从那里知晓我是耿淡如先生的弟子,他深情地回忆道:"好多年前,我做学生时,曾读过你老师于1933年翻译美国史家海斯和蒙的名著《近世世界史》,如今在这里遇见耿老先生的高足,真是缘分啊。"又拜见逯耀东先生,我知他是江苏丰县人,但他的青少年时代是在苏州度过的,对姑苏留下了刻骨铭心的记忆,当他听我说是"苏州女婿"后,便兴致勃勃地与我聊起往事,说得最多的竟是苏州美食,他忘不了观前街上采芝斋的虾子鱼、陆稿荐的酱汁肉,怡园对面的朱鸿兴的焖肉面,黄天源的糕团,还有那虎丘的塔影、寒山寺的钟声,那是一种情感的牵引,血脉的相连,一种永远的乡愁。真是"世道坎坷难随意,唯有过往记心中"。

"欢迎你呀,大陆的朋友们!"我们在与会的进程中深深地感受到了"两岸一家亲,同是炎黄孙"的无比喜悦和情深意长。

旧 地 重 游

八年后,我又沿着这"克丽奥之桥",到了台湾东吴大学,时为2006年8月至2007年1月。我应台北东吴大学历史学系的邀请,任客座教授,执教兼做科研,忙了整整一个学期。但也忙中得乐,那就是在台湾友人的陪同下,再次参观了台北故宫博物院等胜景,还作了一次北台湾游,到达宝岛最北端的富贵角。尤其印象深刻的是10月上旬的台中行,旧地重游,总是难以忘却。

这次台中行,全赖弟子、台湾籍学生黄延龄。他考取了2006年秋季入学的我的博士研究生,9月到复旦报到后,我即将启程赴台,师生相约国庆节放长假时台中见。大陆国庆节放长假,延龄如约回家探亲,邀请我中秋赴台中在他家小住几天。10月6日一早,我乘火车去延龄家,他携妻子小唐开车来接我。他家在市区,是一个相当幽静的小区,住七楼,一厅三房二卫,房间都比较小。再一看家中藏书不少,但很专业的书却很缺。延龄说,在台湾这算是很好的住房了。

两次赴台中,行程不一样。前次是"学术之旅",中兴大学的学术研讨会甫告结束,即应邀去台北等高校"巡讲"(巡回讲演),其路线图如下：南投县的暨南大学—台北的政治大学—辅仁大学—台湾大学—新竹的清华大学，这成了我们这次"破冰之旅"的有机组成部分。当然，也在夹缝中安排去游了我们一行心仪已久的日月潭和台北故宫博物院，尽管时间非常匆忙，但这两处胜景在走马观花中也应览尽览了。

这次台中行纯粹是旅游。我本想住旅馆，但延龄执意要我住在他家里，说这样旅游方便，小唐也早就把一个小房间收拾得干干净净，一日三餐也由他们夫妇俩操办，大多在外堂食，一路吃来，台中风味，不亚沪上，小唐告诉我："要说吃，那一定要去逢甲大学旁的逢甲夜市，有'创新小吃'，那里的章鱼小丸子、大肠包小肠、麻辣臭豆腐、黄金乌贼、懒人虾等，味道鲜美，由此博得了全台湾最大的、最美味的夜市称号。"惜时间紧凑，未如愿。延龄说："不急，下次我们陪老师专门去逢甲夜市一游。""下一次"？但愿未来可期，然它总在回忆的笔墨里，在美好的梦境里……

西方"史学之父"希罗多德，他为了写《历史》这部传世之作，每到一处总要踏破铁鞋去调研，总要搜罗天下放失旧闻，我也借助这样一个良机，去街市逛逛，实地考察一下台湾普通老百姓的"烟火气"，以了解台湾。

台中的胜景不少，延龄列举"十景"，在时间允许的范围内，我选定两处：一是台湾自然科学博物馆，一是阿里山。

台湾自然博物馆在台中北部，离延龄家近，开车很快就到了。该馆 1981 年筹建，历经 15 年完工，正式对外开放多元化的室内展厅和植物园，尤其是植物园，全部采用玻璃及钢架建成的热带雨林温室，高达 31 公尺，占地 4.5 公顷，展品琳琅满目，其规模为亚洲之最。名声在外，观者踊跃，仅次于台北故宫博物院，为台湾第二大参观人数最多的园区。我于植物外行，倘有伴懂一点，那就更有看头了，可惜我与延龄都是学史的，只知古典时代的希罗多德，还有那现当代的汤因比。

阿里山，实际在嘉义县东 75 公里处，从台中去阿里山大约要三小时的车程。我与延龄夫妇三人一早出发，到达这个著名的旅游风景区时，已至午饭时分。餐毕延龄介绍阿里山之美，说有"五奇"，即云海、日出、高山铁路、森林、晚霞。小唐补充道："我看阿里山的风景虽奇丽，但那首《高山青》的歌飘天外：'高山青，涧水蓝，阿里山的姑娘美如水呀，阿里山的少年状如山呀，啊……啊……'，这使得阿里山的名声传到海内外。"我们时间有限，乘小区巴士游了几个景点，重点是游阿里山森林游乐区，这让我大开眼界。举目四望，只见群峰环绕，林海茫茫，万顷叠翠，古木参天，超过千年树龄的古木特别多，有一棵红桧树，树高达 60 公尺，是当今世界上已发现的最大的红桧树，据称树龄已超过 3 000 年，号称"神木"，令人叹为观止。从我与树的合影照中，明显可见，树大人小，树慧人懵，正应了"树什么都知道"这句妙语，人不及树也。

夕阳西下，晚霞的余晖映在群山上，霞光绚烂，映在我们每个人的脸上。啊！这阿里山的晚霞美啊，且看：西边天际上的一丝彩霞特别耀眼，像一条彩带在云端飘扬，一头在母亲的怀里，另一头在宝岛儿女的手里，虽山重水隔，却连亘不断，永远挂牵在海峡两岸炎黄子孙的心头里。

（载广东梅州市《嘉应文学》2023 年第 5 期）

姑苏拾梦

己亥寒假,在苏州大学任教的吾生井梅携其子罗一来访。罗一刚进小学,聪颖顽皮,坐定后我问井梅:"罗一有何才艺?"她说:"背唐诗,还有绘画。"我拍着他的小脑袋说:"背一首听听。"罗一立马回应:"唐张继《枫桥夜泊》:'月落乌啼霜满天,江枫渔火对愁眠。姑苏城外寒山寺,夜半钟声到客船。'"这首雅致清远的名诗,在这新苏州人及她的后代心目中,是这座古城享誉天下的文化符号。由张继这首《枫桥夜泊》引发了我对这座城市绵延不尽的遐思。

1965 年,被伟人称为"莺歌燕舞"与"潺潺流水"的时代,我们正青春。女友文力邀我去苏州拜访她父母,短短几天,他们待我如家人。其时,苏州胜景,应览尽览;苏州美食,应吃尽吃也。余暇与其父蔡夷白先生聊天,他知道我还在复旦大学历史学系读研究生,不乏文史素养,于是,谈诗衡文,好不怡然。"你喜欢哪一首描写苏州的古诗?"他问。我应声答道:"自然是那首张继的《枫桥夜泊》。"我也问:"您喜欢哪一首?"他也应声道:"自然也是《枫桥夜泊》,要说另有一番诗韵的要数唐杜荀鹤的《送人游吴》:'君到姑苏见,人家尽枕河。古宫闲地少,水港小桥多。夜市卖菱藕,春船载绮罗。遥知未眠月,乡思在渔歌。'""诗中所说的正是那浓浓的乡思,永远的乡愁。"他说:"诗中的河、桥、船,描画了名副其实的水城,姑苏不是历来有'东方威尼斯'之雅称吗?"我接着说:"著名的《马可·波罗游记》一书,写于公元 13 世纪,就将姑苏赞誉为'东方威尼斯'。"

姑苏一别十三载,再次见到夷白先生,竟然是他的遗像。他是 20

世纪40年代的文学家,以写杂文见长。1948年后,举家从上海移居苏州,在苏州图书馆工作,辍笔息文40余年。"文革"难逃一劫,莫名的"帽子"被戴在他的头上,被遣回故里枡茶劳改,在黑夜将要到尽头时溘然而亡。1978年秋,苏州图书馆为夷白先生洗刷冤案、平反昭雪。当代文学史家以敏锐的目光也"找到了"这位文学史上蛰伏40多年的"失踪者",他被当代文学评论界公认为与冯雪峰、夏衍、平襟亚等齐名的杂文家,其《夷白杂文》一直在坊间流传着。

新世纪伊始,古城苏州换新颜。我在街上漫步,走在熟悉的平江路上,古街风貌大多遗存;驻足在繁华的山塘街,依然是苏绣艳丽,评弹雅音。市府启动的保护、修复工程,秉持"崇文重教"之信念,以达"整旧如旧,以存其真"之效,凸显了古城的文化价值,这真是一块魂牵梦萦、魅力四射的土地,古城的根脉紧紧地与我这个"苏州女婿"血脉相连在一起。那时候,我在胥江府小住。阳光下,我站在桥头,鸟瞰胥江两岸,遐想不已。日有所思,夜有所梦。是日夜,入梦了:梦回春秋,古今通变终可求;心系吴越,花自芬芳水自流。

我梦见:吴国,王宫。吴王阖闾与大夫伍子胥商讨伐越战事。吴王道:"当下,寡人正想率大军伐越。"子胥默,然后说道:"以臣之见,吴国君臣之急务,还是要休养军民,以防外敌来犯。"吴王默然后道:"好,暂且按兵不动,另议之。"此刻,一团大火在王宫中落下,君臣惊恐万分……

一梦惊醒又一梦:多年前,在上海观看北京人艺的新编历史剧《胆剑篇》(曹禺执笔)。大幕拉启,鲜活的历史人物一一朝观众走来:吴王夫差(阖闾之子)、越王勾践最先走来,继而是范蠡与西施,再就是吴越重臣伍子胥与文种……看得出来,当时北京人艺倾全院之力,大牌演员如刁光覃、童超、苏民、狄辛、郑榕、周正等悉数登台,演出相当成功。

拾梦姑苏,怀念的是故人,眷恋的是故土——她是我的第二故乡。令人惊奇的是,前梦与续梦,皆有伍子胥。是的,回望历史,姑苏人永远忘不了姑苏城最早的营造者——伍子胥(简称"姑胥"),

如每年岁至端午，苏州人的习俗吃粽子，也是为了纪念"姑胥"，今年就以"端午话姑胥，一起向未来"为主题，举行一年一届的"苏州民俗文化活动节"（今年是第 18 届），其重点项目是"吴地端午伍子胥祭祀活动"，以此带动内容丰赡的各项文化活动。今胥门、胥口、胥江，都深深地记录着对他的思念，正如作家柳岸新著《西施传》（作家出版社 2022 年 3 月）所言："世事变迁难随心，惟有曾经是隽永。"

"壬寅秋日秋风起，鸡头米香正逢季。"巧的是，今年中秋节遇上了教师节，在双节同乐之时，吾生井梅从苏州快递寄来了一箱鸡头米，文力高兴地告诉我，来得正是时候，新苏州人井梅已融合进苏州了。又说，她少时随母亲帮厨，学会了鸡头米可烧成甜咸二品。翌日早餐，她煮的百合莲子白木耳芡实羹（芡实是鸡头米的学名），软糯香甜；午间又烧鸡头米炒虾仁，鲜嫩可口。甜咸皆佳，各有特色，那味道真的很"姑苏"。文力很高兴他人对她这一厨艺的夸奖，又对我这个"苏州女婿"滔滔不绝地数起苏州美食谱，那是一种幼时的记忆，一种姑苏情的牵挂，一种永远的乡愁，真是前引的"世事变迁难随心，惟有曾经是隽永"。

（原载《新民晚报·夜光杯》2022 年 10 月 26 日）

唐寅园掠影

唐寅园，在琳琅满目的姑苏胜迹，尤其是秀美诱人的古典园林中，并不注目。

寂静的唐寅园，古木葱郁，长眠唐寅，静默又安宁。但他太有才华了，绘画、书艺、诗词俱佳，如在他墓前高耸的牌坊上刻着"名传万口"四个字那样。往事并不如烟，唐寅的才气伴着坊间留下的传说（如《三笑》等）供后人赞赏和品味。

江南梅雨季，总是被风雨与烦恼纠缠。癸卯端午，终于摆脱了连续多日的狂风暴雨，然而含羞的太阳，非但不露脸，还给天上的云朵拉上一层纱幕。

不管怎样，早饭后，我执意外出，漫步于古城西南的解放西路上，不知因为是早还是他因，一路静的格调和默的风韵陪伴着我，当步入唐寅园，只有我一人，更是寂静得怪异，不由让我自语："it is terrible！"（太可怕了！）观览四周，只见两侧的水池，红色的金鱼追逐嬉戏，不知人世间现已脱掉了"新冠"，忘掉了静默。

唐寅园被列为省级文物保护单位，设学海无涯、科场风云、丹青为伴、书法学堂、倦鸟归林、千古传名等厅，各厅图文并茂，细观颇丰。

我正出神地观摩展厅文卷和书画精品，一位女史悄然而入。

"老先生，您来自何方？"她好奇地问。

"上海。"我答道，"你来自何方？"

"巧了，我也来自上海啊。"她立马回应。

"It is a small world!"（世界真小啊！）我脱口而出，她笑了，显然这位姑娘受过良好的教育，从她的北方普通话口音判断，她是新上海人。

一问，果然，她是河北人，受教于哈尔滨工商大学，在上海任教，趁假日来近邻苏州旅游，她有意避开寒山寺的热闹，拙政园的人流，从而选择这安静的园地休整。有趣的是，就明代的常识性问题，我竟然充当了她的"启蒙老师"。

在"学海无涯"厅，已有一位长辈牵着一个小朋友的手在观看。得知他们来自雄安新区，女儿女婿在苏州工作，他们的女儿自小由姥姥带大，而新区教育也很到位，就在家乡上学了，每逢节假日来女儿这里度假，也可稍解他们思念女儿之情。

看上去，这是一位年轻的外婆，受教不差，有相当的文化素养。

"姥姥，这个地方一点也不好玩。"小朋友怨声怨气地说。

的确，唐寅园不太适合青少年，但在这个"学海无涯"厅，介绍青少年时代的唐寅，说他勤学不辍，尤爱读书，倘若前几年观展，时有动漫视频等方式配合，小朋友们也许可一览。然此时，这位小朋友拉着外婆，跳跳蹦蹦地出了厅门。

步入"倦鸟归林"厅，顿时让我回忆起疫情前在此的情景：

"一片花飞减却春，风飘万点正愁人。潇湘妃子悲春暮，手把花锄向园林……"这不是弹词开篇《黛玉葬花》吗？调委婉，音悦耳，是弹词名家徐丽仙（1928—1984）的代表作。侧耳倾听，我想厅内的演唱者想必是丽调苏州传人，同样很动听，吸引了众多游客。

当年，在"书法学堂"厅，有吴地书法家为游客写字，但要收费，10元一幅，写什么由他问你职业后由书家定夺。

"我是复旦大学的一位老师，教世界史的。"我直言道。

"知道了，老先生是我一直心仪的名牌大学的教授，幸会，幸会。"他半是自话，半是回应。说时迟，那时快，只见书家略一沉思，蘸墨挥毫，潇洒地在一页宣纸上写下了"博大精深"四个草体字，我连声道谢，他写的这四个字，恰是复旦历史学系元老周谷城先生的倡导,并已成了吾系一种代代相继的学术精神,这也契合我从教的专业。这个"纪念品"未裱,却一直压在厅里茶桌玻璃台面下。关闭三年的姑苏小舍,玻璃上积了厚厚的一层灰,然擦去,四个大字依然醒目。

时近中午,我出园时,只见一群穿着时尚、蜂拥而入的年轻人,手拿手机,到处拍照,东逛西玩亦悦然。他们来自全国,更多的来自长三角,尤其是杭州,"上有天堂,下有苏杭",杭城文友为拜谒"江南第一才子",唐寅园当是必到之处也。

是的,他们正风华,终使寂静的唐寅园,消退了静默;他们正青春,充满了蓬勃的朝气和生命活力,奋发在新时代的征程中……

(原载《钱江日报》2023 年 7 月 23 日)

雾霾散去显春晖

诗人臧克家在《有的人》中说："有的人死了，但他还活着。"汤因比就是这样，他谢世已经47年了，但他还活着，活在他的著作中，活在这位"智者"的"警世良言"中，活在世间每个个体的心田中；诗人又说："他活着为了多数人更好地活着，群众把他抬举得很高，很高。"不是吗？汤因比从英国史学大家到20世纪西方史学大师，乃至被抬高为"近世以来最伟大的历史学家"。

环顾寰宇，近望申城，反观自我，当前疫情骤起，病毒肆虐，犹如被一片片雾霾笼罩着，压得世人透不过气来，每每在这样的日子里，我总是想起了他——阿诺德·约瑟夫·汤因比（1889—1975年）。他生当盛世，其时英国维多利亚王朝的雍容华贵和轻歌曼舞，风光一时。汤因比自传（即《人类的明天会怎样？——汤因比回思录》，上海人民出版社2022年新版）记录着，他有一个蒲公英吹拂过的童年：伦敦，肯辛顿公园、皇后大道、巴士、马车、动物园等，四处都留下了他童年和少年时的身影。但这如同昙花一现，儿时的天堂被晴天霹雳劈得粉碎，随之而来的是一个史无前例的大变革时代，两次世界大战的血雨腥风，战后世界的风云变幻，在这个天翻地覆的20世纪，他生活了75年。他是史家，著作等身，从皇皇巨著《历史研究》（十二卷本）到年迈时写就的史诗性的《人类与大地母亲》（上海人民出版社1992年版）；在漫长人生之旅中，他不只是一位坐而论道的学者，还是一位投身社会实践的战士。在一战和二战时，他任英国外交部智囊，参与了两次巴黎和会，直到晚年他仍在国际政治舞台上奔忙。他反对战争，捍卫和平，抨击种族歧视，时刻关心人类世界的前途。

如今，世界各国人民正在同心抗疫，我总是想起了他的"警世通言"："人类将会杀害大地母亲，抑或将使她得到拯救？如果滥用日益增长的技术力量，人类将置大地母亲于死地；如果克服了那导致自我毁灭的放肆的贪欲，人类则能够使她重返青春，而人类的贪欲正在使伟大母亲的生命之果——包括人类在内的一切生命造物付出代价。何去何从，这就是人类所面临的斯芬克斯之谜。"对接古今，穿越时空，其言醍醐灌顶，其声振聋发聩，这是1973年汤因比谢世两年前的"广陵散"。

盘点汤因比的编年史，有意思的是，1929年7月23日至1930年1月29日，有中国之行，其间1929年12月23—25日，他曾到过上海。他的记叙详细，且始终与伦敦初兴时的景象相比，以其史家敏锐的眼光与睿智，感受当时的风景人文，并预言："上海定当在黄浦江边的泥岸上崛起，这似乎不可避免。"又认为："上海可能成为现代世界最伟大的都市之一。"后来的上海发展史证实了汤因比的预言。更为有趣的是，他把当时的上海比喻为一头"怪兽"（汤氏原作即打有引号），这不是时人都把上海称为"魔都"的"汤氏版"吗？

由上海说及中国，20世纪20年代末的中国之行时，他漫游神州大地，从旧世界到新世界，以其之行与思，发现了一个别样的"新东方"，断言中国是"一个伟大的国家"。他对中国历史和现状的关注是一以贯之的。《历史研究》的前三卷，就有六处论述了中国文明。直至晚年，尤其在1973年，正当中国处于"文革"内乱时期，他还能看出中国所显示的"良好的征兆"（《人类与大地母亲》中语）。他在与日本佛学家兼政治活动家池田大作的对话中，一再称颂中华民族的美德能代代相沿，并对中国文明的独特地位及其在未来世界中的引领作用充满期待，在汤氏的心目中，这个被他早就视为"伟大的国家"，其前景灿烂，历史再一次证明了这位史家的不凡与远见卓识。

汤因比不只是全力研究世界文明及其未来，还特别关注人类个体的命运，晚年尤然，他为天下众生呐喊，他为生命至上呼唤，被世人誉为"最伟大的人道主义精神"的历史学家。不管世道坎坷，阴晴圆缺，乃至处于绝境时，他总充满信心，正如他的孙女波莉·汤因比所言："我的祖父为我们树立了要在这个世界上寻找希望而非绝望的榜样。"倘问汤因比给我们留下了什么，的确，他的思想文化遗产留给后世的很多，然简言之，在笔者看来可以归纳为两个字：希望。希望，希望啊！我们的追求，人类的理想，它为前行者带来了无穷的力量。悠悠千载，前路漫漫，行囊中始终只装着一份希望。当下，不管新冠病毒如何凶险，只要我们风雨同舟，齐心协力，雾霾终会散去，一定会迎来春天和煦的阳光，带着希望一起走向未来！

(原载《新民晚报·夜光杯》2022年4月17日)

"我以我血荐轩辕"

> 让步投降从未有,勇敢怯懦不相容。
> 热血气息今犹在,奋不顾身往前冲。

把时空切换到19世纪40年代末。1848年6月7日,英国宪章派左翼领袖之一、诗人欧内斯特·琼斯(1819—1869)因从事领导和积极开展无产阶级革命运动被捕。在监牢里,他面对高压,从不屈服;面对引诱,绝不动摇。他受尽折磨,仍笃志不渝,作为一个诗人,他也从来没有放下手中的笔,用肥皂做的墨水瓶盛的墨水用完了,他就开始划破手指,用自己的热血写下了如上这首诗。在两年监禁期间,他一共写了24首诗,用自己的热血谱写了诗史的新篇章,奠定了他作为文学史家所公认的"英国无产阶级革命文学的创始人"的历史地位。

纵览19世纪前期的近代世界史,至三四十年代的欧洲,那是一个无产阶级开始登上历史舞台、工人运动澎湃发展的年代,从1836年至1858年,英国工人阶级和民众开展了一场声势浩大的以普选权为中心的政治运动,其要求集中反映在《人民宪章》这一纲领性的文件中,故史称"宪章运动"。它延续20余年,历经三次高潮,曲折坎坷,终因没有一个无产阶级革命政党的领导,在统治者的残酷镇压下告失败。虽败犹荣,这场英国的宪章运动,终于以世界上第一次广泛的、真正群众性的无产阶级革命运动写在史册上。宪章运动结束后10年,琼斯仍在为无产阶级革命而奔忙呐喊,一次他在风寒中露天演说,患了肺炎,不幸亡故,年仅50岁,英年早逝,但他用热血写诗的英名，也随着他在英国宪章运动史上的足踪而为后人景仰和学习。正是："泰西男儿志，滴血写史诗。业绩千古传，英名乃琼斯。"

在琼斯短促的革命生涯中，有一个值得重视的亮点，那就是与马克思和恩格斯的交往。盘点这一行程，可以明显地看到他深受马、恩的教导。他在与马、恩的交往中，有一个重大的业绩，就是他与《共产党宣言》的关系。马克思和恩格斯合著的《共产党宣言》是一部"无产阶级所肩负的世界历史革命的学说"（列宁语）。这一经典文本于1848年1月用德文写成，并于同年2月在伦敦付印问世。《宣言》出版后，被译成各国文字，在五洲四海传播，它像一盏明灯，一直照耀着全世界无产阶级和广大人民群众前进的方向。《宣言》出版后，琼斯积极为它作宣传，在英国民众中播撒《宣言》的种子。1850年，《宣言》第一次用英文刊发在宪章派左翼主办的《红色共和党人》上，这无疑也有琼斯的一份功劳。

"我以我血荐轩辕"，鲁迅在《自题小像》诗中的名句，直接的意思为我要用我的血来表达对中华民族的深爱，广义为我要用自己的热血，坚持信仰，认准方向，以奋不顾身的牺牲精神，行进在革命的道路上。倘用"我以我血荐轩辕"来形容琼斯，亦实至名归也，因为他是个"真的猛士，敢于直面惨淡的人生，敢于正视淋漓的鲜血"（鲁迅语）。夏日晚，夜未央，在西边的天际上，我寻找到了19世纪的明星，找到了欧内斯特·琼斯，这个用热血写诗的"猛士"——英国无产阶级革命文学的创始人，他在历史的长河中，闪发出璀璨的持久的光芒！

（原载《新民晚报·夜光杯》2022年7月15日）

《论语》西传孔子热

舞台上,一位长者信步走来,修剪得十分整齐的卷发,凸显广博和睿智的面容,微微凹陷的双眼,线条分明的嘴角,垂至膝盖以下的长袍,倜傥潇洒,气宇轩昂,他侧耳倾听:"子曰:'学而时习之,不亦说乎?有朋自远方来,不亦乐乎?人不知而不愠,不亦君子乎?'"这声音由远及近,发自古老的东方之音,正穿越时空,回荡在法兰西的上空……前不久,央视名栏"典藏里的中国·论语篇"播出的这一场景,让观众难忘。

这位长者不就是伏尔泰吗?是的,正是世界文化名人、18世纪法国启蒙运动领袖伏尔泰,其对文化的贡献卓越非凡,这里仅就"典藏里的中国·论语篇"中的伏尔泰形象说开去。

18世纪西欧盛行"汉学热",《论语》西传,孔子热矣。其时,伏尔泰对记录孔子及其弟子言行的《论语》格外看重,对孔子尤为崇敬。他在《哲学辞典》一书中这样写道:"我认识一位哲学家,在他的书房里悬挂了一幅孔子画像,他在这幅像下题诗曰:唯理才能益智能,但凭诚信照人心;圣人言论非先觉,彼土人皆奉大成。"他确实也虔诚地在府上的小教堂里,向供奉的孔子画像顶礼膜拜,盛赞儒家思想在中国开明政治中的作用;认为孔子是宽容的自然神论者,孝道是中国社会的基础;倡导"己所不欲,勿施于人"的原则应该成为"天生在我们心中的自然道德的基础","有朋自远方来,不亦乐乎"的待客之道是"有益世道人心的美德"等。古老的中华文明的璀璨辉煌,被他激活了,从中发掘出中华文明的精神要素。在此,需要指出的一点是,他之十分重视《论语》、崇拜孔子,不只是某种外在的驱动力，而主要出于内心的信仰，他力排异议，从中国的孔子学说中构建他心目中理想的中国形象，从中竭力找寻到一种医治他所在的法国君主专制政体的救世良方。这自然是一种乌托邦的幻想，但伏尔泰的这种努力与探索还是非常可贵的，称得上如以赛亚·伯林所说的"他正成为他那个时代文明世界的智慧与艺术上的王者"。

伏尔泰的孔子观，追溯源头，至少应该从 16 世纪 80 年代算起，其时孔子被西方学界称为"中国的苏格拉底"，始终是以耶稣会传教士为主的汉学家们所关注的中心。他们秉持"耶儒互补"的宗旨，毅然挑起将中国儒家经典四书五经译成拉丁文的重担，其初译本问世后，即成了西方人文学者尤其是来中国的传教士学中文的初级教科书，这就为 1687 年柏应理神父领头的《中国哲学家孔子》（中文书名《西文四书直解》）的拉丁文译本、1688 年弗朗索瓦·贝尼耶在巴黎出版的法文译本《论语导读》（亦名为《中国哲学家孔子的伦理观》）及 1691 年的英译本《孔子的道德哲学：一位中国哲人》等问世打下了扎实的基础。舍此，到了 18 世纪，不谙汉语的伏尔泰也就无从了解这位"中国的苏格拉底"，18 世纪的西方尤其是法国盛行的"汉学热"也就无从谈起了。

时光飞逝，随着《论语》传播更加广泛，孔子热也随时代而愈加升温。仍以法国而言，2014 年，《论语》和《道德经》《水浒传》《西游记》《家》等一起被选为"在法国最有影响力的十部中国书籍"。

这里掇拾一则新华社记者的报道，以佐证之。在巴黎，记者步入一家名为"凤凰"书肆的店堂，女店员弗洛林·马雷夏尔见是中国人，用汉语热情地招呼记者，她在一个大红的"中国结"下驻足，读者一览就可发现书架上琳琅满目的中文书籍，既有《论语》等中国古籍，也有现代作家如鲁迅、巴金等人的作品。女店员兴奋地告诉中国记者，她已学了 7 年中文，还起了一个中文名字叫傅雅婷，小傅自认为与来访的中国记者是"自家人"。其实，中法两国的文化交流源远流长，历史和现实都可证实，法国是"汉语热"的领跑者之一，现据初步统计就有 16 所孔子学院遍布法兰西，而《论语》竟摆放在前总统德斯坦的床头柜上。

《论语》西传孔子热，当今有一个经典的范例。2019年3月21日至26日，中国国家主席习近平出访欧洲三国：意大利、摩纳哥、法国。3月24日，习主席在尼斯会见法国总统马克龙，收到了一份特殊的国礼——前述弗朗索瓦·贝尼耶首部《论语导读》法文版原著。这部《论语导读》原著，目前在法国仅存两本，颇为珍贵。如今，一本存放在巴黎的法国国立吉美亚洲艺术博物馆，另一本已由习近平主席带回中国，现珍藏在中国国家图书馆。一本《论语》法文全译本，即让"中国的苏格拉底"之光华，闪烁在塞纳河两岸。正如习近平主席在2014年中法建交50周年之际写给吉美亚洲艺术博物馆举办的"汉风——中国汉代文物展"的序言中所指出的："中法分别是东西方文明的重要代表，两国加强文明交流互鉴，有助于夯实中法关系的民意基础，有利于促进中华文化和法兰西文化交相辉映，有利于推动世界文明多样化发展。"我们期盼，在未来的中国与法国、中国与世界更多国家的文明交流互鉴中，绽放出更加绚丽的光彩。

（原载《社会科学报》2021年11月11日）

寻宋江南交游记

宋代，放眼古今，捭阖东西，都是一个重要的历史节点。"华夏民族之文化，历数千载之演进，造极于宋世。"陈寅恪的这一名言传之神州。有趣的是，我在一篇学术文章中，读到了现代英国史学大师汤因比（1889—1975年）的妙语："如果让我选择，我愿意活在中国的宋朝。"当然历史没有如果，汤因比只能活在"日不落帝国"的斜阳余晖里。

中外两公之精论与妙语，另当详述，笔者仅为此作点补白。有宋一代，与世界各国交游甚广。史学家吕振羽指出：南宋沿袭北宋之制，不过，当政者还做了三件实事，除兴修水利以利农、聚北方南下之英才外，这第三件实事就是"发展了对外贸易"。本文聚焦于"寻宋江南"之远洋，亦即对外贸易，落墨在"寻宋江南"之浙地，这自然是历史发展到其时之势然。宋开启于960年，自1127年南迁，定都临安（杭州），史称南宋（1127—1279年）。南宋只存在短短的152年，但绝不能小看这弹指一挥间的一个半世纪，它在中华文明的编年史上最终完成了中国文化重心南移的历史使命，在中华文明史上居功至伟。

南宋时，临安倚靠京都这一政治上的优势，发展势头异常迅猛，至南宋末年已有户籍39万，人口124万，百业兴盛，文化尤旺，影响深远，史载："宋大儒君子，接踵而出，仁义道德之风，于是乎可以不愧于邹鲁矣。"南宋诗人林昇的《题临安邸》更从一个侧面写尽了临安之繁华骄奢和醉生梦死，诗曰："山外青山楼外楼，西湖歌舞几时休。暖风熏得游人醉，直把杭州作汴州。"

两宋时，尤其南宋，增强了与东北亚、东南亚、南亚等地区的传统友好关系,开拓了与中亚乃至东非、北非的交往,与50多个国家建立了官方联系。为此,朝廷积极鼓励富商打造海船,大力发展民间的海外贸易。当时中国的远洋帆船穿梭于大海之上,川流不息,史家指出:"宋代航海业呈现出千帆竞发、百舸争流的兴盛景象。"出海远航之发达,是与造船和航海术水平相关联的,宋代有当时世界一流的"造船匠",吕振羽这样写道:"宋朝对外贸易的船只,不仅有用手摇橹的,而且已经有了半机械化的,船下面有轮盘转动,船上有六七十人,船身可容几百人,载重很大……当时外国人来中国都坐中国船。"

其时的交流,也得到了各国政府高层的重视。比如日本天皇高仓于1170年曾接见宋商,又二年,他以法皇和他本人的名义,委托宋商向宋朝廷赠送礼品。日船入宋,与宋船相望于途,往来频繁,显现了一幅中日远洋贸易友好图。异邦使臣或商贾入华,也得到了宋朝皇帝的礼遇,进谒后,皇上有锦袍、束帛等礼品馈赠,比如1200年柬埔寨属邑真里富派使臣进谒,宋朝皇帝赠红绯罗绢一千匹、绯缬绢二百匹。

两宋时,与各国的交流地与集散地当属粤闽的港口名城广州和泉州。仅就浙江而言,明州(宁波)、温州居前列。杭州是南宋之都,各国使臣、商人及货物亦必云集于此。它虽不适于驶入海船,但杭州与明州两地,从999年以来都设立了市舶司。杭州面临钱塘江,不便海船入杭,异邦之海货大多从余姚经越州(绍兴)而入杭城,可见,京都的威势不可小觑也。

"寻宋江南",出口贸易之大宗当数丝帛和瓷品,外销遍及世界各地,海上"丝绸之路"与海上"陶瓷之船"的运销,也把中国人的友情、中国的文化传遍世界。宋瓷碎片曾在意大利出土即是显证。前些日子,由上海《新民晚报》和上海博物馆联合举办了"寻宋江南话宋瓷"的线上直播,上海博物馆前副馆长陈克伦与大家一同探究了宋瓷的一些热点问题,听众反响热烈。他近著《瓷器中国》,览之或可领悟出宋瓷是"寻宋江南的美学代表"之三昧。

行文至此,我忽然又想起了文首提到的汤因比,想到了他褒宋的妙言。倘笔者能与汤氏作一次"超越时空的对话",我想问:阁下看完这篇小文,对你的金言还有什么修正吗?汤因比回答:有,稍作修改,这就是:"如果让我选择,我愿意活在南宋江南钱塘江畔的临安,而不愿活在现代泰晤士河畔的伦敦。"

(原载《钱江晚报》2022 年 7 月 24 日)

海明威的蓉城情

晴空万里，碧波万顷，水天一色。仲夏时分，某日，我走近大西洋，站在里霍伯斯海滩上凝望大海。其时潮涨潮落，波涛滚滚，一浪高过一浪，追逐着，拍打着堤岸、沙滩。瞧，远处一勇士到深流击水，时隐时现，一旦大浪退去，即向岸边观海者挥手。这一情景顿时使我想起海明威在《老人与海》中的名言："你可以把我打倒，但你永远不会把我打败。"

"泳者"使我想到了《老人与海》的作者；无独有偶，近读蒋蓝的大作《成都传：从春熙路到华西坝》（载《收获》2022年春卷），也读到了这位世界级的文学大师。回顾往事，在中国抗日战争最吃紧的时刻，欧内斯特·海明威（1899—1961）携爱妻、记者玛莎·盖尔霍恩，在1941年2月来到灾难深重的中国采访和考察，时间短暂，不到两个月，在成都也就待了十多天，蒋先生的妙笔把昔时海明威的音容笑貌留在了这座古城的历史中……

是时，海明威还没写出1954年荣获诺贝尔文学奖的举世名作《老人与海》（1951年初版），即便如此，在20世纪40年代初的中国文坛上，他已享有崇高的名望了。1941年2月下旬，海明威夫妇开始了中国行，他作为美国政府的特使访华，在艰难的条件下，考察当时中国的抗战情况，撰文多篇，及时向读者报道，引起了美国和其他国家的强烈反响。

是年4月海明威夫妇入川，6日访重庆，8天后到了这座巴蜀文化的发源地成都，即进行了繁忙的考察出访活动。他先去城北的中央陆军军官学校采访，由留美归国博士夏晋熊教授全程陪同与翻译。在浓密的梧桐树荫下，他们被大门外两侧镌刻的一副蓝底白字的对联吸引住了，对联曰"升官发财请走别路，贪生怕死莫入此门"。进得校内，在二校门两侧，同样有一副对联"研究崭新兵学，斯为吾国干城"。两处对联，笔力遒劲，字意深远，经夏教授的翻译传意，想必给海明威留下了深刻的印象，其后他道："对中国军队深致钦慕，华军训练精湛，士气雄壮，感予最深云。"是的，一寸山河一寸血，气壮山河贯长虹，至今重读这两副对联，仍让国人豪情满怀，大气凛然。

作为著名作家，海明威自然会应邀到华西坝的五所大学演讲。蒋蓝写道："这片土地，沉积着深厚的历史文化，飘散着千年梅花的幽香，又饱经战争的硝烟，真是一片'最中国'的土地！"说得好！岁月氤氲，时光蹁跹，从百年金街春熙路到华西坝的往事，那时的人，那时的事，那时的风景仍历历在目。作家炽热的情感，秾丽的文笔，具有巨大的感召力，书写了一部"成都传"，它蕴藏着厚重的历史观，在历史长河中留下了一页。且看海明威的讲演就在华西坝体育馆进行，这里是名人来蓉演讲必到之地，此次海明威来此更是受到了热烈的欢迎。据目击者回忆称，现场人头攒动，馆内座无虚席，连窗台上都挤满了人，盛况空前矣。海明威不像中国文人那般温文尔雅，他身体结实，大声演讲似吼叫，还不断挥舞着长满汗毛的手臂，倒像一个杀猪的汉子。他的演讲十分成功，博得了听讲者暴风雨般的掌声。

在那同生死、共患难的岁月里，中美联合抗战，结下了浓重的情谊，海明威的成都行亦为显例，他沿途而过时，看到战士、民众和学生们列队伫立在风雨中，挥动着手中的三角旗，高喊着"热烈欢迎美国新闻记者！"此情此景感动得海明威夫妇热泪盈眶。与此同时，他们对中国民众的苦难深表同情，在行程中，海明威怕夏晋熊教授冻坏了身子，他脱下身上的羊毛背心，让他穿上。后来夏晋熊回忆说，这件背心已收藏了几十年，衣服上有几个小洞了，至今还珍惜地保存着。此事虽小但其意远，它是中美两国人民合力抗战的"特殊记忆"，也为海明威的蓉城行留下了时代的印记。

回望唐代,"我行山川异,忽在天一方",杜甫艰难跋涉,于公元759年末入川抵达成都,诗人面前展开了一片新天地,于是就有了著名的五言绝句《春夜喜雨》:"好雨知时节,当春乃发生。随风潜入夜,润物细无声。野径云俱黑,江船火独明。晓看红湿处,花重锦官城。"

蓉城有光,锦官流芳。时光飞逝穿越,多少年过去了,历史一瞬间。癸卯夏日,成都终于迎来了第31届世界大学生夏季运动会,全城杂花生树,一片"红湿",汇成了花的海洋。"花重锦官城",热烈欢迎世界各地的大学生,它距海明威离别蓉城已有82年3个月了,"海二代"乃至"海三代"们"相聚相知,合作开创美好未来,成就梦想",一片欢呼声,声震九霄。此刻,我仿佛又听到了海明威的呐喊:"你可以把我打倒,但你永远不会把我打败。"其音响彻天外,在这"锦官城"的风雨烟云中回荡。海明威,蓉城情,不可磨灭的历史记忆。

(原载《解放日报·朝花》2024年3月31日,刊发的是删简版,易名为"海边想起海明威")

瓦尔登湖小记

小车沿2号高速公路西行，至瓦尔登街右拐，放眼望去，瓦尔登湖就在前方。五年前初访，留下了挥之不去的印象；五年后重游瓦尔登湖，仍兴味盎然也。

瓦尔登湖，现已扩建成一座公园，成了马萨诸塞州政府管辖的自然保护区，它位于马州首府波士顿近郊。走近一览，它却是一个池塘（Pond），面积只有1.36平方公里。如今，它已是一个远近闻名的旅游胜地。

十月金秋，出游瓦尔登湖的人不少，停车场已鲜有空位，梭罗陈列室的游客进进出出，梭罗小屋被踏破了门槛，而小屋前的那尊梭罗雕像，举在胸前的左手被握得光亮，一如哈佛校园那尊该校奠基者的左脚被众人摸得锃亮。

进入湖区，站在高处眺望：秋风乍起，清澈的湖水，吹起一道道细浪，岸上游人的不同组合，犹如舞台上的布景，不断地变换着。尤显眼的是，湖中的划定区域中，竟然还有人在室外10℃气温下游泳，虽说此地尚未入冬，但到中流击水，锻炼心志，也足以令人佩服的了。

闪现在我眼前的是几位留学哈佛的中国学生，趁节假日结伴出游。当我告知他们，我系1977级有学生在燕京学社工作时，话就多了，其中一个女孩来自上海交通大学附属中学，上海人，但她不能用上海闲话与我交流。这四人全学理工科，当我问他们对梭罗《瓦尔登湖》的印象，皆所知有限，只是被梭罗的名所吸引。

哈佛化学系二年级学生小曾，愿全程陪同我重游瓦尔登湖。我的目的是要采访几位异邦友人,更深层地了解梭罗的世界影响。且看:正前方,湖边上,有两个男子,或凝神湖面,或不时细语,我上前说明原委,那位优雅谦和的长者与我作了如下的对话:

"先生也喜欢梭罗,读他的《瓦尔登湖》?"我问道。

"不只是喜欢,而是崇拜了,我看梭罗的国际影响力正在日益扩大。"他望了我一眼,又言道:"你采访我,不就是一个显例吗?"

我问他的名字,他爽快地告诉我:"这是我儿子,你就称我为老里克吧!"少顷,他又说:"我就住在康科德镇附近,我记不清到过多少次瓦尔登湖了?它好像是我们家的后花园呢。"

我与小曾一边沿湖左行,一边为这父子俩、热情的美国朋友点赞。有些游客带了座巾,席地而坐,边吃零食,边观赏湖景。但有一位女士坐在沙滩上看书,这引起了我的注意。她听说要采访,连忙理一下披肩的长发,看上去是个知性女史。她叫帕蒂,来自马萨诸塞州,每年要来几次,算是瓦尔登湖的常客了。帕蒂对梭罗的前世与今生相当熟悉,如数家珍,滔滔不绝地回答我们的问题,略记一二于兹:"梭罗一生只出了两本书,1854年初出版的《瓦尔登湖》就是其中之一,小时候,我就听老师说起这本书,那时读过,但没有读懂。能真正悟出它的真谛,我已经成年了。现今,它已与《圣经》并列成了塑造美利坚民族精神的十部书之一。顺便告诉你们,我的侄子在北京念高二,我到过北京等地,与中国常有联系……"

我们一路观景,一路采访,从耄耋老人到英俊少年,从大众游客到旅行者和运动员,无不感受到梭罗声誉与日俱增,名望天下。他珍爱自然,为世人做出了榜样;他的非虚构散文经典《瓦尔登湖》,已有200多个语种的版本,将会随着人类文明的发展而延伸,愈加受到世界各地读者的欢迎。梭罗理想之践行、名作之光泽都将不朽于世。

(原载《钱江晚报》2024年3月2日)

走近瓦尔登湖

小车在高速公路上奔驰,此行何方?波士顿。回想来美国前,儿子在电话中问我最想去美国的什么地方,我不假思索地回答他:"哈佛大学与瓦尔登湖。""为什么?"儿又问,我又道:"先师耿淡如先生曾于20世纪20年代末来哈佛留学,访哈佛,是为了追寻先贤的足迹再出发;至于走近瓦尔登湖,是为了到梭罗写那本世界级文学名著《瓦尔登湖》的实地来看一下。"

从吾儿工作与居住的大西洋边的小城威尔明顿市(属特拉华州)到波士顿,倘路况顺畅,也得要六七个小时的车程。当下,前方大道畅通无阻,从窗外望去,远处晴空万里,蓝天白云,近处,两旁高大的松树和橡树,筑起浓密成荫的树林,一一闪过。路长沉闷,我便浏览到美国后买的《瓦尔登湖》英文版,这是一本今年8月在美印刷发行的新版,封底有一段言简意赅的文字:"在1845年,亨利·戴维·梭罗搬到瓦尔登湖畔的一间小屋栖居,旨在远离世俗,与大自然合为一体,在那里,他度过了仅两年多的隐逸静思的日子。无疑,'瓦尔登'一词比以往任何时候都更为世人所知了,它不啻成了一首赞扬纯朴简约与自给自足德行的颂歌。"这段提纲挈领的话,也无疑是读《瓦尔登湖》,窥探梭罗精神世界之津逮。

在哈佛,我整整待了一天,邂逅在燕京学社任职的我系毕业生和正在这里访学的同人,自是高兴;在校园内漫步,当我行走在所剩不多的一条弹格路上时,路面发出了轻微的响声,似乎是踩着了先师的足迹,听到了老师的声音……

次日,从波士顿弗兰克路出发,经 Minuteman Bikeway(民兵自行通道，美国独立战争时的起始之路）大道，约半个多小时车程，就到了波士顿附近的小镇康科德，距该镇西南不到两英里处，瓦尔登湖就在那里。

走近瓦尔登湖。如今，这里已列为国家自然保护区，辟建了一个瓦尔登公园，仅停车收费，游人就不另买门票了。入口处，我一眼就瞥见了一间小木屋，屋内有小床、小桌等杂物，虽则它只是当年梭罗自制原型的复制品，但内心还是充满了激动。想当年，哈佛毕业的高才生，不去大城市谋求功名，却只带一把斧子，走进林子里，伐木筑屋，自给自足，此举不说"超凡"，也是"脱俗"的吧，常人也许连一天都待不下去的。小屋前有一尊梭罗的雕像，很不显眼，它还没有我的个子高，这真是有点出乎我的意料。我在像前驻足细看，见他的左手举在胸前，右手甩在身后，似在迈步行走，似在与人交谈，倒是那只左手经众多旅行者抚摸而闪着亮光。我拉着梭罗的手说：久仰，久仰，今天终于见到了你。然而，我不能想象眼下这座雕像就是被誉为同《圣经》一起塑造美利坚民族性格十本书之一的《瓦尔登湖》的作者，与我在华盛顿、费城等地见到的美国政治编年史上气宇轩昂的伟人雕像，在视觉上竟如此不相匹配，但我静下心来一想，倒觉得雕刻家的匠心又是如此地恰如其分。这真是，怡然自如，门当户对。

走近瓦尔登湖。放眼望去，它的确只是一个 Pond（池塘），面积只有 61 英亩半（1.36 平方千米），与波士顿附近众多的小湖并无两样。它湖水清澈平静，闪闪发光。关于湖，梭罗在书中这样写道，玻璃似的湖面，像一条最精细的薄纱，湖面的平静似乎连燕子都被迷惑了，可以停留在水面上；有时候，风从湖上传来，乘着吹起的涟漪，听着夜莺的乐音⋯⋯

在阳光下，金色的湖边沙滩熠熠闪光，在划定的区域内，游人还可在湖中嬉水、游泳，但不可超越标志。这湖到底有多深呢？有趣的是，最先测量瓦尔登湖深度的，不是别人，正是《瓦尔登湖》的作者本人。因为梭罗是一位测量师，书中有一段叙述他测量的过程，结论是:"瓦尔登不是无底之湖,最深的地方恰恰是102英尺;还不妨加入后来上涨的湖水5英尺,共计107英尺。"这个深度,与现今用更先进的技术手段测量的结果大体相近。从数学意义上而言,瓦尔登湖其实不深。虽则它不是深不可测,但却深藏若虚;它虽面积不大,却小巧玲珑,大气包容。有人形容说它是康城冠冕上的一颗珍珠,我则把它比喻为浩瀚的大西洋中的朵朵浪花,前仆后继,永无止境,将会在人们的心头掀起波澜,震撼心灵,留下了无尽的遐思。

走近瓦尔登湖,让我们获得心灵的平静。记得两年前,我在清华园拜访了时年九十有六的何兆武先生,在聊天中,先生说到了当年在西南联大学习时的情况,特别是他当年与大才子、同窗王浩(后去哈佛留学,成了享誉世界的学者)的交往,他们曾多次在一起讨论"什么是幸福"这一话题,王浩取"happiness"(愉悦),何先生取"blessedness"。我问道:"此词(blessedness)有何深意?"先生道:"圣洁与高远也。"他又说:"不要抠字眼了,用当下的大白话来说,我以为幸福就是平静,心灵的平静,不折腾。"他举例说:"前几年学校曾分给我一套三室两厅的新居,我想这么大年岁了,还是不折腾了吧,你看,在这里踏踏实实地住着,这才叫幸福啊!"这次访谈,"心灵的平静是人生的幸福"这句话给我留下了难以泯灭的记忆,对照《瓦尔登湖》,梭罗所求亦然。

《瓦尔登湖》是梭罗独居两年多四季轮回与实地观察的实录,全书由18篇散文组成,书中包含有自然科学与人文社会科学的诸多知识,以及他的边叙边议,即作者的哲思,反映了作者挑战自我的精神世界,以及"自我"与"非我"(人与大自然)冲突与调整的心路历程。这自然是一本散文集,后来它成了后世非虚构文学写作的典范。可以这样认为,梭罗对大自然有一种与生俱来的亲近感,他之远离世俗,疏远城市的喧闹,过着一种纯朴简约的生活,品味人生,追求人与自然的和谐,"以图直面生命的本质"。这与上述何氏之见的韵味当有异曲同工之妙。也在两年前,清华大学校长给新生赠书《瓦尔登湖》,我想这别出心裁的一招也有同样的旨趣和追求吧。然而,这也难，在高速奔驰的时代列车上，总是运载着喧嚣、炫耀、戾气，日复一日，年复一年，这似乎成了生活的常态，倒是沉静、纯朴、散淡却离我们渐行渐远，于是人心纷繁，人性泯灭，世态乱象丛生，这世界怎么了？

在湖边漫步，沉思，我情不自禁地想起了诗人海子，这位在20世纪80年代梭罗的"中国铁杆崇拜者"。1989年3月26日，中国文坛发生了一起轰动性的事件：年仅25岁的诗人海子在山海关卧轨自杀。当时，这位年轻诗人身边带着4本书，《瓦尔登湖》就是其中的一本。他用诗歌赞颂梭罗，在《梭罗这人有脑子》组诗中写道："梭罗这人有脑子/像鱼有水，鸟有翅/云彩有天空　　梭罗这人就是/我的云彩，四方邻国/的云彩，安静/在田豆之西/我的草帽上"又曾说："梭罗对自己生命和存在本身表示极大的珍惜和关注，这就是我诗歌的理想。"诗文之间，流露出海子对梭罗的敬佩和歆羡。梭罗说过："人活着的话，我们就应当努力追寻自己的理想。"然而可叹的是，海子他只是在文学（诗歌）上实现了自己的理想，但却没有再跨出一步，深刻领悟梭罗关于"生命的本质"之真谛。再跨出一步，读懂《瓦尔登湖》，谈何容易！

在此，必须作一点重要的补白：梭罗的人生观是高尚和向上的，他之"出世"是为了更好地"入世"。《瓦尔登湖》中文版首译者、著名文学家徐迟说得好："他（梭罗）记录了他的观察体会，他分析研究了他从自然界里得来的音讯、阅历和经验。绝不能把他的独居湖畔看作是什么隐士生涯。他是有目的地探索人生，批判人生，振奋人生，阐述人生的更高规律。并不是消极的，他是积极的。并不是逃避人生，他是走向人生，并且就在这中间，他也曾用他自己的独特方式，投身于当时的政治斗争。"是的，用"探索人生，批判人生，振奋人生"这十二个字来概括梭罗的人生观，庶几可矣。因此，梭罗绝不是什么"隐士"，他一生支持废奴运动，反对当时美国对墨西哥的战争，他还写有不少政论时文，如果不是因肺病不治而于45岁时英年早逝，倘若上帝再给他一些时间，梭罗将会活出一个别样的人生！

走近瓦尔登湖。如今瓦尔登湖已不只是一个湖泊，也不再是梭罗曾在那里生活与写作过的一个实地，它已幻化为一种意象，即"心灵的图画"。在现代交通便捷、国际交往频繁的今天，寻找实地瓦尔登湖不难，顺便带一句，我在实地就遇到了同住上海杨浦区的阿拉上海人和复旦人；但在这急功近利与急躁浮华的现代社会里，寻找"心灵图画"中的瓦尔登湖真的不易，因为它牵动现代社会的脉搏，绵亘人类文明的精神家园。那么，请诸君放慢一下你们的脚步吧，去倾听抵抗俗世邪恶的呐喊，聆听追随初心返璞归真的声音，才不致忘却心中的"心灵的图画"，沦为现代文明的弃儿。如此，那就命中注定了梭罗是慢热的，而现今被视为"世界文学瑰宝"的《瓦尔登湖》也是耐读的，经得起时空的考验，据统计该书在世界各地已有200多个版本流布，梭罗和他的《瓦尔登湖》将是不朽的。记得梭罗的导师爱默生说过："人一旦有追求，世界亦会让路。"这句话，当然首先是送给梭罗的，但也是送给努力寻找"心灵图画"中的瓦尔登湖的所有人，不是吗？

［原载《解放日报·朝花》2018年11月18日，后被伍斌主编的《何妨静坐听雨》（"朝花时文"2018年度文选）、张广智的《望道路上》等书收录］

瓦尔登湖已化为一种意境

五年前，2018年夏日，我初访瓦尔登湖，在朝杖之年，实现了要去现场看一下梭罗（1817—1862）写作《瓦尔登湖》实地的愿望，并撰有《走近瓦尔登湖》记之。

五年后，我有幸重访瓦尔登湖，赏湖怀贤，观景思往。风云变幻，世事沧桑，唯不变的是吾心，是我对梭罗的崇敬，对《瓦尔登湖》的喜好。

我从业西方史学史，接触现代美国文学史与美国史学史，大体在20世纪80年代。我清楚地记得，在阅读现代美国史学经典、鲁滨逊《新史学》的同时，也有梭罗的《瓦尔登湖》徐迟的首个中译本了，不过当时还没引起我的多大注意。1989年3月26日，中国文坛发生了一起轰动性的事件：年仅25岁的诗人海子在山海关卧轨自杀。这位梭罗的"中国铁杆崇拜者"，身边带着4本书，《瓦尔登湖》就是其中之一，知悉这一悲情，我把《瓦尔登湖》读了一遍，后来又不断地重读，于是梭罗的《瓦尔登湖》亦如鲁滨逊的《新史学》，便成了我的案头书，于此一端，文史合一，相得益彰。说真的，我从这位文学大师身上悟到了做一个真正史家的精神要素，并成了一个研读梭罗和《瓦尔登湖》一书的"业余爱好者"。此后，我借赴美探亲之便，在书店留意收集《瓦尔登湖》的各种英文版本，如有：梭罗：《瓦尔登湖》2018年特拉华州印刷出版、2017年波士顿倍康出版社、2004年耶鲁大学出版社、2004年普林斯顿大学出版社、2012年企鹅图书有限公司等。

上述各书，除正文外，皆有导论、后记、荐语等导读性文字，现

瓦尔登湖已化为一种意境

摘录并翻译以下两书中的文字：

如今，"瓦尔登"一词传天下，它不啻成了一首赞扬纯朴简约与自给自足德行的颂歌。

——2018 年特拉华州印刷出版封底荐语

须知，当梭罗从日出到中午坐在小屋里，在没有干扰的寂寞平静中，凝神沉思，那时鸟儿在房子里歌唱或无声地飞过时，他的言行举止正契合现在。

——2017 年波士顿倍康出版社，比尔·麦吉本封底荐语

比尔·麦吉本把梭罗的《瓦尔登湖》作为当下的福音，提供给我们。

——同上，封面荐语

上述英文各个版本，各有千秋，它们可以引导读者进一步打开梭罗的内心世界，探索《瓦尔登湖》一书之意韵。总之"福音"也好，"颂歌"也罢，这两个褒词，用在梭罗的《瓦尔登湖》上确是相匹配的，为当今的世界做出了一个预言式的独特的提示。

就其思想价值而言，梭罗的《瓦尔登湖》当可作为人与大自然和谐共生和相互融洽的范例。

且看：站在高处眺望瓦尔登湖，湖面似镜，湖水平静清澈。风乍起，湖面吹起一道道涟漪，天边的云霞映在湖面上，这是一幅多么美好的自然风景啊。从 1845 年 7 月 4 日到 1847 年 9 月 6 日，梭罗度过了两年多隐逸瓦尔登湖的日子。在树林里，他每时每刻细细寻找和思考隐秘在自然深处之美，告诉读者，让我们像自然一样审慎地度过每一天。回望梭罗的自然观，其源还要追溯到其导师、思想家爱默生。在爱默生看来，自然是一位精神导师，人类生活与自然紧紧相连，而不是人与自然竞争或者将其征服，因此，要把自然视为上帝的礼物那样加以珍爱。对此，梭罗与其师如出一辙，甚至还要超前一步。这正是由于 19 世纪美国新英格兰先验派代表人物爱默生和梭罗的自然观

领跑于当时美国思想界，为后人做出了榜样。梭罗对大自然充满了敬畏之心，在他看来，接近自然并与自然融洽的生活，这是人类力量的真正源泉。

21世纪以降，生态灾难一次又一次地袭击人类，促使人们思考：人类物质文明的发展不能以损害"大地母亲"为代价，要善待地球，珍爱自然，人与自然应当和谐共生，进言之，让"绿水青山就是金山银山"这一理念响彻大地，并要付诸实践，化为每个个体生命的一种行动，共同为建设"地球村"的美好家园而奋发不已。当时与当下，是一种精神与思想上的传承，在爱默生和梭罗的思想与作品中，孕育着现代环境主义和环境保护运动的种子。如今，瓦尔登湖已化为一种意境，正如梭罗所言："当一切都成为过往，瓦尔登湖依旧在看不见的远方荡漾。"读读《瓦尔登湖》吧，它将有助于世人对生态文明与现代化关系的认知，并以梭罗为榜样，珍爱自然，以达到人类孜孜以求的与大自然融洽相处的愿望。

就其文学价值而言，梭罗的《瓦尔登湖》经得住时间的考验，现今被视为世界文学史上的非虚构文学写作的范本。

据研究者统计，《瓦尔登湖》于1854年首次出版，在当时并没有引起多大的影响。进入20世纪，梭罗的名望日隆，1941年梭罗学会成立，1985年，他的《瓦尔登湖》与《圣经》并列成为"塑造美利坚民族精神的十本书"之一，与此同时，其影响也不断地扩大到世界各地。据不完全统计，该书至今已有200多种不同语种的版本。在美国文学中，它是先验主义的经典，被美国公众认为是最受欢迎的散文非虚构作品。

最近，我看到了当今散文名家赵丽宏的论见："写好散文应该具备三个要素：情，知，文。情，就是真情，这是散文的灵魂，没有真情，便无以为文。知，应是智慧和知识，是作者对事物独立独创的见解。文，是文采、文体，是作者有个性的表述方式。能将三者熔为一炉，便能成大品、成大家。"作为一个正在学步的散文写作者、一个深爱梭罗《瓦尔登湖》的人，试用赵氏上述高见，我认为梭罗的《瓦尔登湖》完全拥有"三个要素"且"熔为一炉"。不是吗？梭罗对自然的珍爱，是出自心灵深处的表白，他用第一人称，饱含着炽热的情感，用鲜活的文字歌颂自然之美、生命之美、生活之美，它是心灵的颂歌，当下的福音；非虚构"只有真实才经得住考验"，于是就百看不厌，常读常新，具有持久耐读的魅力。不信吗？你也静下心来，用梭罗的方式读《瓦尔登湖》，读它个两三遍，慢慢地就能体悟出经典的意韵，梭罗的品位！

就其人生观而言，梭罗是位隐士袍下的斗士，为世人做出了光辉的榜样。

称梭罗为人世间的"范人"，应是实至名归。"活出你的信念，你就能转动世界。"他满怀壮志地说，但天不假年，终因肺病不治，英年早逝，在其短短的45年人生历程中，正如文学大家、《瓦尔登湖》首位中译者徐迟说：不管是他的独居湖畔，写出传世名篇，还是用自己的独特方式，投身于当时的政治斗争，都是为其有目的地践行"探索人生，批判人生，振奋人生"之宗旨，这12个字，是梭罗人生观的高度概括，它为大众点亮一盏灯，引导世人奋勇向前，他的书被评价为塑造读者人生的25部经典之一。

阳光下，我径自走到小屋旁的梭罗雕像前，握着他的手，向他道别："再见了，梭罗先生。要是以后有空，我会再来探望你，游览瓦尔登湖。"

"欢迎你，欢迎更多的中国朋友来瓦尔登湖相聚。"

"下次再访瓦尔登湖，要带些什么东西来？"

"不用给我爱，不用给我钱，不用给我声誉，给我真理吧！我想了一下，你还是给我带一点真理吧！"

其时，秋风又起，响彻湖岸。瓦尔登湖，浩瀚大西洋中的一朵浪花，再见了！小车向前奔驰，渐行渐远，但世界文学瑰宝《瓦尔登湖》也已幻化为人们心中的一幅不朽的"心灵的图画"，永不遗忘！

（原载《解放日报·朝花》2023年11月12日）

第四辑
志者的星空

苍穹、夕阳、风沙
西出阳关
何处是我家
惟听驼铃声声
从远古走到当下

去纵览五洲风云
去描绘赤县彩霞
大漠无垠
前路漫漫
追逐先行者的足印再出发

悠悠千载,纵横万里
行囊中始终只装着一份
中国梦的牵挂

——张广智:《驼铃》

志者的星空

8月初，正是上海最热时，复旦园里亦酷暑难耐。某日上午，我去校医院配点药，只见校门前人头攒动，四个龙飞凤舞的"復旦大學"毛体字熠熠闪光，来访者来自祖国的四面八方，拍照者一批又一批。步入校内，右拐沿望道路东行，来客一路前行，一路欢歌，比校门外还热闹。

此行何为？踏访者慕名而来，心仪复旦，家长携其子女，学子联袂出游，大多是高二即将升高三的中学生，纷纷来这里访学，为其考大学谋划。

这是三年疫情后的一次反弹，筑成了难得一见的暑期校园别样的风景，汇合远大志向，融入青春梦想。我配药毕，回程漫步，不只是慢慢地欣赏这道亮丽的校园风景，而且还决意由教师转为临时记者，去采访，记录于兹。操作极易，只要出示进校的一卡通（卡上显示照片和姓名、职称）就行，被访者都很乐意与一个自1959年求学复旦至今，已逾朝杖之年的老复旦人交谈对话，皆兴味盎然。

来自"天府之国"的一对母女，她们一大早就在邯郸校区巡游了一圈，全被绚丽的"卿云"吸引住了。我针对她女儿的心愿说，我读书时，在20世纪50年代，复旦物理系下设原子能系（物理二系），现在本科招生专业目录中，它被合并在"技术科学试验班"（拔尖学生培养基地）内招生，你女儿在校名列前茅，可否一试？"只要心志坚，那就会心遂所愿。"握手告别时，我说了这句话，母女俩无比高兴，连声道谢。

来自沂蒙老区的两个家庭，甲家二子，乙家一子二女。其中一位母亲笑道，我们家邻居老一辈，在20世纪五六十年代求学复旦，然后在大上海落户了，回家乡探亲时，带得最多的"伴手礼"就是大名鼎鼎的上海大白兔奶糖，这些小朋友从小就吃了，喜欢得不得了。他们自幼就喜欢大上海，现在看好复旦。临别，我也笑道，祝愿孩子们心想事成，待明年9月，家长们携沂蒙老区的新一代，去旦苑餐厅尝尝沪上高校名菜"旦记粉蒸肉"（尤其是粉蒸大排），好吗？他们齐声笑道：好，太好了！

来自荆楚大地的学子群，他们身穿校服（是湖北名校黄冈中学），很是显眼，由老师带队，请老师的复旦同学作讲解员，此时正在"复旦学生超市"前喝水稍息。我走上前问他们，你们中间有没有对历史感兴趣、要报考历史系的？众声回答：没有。这令我失望和深思，记得疫情时，复旦学子作诗："压抑了一个冬天之后，终于迎来了春天，复旦的玉兰花开了……你听：我在这里，等你回来！"借用诗言，"九头鸟"（湖北人的诨号，作"聪明能干"解）东南飞，飞到复旦园，"我在这里，等你回来！"进而坦言，"欲知大道，必先为史"。我所在的历史学系，欢迎你们！

一览超市左侧，有一位来访者坐在石凳上看书。我好奇地走过去，他连忙站了起来，长相英俊，文质彬彬，知来自湖南衡阳。

"你爱读书，也喜欢中国古诗词吗？"

"非常喜欢，中国是诗词之故乡，尤喜欢读唐诗。"

"好。我出题你应答。题为：请在唐代诗人中，选择三首，点明出处，励志明年高考，也契合你此刻的心志。"

他立马回应，脱口而出，充满豪情地咏曰：

"长风破浪会有时，直挂云帆济沧海。"

这出自唐代李白的《行路难·其一》。

他看了我一下，又衷情地吟曰：

"会当凌绝顶，一览众山小。"

这出自杜甫的《望岳》。

他看了一下校内耸入云天的光华楼，深情地再吟曰：

"白日依山尽，黄河入海流。

欲穷千里目，更上一层楼。"

这出自王之涣的《登鹳雀楼》。

吟罢，我拍手叫好。"你的志向想必是报考中文系了？"他回答令我惊诧："我的志向是航空航天，遥想在太空翱翔，北京航空航天大学才是我的第一志愿。"

惊叹之余，我即兴口吟了一首打油诗为他点赞：

衡阳才子入儒林，
晓窗残月读书声。
等闲识得诗意情，
唯独想做太空人！

接着，我在他书中又题词："让理想的翅膀自由飞翔！"他十分满意地笑了，笑得那么天真，那么可爱。

至此，我想说的是，但愿莘莘学子在星空下拥有自己的世界，笃志前行，无坚不摧，奋发地去实现自己的理想。

（原载《解放日报·朝花》2023 年 9 月 17 日）

与上海如影随形的足印心声

《海上华痕》的书名，作者郑亚释之曰："'华'字在金文中原意为树木上的花朵，引申为美好的光辉，也被提炼象征华夏民族。作为书名，寓意着中华优秀传统文化留存在上海的美好记忆，可以说两层含义都有。"言之然也。在这本书里，郑亚以文博人的独特视角，不管是"观博寻踪编"也好，还是"读城阅市编"也罢，在笔者看来，其内容与文脉都可归之为"上海之声"，它们闪烁着明亮的光辉，不只是中华优秀传统文化留存在上海的美好记忆，组合在一起，也是一首声调优雅、音域宽广的"上海协奏曲"：有开天辟地、声震寰宇的中共"一大""二大"会址纪念馆等，是为高音；有上海历史博物馆、上海城市规划馆等，是为中音；有甜爱路、安福路等，是为低音。说什么呢？我不是音乐家，无权为他们定音。我只知，"上海协奏曲"需要各个音部协调配合，方能成大曲，其声方能传之九州，其音方能播之域外，彰显上海作为国际化大都市的应有地位与风采。

的确，以我个人之行旅，博物馆确是一座城市的标志，亦是这座城市的文化符号。记得十多年前，炎炎暑天，仲夏时节，我见到一幕难以忘却的文化影像：烈日灼灼，坐落在人民公园一侧的上海博物馆入口处排起了一条长龙，要等候一两个小时才能入室参观"大英博物馆古埃及艺术珍品展"。这里最多一天观者竟有2万多人。在这里，古埃及人的雕像、壁画、纸莎草纸、金银首饰、玻璃器皿等尼罗河文明的瑰宝一一亮相，与同为人类文明摇篮的中华文明相遇了，于是现代与古代撞击出的思想火花，闪烁在变换的时空中，其神秘、悲壮与诘问，怎能不深深吸引观者流连忘返？这就是上海，这就是上海人。

这种景况夥矣，我在宝岛观看台北故宫博物院、在纽约观看大都会艺术博物馆、在我国许多地方观看省市级的博物馆甚至地级市的博物馆，都可以见到观者的勃勃生机。这里值得一提的是 2017 年我行走豫北，出访新乡，余暇参观了平原博物院，这名字好气派，在地级乃至省市级的博物馆中鲜有以"院"为名的，它的前身是平原博物馆，平原省是我国 20 世纪 50 年代初的政区建置，它的省会就在新乡，于是平原博物院也就成了新乡博物馆的新馆名，如今是新乡市首屈一指的文化名片。且看馆内，一幅硕大的壁画展现了上古年代的牧野大战。据考证，牧野区域曾是上古时代夏商周王朝的京畿之地，五千多年华夏文明的发源地之一就在这儿，牧野之光照亮远方，沿着它的烛光，去寻求中华民族的精神基因，去承载天地乾坤的博大德行。

行文至此，我要特意说一下《海上华痕》一书中述及的关于鲁迅的篇什：《大陆新村鲁迅故居》《鲁迅家用花瓶中的深情寄托》《不拘方寸之间——由印章探究鲁迅的世界》及上海鲁迅纪念馆馆址的《甜爱路的幸福时光》。书中的鲁迅三迁、鲁迅故居、鲁迅遗物还有离故居很近的甜爱路，皆引起了我强烈的共鸣，因为我曾住在四川北路之尾的润德坊足足有十八年，与近在咫尺的鲁迅公园（1988 年前为虹口公园）也相伴了十八载。每天晨起，我就唤醒儿子一起到公园跑步，锻炼身体。每每跑步到鲁迅像前，就给吾儿讲一些少年鲁迅的故事。晨练归来，有时小子表现好，兴致来了，就到四川北路山阴路口的那家清真饮食店（现为伊斯兰餐厅）吃碗牛肉面，要么就去斜对面的四新点心店（现为四新食苑）吃汤圆，甜咸各两只，我都看着他吃，巴望儿子能留下汤汁什么的，可他总是吃个碗朝天，我则心甘情愿地回家吃粥，想起疼爱周海婴的鲁迅先生在《答客诮》一诗中所写"无情未必真豪杰，怜子如何不丈夫？"便又释然。

寒来暑往，年年岁岁，我记不清有多少次了，从景云里出发，经拉摩斯公寓，到大陆新村，沿着大先生的足迹前行，我似乎听到他的呐喊：从《狂人日记》的"救救孩子"到《药》里"喂！一手交钱，一手交货"再到《社戏》中的末句"也不再看到那夜似的好戏了"。

鲁迅的"呐喊"产生了深远的影响力和持久的感召力，正如郑亚所言："他始终在为民众奔走，为民族呐喊，能够无愧于'民族魂'之誉。"

郑亚的职业身份是位文博人，从1996年入上海博物馆至今在上海鲁迅纪念馆工作，她一路与博物馆同行，已整整有26个年头了。她的《海上华痕》是她与文博一路同行的足印，发自一位文博人的内心，也来自她的职业历程，这些与上海城市历史如影随形的足印心声，何尝不是另一种上海足音？

在她的笔下，自然可览上海文博天地的广袤世界。中共一大会址纪念馆、上海博物馆、上海科技博物馆、上海历史博物馆乃至各区县的博物馆，如青浦博物馆、嘉定博物馆，多家行业博物馆等，全市150多家的博物馆星罗棋布地分布在各处，它们各具特色，但又奏出同样的乐章，这就是笔者的文题"上海之声"，这声音经本书作者的妙笔，吸引着广大读者读这本书，去"倾听"《海上华痕》，亦即上海的历史文化遗产。

在她的笔下，有作者与这座她生于斯、长于斯城市半个世纪的情缘，道不尽的上海故事：苏州河上的桥、回味无穷的多伦路、非凡的张园、大学路的浮光掠影、永平里的轻歌曼舞、创意园区的历史遗迹、海上游园寻梦……在这里，有令人眷恋的魔都的俗世烟火，也有令人向往的申城的诗意年华，她写道："她一路思绪万千，由南而北，走过荷塘，荷花接近尾声，却依旧有两三朵姿容清雅，在上海秋天迷人的风轻云淡下，摇曳动人。远远的，桥边水榭里，传来了行云流水般的笛声，穿过了湖畔枫槭剪影似的枝叶，掠过湖面的睡莲花叶，逸向更远处的飞虹桥；而她在如梦如幻之间，被定格于这上海的园林景致之中。"这是一段很美的游记文字。

在她的笔下，我真正地感受到了从《海上华痕》逸溢出来的才气。我沿着她的文序，逐一览之，她的文字清新灵动，温文尔雅，彰显了一位女性写作者的风范，比如上文提到的《海上游园寻梦》，又如《安福路的花影》《那些不期而遇的鸟儿们》等，都是我特别欣赏的篇章。由此，她不只是一位文博人，而且也是一名散文作家。在散文世界的莽原里，只要她勤奋耕耘，自然会有这位"才女"的一亩三分地。

在我看来，散文写作，首先不在于写法与技巧，而是写作者至情深情的流露，舍此散文就消失了。无疑，郑亚的散文无装腔作势、虚饰造作，而真情地出自她的心扉。然而，读后总缺点什么？我想是境界，正如作家伍斌对她的期待："多用功写更有历史格局的文章。"这就是鼓励她往大的境界迈进，伍君之言正合吾意。不是说油盐酱醋、风花雪月或鸟兽虫鱼不可写，而是应有博观约取的视野、以小见大的眼力，方能成佳作。简言之，阅世阅书也，"阅世"就是要深入生活，这是一切文学创作的源泉；"阅书"，扩大读书的界限，郑亚是从事文博工作的人，文、史、哲类的书，读得越多越好，比如像《高卢战记》一类的汉译世界名著，如希罗多德的《历史》、汤因比的《历史研究》等都可找来一览，还可"出圈"读点像黑格尔的《历史哲学》之类的"天书"，那是一辈子受益无穷的。

至此，我衷心祝贺郑亚的《海上华痕》问世，希望她更上一层楼，再续新篇，为文博立言，为"上海之声"发音。

（原载《解放日报·读书周刊》2022年10月22日）

玉兰花开满天下

> 请把我的歌带回你的家，
> 请把你的微笑留下。
> 明天明天这歌声，
> 飞遍海角天涯，飞遍海角天涯；
> 明天明天这微笑，
> 将是遍野春花，将是遍野春花……

这首家喻户晓、传之四方的童歌《歌声与微笑》，热情而又委婉，温暖而又悠扬，响彻在浦江两岸，随着"我的歌带回你的家"，随着上海市花白玉兰绽放，传遍天涯。

玉兰花属木兰科，有白、紫、红、黄四种颜色，虽"一母所生"，但脾性不一，色泽相异，各有风采，而我心中独爱白玉兰，她犹如云朵、初雪、碧玉、浪花，喻示着挚爱、温情、期待和希望。1986年，上海市人民政府广泛征求了各方意见，经上海市民最终投票，白玉兰力压群芳，夺得桂冠，正式列为"上海市花"。倏忽之间，白玉兰酒店在申城落户，白玉兰广场在魔都兴旺，更具影响的是市府以白玉兰设奖名，以广揽天下英才，泽被五洲四海。

先说政府奖。从1989年起，上海市政府以白玉兰为名的常设性系列综合奖项，迄今为止已有逾1700多名外国朋友荣获白玉兰友谊系列奖项。2022年12月8日，上海市市长龚正为国际友人颁发2022年度"上海市荣誉市民"、上海市"白玉兰荣誉奖"。值得一提的是，三位复旦人荣获2022年度上海市"白玉兰荣誉奖"，意大利籍天体物理学家卡西莫·班比,由于十分突出的科研成绩,曾作为外国专家代表,受到了中国国家主席习近平的接见。

再说电视白玉兰奖。1986年12月10日,中国首届国际电视节在上海举行,至16日落幕,在短短的一周时间里,计有16个国家18个城市的23家电视台、制片公司以及国内多家电视台参加了这一盛会。电视节期间,长三角地区数千万观众,借助屏幕观赏了各国电视片,领略了域外风情。电视节中方组织者,以平等的节目交换形式,获得了参与国的电视剧17部(集)、文化专题片16部、风光专题片25部的播映权,由上海电视台播放,在中国电视观众中引起了轰动。首届取得了圆满的成功,而那首《歌声与微笑》已响遍"海角天涯",成为上海电视节的正式会歌。不过那时不叫上海电视节,叫作"上海国际友好城市电视节"。

上海电视节从第二届开始,与上海市花白玉兰花蔓相连,合为一体,至今已连续35年之久的"白玉兰绽放颁奖典礼"吸引了万千观众,美不胜收矣。以今年的第28届上海电视节为例,它吸纳了49个国家和地区高质量的参赛电视作品近1900部,选择享誉沪上的18个文化场馆进行播映,来自英国、美国、意大利、法国、比利时、芬兰、波兰、俄罗斯、日本等多个国家30余部参奖优秀作品,通过"玉兰飘香"线下惠民展映,观众反响强烈。尤其要记上一笔的是,今年开幕式启动"一带一路"国际传播活动,将"一带一路"国家最新优秀电视作品送到上海市民家门口,让观众感受到上海电视节真是"有温度的人民节目"!

时光流逝,上海电视节从1986年算起,已有37年了,伴着改革开放的步伐,我们奋力走向了建设中华民族现代文明的新途。白玉兰,上海市花,充满了对美好向上的期盼,充满了对世界未来的希望。从2004年改为每年一次的上海电视节,也伴随着"白玉兰论坛""白玉兰飘香""白玉兰绽放",把中国电视剧佳作如近年来的《人世间》《县委大院》《狂飙》和沪产优秀作品《大江大河》《人生之路》《破晓东方》等推向世界,让中国故事、海派风情,在世界各国人民心中留下了印记。

继上海电视节白玉兰奖之后3年,1989年又新设一个当今我国戏剧领域主要评奖项目之一的"上海白玉兰戏剧表演艺术奖",该奖每年一评,和中国戏剧梅花奖并称"南兰北梅",不仅在中国戏剧界,其影响力还辐射到域外,引来日本、俄罗斯、英国、德国、新加坡等国戏剧界人士乃至民间百姓的关注和兴趣,至今已举办31届了。笔者特记一个有趣的且意味深长的例子,说的是:今年4月21日,在第31届上海白玉兰戏剧表演艺术奖颁奖典礼上,一个中德混血小姑娘玛雅和她的弟弟安栋演唱了沪剧《敦煌女儿》、上海说唱《金陵塔》,真是有模有样,获得了观众热烈的掌声。他们拜曲艺名家王汝刚为师,师父则送给两个徒弟两颗白玉兰的种子,希望让中国戏剧艺术在他们心里绽放。玛雅和安栋立即回话:"这两颗白玉兰的种子,一颗种在上海的家里,一颗要种在德国。"说得好,让白玉兰香飘德国,进而让白玉兰绽放在世界各国人民的心里。

"请把我的歌带回你的家,请把你的微笑留下……"让"我的歌"传至海角天涯,让世人去倾听那追随梦想返璞归真的声音;让"你的微笑"盈溢寰宇,让人间充满满面春风的笑脸。

至所望焉!

(写于2023年5月)

夜色愈浓，愈显得晶莹……

——鲁迅在拉摩斯公寓的日子里

"我总在北四川路兜圈子"，鲁迅晚年在给萧军、萧红的信中这样说。确实如此，他自1927年10月3日携许广平抵达上海虹口，九年多时间迁居三次，从景云里（今横滨路35弄23号）到拉摩斯公寓（今四川北路2093号三楼4室）再到大陆新村（今山阴路132弄9号）。某日，我颇有兴致地进行过一次步行测试，以拉摩斯公寓为起点前往景云里，再从四川北路2093号出发至大陆新村，大体都要六七分钟。可以这样说，鲁迅晚年在上海的九年多光阴，以拉摩斯公寓为中心画一个圈，居住地在这里，社交活动的主要场所也在这里，当然"出圈"的重大社交活动亦甚。

我老家在闸北区（现合并于静安区），年少时游玩，首选的就是虹口公园（1988年易名为鲁迅公园），中学课本上的鲁迅选文给了我最初的鲁迅文学印象。后来就读于复旦历史学系，又在复旦任职直至今日。但参加工作后，一度安家在四川北路2330号润德坊，真是连做梦也没有想到过。从风暴初起至改革开放初期，在鲁迅当年的生活圈内足足有十八载，陋居距拉摩斯公寓近在咫尺，似乎我也成了他当年的近邻。

壬寅秋日，我又行至四川北路2093号，驻足良久，观门前上方钉着"拉摩斯公寓　虹口区文物保护单位　2004年1月13日立"的牌匾，2005年10月北川公寓被市政府公布为上海市优秀历史建筑，今有82户人家。我随着一位热心的住户登上三楼4室。门前整洁，显然是有人住着。我敲门，即有人开门；我略说原委，允进屋内，只见住房打扫得干干净净；户主说，这就是当年鲁迅先生凤栖之所，从1930年5月12日至1933年4月11日，他在这里生活了2年又11个月。住家谈吐不凡，世上一切皆见缘，不是吗？我邂逅了来沪打拼的兰州西北师范大学毕业生王静，六年前我在兰州出席一个学术会议，与该校老师说古道今，如今该校学生又热情地接待了我这个虔诚的"朝圣者"，这不是缘分吗？

鲁迅在上海的第二处居所拉摩斯公寓，以1928年建造的英国人拉摩斯命名，当时门牌为北四川路194号。现四川北路2079—2099号，通称为"北川公寓"。今人对鲁迅昔日住的2093号，还习惯称之为"拉摩斯公寓"。

且把时空切换到20世纪30年代初。其时正是上海滩的勃发期，茅盾在长篇小说《子夜》一开篇就描画了20世纪30年代初上海外滩的黄昏，称之为"这天堂般五月的傍晚"（此时，茅盾也居住在景云里，《子夜》写于1931年4月至次年12月）。这一情景，正与鲁迅入住拉摩斯公寓时吻合。然而，世道并不太平，上海也不安宁，1932年的"一·二八"事变的战火，他家"飞丸入室，命在旦夕"。小环境也令他不满，拉摩斯公寓虽名为一幢"国际化公寓"，但北向，阳光照不进屋，且雨天门前积水，屋内漏水。总之，鲁迅"拟即搬家"。

在拉摩斯公寓的日子里，鲁迅始终站在域外文化东传的前列，一如普罗米修斯把"天火"运到东土，让国人获取真理的光芒。鲁迅是卓越的翻译家，在他看来，译作是传入新思想和文化的要途，为此，他的译作伴随他一生，约有300万字见世，不亚于他的创作字数。在这两年11个月里，译作重点是俄苏革命文学的译介，文艺理论方面有苏联文艺文件汇编《文艺政策》、普列汉诺夫的论文集《艺术论》等，小说方面有法捷耶夫的长篇小说《毁灭》，与柔石、曹靖华合译的苏联短篇小说集《竖琴》，阿·雅各武莱夫的小说《十月》，与文尹（杨之华）合译的苏联短篇小说集《一天的工作》等。由于鲁迅等译者的努力，苏俄文学在当时中国文化界及20世纪50年代产生了深远的影响。记得我年轻时文学界曾流传"鲁迅是中国的高尔基，高尔基是苏联的鲁迅"，由此一端，也可见译介之功，使鲁迅和高尔基在两国和现代世界文坛上获得了重要的地位。

在拉摩斯公寓的日子里，他书桌上的灯光通夜不息，笔耕不辍，发表著述和译作170多篇，有《鲁迅自选集》和《三闲集》《二心集》《两地书》等相继出版。值得一提的是，1931年1月17日，柔石、殷夫、胡也频、冯铿、李伟森等革命青年作家被捕，2月7日他们五人连同其他共产党人共24人在龙华被秘密杀害，史称"龙华二十四烈士"。为此，鲁迅奋笔疾书撰写了《中国无产阶级革命文学和前驱的血》这一宏文，刊于是年4月与冯雪峰创刊的《前哨》第一期上，同年又主编"左联"刊物《十字街头》。自此90年瞬间过去了，去年上海戏剧学院倾全院之力，以"左联五烈士"为题材，创作了话剧版《前哨》，在2月7日申城首演。一剧激起千重浪，话剧《前哨》的影响力迅速扩至大江南北，这是对90年前"左联五烈士"为信仰而献身的革命精神的历史回响。首演后，话剧《前哨》又不断精益求精，用创新的舞台艺术方式数度上演，并在今年全国巡演，与新时代人尤其是当代青年进行了一场深层次的对话，它穿越时空，叩问初心，又恰逢建党百年，更为百年党史教育增添了一部不可多得的鲜活的教材，这也是对鲁迅当年创办的《前哨》一次庄重的献礼。

在拉摩斯公寓的日子里，鲁迅不只是静坐在书斋著文论道，而且还奋不顾身地、频繁地参加社会活动。除"一·二八"战事期间避难于内山书店和支店等地约有40多天外，1932年11月11日他离沪北上第二次探母，在京期间，于11月22日至28日前往北京大学第二院、辅仁大学、女子文理学院、北京师范大学、中国大学等校演讲。此外，重大的文化社交活动有：出席"左联"主办的鲁迅五十寿辰纪念会（1930年9月17日）；与美国进步作家、记者史沫特莱的交往（1930年9月起）；在这里倡导了中国新兴木刻运动，筹办暑期木刻讲习班（1931年8月17—22日）；会见鄂豫皖根据地来沪治病的红军将领陈赓（1932年夏秋之间）；结识了宋庆龄，参加中国民权保障同盟，出席中国民权保障同盟执委会会议（1933年1月）；赴宋庆龄寓所参加欢迎爱尔兰作家萧伯纳的聚会（1933年2月17日）；与美国记者、作家埃德加·斯诺的交往（1933年2月）等。他总是在忙碌中，就像1930年9月24日所照流传后世的"标准像"所显露出来的神情，"两眼在说话的时候又射出来无量的光芒异彩，精神抖擞地，顿觉着满室生辉起来了"（许广平语）。在"万马齐喑究可哀"的时代，鲁迅的形象犹如19世纪英国桂冠诗人威廉·华兹华斯诗中所描画的："你也像夜幕四垂时素月高悬/透过蒙蒙的雾霭，清辉远映/夜色愈浓，愈显得皎洁晶莹。"（杨德豫译，转引自《中华读书报》2022年10月19日陈浩然文）且看，90年前北四川路拉摩斯公寓外的夜色愈浓，愈显得房内伏案耕耘者的光辉，素月高悬，清辉远映。

透过雾霭和浓浓的夜色，中国共产党早期领导人、颇具文学才气的瞿秋白，在虹口公园（当时称靶子场公园）的广玉兰、栀子花盛开的时候，于1932年5月在拉摩斯公寓与鲁迅相见了。初识如挚友，首遇犹故交。许广平说，鲁瞿相会犹如"亲人，真是至亲相见"。一见如故，瞿秋白在冯雪峰陪同下，在鲁迅家中做客至深夜方归，这是因为：他们志同道合，为中国无产阶级革命文学事业，矢志不渝，在此时走到一起来了；他们患难与共，在生命危险、处于困境时，鲁迅数次接待来他家避难的瞿秋白夫妇，均使后者化险为夷；他们并肩战斗，在文苑里不辞劳苦地耕耘着，合编《萧伯纳在上海》（1933年3月出版）。之后，瞿秋白编选《鲁迅杂感选集》并作了长篇序言，说"我们应当同着他前进"。瞿秋白于1934年1月离沪赴江西中央革命根据地，1935年2月被国民党政府逮捕，1935年6月被害。鲁迅得知，悲痛万分，他搜集秋白译著60多万字，编成《海上述林》（上下两卷，1936年出版）作为对牺牲战友的纪念。"人生得一知己足矣，斯世当以同怀视之。"鲁迅曾录清人何瓦琴的集句赠瞿秋白，其中倾注了志同道合、患难与共与并肩战斗的革命情怀以及亲如手足的兄弟情谊。

在行走中，我时刻感受到会与大先生的足迹相叠，似乎进入了一个富有创造力和生命力的世界里，今与昔、现实与往事、美好与幻梦相遇，一切都涵盖在他那非凡的五十五岁的生命历程中，如黑暗中的烛光。啊，拉摩斯公寓的灯光长亮，在历史的星空中，给寻找光明之旅的人以方向，给寻求信仰的人以希望。正如鲁迅研究专家郜元宝在纪念鲁迅诞辰 140 周年座谈会上所言："一百多年来，中国人民为有鲁迅而自豪，世界各国文化界也因为鲁迅而向中国投来赞许钦佩的目光。"(《学习鲁迅，坚持文化自信》,《上海作家》2021 年第 5 期) 诚哉斯言。

(原载《解放日报·朝花》2022 年 12 月 25 日)

且盼君来归

"胜利"终留影,且盼君来归。近日有消息称,位于四川北路近旁的胜利电影院已修缮一新,露出芳容,待放光芒。

这消息顿然使我回忆起少时的观影的事。直至1959年进入复旦大学读书前,我一直住在闸北区(现并入静安区)老北站附近,闲时常去四川北路逛逛,不是去商场,而是去那里众多的影剧院挑选看新影片。记得我平生看的第一部电影就是在国际电影院看的苏联电影《金星英雄》,主演邦达尔丘克,还在这里看过由玛列茨卡娅主演的影片《乡村女教师》,对苏联影星的精湛演技,至今记忆犹新。

当时复旦属宝山县,文化场所少而简陋,尽管学校登辉堂(现为相辉堂)周末也放电影,但终究不能满足学校师生日益增长的需要,四川北路所在的影剧院正好满足了这一需求。我从1967年在四川北路底润德坊安家,一住就是18年,直至1984年搬迁至复旦附近,与虹口结下了浓浓的情缘,其间所看的影剧,大多是在此地。倘从我住的润德坊一路向南,步行几分钟就到了永安电影院,它的斜对面是虹口区第一工人俱乐部,大礼堂也常放电影,附近还有红星书场(现已消失)。再步行几分钟就到了群众剧场,它影剧都有,记得当年赵燕侠率北京京剧团演出的《沙家浜》,她饰演的阿庆嫂,我以为至今还没有人能超过。越虬江路、武进路,就到海宁路了,左拐东行几百步,就是曾经风光一时的国际电影院了。

国际电影院以其壮观、大气闻名,以"国际"冠名,也是实至名归的。近在咫尺的几家,与国际电影院相比,犹如高峰下的秀岭。胜利之"秀"在于它的小巧玲珑,而其中西合璧的建筑风貌,颇能吸引游人驻足。想起在"山雨欲来风满楼"前的一个春节，在那里看过《柯山红日》《百日红》《满意不满意》等影片，其喜气祥和、万山红遍的气氛恰与伟人于1965年歌咏的"莺歌燕舞"相吻合。

与这两家影院百步之遥，在乍浦路北端有虹口大戏院和解放剧场，前者今已不见，但在历史上，虹口大戏院却是我国第一家电影院，其地位毋庸置疑，我在中学时代，曾在该院看过滑稽戏《三毛学生意》（后由上海天马电影制片厂拍成同名影片）等，那文彬彬、范哈哈演的三毛和吴瞎子等的出色表演，真是笑煞人啊。

最后说说解放剧场。我有收藏看过的影剧说明书的嗜好，日积月累，书房竟藏有一抽屉。在杂乱无序的说明书中，发现了根据毛主席词作《蝶恋花》编演的革命史剧《蝶恋花》的说明书，1961年由江西省南昌市越剧团演出，封面左下角手写："61.5.14 于解放剧场"。它让我眼睛一亮，连看了几遍，重拾记忆心想：一个能编演如此重大革命题材而又精彩出演的市级文艺团体真是了不得，不禁令我进一步想了解它的"前世今生"。为此，我找到了江西师范大学历史文化学院教授、吾生李江与徐良，他们不顾南昌暑天高温，查找、采访、研究，费尽心力助我了解了南昌市越剧团的小史：从1951年南昌市越剧团建团到2010年隐没，整整60年，可分为前、中、后三段。前10年业绩不凡，在江西省前两届（1954与1958年）戏曲会演中均获一等奖。值得一提的是为庆贺中共八届八中全会的召开（即1959年的"庐山会议"），演出越剧传统名剧，得到了毛主席等中央领导的接见。中间20年随时代风云而历经坎坷，曾一度解散。后30年中，1981年曾复团重生，但在商潮的冲击下，南昌市越剧团犹如浪涛中的一叶小舟，经多次的"院团改革"，于2010年被合并，退出了省市的戏曲舞台，悄然消逝了。

回顾南昌市越剧团的60年史中，其1961年编演的《蝶恋花》及其上海行，是个亮点，笔者特地抽出来另写一笔。据史料载：1961年由该团演职员工节衣缩食积攒资金建造的"胜利剧场"竣工，开张演出的第一台大戏就是《蝶恋花》。不久，该团带着《蝶恋花》直奔上海，在申城解放剧场倾情出演，得到了素来爱好越剧的上海人的热烈欢迎。如今一个甲子过去了，蝶恋花啊蝶恋花，且听，"我失骄杨君失柳，杨柳轻飏直上重霄九"，那激昂的旋律，那悠扬的雅音，随着弹词名家余红仙的咏唱，传之四方，并由此幻化为一个意象、一幅在世人间的"心灵的图画"，永远流传。

（原载《新民晚报·夜光杯》2023年9月20日）

四平科技公园琐记

晨起，站在大楼高层窗前看远方，大凡天气晴朗的日子，远处巍峨壮观的上海中心大厦清晰可览；近处的风景一目了然：松柏郁郁，草木葱茏，掩映于树下，不时闪过小道上晨练跑步的身影……

我看到的这座公园，与我居住的复旦书馨公寓近在咫尺，名为"四平科技公园"。在申城公园的排行榜上，就其面积大小，它是个"小字辈"。它坐落在四平路以西，国泰路和国权后路以南，占地面积仅5公顷，合75市亩。我曾经做过一次测试，从公园门口起步，用中等速度沿园步行一圈，只需22分钟，确是很小的。但"麻雀虽小，五脏俱全"，你看：移植的松树参天，种植的灌木欣欣向荣，蜿蜒起伏的大面积草地，河岸边的健康步道、健身工具、儿童游乐场，走马塘静静地从南端流过……

这座"小字辈"的公园也是"晚字辈"，它开园至今只有17载，是一个还未至弱冠的少年。它的原址是块农田，一侧有个长途汽车场，还有一个当时闻名的农贸海鲜批发市场。新世纪伊始，这地块列入了市政改建计划，四平科技公园与复旦科技园大厦、复旦书馨公寓携手共建，同时告成。科技园与书馨公寓均有出入口与公园相通，三者合为一体。2003年12月31日，四平科技公园正式开放，步入园内游览，复旦科技园大厦高耸入云，顶层的"复旦科技园"五个字熠熠闪光，让游人领悟"科学技术为第一生产力"的深意和力量。

2004年春，我也从虹口的凉城新村搬到杨浦区的复旦书馨公寓，成了最早一批入住书馨公寓的复旦人。自此，我在工作之余，常去公园散步，有了一个休闲观景的好地方，我视它为我的后花园、复旦人的后花园，当然也是周边居民的后花园。在那里，我可以遇见学界同人，邂逅旧雨新知，有趣的是，同住书馨公寓的古文字学家裘锡圭先生、住复旦第二宿舍的历史学者朱永嘉先生、住第十宿舍的古典文学家陈允吉先生，均已逾杖朝、近鲐背之年，在校内、系里很难碰到，却常常在公园里相遇聊天，令人舒心。

有道是，"海纳百川，有容乃大"。以这座四平科技公园为例，然也。我每每到园内散步，总要仿效中外良史每到一地搜罗天下放失旧闻的传统。在公园里漫步时，常听到不同的方言，偶尔与之交谈亦觉愉悦。一天，周日上午，在河边大帐篷下，一群人在咏唱，浑厚、高亢、激越的音调，别具一格，这不是秦腔吗？我驻足良久，间歇问之，得知他们多是陕西籍的秦腔爱好者，其子女在上海尤在四平科技公园附近的单位谋职，有的就在复旦科技园内工作。周日子女们休息，平时操劳家务带儿孙的长辈们也难得休息一天，聚会欢唱，好不自在。上海的容量无比宽大，集天下英才而聚之，而小小的一座公园也成了这些"英才"家长们的后花园。

说起后花园，我自然会提到公园南端的走马塘。我初来时，河水浑浊，水中垃圾甚多，还发出臭味，之后河道不断疏浚，河水渐清。记得疫情前，某日竟有一位长者在河边孤竿独钓，这引起了我的好奇，每次路过都要去看一下这位老人。"走马塘连一个鱼影都没见到？您今天钓到过吗？"我问。"没有"，他答道。"这么多天下来，钓到过吗？"我又问。"没有"，他又道。公园解禁开放，我又到老人钓鱼的地方，一连几天，望着还是不见鱼影的河，却已不见老人家的身影，留下了莫名的叹息。

再说走马塘，近又读文史学家读史老张（张国伟）的大作《相辉：一个人的复旦叙事》，经他考证，方知走马塘曾是民国时复旦的"护城河"。我在1959年入学复旦后，亲见走马塘在校园西侧流过，今燕园"小桥流水"可寻其踪迹，20世纪90年代，市政改建，切断了复旦与走马塘水系的连接，然而正如《断桥遗梦》歌曰："桥断水不断，水断缘不断，缘断情不断，情断梦不断。"是啊，水断情缘不断啊，在历史上走马塘与复旦依水结缘；如今，四平科技公园被复旦科技园、复旦书馨公寓拥抱着，水断了，但仍与复旦紧紧相连啊。行文至此，我又突然想到了那位在走马塘边的钓鱼老人，我相信他总会在那里钓到鱼的，不是在梦里。

（原载《新民晚报·夜光杯》2022年2月15日）

回望

　　岁月飞逝，隔着18年的光阴回想母亲的肖像，她蓦然一回望，微笑地看着我，这一影像似乎永远定格在我心中或梦里。

　　儿时的记忆多已淡化，但有一小事，却让我至今难忘。一天，我感冒发热将愈，妈也厂休在家。她摸摸我的额头说："烧退了，好嘞。"给我倒了一杯开水后，悄然走出小房间，旋又回头问我要吃什么。我说要吃馄饨。妈二话没说，便拎着菜篮子出门去采购。小菜场离家很近，她一会儿就回来了，只见灶间：剁肉、拣菜、烫菜、剁菜、调馅、包、下锅。不一会儿，一只只馄饨在沸水中翻滚着、跳跃着，好像河中一群小朋友在游泳、在击水。我在一旁看着，差点流出了口水。片刻，一碗热气腾腾的鲜肉荠菜大馄饨放在我面前，青白相间的葱花在碗中飘浮，引发了几多联想。母亲在沪上一家亚浦耳灯泡厂工作，是个轧丝工，即轧灯泡里的钨丝；在家是位家庭主妇，厨艺精湛。她用灵巧勤劳的双手点亮了一片星空；哺育儿女，温暖着我们的心，也温暖着世界。

　　"别烫着，慢慢吃。"妈微笑地看着我。少顷，碗里已吃剩下一只馄饨，我望着妈说："妈，你也吃一只尝尝。"妈突然被儿的孝道感动，真想领情，于是端起了碗，随即又放下，对我说："还是你吃吧。"我不从，妈不肯，争执再三，还是我吃了。这个朴素的感性的孝道，被理性的浓郁的母爱阻止了。每每忆及幼时的这件饭事，它虽小却令我刻骨铭心，就此"鲜肉荠菜大馄饨"成了我毕生喜爱的美食，更是我少不更事时母亲留给我的"印记"。此后，我不知尝过多少碗鲜肉荠菜大馄饨，总吃不出昔时母亲做的那份味道。

1959年秋日，我要去复旦大学读书了。儿子上大学在当时棚户区中还少见，爸妈自然高兴，不过对名校什么的，他们全然不知，更何况20世纪50年代的复旦也没有像今日那样有显赫的名声，更没有想到儿子会在那里生根开花。母亲说要送我到学校安顿好，我执意不从，这次她被我说服了。步出家门，我背着书包，带着一些书，记得的有两本——未看完的长篇小说《子夜》和翻烂了的长诗《王贵与李香香》（李季著），拎一个装有搪瓷面盆、竹壳热水瓶等杂物的网兜，母亲帮我拿一只帆布箱子，衣被尽塞在这个箱子里。

"这箱子蛮重的。"她说，"去学校念书，妈不在你身边得要自力更生了。"这"自力更生"是当时的热词，一如当下的"砥砺奋进"。新中国五六十年代的工人阶级，对"自力更生"感同身受，妈是个产业工人，自然说得很顺嘴，也契合那时的我。

"会的，会的。"我连连点头。

"同学之间要和气。"她说，"对农村来的小囡，要多帮衬点。"

"会的，会的。"我又连连点头。正如母亲所预料的那样，同寝室的H同学，入冬盖被单薄，我告知母亲后，即给他送了一条棉纤混纺的毯子。

我家住闸北区（现合并在静安区）中兴路，离杨浦区邯郸路的复旦大学不是很远，有从北站开出的73路公交车抵达。过了两个街口，73路公交车鸿兴路站到了，她把箱子搬进车内，很快地就有乘客让座，她还特地关照一位邻座的大叔，说到复旦大学站下车时请他帮我（复旦大学站有校方助力到各系工作站报到）。秋日的阳光照在母亲的脸上，她很高兴地望着我，我透过玻璃门窗，也望着母亲。车开了，母亲倒过身子，微笑地看着我……

母亲在晚年时，一有机会就会跟儿孙辈说起"老底子"的事，20世纪30年代中期她首闯上海滩的往事，常常会闯入我的梦中：清晨时，霞光映在她的脸上，挽着梳妆得体的舅妈，从弄外拐向武进路，往塘沽路三角地菜场而去；做饭时，灶披间忙碌，舅妈主厨，她是帮手，但厨艺日进，为以后当家烧煮打下了基础；闲暇时，去北四川路

（今四川北路）逛逛，北川灯火旺，心里尤舒畅。

然而好景不长，母亲在舅舅家"帮工"的好日子，被"八一三"淞沪战事中止了，只好回故乡避难，直至1946年冬，带着时年7岁的我再次踏上了上海的十六铺码头。母亲年轻时铸就的虹口"四川北路情结"，似乎有一种莫名的"基因"由我在传承着。不过，我在虹口四川北路安家，这是连做梦也没有想过的。母亲年龄渐老似霜降，脸上的皱纹刻着时光的留痕，头上的白发藏着岁月的沧桑，然当她得知我要在四川北路润德坊安家后，无比高兴地对我说："我老是觉得逛逛四川北路，心里欢喜，走得舒坦，就像'老底子'我厂出品的亚字牌灯泡，照得心头亮堂堂。"北川灯火照我家，日月如梭，我这一住就是18年，与四川北路结下了浓浓的情缘。

回望，母亲微笑地看着我，不管在世间还是在天上；把回想留给我们吧，放飞梦想，犹如驼铃之于沙漠，灯塔之于大海，希望之于未来。

（原载《钱江晚报》2022年5月8日）

北川灯火

北川道上行，昱昱暖人心，风雨兼程路，灯火照古今。

时光飞逝，随飞速转动的时代车轮，城市也在不断向逝去岁月告别的声音中前行。新年伊始，沪上"今潮8弄"散发出四川北路厚重的文化氤氲与石库门弄堂的烟火气，一时甚是"闹猛"，或许是上海这座特大城市日新月异的一个缩影。

"今潮8弄"位于四川北路武进路口，66幢老建筑，历经岁月沧桑，如今经过修缮，修旧如旧，重新"亮相"，灯火敞亮，吸引了一批又一批的游人，很快地成了沪上"文旅新地标"，也让我这个有着"四川北路情结"的人感慨万分，陷入了对"北川灯火"往事悠长的回想。

"北川灯火"，最初是从母亲那里晓得的。母亲在世时，她在晚年一有机会就跟小辈说起"老底子"的事，经常唠叨的是：我的大舅，在上海因经商而小富，20世纪30年代初，不到20岁的她从乡下到申城舅舅家帮工。有一次，我问母亲："妈，你记得当时大舅家在上海什么地方吗？""记得的，北四川路（今四川北路）老靶子路（今武进路）的一条弄堂里。"妈说的这"一条弄堂"有几家书店，好像是那时著名的公益坊。不管怎样，四川北路武进路口，这不正是当下"今潮8弄"之所在吗？

可是，好景不长，1937年7月抗战烽火烈，8月淞沪战事起，母亲回故乡避难、结婚、务农、生子。抗战胜利后，她带着7岁的我和襁褓中的妹妹再闯上海滩，经大舅介绍，在当时一家闻名上海的亚浦耳灯泡厂做轧丝工（即制作灯泡内的钨丝），凭着灵巧和聪颖，母亲很快地成了熟练工。我家落户在闸北区（现合并在静安区），厂址在杨浦区平凉路，母亲每天起早步行上班，摸黑行走回家，即使后来两地有了公交车，但两头要跑点路。我们子女劝说她改乘公交车，"还是乘'11路'公交车（步行）来得爽气。"母亲笑道，"下班回家，经过北四川路，总觉得这条马路走得舒坦，就像我们厂里出的亚浦耳灯泡，照得心里亮堂。"一想起年轻时走过的马路，母亲心里怎么不感到温暖和亮堂呢？每每讲到这里，她就露出很得意的样子。有一天下班回家后，她高兴地对我说："厂里工会发给我一张国际电影院的票子，给你去看吧。"我喜悦无比，从虬江路入四川北路，顿觉灯光明亮，走近国际电影院，霓虹灯光彩夺目，四川北路的灯火，从石库门里弄所溢出的烟火气，在我少年时代就烙印在我脑海中，"四川北路情结"由此而萌生，这似乎有一种莫名的"基因"在相传。

1959年，我进复旦历史学系就读，"四川北路情结"在延续。且看，由北朝南，一路走来，去淘书（有三家书店）、看电影（有三家影院）、听评弹（在红星书场，现已消失）、看京戏（在群众剧场）、看话剧（在解放剧场）、看地方戏曲（在虹口大戏院，现已消失）等，它们如同晚间四川北路上串接的一串彩色灯珠，闪闪发光。

在虹口四川北路安家，这是我做梦也没想到的，但梦想成真了，房子是妻子单位分配的，在四川北路末端的润德坊。1924年建造，比我足足大15岁。原设计的独门独户，现住了四家，逼仄拥挤，最初还没有地方装煤气，只好暂时在父母家蹭饭，最恼人的是尚无现代卫生设备，每天清晨被吆喝的"倒马桶"声惊醒。但我们满足了，有了这个小家，一切都好，其他一切都不在话下了。你看：一张小方桌，餐桌和书桌兼用，一只8支光的日光灯悬在小桌上方。晚饭后，我和儿子对面坐，他做作业，我写文章（我在这里规划了日后从主编《西方史学史》到主编多卷本《西方史学通史》的蓝图），孩子她妈织毛衣，正是："男耕女织忙我娃，未来远景我们画；莫道风雨多变幻，北川灯火照我家。"

岁月如梭，我们这一住就是18年。20世纪80年代中期，我进入了学校排队按积分分房的行列。终于要搬家了，一大卡车，搬走了不少杂物，运走了一大堆书，但搬不走对老屋的思念，忘不了那四川北路的灯火明晃晃。

我从虹口润德坊搬出，到复旦十舍小住4年，再回虹口凉城新村复旦五区，又住了15年，2004年4月重回杨浦，如今入住在复旦书馨公寓也已17年了。不管迁居何地，我的"四川北路情结"未了，大凡我的学界友朋来看我，我或推荐或陪同去四川北路逛逛，看一看与南京路的五光十色、淮海路的色彩秾丽别样的灯火，领略"北川灯火"所包含的文化意蕴。我这里要特别说的是四川北路的"鲁迅元素"。鲁迅先生从1927年10月3日抵达虹口，9年多时间，从多伦路上的景云里23号到四川北路拉摩斯公寓（现名"北川公寓"），再到山阴路的大陆新村9号，正如他在给萧军、萧红的信中所言，"我总在北四川路兜圈子"。记得前些年，我陪台湾友人、中国思想史研究大家王汎森先生（曾任台湾"中央研究院"副院长、院士）出游四川北路。他对鲁迅先生异常尊奉，于是我们决定去鲁迅公园参观纪念馆，谒墓地，沿着上述鲁迅的迁移图，踏着大先生的足迹前行，因为有了鲁迅先生，四川北路的灯火分外辉煌。

一路前行，前方响起了歌声："青春婀娜，灯火里的中国，胸怀辽阔，灯火灿烂的中国梦，灯火荡漾着心中的歌……"高亢悠扬，满怀深情，这不是由歌唱家廖昌永于2021年元旦晚会上首唱，然后唱遍大江南北的《灯火里的中国》吗？此刻，我又想起母亲说的北川灯火"照得心里亮堂"。当下，正因为有"今潮8弄"的增光添彩，有无数个"北川灯火"的亮堂，才汇合成了灯火漫卷的万里山河。

（原载《社会科学报》2022年7月21日）

康泰心安得长寿

辛丑秋日，草木蔚然，层林尽染，正是申城好风景。岁岁重阳，今又重阳，养老院里菊花香。小杨家的母亲在养老院颐养天年，重阳节前，他把居委会送给老人的重阳糕、牛奶和水果等礼品，再送至母亲那里。这位母亲名为耿治贠，是我在1964年复旦读研时导师耿淡如先生（1898—1975）的长女，耿师乃是我国第一代世界史学科的开创者之一、中国西方史学史学科建设的奠基人。

耿师外孙小杨也不小了，他与共和国同龄，72岁整，当入古稀之年了。前几年，我受学校之托，编纂"复旦百年经典文库"耿淡如卷时与之交往，并互通微信。当时他刚从养老院归来，马上通过微信传我一张照片：只见耿老师（她退休前任中学语文教师）手捧鲜花，脸色慈祥，眼神里尤有光彩，左侧由护工拿着的贺匾，上书："贺耿治贠百岁生日，上海市人民政府龚正，二〇二一年九月二日。"

我把这张照片和另外两张照片（2012年3月22日耿老师与作者在寒舍合影、2021年4月我去敬老院探望时的合影）发至朋友圈，引语如下："今天是一个喜庆的日子，吾师耿淡如先生的长女耿治贠老师百岁华诞。9月2日的这张照片与九年前的留影、今年4月拍的照片相比较，她越活越年轻了，真有一点'历尽千帆，归来仍是少年'的况味。"最后，我倡议在朋友圈里做一个"游戏"，每个点赞的朋友以四字句"接龙"，祝贺耿老师生日快乐，此举得到了朋友们的热烈响应，我先贺之为"康泰心安"，接下来的是：笑口常开、相期于茶、安之若素、平安喜乐、安然清宁、长乐未央、永受嘉福、幸福安康……

我看着这三张照片，迅即回忆起另两张照片拍摄时的情景：2012年3月17日我主编的《西方史学通史》（六卷本）在我校召开新书发布会暨学术研讨会，时已91岁的耿老师在《解放日报》上看到了这一消息，随之由小杨陪同，找到了寒舍，一进门，她目光炯炯地向我说道："家父的遗愿由张教授实现了，多谢你呀！"临了我赠送给她老人家一套还散发着油墨芳香的《西方史学通史》。她把这套书放在家里，常常摩挲，爱不释手。"由此，我妈记住了您的名字，常在心中挂念。"小杨如是说，我听后感慨万分。

岁月飞逝，九年过去了，我去敬老院探望耿老师。恰逢春日，怡人的春风从窗外吹来，只见一位长者坐在椅子上用手略理一下头发，随后从抽屉里拿出一枚放大镜，聚精会神地在看《健康报》上的文章……这位"长者"即是期颐之龄的耿老师。我生怕她遗忘，事先在纸上写下了我的名字，她用放大镜照了一下，顿时起身看着我，连声说："张教授，张教授。"我连忙按住她坐下，手写放大认字，耳旁声亮讲话，沟通不是问题。期颐之岁，老人饮食起居当有人寸步不离服侍着，然百岁耿老师却说"不"。

"她日常生活硬要自理，老太太蛮要逞强的。"护工甲夸道。护工乙接着也说："一天，她对着镜子，梳头拨弄了半天。""老师是书香门第出来的，自然有讲究。"我应声道，接着话题一转问："老人家吃饭可好？""可好呢，老太太能吃一碗饭。"两位护工阿姨齐声道。餐饮部师傅把今年4月19日至25日的菜单给我看，只见她点的菜是：酱汁鸭腿、酱爆鸡丁、烩三鲜、刀豆烧肉、油面筋塞肉、肉糜蒸蛋、菜肉圆子等。哦，我从这菜谱中似乎找到长寿的秘诀了，那就是老人要多吃肉呀。我曾言：即便至耄耋之龄，只要有"安然清宁"（作家龚静贺词）的心态，也能继续焕发出青春的活力。以百岁耿治弇老师为例，然也。

我又细细看着这三张照片，沉思良久，遐想不已。致敬前辈，并与这位百岁老人共享一丝绚丽，一份荣光，人生之福，莫此为甚也！

（原载《新民晚报·夜光杯》2021年10月25日）

为谁辛苦为谁甜？

> 不论平地与山尖，无限风光尽被占。
> 采得百花成蜜后，为谁辛苦为谁甜？

这是晚唐诗人罗隐写的一首七言绝句《蜂》，他以近乎白话体写诗，以蜜蜂酿蜜的"动物故事"议之，寓意深远。

这首《蜂》或许在唐诗的百花园里不为人所瞩目，但却引起了我的强烈共鸣。我对它的共鸣，从弗洛伊德的心理学而言，是一种"移情"，神入那时罗隐的情感和境地，于是情不自禁地把教师比作蜜蜂。

流逝的时光却不能磨灭昔日从教的足迹：1968年，复旦大学待分配的研究生，按哪里来就回哪里去的做法，我与中文系同届研究生黄霖（现为复旦大学文科资深教授）被分配在新中中学从教，就此我们踏上了人生的第一站。

当时新中是在闸北区（现校址为静安区原平路），与四行仓库为伍，与苏河湾相伴。此时学校尚未复课，我和黄霖了解一点新中的校史，发现学校图书资料室是个宝，这里的藏书丰富且具有价值，如二十四史就有两套（后赠上海图书馆一套），还有《四部备要》《四部丛书》，妙哉！竟还藏有《万有文库》，这对我们两人所从事的文史专业实在是难得的。由喜欢新中的书，进而也喜欢上了新中，在那个荒芜的年代里，我们顿时觉得精神上的丰赡。特别值得一提的是，新中中学与复旦历史学系均有久远的历史，均在1925年建校立系。新中啊，新中，真的是命中注定与我有缘，一个复旦历史学系的研究生，就此开始了漫长的50多年的教师生涯。

一年后,我接过1972届2班班主任之职,从1969年4月至1972年6月,从迎新至毕业分配,经历了当时中学一个班主任的全过程。50多年过去了,当我们师生再次相逢时,他们已近古稀之龄了。

观当下,雾霾散去显春晖,上个月吾班举行了"五十年后再相逢,师生情缘似海深"的聚会。"世事沧桑,阅尽天下风云;五十年来,师生情缘永在。"昔时能干现更加能干的班长毛爱珍兴奋地说:"今天我代表全班同学向老师献礼,这个礼是个匾,由张建申同学选诗并书写。"

张建申用标准的国语,指着匾一字一句朗读的就是上引的罗隐之《蜂》,念完后,又重复朗诵了"采得百花成蜜后,为谁辛苦为谁甜?"他反复咏叹,使众人感慨万分,遐想不已。

"采得百花成蜜后,为谁辛苦为谁甜?"对此我尽职了,时逢乱世,非不为也,乃不能也,虽然不能至"春蚕到死丝方尽,蜡炬成灰泪始干"的境界,但却心向往之。

记得当年带班去宝山盛桥学农,张建申回忆说:"当收工晚饭后,分组读报,我读到了庞然大物时,把庞字读成了龙然大物。"张老师一旁笑道:"龙当然也是很庞大的呀!"真想不到,这个读错字的建申,今择诗别具新意,字工笔纯真,真令我刮目相看了。进言之,他们在各自的人生路途中经风雨,见世面,都是今非昔比了。

随后毛班长读了《致尊敬的新中中学72届2班班主任张广智老师》的一封信。最后她深情地说:"我们全班同学,把最真诚的祝福送给您,送给蔡老师,康泰心安、健康地、快乐地过好每一天。"

倏忽间,我从罗隐的诗,想到了我年轻时红遍大江南北的歌剧《江姐》,仿佛听到了那高昂深长、激情澎湃的歌声,《我为共产主义把青春贡献》:"春蚕到死丝不断,留赠他人御风寒。蜂儿酿就百花蜜,只愿香甜满人间……一生战斗为革命,不觉辛苦只觉甜,只觉甜。"这是先烈为革命事业贡献青春的赞歌,也可以用作对人民教师秉持教书育人、培根铸魂使命的赞美。

"蜂儿酿就百花蜜,只愿香甜满人间",这歌声永远在山河间传唱,在春风里飘扬……

(原载《新民晚报·夜光杯》2023年6月29日)

心灵的对话　情感的力量

在历史研究中，关于情感的作用问题，今日似不可回避了。这里且让我先录当下文史学人的两段言论：

"情感是历史的印迹。也许时间可以消磨掉一切，人物的面孔可能淡忘，可情感永远不会消逝，它会隐藏在时间的褶皱中，成为历史永恒的记忆，时不时地让我们感受到历史的温度和历史的可亲可敬。"2022 年第八届鲁迅文学奖得主刘建东在获奖感言时如是说。

"情感是通世的感召力，在新的历史传递中，不可忽略这份润物细无声的力量，它可以传递正义，也会歪曲历史。"影视史学研究者陶赋雯 2023 年暑期在日本东京观"和平纪念展示馆"后如是说。

上述两位文史学者都充分肯定情感在历史中的重大作用。是的，一旦情感（或情绪）转为大众心理上的"集体无意识"，它或许真的会具有"通世的感召力"，使之成为"历史永恒的记忆"，比如二战末时日本原子弹爆炸，这一大难而引发大众情感的痛苦与恐惧，又如希特勒上台前的大众情绪操弄等，不胜枚举。简言之，读者可以从重大历史事件的情感踪迹与物理踪迹两条线路中，感受到这种威力，犹如我国经典影片《永不消逝的电波》那样，革命者李侠"甘洒热血写春秋"的真情，被永远镌刻在历史的纪念碑上，融化在大众记忆的血液中，永不消逝，成为历史永恒的记忆。

多年来，鄙人的西方史学史研究，既用力做"史"，也用心关注"流"，即西方史学发展的趋势和流向。20 世纪以降，西方新史学一度凯歌行进，流派纷繁，新潮不断，如今又有了如"光启·情感史书系"主编王晴佳教授所指出的："这一新兴的研究流派已经登堂入室，成为当今国际史坛最热门和重要的潮流之一……大有席卷整个史坛之势。"王氏之论印证了美国情感史先驱芭芭拉·罗森宛恩在2010年所做出的"情感史的问题和方法将属于整个历史学"的预测。

罗氏之言的五年后，2015年在我国济南召开了第22届国际历史科学大会，这五年一届、被称为"史学界的奥林匹克"的盛会，首次在欧美之外，亚洲的中国，实在难得，更难得的是情感史被列为大会四大主题之一，据亲历者记载，十多位学者济济一堂，发言持续了整整一天。这充分说明了情感史已引起历史学者的广泛关注。

又过去了8年，总是慢了半拍的中国史学界，情感史也悄然兴起，今方兴未艾也。当代中国学界的"何炳松"们，也不时带来域外（主要是欧美）情感史研究的最新动态。大概在这个时候，我不时看到中国学者的相关论文，读到"光启·情感史书系"的《情感学习——儿童文学如何教我们感受情绪》（上海人民出版社2021年版）等欧美学者的著作，大开眼界。尽管如此，笔者于情感史研究还谈不上，只能以一名在高校执教多年的西方史学史教师的身份，对此向大众谈几点肤浅的认识，与读者共同切磋。

其一，情感史是当代新史学的宠儿。西方新史学之"新"，在于不断地传承中，有超出前人之处，这就谓之"新"，比如一度风行的新社会史、新文化史，各以其突破旧知，从而焕然一新。情感史之"新"，是为历史研究开一新途，这一新途开辟了历史研究的新境界和新方向，使之走向历史的深处，拓展了历史学的宽度，说它是目前新史学的宠儿，应无疑义。

其二，情感史与当代国际史学的文脉既相承又有创新。我们从20世纪以来西方新史学的进程中，它的文脉及流向总的是跨学科和多样性。是时，新史学伸出双手，谦和地与自然科学牵手，亲热地与社会科学相挽，交汇沟通，互补反馈，业绩非凡。今日的情感史更甚，它与妇女史、家庭史、儿童史、医疗史等结合，与心理学、社会学、文化学等结盟，在理性和感性相结合的阐释中，开了一扇新的窗户，可一览当代史学的别样风景，倘更上一层楼，还可以眺望到历史学发展的远景，即使是"隔岸风景"，也秀美矣。

其三，历史研究中新兴流派的形成不可能是一蹴而就的。综观西方史学史之史，史学流派的形成，需经历长时间的考验，典型的例子是法国的年鉴学派。它1929年由吕西安·费弗尔和马克·布洛赫创立，经第二代"布罗代尔时代"的辉煌，到第三代的群雄纷起，至今已近百年，呈现出了研究领域与主题不断开拓的新局面，比如《蒙塔尤》《罗马人的狂欢节》等作品，充分地显示了心态史（或称精神状态史）在20世纪80年代兴盛的风貌。

观当今，情态史研究的历史倘从罗森宛恩上述之言的2010年再往前推10年算起，也不过20多年光景，其间西方学者对它的研究多有津逮力作，且层出不穷。王晴佳在前几年的《为什么情感史研究是当代史学的一个方向？》（见《史学月刊》2018年第4期）一文中披露了两本美国华裔史家对情感史研究的新著：一是李海燕的《心灵革命：现代中国的爱情系谱（1900—1950）》，另一是林都沁的《施剑翘复仇案：民国时期同情的兴起与影响》。两书中，前为"爱情"，后为"同情"，均是典型的情感表征，他们的学术研究成果让大家看到，"不但情感塑造了历史，而且情感本身也有历史"（转见王晴佳同上文）。倘如是，可以这样认为，李海燕的《心灵革命：现代中国的爱情系谱（1900—1950）》也许是符合这一条件的正宗的情感史专著。由此，我多么渴望能早日读到像当年新文化浪潮中的代表人物之一、美国著名史家娜塔莉·泽蒙·戴维斯的《马丁·盖尔归来》那样的名著，至所望焉。

其四，关于译者及其文本转换时的情感作用。近时翻阅相关译作，一览由张井梅和王利红合译的《大历史与人类的未来》，译者在"译后记"中遽然冒出了这一句："翻译是一次思维和心灵的对话，这个过程远未终结。"这顿时使我眼睛为之一亮，说得好，此言也引发了笔者的遐思。

上述主译者由译《大历史与人类的未来》时的艰苦劳作，进而面对大历史观从宇宙形成之初直至面向地球和人类生命的未来，感悟到,译事与情感(情绪)的联系,于是发出了这样的感叹。从情感史的视角而言,译事不只是自我静默状态下的文字转换,也与译者的情感等非理性的因素相关联。译者在译的过程中的自我感受与原著旨趣和作者,无不启迪译者在"润物细无声"的感染下,做一次超越时空、思维和心灵的对话,这不正是情感史研究所应关注的吗?

下面,我列举二例说明之。一例为大众熟知,即"左联五烈士"之一、革命诗人殷夫译匈牙利爱国诗人裴多菲的名作:"生命诚可贵,爱情价更高。若为自由故,两者皆可抛。"译者译成中国古诗的五言绝句格律,表明他有深厚的文学素养,但更重要的是译者的情感,他带着满腔的革命热情、坚定的共产主义信仰和志向,在译诗时真切地作了一次思维和心灵的对话,显现了译者"若为自由故,两者皆可抛"的大无畏的革命精神和理想追求。

一例为大众所陌生,说的是西欧文艺复兴时代广泛流行的一首诗,诗曰:"青春多美丽,时序若飞驰。前程未可量,奋发而为之。"记得我在课堂上讲到意大利文艺复兴时,总要背诵这首诗,以此形容那个朝气蓬勃与奋发向上的时代,那个风华正茂与人才辈出的时代。其实对照原版,原意表达的意思和中译相异。这首由洛伦佐·美第奇所作的诗很一般,按其本意是感叹时光飞逝,劝导人们及时行乐。这当然是对中世纪的神学和禁欲主义的反叛,在当时很有进步意义。这首佚名的中文版,它具有鼓舞人心、奋发向上的意韵,倒像是首"励志诗",不是吗?在前两年,趁着电视连续剧《觉醒年代》热播的时机,也热了一阵子。

如此说来,翻译的语言转化,绝不是"硬邦邦的理性的东西"(罗森宛恩语),文字也具有"历史的温度"(刘建东语),与情感因素有着密切的衔接。比如,现代中国译家之译事,朱生豪之于莎士比亚,傅雷之于巴尔扎克,草婴之于托尔斯泰等,他们的译事不仅是"信达雅"技艺的显示,也有情感的作用,正如俄国作家托尔斯泰所说:"艺术不是技艺,它是艺术家体验了感情的传达。"翻译家也如是。

由此说开去，由文及史，文史交融，告诉人们真实的历史当是同一星空下文史学者的共同旨归。"消灭自我"？昔日文论已随浮云掠过；"无色彩"的历史？也似一个梦幻。兼及文史的情感史研究，同理。进言之，可以窥探到文史学人心灵里反射映照出来的一种"心灵的图景"。

我国学界的情感史研究，就目前总体而言，还是在起步阶段。此时，译事当先。当下，情感史译事颇有起色，除上文提到的"光启·情感史书系"的《情感学习：儿童文学如何教我们感受情绪》，近期该书系又出版了乔安娜·伯克的《疼痛的故事》。此外，近来还会有《什么是情感史？》《情感的历史》等中译本出版。须知，建造巴别塔通天塔（指译书）的伟业，需要时间，聚沙成塔，积之恒久，方可通天也，中国学界的情感史研究也不能操之过急啊。

我们总要前行，在不断的探索中前行。在此，我把两年前为复旦西方史学史研究中心主办的《西方史学史研究》创刊号所写的"寄语"最后一段话，献给中国的情感史研究家，语曰："探索犹如登山，只有那些不畏艰难险阻，沿着崎岖山路攀登的人，才能登上峰顶，领略'会当凌绝顶，一览众山小'的情景，我们的历史研究亦然。"愿我们共勉。

观当下，由上海人民出版社·光启书局策划的"情感史书系"为中国学界，为当代中国的历史研究，尤为中国的西方史学史研究的深入发展，做了一件实实在在的好事，它将嘉惠学林，泽被史界，影响后世。让我们携手同行，共同为此而做出各自的贡献。

（原载《解放日报·读书周刊》2023年11月4日）

"缕缕的情丝,织就生命的憧憬"

——陈丹燕《告别》三题

题 记

"是诗意、是梦境、是凄凉、是回想?
缕缕的情丝,织就生命的憧憬。
大地在窗外睡眠!
窗内的人心,
遥领着世界深秘的回音。"

——宗白华:《生命之窗的内外》

同一星空下

数月前,我接到了丹燕的电话,她告诉我,近日兴味盎然地阅读了刚出版的《大发现四百年》,想与我交流读书心得。此书是史著,作者布赖恩·费根在全球史观的学术氛围下,博观圆照,生动地书写了自哥伦布发现新大陆以来的四百年史,从这本跨学科之作中,我们看到了一个别样的色彩纷呈的新世界。作为知名文学家的丹燕,好像有一种天然爱好历史的基因,这归之于她从少年时代就着上海五原路路灯读书的素养,并昭示在她日后三十多年长途行旅中。这基因在《告别》一书中俯拾皆是,呈现在意大利的文艺复兴时、塞尔维亚的风云里和爱尔兰的变幻中。

须知,史学与文学结缘,这是史神克丽奥与生俱来的特性。由此说开去，由文及史，文史交融，拓展和激活书写题材的纵深感，写出具有温度的文字。比如，丹燕在书中说，第一次世界大战前夕，欧洲是花好月圆的黄金时代。我在《史学，文化中的文化》一书中写道："一次世界大战爆发前，维多利亚时代的雍容华贵，哈布斯堡王朝的轻歌曼舞，欧洲正处于莺歌燕舞的盛世。"又如，史书载：1453年，奥斯曼土耳其人攻占君士坦丁堡，这是欧洲近代史的开端。到了丹燕书中就写道："当年战车碌碌，战马嘶鸣不已，一路杀向世界的首都君士坦丁堡，破城而入，索菲亚大教堂的钟声彻夜哀鸣，宣告欧洲中世纪的结束。"何其相似乃尔！这不只是语言上的相似，而更重要的是我们处在同一星空下，告诉人们真实的历史，这是两者的天职，是文史学者共同的旨归。

噢，她那次通话，与我交谈《大发现四百年》后，给我预告的是，她下本与我交谈的书是《文明的接触：希腊与土耳其的西方问题》，此书被众多学者认为是英国史家汤因比最好的著作。我听后欣然地接受了。

情感是通世的感召力

"情感是通世的感召力，在新的历史传递中，不可忽略这份润物细无声的力量，它可以传递正义，也会歪曲历史。"影视史学研究者陶赋雯如是说。

观当下，情感史作为西方新史学的一个流派，大有席卷整个史坛之势。总是慢了半拍的中国史学界，情感史今也悄然兴起，现方兴未艾也。情感史以精神分析方法为基础，注重史学研究中的感性和情感的因素，为我们提供了一种新的解释路径和研究方法，它又秉承跨学科和多样性的现时代学术文脉，与妇女史、儿童史、家庭史、医疗史等结合，与心理学、社会学、文化学等结盟。今已闻名于世的齐安娜·伯克的《疼痛的故事》、华裔美籍史家李海燕的《心灵革命：现代中国爱情的系谱（1900—1950）》等新著，为我们打开一扇新的窗口，为历史研究开一新途。

是的，"情感是通世的感召力"，于文学家更是如此。在我看来，要达到文史交融的理想境界，绝不可漠视情感，忽略它那"润物细无声"的力量。且看：丹燕在《告别》一书中，与炽热的情感携手，与行旅的现场拥抱，一路走来，三十年壮行，三十年艰辛，为世人贡献了"地理阅读"这份珍贵的礼物，也为史学与文学联姻提供了一个范例。

她所称的"地理阅读"，按我的理解，就是"读万卷书，行万里路"。不过，在她那里，读书是动态的，日行千里，晨昏兼程。有足够的精神和知识的储备，才能全力读完欧洲20世纪小说金字塔尖上的两部小说：爱尔兰乔伊斯的《尤利西斯》和塞尔维亚帕维奇的《哈扎尔辞典》。她细细阅读，从情感踪迹与物理踪迹中，感悟到"做地理阅读，最让人感到神奇的是这样的时刻：精神与地理、文字世界与现实世界在此刻藩篱尽除，浑然一体"。这不是文史写作者孜孜以求的共同目标吗？她进而言道，到了地理上的故事发生地，可触及的世界与可感知的世界会以一种奇异的方式融合，对她来说，这实在是最难忘的阅读经历，不管是在都柏林的街头还是在拉扎尔大公的修道院里。

凡此，丹燕认为是"至高的心灵体验"。说得好！我以亲身体验为之作证。鄙人曾在上海四川北路底的润德坊安居，与虹口公园（1988年易名为鲁迅公园）近在咫尺。我每次从公园晨练归来，必经影片《永不消逝的电波》原型李白烈士的故居（现址在黄渡路15号），于是可触及的世界与可感知的世界融合，浑然一体，润物细无声，那种"甘洒热血写春秋"的真情，融化在大众记忆的血液中，永不消逝，成为历史永恒的记忆。

丽娃河畔的儿女

每每到华东师大中山北路校区，我总要去丽娃河畔伫立良久，只见那潺潺的河水,曲折的小径,绿树成荫,花香四溢,微风奏着悠扬的曲调,绵厚流长,流向远方,在一代又一代华师人胸中荡漾,并已化为他们心灵的一幅美丽的图画。

丹燕就是从丽娃河畔走出来的,她是恢复高考后第一批被华东师大中文系录取的学生,称之为"77级"。别小看这三个字,它凝聚的是荒废十年后的殷实积累,可谓人才济济。她就在那里度过了那难忘的四年大学生涯,在这座被称为培养作家学府的摇篮里成长。

在《告别》一书中,在漫长的"地理阅读"中,她不时回忆起20世纪80年代初求学时的情景,语词间充满了对母校深沉的爱。走出校门,她走向宽广的世界,业绩昭然,无愧为从丽娃河畔走出来的优秀儿女。

她是外国文学的好学生。他们这一代,青春时期被剥夺了阅读外国文学的机会。她入学后求知若渴,教外国文学史的老师,认真地分析作品的时代背景与主题思想,以及人物形象的文学史意义,但她并不满足,言称"这些专业训练强烈地伤害过我","伤害"了她对小说"纯粹的热爱"。

她是乔伊斯的好学生。"我是个外国文学课的好学生",这是她的自誉,但言而有实,实至名归,倘以她终生阅读所喜爱的小说《尤利西斯》为例足矣。她走向乔伊斯的旅途漫漫,一年又一年,一遍又一遍,不断地从这部20世纪最伟大的意识流小说那里汲取营养,感叹道,"这部独一无二的作品中永远都有更多的东西等待她去发现和品味",阅读在路上,永远无尽头。

她是袁可嘉的好学生。她难忘大学时代,念念不忘袁可嘉等编选的《外国现代派作品选》,对这套现代外国文学的起步读本满怀敬意,说这套书是带领她"走向世界文学的摩西"。她对袁老师的学问无比钦佩,回忆道:"袁可嘉先生脸上有着温和和低调却孜孜以求的微笑——那是典型的二十世纪七十年代'臭老九式'微笑。"好一个"臭老九式微笑"!我从导师耿淡如先生以及其他老先生们的脸上也看到那"臭老九式微笑",这是对无知无识的讥讽,对荒芜时代的怜悯,对吾师命运的悲叹！

　　袁可嘉们镂骨铭心，教书育人，一如晚唐诗人罗隐在七言绝句《蜂》中所写的："不论平地与山尖，无限风光尽被占。采得百花成蜜后，为谁辛苦为谁甜？"在她心目中留下了永恒的记忆，她说："袁可嘉去世的消息在报纸上只占了小小一个角落，但在我心里，却是一声巨响。袁老师就像我照相机里平台上方的那朵云。"这一朵云没什么了不起，但一大朵云却给予她无穷的遐思和创造新世界的力量。

　　读完《告别》，掩卷而思，情不自禁地想起了宗白华先生写于1921年的《生命之窗的内外》这首诗。我想说，丹燕的《告别》与这位前辈之诗的意韵是相吻合的，它让世人听到了对"纯粹的热爱"、对"生命的憧憬"。江山如画，文明互鉴，让我们举着明亮的古今贯通、中西交汇的火炬，奋力前行！

（原载《新民晚报·读书》2023年12月17日）

附 录

驼铃：在学习与求索马克思主义史学的道路上
——张广智教授访谈录

受访者：张广智（简称"张"）

访谈者：吴晓群、阿慧（简称"问"）

问：很高兴有机会同张老师做面对面的访谈，一看到您拟定的这个访谈题目，我们就被吸引住了。首先，请您就"驼铃"这一形象的比喻略谈一二，然后，再依照我们共同制定的访谈内容说开去，好吗？

张：好的。文题的"驼铃"出自我的一首小诗《驼铃》，曾刊登在《探索与争鸣》杂志2013年第7期封底上：

驼　铃

苍穹、夕阳、风沙
西出阳关
何处是我家
惟听驼铃声声
从远古走到当下

去纵览五洲风云
去描绘赤县彩霞
大漠无垠
前路漫漫

追逐先行者的足印再出发

悠悠千载，纵横万里
行囊中始终只装着一份
中国梦的牵挂

我在这里借驼铃之声，寓意深远，在我一篇题为"马克思主义史学的诞生"的文章（载《曦园拾零：在史学与文学之间》，第231页）中，我有一则题记，或可解之，文如下："面对茫茫大漠，人们多么渴望能听到先行者的驼铃；置身浩浩莽原，人们多么希望能发现探索者的足印。历史终于开了新天地，定格在19世纪40年代，马克思的先行，似混沌初开，引领人们冲破旧世界的逼仄与桎梏；马克思的探索，世界史学史彰显在19世纪40年代，唯物史观的问世，似光风霁月，指引着人们拨开陈腐与偏见的阴霾，追随先行者的足印，去开辟史学的新时代。"

我想我们此次访谈，就以上述"驼铃"的深意展开，在我个人习史从教的五十余年中学习与求索马克思主义史学，从年轻走到年迈时，不断前行，正是沿着马克思指引的方向。

问：这个旨意太好了。我们还是从您自身经历的源头说起，好吗？

张：好的，从我出身的源头谈起。我出生在江苏海门乡下，农家子弟，父母的文化程度都很低，倒是祖父是当地乡间远近闻名的"知识分子"，他开办私塾，吸引四方学童前来求学。我的童年时逢乱世，战火驱散了那蒲公英飘拂过的童年。在我五六岁的时候，就在祖父的"文云堂"书屋上学，成天背诵儒家经典，给我留下印象的是《论语》和《孟子》。更深切的印象是，祖父今天讲解的一段古文，明天要背出来。我记性不差，他给我的"作业"很快地应付过去了，就带着小伙伴去玩。而对于背不出的学童，祖父要"惩罚"（打手心），他是真打，口中还说："谁叫你偷懒的，打！"经他"调研"后，察觉那些背不出的学生，是被我带头去玩了（抓麻雀或是捉蟋蟀），于是给我"层层加码",我大多照样背出,但也有受阻的时候被打手心。祖父一视同仁,"惩罚"后手掌要痛几天,不懂事的我背后向母亲告状,嚷着"坏爷爷,我不去上学了"。现在回想起来这童年趣事还是"蛮有劲"的,那幼时背诵古书的童子功恰让我终身受益,至今仍难以忘怀。

问: 弗洛伊德的心理史学,是十分关注个人传记中的"童年经历"的。老师这段"童年经历",对于您在日后选择历史研究也起到了潜移默化的影响吧。

张: 是的,但我自1946年冬随母亲闯荡上海滩,这之后的受教育都是在上海度过的,小学和中学都接受了良好的正规教育。1959年,我考取了复旦大学历史学系,要说马克思主义受教史,就是从这里开始的,我具体地说一下。

问: 愿闻其详。

张: 先说一下进系后观感。当我于1959年秋进复旦大学就读的时候,此时历史学系师资十分强大,名教授云集,足可与当年的北京大学历史学系相媲美的,当时盛传的历史学系"四老",他们皆生于19世纪末,按出生之日排序为:陈守实、周予同、耿淡如、周谷城。他们各自在中国土地关系史、中国经学史、西方史学史、世界文化史等领域业绩昭然。还有"两公",即主研中国历史地理学的谭其骧和主研中国思想史的蔡尚思,均蜚声史坛。还有其他的先生,不一一列举了。当时他们的年龄都不大,即便"四老",也不过刚至花甲,都给我们本科生上课,真是获益匪浅。

问: 您师从耿淡如先生攻读西方史学史,能否具体介绍一下耿师的情况?

张: 世上一切皆见缘,信然。耿师竟然与我是同乡。他于1917年就学于复旦大学文科,因家境贫寒,以勤工俭学的方式维持学业。大二时,与部分同学发起"戊午闻书社",各同学捐大洋二元,购买书籍。这就是今日复旦大学图书馆的前身,他任图书保管员,是当之无愧的复旦图书馆的创始人之一。筚路蓝缕,以启山林,正是先贤们的艰苦创业，才铸就了今日我校图书馆的辉煌。1923年他大学毕业，获学校"茂才异等"金牌。1929年赴美留学，入哈佛研究院，1932年获硕士学位归国，遂被母校聘为政治系教授，新中国成立后，转入历史学系任教，直至逝世。求学复旦，又在复旦工作，他与复旦结下了一辈子的不解之缘，扣除海外三年和辍学一年，竟在复旦待了有53年，在复旦历史学系的系史上还没有人超越过他。至于耿师作为中国第一代世界史学科的开创者之一、中国西方史学史学科的主要奠基人，已讲得很多，可参见我写的相关文章。这里要特别说的是他在1961年发表的名篇《什么是史学史？》，他在文中明确地指出：我们"需要建设一个新的史学史体系"；自马克思主义兴起，"在历史唯物主义的指导下，史学开始成为真正的科学"；我们研究史学史，当"以历史唯物主义与辩证唯物主义为其理论与方法论的基础"等。耿师上述之言铮矣，为后人学习与求索马克思主义史学指点门径，遑论他"谦虚做人，谦虚治学"的教诲，更成了我毕生的格言。

问：复旦历史学系深厚的历史传统和学术精神，从1925年建系以来已近百年，就您的马克思主义受教史而言，是与之休戚相关的。

张：你说得极是。前几年，为纪念建系95周年，系里编纂了一部文集《曦园星光 史苑流芳》，经集体讨论，由我执笔写了"前言"，对建系以来的学术精神归纳为四点：强烈的爱国主义精神、"博大精深"的学术传统、彰显独特的学术个性、以学问为生命的真精神。这历史传统和学术精神影响着一代又一代的历史学人，也深深地影响着我的治学旨趣。以我所在的1959级为例，大学五年的本科，历史学训练扎扎实实，给我们中外历史学的系统知识和文史哲各科的广博知识；设有写作课，培养写作能力；设有逻辑课，培养言辞和思维能力；设有哲学课，传授辩证唯物主义和历史唯物主义。

值得一提的是，我系为我们一年级新生开设的课程中，有一门"马列主义基础课"，首选就是马克思和恩格斯合著的《共产党宣言》（以下简称《宣言》），通过老师的讲解，在我们这些刚跨进大学校门的学生面前展示了一个全新的世界，让我们懂得《宣言》是"无产阶级所肩负的世界历史革命的学说"（列宁语），《宣言》也是历史学系学生学习马克思主义唯物史观的必读教材。以后还继续上，记得还有更高深的马克思的《哥达纲领批判》，以及列宁与斯大林的著作，如今想来，我由衷地赞叹系里为我们开设的这门课。

平实而言，《宣言》给我们班级同学留下的印象太深了，它所闪发出来的唯物史观的光芒一直引导着我们，其重要原因是任课老师袁缉辉出色的讲课水平，他深入浅出，条理分明，经纬有序，获得了学生们的一致好评。袁老师还兼任我们年级的政治辅导员。多年后，我们方知袁老师是李鸿章、袁世凯、段祺瑞的后人，作为近代中国三重"顶级豪门"后人的袁缉辉，却能在1949年后的历次政治运动中平安无恙，这不由令人称奇。

问：这位袁老师也太神奇了。还有什么印象深刻的课程吗？

张：有。如今我们1959级老同学聚会时，回忆起大学老师的课堂教学，一致为两门近代史的任课老师点赞，尤其是在马克思主义史学受教方面。一是教我们世界近代史课的程博洪先生，他上课时随身携带一个蓝封面的小本子，但他从来不看，只是讲到兴致高时，用手拍拍这个小本本，意思是"我之所云，句句有据也"。尤其印象深的是，他讲近代欧洲的风云变幻时结合同一时期的马恩经典著作，如讲19世纪的法国史，就随时联系马克思的《1848年至1850年的法兰西阶级斗争》《路易·波拿巴的雾月十八日》《法兰西内战》等，史实的铺垫愈丰硕，就会愈加深对马克思著作的理解。我还要补充的一点是，当时他还邀请华东师范大学历史学系陈崇武老师为我们导读《路易·波拿巴的雾月十八日》。另一是教我们中国近代史的金冲及先生。

问：说起金先生，情不自禁地让我回忆起多年前的往事。记得2015年11月22日，我们参加的北京师范大学历史学院召开的学术会议上午闭幕。这一天，北京入冬初雪，晨起见窗外就下起了大雪，下午更甚，您带领我们弟子7人，相约于是日下午去毛家湾先生的办公室拜访他。您事先关照过我们，要给先生赠书，待坐定后，您首先呈上刚出版的"复旦百年经典文库"耿淡如卷的《西方史学史散论》，接着我们也一一向先生赠送自己的小书。先生接过这些书,深情地对大家说:"看到你们,看到你们的著作,太高兴了!史坛新秀茁壮成长,我们的历史学兴旺,后继有人啊!"先生的话,语重心长,给我们留下了深刻的印象。

张: 我也是,金先生当年给我们1959级学生上中国近代史课的情景同样是让人记忆犹新啊!冲及师是当代我国杰出的马克思主义历史学家,翻览文档,17年前时逢复旦百年校庆时,他在给我的信中发自肺腑地写道:"我们解放前接受马克思主义,并不是外来灌输,而是自己经过比较后选择的。直到现在,我仍然认为从总体上说明历史的发展,还没有其他学说胜过马克思主义的。"(2005年10月10日来信)在马克思主义唯物史观的指引下,他的研究领域从鸦片战争至辛亥革命,对历史人物、事件,条分缕析,挥洒自如,且充满激情。比如,讲到林则徐禁烟时,他说:"若鸦片一日未绝,本大臣一日不回,誓与此事相始终,断无中止之理。"犹如赵丹在电影《林则徐》中的念白。又如,讲邹容《革命军》时,他说:"巍巍哉!革命也!皇皇哉!革命也。革命者,天演之公例也。革命者,世界之公理也。革命者,争存争亡过渡时代之要义也。革命者,顺乎天,而应乎人者也……"课后,我找来了邹容的《革命军》,读了又读,每读一次,都禁不住内心的激动,先生讲课时的真情感染了我,也感染了我们班上的每一个人。冲及师于1965年奉调北京工作,直至2004年从中共中央文献研究室常务副主任这个领导岗位上退了下来。在岗业绩昭昭,退休后却退而不休,在史苑耕耘,伏案"爬格子",写出了120万字四卷本的大作《二十世纪中国史纲》,直到90高龄后,他还不辱使命,受党中央的重托,担任《复兴文库》的总主编,为我们竖立了一块无形的丰碑,激励着年轻一代史家为中国马克思主义史学的发展而奋发不已。

问: 在马克思主义受教史方面,还有给您印象深刻的老师吗?

张: 有,那就是胡绳武先生。史学界说到金冲及,那必定会想起胡绳武。胡先生比金先生大7岁,他们志同道合、并肩治史,同是复旦人，后又都在北京工作，他们合撰的《辛亥革命史稿》（四卷本），150万字的皇皇大作，出版后被同行专家评论为"代表了我国现今对辛亥革命史研究最高水平的一部佳作"。我入读历史学系时，胡先生任副系主任，分管教学工作，我猜想1959级历史学系的教学计划和课程设置是有胡先生这样的"高人"参与制订的。胡先生对我的直接影响主要是在我读研究生时。1964年秋入学后，全国正在开展社教运动，我们研究生去奉贤参加了一期，历史学系师生也下去了，胡先生大概是在"夹缝"中来给我们上课的。为这次访谈，我翻箱倒柜找到了读研时的学习笔记，里面有胡先生当时为我们上课的课堂笔记：专题讲座《唯物主义历史观与历史学》，1965年5月6日开课，参考书为恩格斯的《路德维希·费尔巴哈和德国古典哲学的终结》。再览笔记的内容，先生所讲的内容大体可分为两个方面：一是阐发了唯心史观的形成及其发展过程，主要讲的是费尔巴哈和黑格尔的哲学观；二是讲马克思从唯心主义向唯物主义、革命民主主义向共产主义的转变。马克思于1844年8月在巴黎与恩格斯会面后，他们识见一致，结成了亲密的友谊。1845年秋至1846年5月，他们共同撰写了《德意志意识形态》，创立了辩证唯物主义和历史唯物主义，这标志着马克思主义的诞生。他们是一种思想体系的共同创始人，恩格斯对创立和捍卫唯物史观做出了卓越的贡献，从1872年开始，恩格斯将这一新的历史观正式命名为"唯物史观"。"马克思通过对黑格尔法哲学的批判，找到了通向人类社会发展的钥匙……"胡先生如是说，课堂笔记到此戛然而止。"山雨欲来风满楼"，全国政治形势骤变，胡先生的课就中断了，耿师在1965年12月开始为本科生讲授的"外国史学史"（当时我为该课程的助教）也停课了。胡先生理论素养深厚，尤熟读马、恩的经典著作。1962年，他借调到北京，参加教育部黎澍任主编的《史学概论》教材的编写工作，他负责编写第一部分"历史研究之成为科学"，给我们讲的内容就是出自这一部分（1984年，这一部分以"唯物主义历史观的形成"为书名出版问世）。先生对我们的马克思主义唯物史观的教育，也缺少一个完整版，每念及此，心中未尝不能无憾。

问： 中国新时期以来，祖国山河巨变，历史学亦然。请您谈一下 20 世纪 80 年代"正本清源""拨乱反正"的思潮对促进西方史学研究的影响。

张： 在我看来，学习马克思主义史学，受教于马克思主义经典著作，聆听老师的教诲之外，更重要的是要自身在实践中学习，在求索中进步。你们大多没有经历过上世纪 80 年代，那是一个激情澎湃的时代，改革开放的春风迎来了"科学的春天"，也迎来了"历史科学的春天"，为国内西方史学的发展营造了一种如沐春风的时代氛围和客观环境，最明显的一点是长期以来的封闭状态被打破了。自 1976 年底粉碎"四人帮"的最初几年里，在史学界就是你说的"拨乱反正"与"正本清源"，大体是以"反思史学"的形式进行的，"真理标准"问题的大讨论，重温经典马克思主义，挣脱"左"的锁链，打破现代迷信，思想解放，这无疑对重评西方史学和引进西方史学产生了积极的影响。其时，"重评"与"译介"同向而行。这时的"译介"之势，可以被称为自 20 世纪 30 年代第一次引进西方史学高潮后的第二次高潮，像巴勒克拉夫的《当代史学主要趋势》竟成了史学人士的案头书，这不多讲了。我这里说的是"重评"。在 20 世纪 80 年代，它似乎形成了一股汹涌的激流，涉及过去被批判过的西方著名史家和流派，如对兰克史学及兰克学派、汤因比与斯宾格勒的文化形态史观、以鲁滨逊为代表的美国"新史学"派等。

问： 请老师举一个显例，恭听其详。

张： 好的，我想以自己在 1989 年《史学理论》（《史学理论研究》前身）发表的《托马斯·卡莱尔的史学思想再评价》为例说明。我自认为这是一篇较为典型的"重评"之作，但也不过是重评浪潮中的一朵浪花而已。托马斯·卡莱尔长期蒙受"法西斯主义思想家"的恶名，学界对他的"英雄崇拜论"予以贬抑，拙文力图以唯物史观的基本原理，从他的生平入手，进而剖析他的名作《英雄与英雄崇拜》，提出：卡莱尔的"英雄崇拜论"有一段历史的发展过程，不能一概而论;"英雄崇拜论"作为一种历史的观念,在历史上曾起过一定的进步作用,不能一笔抹杀;由此说开去,在一种严肃的学术研究工作中,特别是像托马斯·卡莱尔这样一个充满矛盾的人物,当以唯物史观之光映照,将岁月带来的风尘拂去,洗刷后人泼上的污浊并还其人其论以本来的面目。

问: 您在课堂上经常给我们讲,研究西方史学,研究一位史家,不只是对历史学(或历史学派)著作和思想的研究,还要研究他们向外界传播,为输入国读者所接受的过程的研究。

张: 从接受史学的角度而言,一位史家,一部名著,一种史学流派,一股史学思潮,何时传入他国,通过何种途径传播,输出后在输入国又引起了怎样的回响,都应当引起史学史家的关注,都应当从输入国的接受环境与读者的期待视野(horizon of expectations)中找到解释,如前面提到的对托马斯·卡莱尔史学思想的研究。需要说明的是,我于20世纪80年代写就的这篇文章,就缺少卡莱尔东传中国的"影响研究",可谓美中不足也。

比较理想的中外史学互通的"影响研究",在20世纪八九十年代还是"欠火候"的。我在当时所做的工作,也不过是"域外东传",比如1996年我在《史学理论研究》第1、2期连载的长篇大论《二十世纪前期西方史学输入中国的行程》《二十世纪后期西方史学输入中国的行程》。十年前结集为"域外东传"的文稿,成书为《克丽奥的东方印象:中国学人的西方史学观》,也不过是"域外史学在中国"篇,至于"中国史学在域外",则尚需时日了。

问: 在西方史学东传史的梳理研究中,您明显地突出了李大钊,说他于1920年编纂的《史学思想史》是中国的西方史学史研究之发端,并做出了开创性的贡献。在这里很有必要请您对李大钊这方面的学术贡献略作评述。

张: 好的,实在很有必要。去年,在百年党史教育时,辅之以十分精彩好看的电视连续剧《觉醒年代》等,李大钊的无产阶级革命家、思想家的形象传遍神州大地,对此你们都有深刻的印象,这里不赘。我还是说本行，李大钊是我国马克思主义史学的奠基人。1917年俄国十月革命后，他为传播马克思主义的唯物史观做出了巨大的贡献。与此同时，他以马克思主义唯物史观之眼力，对西方史学的传入，尤其是西方近代史学的传入，也做出了卓越的贡献。20世纪20年代初，他就在北京大学等校相继开设了唯物史观、史学思想史、史学要论等课程，随之致力于近代西方史学的研究，这是为他理解与传播唯物史观而寻求学术渊源的理论基础。他为此写出了一系列文章，辑为《史学思想史》讲义。通读华章，可以得出如下一点结论：（1）他对近代西方史学的述评，侧重于历史观。从16世纪的法国史家鲍丹（今译让·波丹）、18世纪法国启蒙思想家孟德斯鸠、意大利历史哲学家韦柯（今译维柯）、法国历史哲学家孔道西（今译孔多塞）至19世纪的法国空想社会主义者桑西门（今译圣西门）等，映照出西方史学从神学史观向人本史观的转变。（2）他对西方史学遗产采取了求真的态度，如对上述诸家的史学思想皆采取中肯的评述，而且是介绍先于评论，评论亦非恶语相向，而是科学意义上的批判，这是马克思主义历史唯物主义的态度。（3）他对西方史学的认知是超越同时代人的。以《史学思想史》为例，其中收入的7篇文章，广泛涉及近30位西方历史学家，介绍了近代西方史学中许多有价值的思想，这些评述对其阐解马克思主义有深远的意义。（4）需要指出的是，李大钊首先是一位无产阶级革命家，他对西方史学的研究绝不是书斋式的，而是为中国马克思主义史学大厦奠基的全部工作中的一个重要组成部分，他传入西方史学，其最终目的是服务于整个无产阶级革命事业的需要。

问：进入新世纪，您于2005年发表的《关于马克思主义史学遗产传承中的几个问题》，问世后在学界激起很大的反响，请您以这篇文章为例，谈一下个人运用马克思主义唯物史观于史学研究的重大突破。

张：过誉了，我个人学习与求索马克思主义、马克思主义史学理论，永远在路上。不过，《关于马克思主义史学遗产传承中的几个问题》的写作，另有一些背景。上面我们已经说到了程博洪先生在讲授1851年12月2日路易·波拿巴发动政变时多次提到马克思的《路易·波拿巴的雾月十八日》，多年后我总是想要写写这段历史和学习马克思的这部"天才的著作"的感想，此时又恰逢良机，2005年是我校百年诞辰，《复旦学报（社会科学版）》早就计划出一个纪念专刊，早早地就跟我约稿，说要我提交一篇"重磅"文章。为此，我的确是费尽心力，对马克思的经典作了"剖析发丝"（hair-splitting）的研究与思考。

问：愿闻其详。

张：比如，说及《路易·波拿巴的雾月十八日》的叙事，马克思无愧为"善叙事，有良史之才"之誉：他叙事的有条不紊、叙论紧密结合、叙事中的历史比较、叙事中的修辞艺术等，可以说是：厚实而不失畅达，庄重而不失幽默，犀利而不失清逸，丰润而不失大气。倘把马克思的史学遗产仅仅归纳为唯物史观，则是不够完整的，还应当研究马克思著作，尤其是历史著作，需要从历史学自身，即从狭义的史学理论来考量，比如他那精湛的历史编纂能力，尤其是叙事才华，进言之，马克思是无产阶级革命事业的导师，也是当时卓越的历史学家，可与同时代的兰克、蒙森、米涅等西方一流史家相媲美。

问：经老师这么一说，作为历史学系毕业的学生，应当熟读马克思主义的经典著作，还要熟读他们的历史著作。

张：是的。经典常读常新，重温经典是我们学术工作者一辈子的事；熟读他们的历史著作，更是我们史学工作者所必备的素养。回到拙文，上面只谈了"作为历史学家的马克思"，接着就传承马克思主义史学遗产做纵向的回顾与总结，从弗兰茨·梅林、普列汉诺夫到苏联马克思主义史学的兴衰，再到现当代中国马克思主义史学的曲折坎坷，最后从四个方面论述了西方马克思主义史学的特征。可以这样说，新世纪伊始，像拙文对马克思主义史学遗产做较为全面论述的文章似乎还不多见，于《复旦学报》的校庆百年纪念专刊我交了一份满意的答卷，于我个人在学习与求索马克思主义史学的道路上，又踏实地迈开了一步。

问：在当下高校历史学系的课程设置中，总是把"中国史学史"和"西方史学史"并列，至于马克思主义史学史则通常插入到上述两门课程之中，对此您觉得如何？

张：就高校历史学系人才培养而言，把马克思主义史学史单列出来，有条件的学校首先开设"马克思主义史学史纲要"之类的课程，是必须的也是可以做到的。就构建中国特色的历史学的学科体系、学术体系和话语体系而言，更是必要的，且是经努力可以实现的。就我个人的经历而言，在学习与求索马克思主义史学道路上也留下了足迹，以下我将分层次讲一下。

问：愿闻其详。

张：马克思主义史学奠基于19世纪40年代，它当与马克思主义同步诞生。如果从马克思和恩格斯于1845年至1846年合著《德意志意识形态》提出唯物史观，经典的马克思主义史学初现算起，迄今已有178年了。在漫长的世界史学史上，这178年却是短暂的一瞬间，但从它诞生的那一刻开始，就留下了亮丽的、璀璨的华章。我曾经在课堂教学或学术会议上不止一次地谈到了马克思主义史学从开创至今的"谱系"，你们说说看。

问：关于马克思史学的"谱系"，据我的记忆，您当时板书，最先写了"经典的马克思主义史学"几个大字，接着逐一写了几个分支：首先是"马克思主义史学在欧洲的最初传播"，说的是德国的弗兰茨·梅林和卡尔·考茨基、法国的保尔·拉法格、意大利的安东尼奥·拉布里奥拉、俄国的格·瓦·普利汉诺夫等人的贡献；接着的是"苏联的马克思主义史学"，讲了它的兴衰及教训；再次是发生于20世纪20年代前后的西方马克思主义的兴起；最后说的是中国马克思主义史学的诞生和曲折发展。

张：关于马克思主义史学的"谱系"，你记性甚好，复述得不错。对此我还需要做点补白。所谓"经典的马克思主义史学"，则是指以马克思和恩格斯创立的、以唯物史观为核心的马克思主义史学；关于马克思主义史学在欧洲的最初传播,首先得归功于马克思和恩格斯的史学实践和理论研究,实践是马克思主义史学发展的源头活水,也是区别于一切非马克思主义史学的可贵的"品格",当然也得益于上文中提到的弗兰茨·梅林等早期马克思主义史家的工作业绩,马、恩之于梅林等人的传承,我以为是一脉相传的;关于苏联马克思主义史学的沉浮,在马克思主义史学遗产传承史上,可作为一个个案,总结其经验教训,下面另谈;中国马克思主义史学于20世纪20年代发端,从边缘到主流的曲折发展过程,逐渐形成了当下史学范型多元并存的新局面,在我国从史学大国走向史学强国的进程中,只要始终坚持马克思主义唯物史观的求索,将会有璀璨的前景。

问: 您的这个"补白",对于我们学习与求索马克思主义史学,将会起到画龙点睛的作用。下面就请您谈谈苏联马克思主义史学的沉浮。

张: 好的。关于苏联的马克思主义史学,于我们这一代的史学工作者有着直接的影响,我们的前辈耿淡如先生,在20世纪50年代初,为学习苏联史学,还特地学了俄语,直接从当时视为先进的苏联史学翻译出版俄文历史著作,供教学和科研之用。大学读书时,苏版的《世界通史》《联共(布)党史简明教程》等著作,深刻地影响着我们。如今,苏联这个国家虽已解体,但苏联的马克思主义史学作为一份史学遗产,并不随之消失。在学习与求索马克思主义史学的道路上,认真回顾与总结苏联马克思主义史学的沉浮,都是颇具学术价值与现实意义的。

对此,我做过认真的思考,写了《珠辉散去归平淡——苏联史学输入中国及其现代回响》这类的长篇(约5万字),也有个案研究的《苏版〈世界通史〉的中国回音》等学术论文,都可找来一览。苏联马克思主义史学历经70多年,可概括为:初创的艰辛、坎坷中前行、曲折中进展。在那里,老是冷暖失常,阴晴不定,更兼几番暴风骤雨,催落花枝凋零,遑论于风雨憔悴中煮字烹文、备受折腾的苏联历史学家,总是在苦苦地寻求历史学作为一门科学的自身价值与自身地位，不论是斯大林时代的政治高压政策下，还是在20世纪80年代中后期发生的那场虚幻的"历史热"中，它发展进程中的历史教训是值得我们去认真总结的。这里提供以下几点供参考：如何看待马克思主义、如何看待非马克思主义、如何看待历史学自身的理论。有道是"珠辉散去归平淡"，当我们拨去了附在苏联马克思主义史学上的种种神圣光环，还其原貌，我们发觉，在世界史学园地中，它也与其他派别一样，互有轩轾，各有千秋。评价苏联马克思主义史学植入中国，要正确看待它的积极意义和负面影响，总之要用历史唯物主义的态度，任意夸大或一笔抹杀都是不可取的。

问： 十多年前，您上承前辈我国著名的史学理论家朱本源先生，同辈的马克思主义史学专家朱政惠教授，携张门弟子陈新、梁民愫、周兵和王立端，合力攻关，完成了国家社科基金项目"当代西方马克思主义史学研究"，2011年易名为"史学之魂：当代西方马克思主义史学研究"出版，请您介绍一下这本书。

张： 这本书共十章，是首次从整体上对当代西方马克思主义史学的梳理和探索，我们所做的工作是一次真正意义上的"初探"，或可为当代中国马克思主义史学的发展提供参考与借鉴。为此，我摘录一位该成果国家社会科学基金项目评审专家的意见："本成果是迄今为止所能见到的最系统、最深入的关于当代西方马克思主义史学研究的第一部作品。全书持论谨严、内容宏富、资料翔实、结构合理，反映了作者们的西方史学史与史学理论的专业水平，也显示了他们的马克思主义与马克思主义史学的理论素养。本成果具有相当的学术价值和理论意义，它的问世，对推动该领域的研究具有重要的开拓性影响。"

因反馈给项目主持人的评论是匿名的，故我至今不知道他是何方人士，借此录之，以表谢忱。本书出版已12年了，我衷心希望后来者能写出新的、超出我们的大作，但迄今为止还没有，至所盼焉！

问： "西方史学，中国眼光"，这八个闪亮的字是您始终秉持的治西方史学史的理念，请结合您的系列作品，如《克丽奥之路》《史学：文化中的文化》《西方史学史》《西方史学通史》《近代以来中外史学交流史》等来谈一谈高见，为后来者学习与研究西方史学史指点迷津。

张："指点迷津"不敢当，只是借此谈一点多年来治西方史学史的心得体会，与你们分享。众所周知，尽管近年来中国的西方史学史研究取得了长足的发展，但总体而言，这门学科还是很薄弱的，在很大程度上还停留在述评层面，独创性的研究还不多。然而，只要我们努力，就可望在这块被视为西方学者的"世袭领地"上收获中国学者深耕的果实。我个人习史从教五十余年来，逐渐形成了治西方史学史的基本理念，即"西方史学，中国眼光"。这就昭示中国学人研究西方史学的主体意识，即"一位东方学者关于西方史学的思考"。我在2012年第10期《史学月刊》刊发的《再出发：中国西方史学史学科的传承与展望》一文，对这一理念有了较为明晰的自觉意识。现择其要旨，略谈一下。

正确对待西方史学。中国学人应对扑面而来的西方史学，既应持有主体性的自觉意识，同时也应有容纳天下的世界观。历史经验告诉我们，对待西方史学，盲目信从或一概排斥都应为我们所不取。我们要增强文化自信，拥有一种真正切实的自信，既要有摆脱昔日为"洋人"做"小工"的下手角色的志气，也要有吸纳和借鉴域外一切优秀的史学遗产，从吸纳中丰富，从借鉴中创新，在"洋为中用"上下功夫。

用中国学者的眼光梳理与探索西方史学，以我们的史学实践尝试创造自己的话语体系。比如，我们多卷本的《西方史学通史》问世后，有评论者认为，中国学者自此在西方史学史这一学科中"有了自己的话语权"，这当然是学术界对我们工作的褒奖，鼓励我们沿着这一方向继续前行。我们尽力了，在写作《西方史学通史》时，力图以"五次转折说"阐述悠长的西方史学发展进程；力图从解读文本着手，让各卷作者以各自独特的视角述论，疏离西方中心论；力图从各个时段的历史背景，尤其是文化背景，考察西方史学的古代、中世纪、近代和现当代史学。

拿出彰显中国史学特色的重大学术成果,力争在与世界史学互动中前行。比如花了十多年的辛劳终成硕果的《近代以来中外史学交流史》,被中国历史研究院评为2020—2021年度中国历史学五部优秀著作之首。评审专家于沛研究员认为,本书"为推动我国马克思主义理论与史学史研究深入发展,作出了积极贡献";本书"开拓了中国史学史研究的一个新领域";本书"不仅有重要学术价值,更有重要现实意义";本书"必将为构建当代中国历史科学'三大体系'提供历史智慧和理论启迪",做出了开创性的贡献。专家的赞词,是我们坚持和今后继续努力的目标。

沿着"西方史学,中国眼光"这一方向,我们既要有敢为人先、舍我其谁的雄心壮志,也要恪守耿师的"谦虚做人,谦虚治学"的态度,为构建中国的马克思主义史学大厦添砖加瓦。

问: 老师的这几点"心得体会"讲得太好了。在中国史学从史学大国走向史学强国的过程中,我们从事史学理论与西方史学史的研究,"西方史学,中国眼光",应当是一种正确的选择,唯其如此,才能在国际史坛上占有一席之地。鉴于此,我们作为年轻一代的史学接班人,当奋力前行,多做贡献。我们的访谈也快接近尾声了,关于马克思主义的唯物史观的理解,请您做一个概括性的结语,好吗?

张: 学习马克思主义史学是没有穷尽的,因为时代的不断变化,社会的不断进步,马克思主义也是与时俱进的,马克思主义史学亦然,我断断续续在教学与文章中有一些零星的浅识,《西方史学通史·导论卷》有一个小结,现把它集中起来,谈一些肤浅的看法,恭请识者指正。

唯物史观是马克思的一个伟大发现,正如恩格斯《在马克思墓前的讲话》中所精辟揭示的:"正像达尔文发现有机界的发展规律一样,马克思发现了人类历史的发展规律,即历来为繁芜丛杂的意识形态所掩盖着的一个简单事实:人们首先必须吃、喝、住、穿,然后才能从事政治、科学、艺术、宗教等等;所以,直接的物质的生活资料的生产,从而一个民族或一个时代的一定的经济发展阶段,便构成基础,人们的国家设施、法的观点、艺术以至宗教观念，就是从这个基础上发展起来的，因而，也必须由这个基础来解释，而不是像过去那样做得相反。"自此，由于马克思的先行，终于开创了世界历史的新纪元。

纵观唯物史观的形成和它的发展史，从史学史学科的角度而言，我认为具有以下三个特性：

一是唯物史观的历时性。马克思所创立的唯物史观，同其他一切事物一样，也是历史的产物。一方面，马克思的唯物史观诞生于19世纪中叶，既是当时社会生产力高度发展，尤其是科学技术在19世纪全面进步的时代反映；又是其时无产阶级力量壮大，并作为一支独立的政治力量的迫切需要，因而唯物史观的出现应是水到渠成、应运而生的。另一方面，也是因为马克思（当然还有恩格斯）的天才，批判继承了一切优秀的西方史学遗产的结果。唯物史观既然是历史的，我们也应以唯物史观的态度对待唯物史观。

二是唯物史观的发展性。唯物史观是19世纪世界历史发展的产物，它既然在历史中形成，自然也会随着历史的发展而发展变化，不可能是一成不变的，因而我们不应拘泥于马克思主义经典作家的片语只言，或墨守他们的个别结论。在20世纪中国马克思主义东传史上，无论是正本清源也好，还是回到原典也罢，都旨在推进马克思主义中国化、时代化，把马克思主义同中国实际相结合。这是马克思主义唯物史观的生命力之所在。

三是唯物史观的恒定性。我们常说唯物史观是长青的，这就是说它的恒定性。这种恒定性，不是指的马克思主义经典作家的个别结论和片语只言，而是指唯物史观的核心理念（或基本原理），唯物史观的个别论点可被完善与修正，但它的核心理念却是万古长青的。对此，我们应笃信不疑。这个核心理念是什么？学界见仁见智，自可进一步探讨。我以为，简言之，就是前引恩格斯的这段经典论述，我们在革命和建设工作中，应当始终坚持马克思主义唯物史观的指导地位而不动摇，唯其如此，才能让唯物史观的火种燃遍东方，照亮这片古老的大地，永葆青春之活力。

总之，马克思主义唯物史观的光芒，指引着我们史学工作者的方向。我们研究史学理论与西方史学史，应有一种正确的历史观，这"正确的历史观"就是马克思主义的唯物史观，只有这样，才能秉持"西方史学，中国眼光"，掌握西方史学的历史进程和发展规律，"洋为中用"，为中国的马克思主义史学助力，推动中国历史学的发展。

问：最后，我们想请您谈谈对我们年轻一代史学工作者的期望，尤其是学习马克思主义史学对于发展中国史学的要求和期望。

张：国家的希望在青年，中国史学的未来也在青年。为此，谨以下述微言，聊作寄语，献给我国青年史学工作者。

其一，希望为彰显中国史学的个性特点而努力。众所周知，我国拥有丰赡的史学遗产，具有源远流长的史学传统。对于先贤的遗产与传统，需要有年轻人的锐气，需要发扬批判精神，继承传统而又超越传统，在传承中超越。越是民族的，就越是世界的。我们希望你们在彰显中国史学特色，快步走向世界的进程中竭尽心力，走在前列，不时地向国际史学界传递出中国史学的最新声音，以消解西方学界对中国史学的种种偏见，还原一个真实的中国史学形象。

其二，希望成为中外（西）史学交流的急先锋。当今，"全球化"的趋势不可逆转，国际形势风云变幻。在这样的时代背景和文化语境下，跨文化的对话已成为可能，于是不同国家之间、东西方之间，跨文化的对话就显得十分必要，史学无疑当是不同文明之间交流互鉴的重要途径。具有远见卓识的历史学家，倘都以对方为"他者"以反观自己，重新审视自己的国家或民族的史学传统，并尽可能汲取他国的经验与智慧来克服自身的问题，那就可以不断开拓史学的新天地。中国青年史学工作者应具有这样的"远见卓识"，在"走出去"和"请进来"的中外史学交流与互动中，起到"马前卒"和"急先锋"的作用，这是时代赋予你们的使命，也是实现中国史学走向世界的历史责任，中国青年史学工作者应该有这样的担当。

其三，希望在重绘世界史学地图中发力。这是一个未来的目标，在可以预见的未来，将在中国从"史学大国"走向"史学强国"的进程中实现。然而反观现状，现实与未来的目标总是不尽如人意。为此，中国青年史学工作者应当率先拿出自己的卓越成果，在中国史坛上冒尖，以此登上国际史坛。事实证明，只有拿出自己有分量的、能体现中国史学个性特色的成果，并能不失时机地与域外史学进行沟通与交流，如此方能在世界史学上占有一席之地。倘若这样，我们就能在重绘世界史学地图中取得中国史学应有的位置，并为世界史学的发展做出重要的贡献。

任重而道远。肩负文化大发展、大繁荣的重任，实现中国史学梦的召唤，给未来的包括西方史学研究在内的中国历史学家带来了前所未有的契机和希望。汹涌澎湃的新思潮，层出不穷的新问题，日新月异的新方法，吸引与激励着我们奋发有为，攻坚克难，中国史学梦的理想更瞩望于年轻一代。时代正走在新的跑道上，且看中国史学新时代的曙光已升起在历史的地平线上，让我们共同为之而努力奋斗吧。

问： 谢谢您在忙中接受我们多次的访谈，现在终于可以告一段落了。老师在这份访谈中对后辈的教诲，特别是最后的期盼，我们记在心里。

张： "路曼曼其修远兮，吾将上下而求索。"先贤屈原的名句正应验了我的学术旨趣与执着追求，学习与求索马克思主义史学，永远在路上。因此，我的寄语，既献给你们，也留给自己，愿与大家共勉之，共为之！

（原载《史学理论研究》2023 年第 5 期）

探索克丽奥之路的中国眼光与中国风格
——张广智教授的西方史学史研究之路

邹兆辰

改革开放40年来,中国的史学理论与史学史专业建设取得了长足的发展。当年,它曾经是中国历史学中的一个十分薄弱的环节,尚且没有形成一个专门的学科,普通高等学校历史学专业连一本可用的正式教材都没有,专业人才奇缺,很少有高校历史系能够开设出相关的课程。而今,史学理论与史学史专业成为中国历史学、世界历史学下的一个二级学科,不仅有了完整的教学体系,而且培养了一批高水平的专业人才,产生了一批高质量的学术成果。这与几十年来在这个领域中的开拓者们的艰辛努力是分不开的。几十年来,一心从事西方史学史教学与科研工作如今已经80岁高龄的张广智教授就是其中的一位。

一、从垦荒者到收获者

耿淡如、张广智两代人对西方史学史学科的建设是从编撰中国大学历史系适用的西方史学史教材开始的。

(一)两代学人接续完成西方史学史教材的编撰

改革开放一开始,张广智接过先师的接力棒,独自奋战在西方史学史教学的第一线,他是垦荒者,也是播种者。

张广智，1939年生，江苏海门人，1959年考入复旦大学历史系。带领他步入西方史学史领域的恩师是耿淡如教授。耿淡如（1898—1975）也是江苏海门人，早年曾留学美国，归国后从事政治学的教学与写作。他在20世纪五六十年代转入历史学，是中国学界的世界中世纪史权威，也是中国的西方史学史学科建设的耕耘者与奠基者。1960年代初，他在复旦大学历史系开出外国史学史课程，为西方史学史课程建设打下了基础。张广智1964年在复旦大学历史系毕业后，考上了耿淡如教授的研究生，是"文革"前国内唯一的一位西方史学史专业的研究生。1965年耿淡如教授为本科生讲授外国史学史，张广智自然就成为耿淡如教授的助教。在耿淡如教授的指导下，他埋头阅读绍特威尔、汤普森、古奇等的史学史英文名著；同时又阅读了一些西方史家的原著，像兰克名著《教皇史》的英译本就是这时读的。虽然"文革"之前他还没有走上西方史学史的讲台，但这些系统的阅读，为他日后从事教学与研究工作打下了很好的基础。

"文革"结束，耿淡如教授已因病去世，张广智开始了西方史学史的教学工作。当时没有通用教材，每个高校教师都希望编写一部适用的教材，而张广智对此的期望则更高。因为耿淡如教授在1961年就受高教部委托主持编写《外国史学史》教材。为此还特别邀请吴于廑、齐思和、张芝联、郭圣铭等史学前辈参与此事，但此项工作因"文革"而被迫中断。改革开放后，教育部还曾委托张芝联、谭英华两位教授主持《西方史学史》部颁教材的编写，张广智当时也是编写组成员，由于一些前辈逐一谢世，这项工作也没有完成。张广智深知编写一部贯通古今的西方史学史教材的难度，但前辈未竟的事业总在激励着他。凭着十几年阅读西方史学名著的积累，凭着他对西方史家诸多个案的研撰，他边教学边撰写，终于在80年代末拿出了自己的教材，这就是《克丽奥之路：历史长河中的西方史学》。此书一出，就受到读者的广泛关注和喜爱，激起了一些青年学子对西方史学史的兴趣，有的甚至选择了这门专业，日后成为他的弟子①。

20世纪90年代以后，张广智继续在编写西方史学史教材上下功夫。2000年，他主著的《西方史学史》教材正式出版。国家教委专家组同意把此书列入"高等教育面向21世纪课程教材"选题计划，后又获准成为"普通高等教育'十五'国家级规划教材"。从2000年初版后，继而在2004年又推出插图本新版，大约七年间，这两版重印9次，累计印数近5万册。该书荣获全国普通高等学校优秀教材一等奖，被教育部历史学科教学指导委员会定为"推荐教材"。

新世纪到来后，这本教材又被列入"普通高等教育'十一五'国家级规划教材"，于是张广智教授开始组织力量对这部教材进行修订。参与的修订者都是他自己培养的博士，他们已经成为当下西方史学史教学的重要力量。这次修订，要把国内外学术界相关的学术成果吸纳到书中来，如新文化史等，同时尽量把西方史学史研究者的新成就、新思考介绍给读者。教材对于古典希腊史学、近代初期的西方史学、19世纪的西方史学和后现代主义史学等问题上，都反映了该书执笔者近些年来潜心研究的新成果。教材中扩充了有关马克思主义史学的内容，特别是加大了对西方马克思主义史学的叙述力度，还增添了前两版涉及较少的中外史学交流的篇章。2010年，复旦大学出版社推出了《西方史学史》教材的第三版，对于2000年出版的第一版，该教材正好是十年磨一剑。教材出版后，《世界历史》《史学理论研究》等权威刊物发表了书评，专家们认为这部教材是迄今为止国内最为完备的一本西方史学史教材，是体现了教材写作与学术研究进行完美结合的著作②。

2006年，《西方史学史》第三次入选教育部普通高等教育"十一

---

① 转引自张广智：《多做些垦荒者的工作！》，载邹兆辰：《为了史学的繁荣》，首都师范大学出版社2011年版，第130页。

② 参见张耕华：《一部"经院式"的西方史学史》，《史学理论研究》2000年第3期。

五"国家级规划教材。在第三版中,编者们已经做出了很多新的修订,但距离那次修订又过去了几年,西方史学史的研究又有了很多新的进展,他们深感有继续修订的必要。张广智教授认为,前三版《西方史学史》教材之所以受到读者欢迎,自然有它的道理。但是,本书在初写时所拟定的宗旨是:"编写出一部具有先进性、适应性和有鲜明特色的西方史学史教材",以满足读者的学习需要和心理诉求。这是因为,"唯其'先进性',才能引领潮流,指明方向,尤其为向往时尚、前卫的年轻读者们广泛接受;唯其'适应性',才能找准主体,兼及其他,使之满足方方面面的需求;唯其'有特色',才能区别良莠,分出优劣,从而在'群雄纷争'中胜出"①。为了贯彻上述宗旨,张广智和他的团队继续开展新版教材的修订工作。他们期望在新版中,在立论、内容、结构、文字等方面修订增补,力求精益求精,使它不仅成为一本读者喜爱的西方史学史教材,也力求为有志于西方史学史研究的学者提供门径。新版的编者,除了张广智教授主笔外,还有吴晓群、陈新、李勇、周兵、易兰、肖超。他们虽然都是张广智教授的弟子,但大多都是各高校西方史学史专业的学术骨干。由于有了他们的参与,教材的修订也就更能达到上述宗旨。第四版教材在2018年由复旦大学出版社出版。

(二) 推出国内第一部西方史学通史

2000年,张广智主著的第一版《西方史学史》出版以后,他就萌生了一个主持编撰一部多卷本《西方史学通史》的计划。那时候,国内的西方史学史研究虽然取得了很大成绩,但还没有出版过一部大部头的西方史学通史,他希望能以这部通史来反映新中国史学工作者20年来对西方史学史研究的最新学术成果。他希望能够组织力量,编写出一部材料丰赡、前沿理念、博采众长、图文并茂的多卷本《西方

---

① 张广智等:《西方史学史》(第四版),复旦大学出版社2018年版,"前言"第2页。

史学通史》，能够"在求实中创新，欲成一家之言"，这就是他与编写者们的共同愿望与学术追求。

张广智凭着这样一种信念，带着一批年轻人干了起来。他对团队进行了分工，由他本人亲自撰写第一卷，即导论卷；吴晓群撰写第二卷古代时期；赵立行撰写第三卷中世时期；李勇撰写第四卷近代时期（上）；易兰撰写第五卷近代时期（下）；周兵、张广智、张广勇共同撰写现当代时期。

张广智教授主编、复旦大学出版社出版的六卷本《西方史学通史》全部出齐后，2012年3月复旦大学历史系和复旦大学出版社共同主办新书发布会。到会者一致认为：六卷本《西方史学通史》的出版，是中国史学理论和史学史学科学术发展中的一件值得庆贺的大事。八年来他带领团队，开拓创新、勤奋思索、笔耕不辍的这一目标终于实现了。《西方史学通史》的出版，获得了学术界高度的评价，这也是张广智教授三十多年来在西方史学史领域的奋力拼搏所获得的一项总结性的成果。

耿淡如教授1961年写了一篇题为《什么是史学史？》的文章，那时他正在准备编写《西方史学史》教材的工作，因此他主张"多做些垦荒者的工作"。他在文中指出："我们应不畏艰难，不辞劳苦，在这个领域内做些垦荒者的工作。比如垦荒，斩除芦荡，干涸沼泽，而后播种谷物；于是一片金色的草原将会呈现于我们的眼前！"①那时他确实是在垦荒，又经过他的手在播撒种子。几十年后，这片金色的草原已经呈现在我们面前。张广智教授既是垦荒者、播种者，也是收获者。几十年来，他通过自己的努力，既出了教材，也出了专著，更培养出大批优秀人才。这些成果表明：复旦大学历史系的西方史学史团队已经形成了自己的学术品格，推出了一批有代表性的学术成果，把中国的西方史学史教学与研究提高到一个新的高度。

---

① 耿淡如：《什么是史学史？》，《学术月刊》1961年第10期。

二、探索研究西方史学史的中国眼光

大凡一个学有所宗、学有所成而且成果丰厚的学者，在自己的学术实践过程中都会形成自己独有的学术理念，并在这种理念的支配下，不断进行新的学术探索。张广智教授是从事西方史学史教学和研究的学者，但他研究的目的不仅仅是宣传、介绍西方的史家、史著、史学潮流，而是站在中国学者的立场上，独立地观察、思考西方史学，有选择、有目的地介绍与评价西方史学的发展，从而为发展中国史学寻求借鉴。

（一）西方史学中国眼光

张广智是通过他的恩师耿淡如教授的引领进入西方史学史领域的，自然受到耿淡如教授学术理念的深刻影响。耿淡如教授是20世纪20年代末到美国哈佛大学研究政治历史、政治制度的学者，回国后在上海复旦大学、光华大学等高校讲授西洋通史、政治史、外交史、政治思想、政治学、国际公法等课程。到20世纪50年代，耿淡如教授从政治系转入历史系，致力于世界中世纪史的教学和研究生培养，成为国内世界中世纪史研究的学术权威。由于对西方历史的深切了解和熟练掌握多种外语，所以从20世纪60年代初起，他在西方史学史的领域进行新的开拓。他的这种学术背景决定了他对西方史学史的研究旨趣必然与单纯从编纂学或史料学的角度研究西方史学史的学者有所不同。这些，必然会影响到他本专业唯一的弟子张广智。

在耿淡如这一代中国学人的眼中，已经形成了有自己特点的治西方史学史的理念和方法论。在国外的史学史领域，对于史学史学科的性质有不同的见解。耿淡如教授认为，西方学者多是把史学史看成历史编纂学。如英国著名历史学家古奇认为：史学史即历史编纂学；它是涉及那些为了教导或训示作者的同时代人或后辈而编成的并具有或多或少文艺形式的历史事件的叙述。耿淡如教授认为，这意味着大多数英美学者是把史学史归结为历史编纂学史的，他们直接地使用历史编纂学来代替史学史这个名词，并按照这个框框来编写。对于西方史学发展史的研究，应该与探讨人类社会发展史过程大体一致，应该能够反映出历史学自身的发展规律。在这个认识的基础上，他在实践中也形成了自己的方法论。张广智曾经对此进行过总结：历史研究务必求实、弄清概念的基本含义、熟读原著认真领悟原著精神、结合时代背景与社会特征来考察史学的发展、注意研究西方史学的新陈代谢、注意历史学家不同类型的分析、注意历史学家个人作风的分析、采用标本与模型研究的方法、介绍先于批判、习明那尔方法是一种培养历史学专业人才的有效方法等①。毫无疑问，耿淡如教授研治西方史学史的这些理念，在潜移默化的交流过程中会对张广智产生深刻的影响。

　　由于生活时代和社会环境的不同，在新中国成立以后接受教育并逐渐成长起来的一代学人必然会有与老一代学人不同的思想理念和观察问题的方法。由于长期受到马克思主义理论的教育和个人的深入思考，张广智教授在对理论问题的重视和马克思主义理论的素养方面更具自己的特色。他在自己的著述中曾多次指出，中国的西方史学史研究是从李大钊开始的。因为李大钊在1920年时就在北京大学开设了《史学思想史》的课程，开始运用唯物史观来介绍和评价西方的诸多有代表性的史学家。张广智认为，李大钊对西方史学的了解与认识，是超越其同时代人的。从总体上看，李大钊的《史学思想史》可以说是我国的西方史学史研究中第一部较为完整的作品。他指出，李大钊对西方史学史的介绍与研究，侧重于历史观的考察。如他赞赏16世纪法国历史学家波丹的历史观，因为他比中世纪的神学史观有了巨大

---

① 张广智：《耿淡如与中国的西方史学史研究》，《超越时空的对话：一位东方学者对西方史学的思考》，北京师范大学出版社2008年版，第456—467页。

进步；他还赞赏18世纪西方史学中的理性主义历史观，认为包含着合理和正确的部分。张广智认为，李大钊对西方史学遗产采取了求真的精神是十分可取的：他主张介绍先于评论，如实介绍中包含了作者的取舍与中肯的评论，既不一概否定，也不是全盘照搬，也就是说，对西方史学遗产要采取求实态度，也就是马克思主义的历史唯物主义的态度。张广智还认为，李大钊对西方史学的研究并不是那种书斋式的研究，而是为中国新史学大厦奠基的全部工程的一个组成部分。他指出：李大钊"为中国的西方史学史研究所作的描述、所开辟的研究途径以及他所奠立的研究原则，对于当代中国的西方史学史研究，都有一定的指导意义"①。

在从事西方史学史研究的同时，作为一个土生土长的中国学者，他还认真研究了中国的西方史学史之史，从包括那些曾经留学日本、欧美的学者那里，体验介绍、评论西方史学发展成果的经验。如20世纪二三十年代，把西方史学输入中国的何炳松、傅斯年，60年代以后，对于西方史学输入中国做出过贡献的齐思和，在《世界通史》著作中反对欧洲中心论的周谷城，对于世界史学科体系的建设做出过重要贡献的吴于廑，对研究、介绍法国史学做出过重要贡献并主持过《西方史学史》教材编写的张芝联，对于撰写过《西方史学史概要》的郭圣铭，新时期对于西方史学的介绍做出过重要贡献的何兆武等学者他都有所研究，从他们对于西方文化、西方史学的介绍、评论中寻求启发，并且酝酿自己独特的研究路径和论述方式。可以说，对于前辈学者所进行的中国的西方史学史之史的研究，对于形成他自己的研究西方史学的特殊眼光和个性风格起到了潜移默化的作用。

由于张广智教授在自己长期的学术实践中，继承了中国学者看待和评价西方史学的优良传统，这种中国传统的文化基因逐渐在他那里形成了研究西方史学的特殊理念和特殊视角，这就是他的"西方史

---

① 张广智、张广勇：《现代西方史学》，复旦大学出版社1996年版，第364页。

学,中国眼光"①。《西方史学通史》出版后,有的评论者认为张广智教授是以"中国眼光"来看待西方史学②。的确如此。张广智认为,中国学者研究西方史学虽有困难,但也有优势。那就是由于"不在此山中",所以对观察的对象远远望去,看得比较真切、比较客观。张广智教授把自己对西方史学史的研究称为是"超越时空的对话",这里所指的"时",就是从古至今的史学发展,这里所说的"空",自然就是指中国与外国,主要是西方。他也把自己的著述称为"一位东方学者关于西方史学的思考"③。总之,张广智教授研究和阐述西方史学发展史,不是西方学者研究西方史学史的简单翻版,他是站在中国学术理念的基本立场上以马克思主义的历史观去考索西方的史学,这就是一种"中国眼光"。具体来说,他是以"中国眼光"来选取观察西方史学的角度,以"中国眼光"选取对中国学术发展有所启迪的西方史学史的内容,以"中国眼光"对西方史学诸多成果的优劣短长给予评价。

(二)从文化的视角探究西方史学的发展

在张广智教授关于西方史学史的一系列论著中,最引得读者青睐的是他关于文化视野中的西方史学的书。

《史学:文化中的文化——文化视野中的西方史学》是张广智、张广勇合著的介绍西方史学史的书,作为周谷城教授主编的《世界文化丛书》中的一种由浙江人民出版社于1990年出版。该书视角独特,立意新颖,从文化视角探究了西方史学的发展进程,与教科书模式的西方史学史有很大不同。此书一出,立即受到史学界同行和广大读者的关注。由于两位作者力图打破传统的史学史编撰模式,不是简单地

---

① 张广智:《克丽奥的东方形象:中国学人的西方史学观》,复旦大学出版社2013年版,第274页。
② 《中国人在西方史学史领域有了自己的话语权》,《中华读书报》2012年4月4日。
③ 张广智:《克丽奥的东方形象:中国学人的西方史学观》,第275页。

按时间顺序纵向地来进行铺陈，而是设法在西方史学发展的长河中，撷取出若干断面，若干专题，点面结合，纵横交错地进行叙述，力图多层次、多方面地揭示西方史学的发展进程。更重要的是，作者把史学作为"文化中的文化"，力图从一个新的视野来考察和介绍西方史学，特别是注重从西方文化背景上来考察各个具体的史学著作、史学思潮、史学流派，以使人们更深入地认识西方史学。1992年台湾淑馨出版社出版了它的繁体字版后，在海峡对岸也受到了读者的喜爱。这本书之所以受到读者的广泛喜爱，是由于书里对西方史学的许多问题，例如史学范型、史学思想、史家的文化视野乃至较为具体的全球史观问题、西方史学的五次转折等问题都有所涉及。有的内容是在内地学界介绍较早或论述较为详细的。21世纪以后得到学术界关注的"全球史观"问题，这本书在80年代末就作过很认真的学术研讨了，尤其是西方史学史上的"五次转折说"，一经提出后就引起许多学者的关注，很多学者引用、评论。

张广智教授从文化视角探索西方史学史发展之路体现在许多个案研究的过程中，如他把"年鉴现象"看成一种文化现象，就是一个典型的例证。他说：为什么我们把"年鉴现象"看成一种文化现象呢？"因为我们通过年鉴学派这个窗口，可以窥见处于流变中的西方社会，这是由于其形成与发展是与西方社会经历的重大变动息息相关的，反映了人们在现代化不断加速、社会生活方式不断变化、对世界、对人类本身看法不断更新的条件之下对历史进行分析、思考的一系列崭新角度。"①

那么张广智教授是如何解释年鉴学派的这种"文化现象"的呢？这里他首先探索年鉴学派所以产生的法国文化传统的思想根源。他认为，年鉴学派的产生及演变，是现当代西方社会与学术文化思潮的产物，它构成了一部完整的史学文化史。由此一端，我们也可以窥见现

---

① 张广智、张广勇：《史学：文化中的文化——西方史学文化的历程》，上海社会科学院出版社2013年版，第335页。

当代西方史学乃至整个西方文化嬗变的历史缩影。要研究年鉴学派这样一种学术现象,必须从探索悠久的法国文化传统开始。因为年鉴学派倡导的理论和方法是在继承传统的基础上发展起来的。例如,年鉴派史家所倡导的总体史的研究思路可以追溯到文艺复兴时期,当时的史学家波普利尼埃尔就首先提出过"整体的历史"的理念,而这种理念成为伏尔泰编纂总体史的先声。他的《路易十四时代》,不仅记述路易十四个人的活动,而且综合考察了作为整体史的法国内政、司法、商业、治安、科学、习俗等各方面的情况①。

张广智教授主编的六卷本《西方史学通史》,虽然是对西方史学的发展历程进行系统的介绍和分析,但作者们并没有放弃以文化的视域来考察西方史学发展这一特殊视角。我们看到该书力图把史学作为"大文化"下的一个"子文化"来研究,探索史学文化与其他文化的关系。这就是以史学为出发点,也是落脚点,来探索西方史学发展的过程和规律,同时也是从特定的角度来研究西方思想文化,也可以说是考察人类精神文明中的一些最耀眼的东西。过去,在"左"的思想路线的指引下,西方史学被看成腐朽没落的资产阶级的东西,一概加以拒斥。事实证明,不了解、不继承人类这些丰富的文化遗产,建立新时代中国特色的社会主义文化也是不可能的。通过学习西方史学史能够多多少少了解文艺复兴、理性主义、浪漫主义、历史主义、客观主义、实证主义等人类思想文化的发展过程,实际上都是从史学的角度切入的。我们从西方史学发展的规律中,也透视出西方思想文化的发展变化规律,为我们整体地了解西方史学、西方思想文化的发展提供了依据。

(三) 以宏观的视野看待西方史学的变迁

无论是把西方史学史作为高校历史系本科生的一门课程,还是让广大中国读者了解西方史学文化发展的一般状况和规律,我们都不可

---

① 张广智、张广勇:《史学:文化中的文化》,上海社会科学院出版社2003年版,第308页。

能像编年史那样向读者详细介绍西方史学，也不能从编纂学、史料学和研究法的角度深入研讨，因此，宏观地把握西方史学的基本内容和发展变化的规律是十分重要的任务。因为，从宏观的视野出发，掌握西方史学发展变化的一般规律，也就是了解西方文化发展变化的一般规律，在了解变化规律的基础上寻求对发展中国史学、中国文化的有益借鉴，才是我们的目的。

在张广智教授看来，在世界史学的发展长河中，西方史学同中国史学一样，也有着源远流长的传统。这个传统可以追溯到古希腊，可以分为四个明显的发展阶段。第一阶段是古典史学，即古代希腊罗马史学。从追溯神话与史诗的前希罗多德时代算起，至公元5世纪"古典世界"的终结，一千多年的发生与发展形成了西方史学的诸多优良传统，对后世的史学产生了深刻的影响。中世纪史学是第二个阶段，从公元5世纪开始，至14世纪初兴起的文艺复兴运动。这期间古典史学的传统中断，基督教的神学史观制约与束缚着史学，史学的发展相对较弱。近代史学的产生和发展是第三阶段。西方史学从14世纪开始加快了它的进程，人文主义史学、理性主义史学、浪漫主义史学、客观主义史学及其后的实证主义史学等相继发展起来。到19世纪的兰克时代，史学日趋成熟，发展成为一门独立的学科。第四个阶段是现代史学。从20世纪初开始，新史学思潮萌发，日益冲击着传统的西方史学。张广智认为，可以把现代西方史学的发展等同于20世纪西方新史学的发展与演变，这是西方新史学不断成长壮大与传统史学相抗衡的发展过程。但西方的新史学真正发展起来，还是20世纪50年代以后的事情。

面对西方史学两千多年来的发展，张广智更重视的是发展中的重大转折。他说："面对这样一部西方史学发展的历史长编，需要找到一条主线索。这一答案来源于西方史学自身的发展变化，蕴涵于西方社会的深刻变革之中。"① 他认为：宏观地说，在西方史学漫长的发展

---

① 张广智等：《西方史学史》（第三版），复旦大学出版社2010年版，第4页。

进程中，经历了五次重大的历史性转折。

第一次转折发生在公元前5世纪时的古希腊时代，这是西方史学的创立时代。在这个时期里，希罗多德史学与修昔底德史学造就了古希腊史学的繁荣局面，历史学在西方取得了应有的地位与尊严，后来罗马人又继承了古希腊人的史学遗产，西方古典史学的传统延续了将近一千年之久。第二次转折是公元5世纪前后基督教史学的产生。罗马帝国的倾覆，标志着西方社会奴隶制的终结和封建制的开始，西方史学也从古典史学的人本主义转向基督教的神学史观，基督教史家重新塑造了历史理论，不仅在整个中世纪时代，而且对整个后世西方史学都产生了长久影响。古典史学的传统中断，史学发展缓慢，这一阶段大约也持续了近一千年。第三次转折是从西欧文艺复兴运动开始的西方史学新变化。14世纪以来，西方社会开始发生巨大的变化，资本主义生产方式的产生和发展，从意识形态上向封建主义旧文化发起挑战。其时历史学面临"重新定向"，史学思想又一次把人置于历史发展的中心地位。人文主义史学的诞生，复兴了古典史学的传统模式，揭开了近代西方资产阶级史学发展的序幕。第四次转折发生在19世纪与20世纪之交。在19世纪，西方资本主义高歌猛进，西方史学也达于极盛，被称为"历史学的世纪"。兰克学派应运而生，成为19世纪西方史学的主流，历史学开始专业化与职业化。但从19世纪末开始，新史学对西方占主流地位的兰克史学发起了挑战，引起20世纪西方诸国新史学思潮的勃发，自此史学发生了重大的变化，兰克的史学传统受到有力的冲击。第五次转折发生于20世纪50年代前后，开始了当代西方史学的新的发展进程。随着现代社会发展的步伐加快，史学发展的速度也加快了，到20世纪70年代，当代西方史学又发生了一些新变化。历史学面临"重新定向"①。

张广智关于西方史学发展五次转折说，是他的西方史学理念的重

---

① 张广智等：《西方史学史》（第四版），第4—5页。

要内容，也是他对西方史学研究把握的重点。他不把自己的目光停留在西方史学的某一思潮、某一流派甚或某一史家，他力求整体地了解西方史学、研究西方史学，并把这些传达给中国学人。他对西方史学这些转折的论述就是试图告诉读者：西方史学的新陈代谢同大千世界一样也是不可抗拒的；顺时代潮流者兴，逆时代潮流者衰。昔日兴盛一时的传统史学，倘要在现当代的新史学潮流中生存和发展，就需要认清形势，能够在博采众长中另起炉灶，寻求自己的出路。同时，张广智以宏观的视野考察西方史学史，不仅注意从纵向的角度来考察，而且善于从横向的角度来看西方史学的广泛内容，力求全面，不偏重一部分而忽视一部分。他对西方马克思主义史学发展的关注就体现了这种看问题的视角。

在他的西方史学史的论著中，一直是把西方马克思主义史学看成现代西方史学的重要部分来加以介绍和论述的。在他主著的四版《西方史学史》的教材中，有关西方马克思主义史学崛起的内容不断有所增补。在他2008年出版的《超越时空的对话——一位东方学者对于西方史学的思考》和2013年出版的《克丽奥的东方形象：中国学人的西方史学观》两书中，则将"西方马克思主义史学的崛起"作为专章来加以论述。在2011年，复旦大学出版社出版了他主编的《史学之魂：当代西方马克思主义史学研究》一书则开创了对西方马克思主义史学研究的新高度。在此之前，国内还没有一部研究当代西方马克思主义史学的专著。这部书系统阐释了西方马克思主义史学的起源与繁衍、传播与变异、危机与前景，集中探讨当代西方马克思主义史学的崛起、特征及其发展变化。该书分别论述了西方马克思主义史学的历史理论、史学观念、与其他史学之关联等内容。对于西方马克思主义史学在英、法、德、意、美、加等国的发展分别进行介绍，尤以英国为重点。为什么要研究西方马克思主义史学的发展呢？张广智教授看来：二战后，西方马克思主义史学的迅速崛起，打破了国际史学的整体格局，给国际史学界吹来一股清风，平添了许多活力，为我们观察、了解西方史学增添了一个新的窗口。同时，研究西方马克思主义史学对于中国学者来说，有助于我们更好地了解和认识现当代西方新史学的短长得失，有助于当代中国马克思主义史学的深入发展与开拓创新①。

(四）在中西史学的互动中认识西方史学

关注中西史学的互动，是张广智研究西方史学的一个新视角。早在20世纪90年代初，他就撰写了《现代美国史学在中国》《西方古典史学的传统及其在中国的回响》等文章，1996年发表的《二十世纪前期西方史学输入中国的行程》《二十世纪后期西方史学输入中国的行程》等文章，都可说明他已经注意到这方面的问题。新世纪以来，他又发表了一系列关于中西史学交流的论文，例如：《心理史学在东西方的双向互动与回响》《苏联史学输入中国及其现代回响》《西方文化形态史观的中国回应》《傅斯年、陈寅恪与兰克史学》《苏版〈世界通史〉的中国回应》等文章。此外，他又在《史学理论与史学史学刊》上发表《关于20世纪中西史学交流史的若干问题》《关于开拓史学史研究的几个问题——以西方史学史为中心》等文章，系统地阐述了不同时期中外史学交流的情况。之后，张广智在瞿林东主编的"二十世纪中国史学研究系列丛书"中主编了《二十世纪的中外史学交流》（北京师范大学出版社2007年版）一书，既纵向阐述了20世纪各个时期中外史学交流的情况，又重点选择若干案例进行深入探讨。

此外，在《克丽奥的东方形象：中国学人的西方史学观》一书的第十四章"近现代西方史学的中国声音"中，有八篇文章，是张广智教授为他的博士生的学位论文撰写的序。这些论文都是在阐发作者们对近现代西方史学的研究与认识，从而显示出"西方史学的魅力"，也是现当代西方史学在中国青年学者中的回响，体现中西史学交流的思想深度。他认为，这些青年学者向国际史坛发出了一种"中国声

---

① 张广智：《克丽奥的东方形象：中国学人的西方史学观》，第165页。

音",这里的"'中国声音',说的是中国学人的西方史学观应体现自身的主体意识和学术个性,拥有自己的'话语权'"①。而张广智教授对这些论文所写的序言,也凝聚了他个人对近现代西方史学在这些专题上的思考和见解,同样显示出了中国学人的西方史学观,这也是一种"中国声音"。

中外史学交流的确是一个重要的问题,也是一个内容十分广泛的问题。为了更深入地展开对这个问题的研究,张广智组织了来自全国各地的十位学者申报了教育部人文社科重大项目《近代以来中外史学交流史》,该书约有百万字的规模,即将出版发行。此书将是一部对近代以来中外史学交流探讨最为详尽的一部书,必将为学术界填补一个空白。

为什么在研究西方史学史的同时要关注中西史学的交流呢?张广智认为:首先,中外史学交流史本身具有很丰富的内容,值得我们去认真发掘。其次,中外史学交流史为史学史研究提供了一个新视角。前者是从史学史本身所蕴含的内容讲的,而后者是从研究者(历史学家)的视角而言的。他打了一个生动的比喻:一个游园者可能会有过这样的体验:假如你从正门进入一座园林,就能感受到曲径幽廊中包藏着的风韵万千;如果你是从侧门进入的,你会感到眼前显现的是又一个新的空间。同一个园林,由于视角的转换,就可能呈现出不同的景观,在学术研究中我们转换一下视角,是否也是这样呢?他说:"倘如此,我们可否分出一些精力去关注不同国家或地区之间史学文化的相互交汇与相互影响,无异游园时不走正门改走侧门时的那种情景,随着历史学家研究视角的转换,它将为未来的中国的史学史研究开启一扇新窗户,并有望成为史学史研究中的一个新的增长点。"②他的这个理念,的确对我们很有启发。

---

① 张广智:《克丽奥的东方形象:中国学人的西方史学观》,第232页。
② 张广智:《多做些垦荒者的工作!》,载邹兆辰:《为了史学的繁荣》,首都师范大学出版社2011年版,第135页。

三、打造西方史学史论述的中国风格

张广智教授以教材、论著、讲座等形式,努力向中国学人介绍有关西方史学也是西方文化的相关知识,同时也在努力打造一种中国读者喜闻乐见的文字风格。仔细阅读张广智教授的任何一种学术著作,你都会感受到他独具魅力的写作风格。从1989年到2013年,他围绕西方史学史发表了一系列著作和二百余篇相关文章。熟悉张广智教授的读者会发现,他的论著有一种突出的个人风格,这种风格把中国人非常陌生的克丽奥女神的形象和她的发展道路描绘得通俗易懂、生动活泼,并且十分耐人寻味。

张广智教授对于自己的这种写作风格的形成也是有自觉的意识的。他曾说:"多年来,我也是一个习惯写'高头讲章'的人,理精义明,自以为是,发表出来的这些'学术论文',在业界'自娱自乐',究竟能有多少人读过呢? 我也不知道。日子一久,便对这种'八股腔调'渐渐萌生了厌倦之情。细心的读者也许会发现,近年来我行文落墨无求深奥,不嗜饾饤,只以深入浅出和明白晓畅为圭臬,在西方史学这一学术园地中起一点'启蒙教育'的作用,这成了个人为之锲而不舍的追求目标。"① 他还曾强调,历史写作方法自不必拘泥于一种程式,为"易于着笔",最大限度地发挥每个人的独创性,管它是哪一种方法,都可"拿来",为我所用②。

张广智教授曾多次引用现代英国历史学家屈威廉说过的话:"有一种说法,认为读起来有趣的历史一定是资质浅薄的作品,而晦涩的风格却标志着一个人的思想深刻或工作严谨。实际情况与此相反,容

---

① 张广智:《克丽奥的东方形象:中国学人的西方史学观》,"自序"第1页。
② 张广智、张广勇:《史学:文化中的文化》,前言第5页。

易读的东西向来是难于写的……明白晓畅的风格一定是艰苦劳动的结果,而在安章宅句上的平易流畅,经常是用满头大汗取得的。"① 张广智教授非常赞同屈威廉的话的,因为他是有同感的。他甚至认为,不仅历史学需要如此,整个哲学社会科学的大众化、普及化,都是时代的需求,民众的呼唤。因此,他要不懈地付出努力,写出让读者喜欢的历史读物,以回报社会大众的期盼。

张广智教授在西方史学史撰著中所显示的个人风格主要体现在以下方面。

第一,在篇章结构上的多种风格。

历史是不同时间节点上发生的事情,按照事情发生的顺序来记录和撰写历史那是一种基本的阐述历史的方法。但是,这种历史会由于没有重点和思想体系让人无法卒读。撰写西方史学史也是如此。数千年来,西方史学家和史学著作层出不穷,史学思想体系也是十分混杂,因此必须要有一个合理的编纂体系。张广智教授主编的西方史学史教材,基本上是按照西方史学发展的过程分阶段撰写的。但是在《史学:文化中的文化——西方史学文化的历程》这样的著作中,作者就选择了一种新的体例。他认为,西方史学史可以有"纵向式写法",也可以有"横向式写法",而他采取的是"纵横交错法"。这种方法意图是通过纵横交错、点面结合的方法,使读者可以多层次多方面地了解西方史学的发展过程。这里,就明显地表现出他在西方史学史撰述中的一种新的风格。

第二,论述语言上的生动性。

张广智教授谈到他们在写作《史学:文化中的文化》一书时在这方面所花费的工夫时说:"为了把艰涩深奥的内容,杂沓繁衍的思想,磨炼得平易可感,让克丽奥女神(Clio,希腊神话中的历史女神)不再一脸严肃,不再装腔作势,变得亲和近人,坦白地说,我们是为之

---

① 张广智编:《历史学家的人文情怀——近现代西方史家散文选》,北京师范大学出版社2011年版,第234页。

颇费心力的。食洋不化就会装腔作势,囫囵吞枣势必佶屈聱牙。"① 翻开张广智教授的著作,随处可以看到他们在这方面花费的心力。如谈到年鉴学派时,他们在书中说:"(年鉴学派)当它于1929年创立的时候,还只是孤零零的几个人,在当时的西方史坛中,如有人所形容的那样,不过是'一只小小的玩具船',然而它却使世界历史学改变了方向。"② 这样的语言在书中比比皆是。

第三,在标题上的刻意追求。

除了教材以外,对于西方史学史的其他著作,作者对于书名、章节的标题,都是煞费苦心的。比如,《史学:文化中的文化——西方史学文化的历程》《超越时空的对话——一位东方学者关于西方史学的思考》《克丽奥的东方形象:中国学人的西方史学观》等书名都是十分耐人寻味的,它让冷冰冰的西方史学著作有一种温馨之感。文章中的标题也是如此,例如在讲"塔西佗的史学思想"这一专题时,他所用的小标题是:"江山变幻昔人非""一褒一贬见其情""模仿继承向前行""惩罚暴君的鞭子"等具有文学色彩的题目,让读者感到十分亲切。

第四,在著作序言与跋语中的散文风格。

阅读张广智教授的著作则不仅在著作正文中学到有关西方史学的知识,同时也能在其独具个人风格的序言、跋语中获得思想的启迪和文学的享受。他的序跋,一改学术著述的严肃风貌,让人有如进入春风化雨的语境,颇感亲切。他的《克丽奥的东方形象》一书,更是打破常规由他的学生集体撰文给老师的书作序,而该书的附录《西方史学史:我的精神家园——七十自述》更是让人有亲切动人的感觉,读者不仅了解了书中的内容,也了解了书的作者。张广智教授为他的著作所写的许多序言和跋语,往往就是一篇精彩生动的散文,有作者对

---

① 张广智、张广勇:《史学:文化中的文化——西方史学文化的历程》,"前言"第6页。

② 同上书,第307页。

自己导师的深切怀念，有对自己读书治学经历的回顾，有对自己写作过程中的艰辛的描述，也有他完成该书后愉悦心情的自然流露，这时候他常常有一段精彩的诗句或对自然风光的描述。这时，你确实会感受到读史是会使人感到愉悦的事。

阅读张广智教授的学术著作，你不仅可以得到史学方面的专业知识，同时阅读他写的文字，无异于是一种文学上的享受。他的史学作品，具有文学的色彩；他的动人的文章字句，又开启了心灵之门，让人们增长知识和智慧。他的很多写作，用他自己的话来说是"徜徉在史学与文学之间"。事实正是如此。2017年，商务印书馆出版了他的散文集，书名即是《徜徉在史学与文学之间》。他说：这本书"是'跨界'艰辛后的丰收，这是来往劳累后的果实，吾辈人生之乐，莫此为甚也"①。张广智教授以自己的加倍劳动，换得了青年学子们的文史素养的提高。的确，他是一位真正的历史学家，也是一位散文家。他的作品不仅得到了史学界的公认，也得到了文学界同仁的认同。2016年，正式退休以后，他加入了上海作家协会的散文组，这体现了文学界对他的作品的认可。

60年来，张广智教授在史学园地里辛勤耕耘，心无旁骛。他把西方史学看成他的"精神家园"，同时他也引领了无数青年学子进入这个"家园"，并感受到了这个"家园"色彩斑斓的文化魅力。正如英国剑桥学派创始人阿克顿评价兰克史学在东西方史学的影响时说的话："我们每走一步都要碰到他。"② 中国青年学子在进入西方史学史这个园地时的感觉也应是如此。2018年11月，上海世界史学会授予张广智教授"终身学术成就奖"，这是学术界对他几十年来对他所钟爱的这门学科所付出的一切做出的最高奖赏。张广智教授是无愧于这个荣耀的！

（原载《史学理论研究》2019年第4期）

---

① 张广智：《徜徉在史学与文学之间》，商务印书馆2017年版，"自序"第3页。

② 转引自张广智：《兰克的史学贡献》，《超越时空的对话：一位东方学者对西方史学的思考》，第247页。

后　记

　　本书问世之日，恰逢我系百年华诞之时，其意从一个侧面显现百年系史之风貌，亦可映照120周年复旦之光华。

　　本书标题为"衡史寸言"，从"衡史"二字可以看出，史之分量显然厚重了，但还只是复旦历史学系的百年"一瞬"。我还是踵步《望道路上》和《曦园拾零》等书的路径行走，以史家的眼光观世，纵览古今，展望中外，行走在文史合一的文学世界里。

　　近几年，史事难了，文事渐兴，年渐迈，笔尚勤，居然还出了几本"散文随笔集"。此次复旦出版社为我出书，我当竭尽全力，自认为无论是数量还是质量，与已问世的几本相较，均有一点进步，相信会出一本为广大读者所喜欢的新书，至所望焉。

　　本书的出版，首先要感谢金冲及先生的热忱关爱和鼎力支持。先生为小书赐序，这不只是我个人之幸，而且也是献给母系百年华诞的一份珍贵的礼物。

　　复旦大学出版社是我学术成果的发源地与丰收地，我主著的《西方史学史》、主编的《西方史学通史》与《近代以来中外史学交流史》等，都是该社对我全力支持的学术硕果。

　　感谢责编史立丽女史，她为这本小书费尽心力，曾数次登门与我共商书事，一点也不亚于她为《西方史学史》《西方史学通史》等史学论著所付出的心血，经她精心制作，终成本书。

　　感谢为"他人作嫁衣"、散落在各地各家的编辑同志们，尤要感谢期刊《历史评论》《史学理论研究》《世界历史评论》《复旦学报》《学术研究》等，感谢报纸《解放日报》之《朝花》及《读书周刊》，

《文汇报》之《读书》及《笔会》，以及《新民晚报·夜光杯》《社会科学报》《中国社会科学报》《钱江晚报》等。

感谢旧雨新知和学界同人一以贯之的助力。

感谢广大的读者朋友们，感谢你们的厚爱和关注，舍此则将一事无成矣。

在此，我愿借用《淮北矿工之歌》献给大家，以此表示一位文史写作者衷心的谢忱和敬意，歌曰："我们捧出地下的太阳，为你发热发光；我们就是燃烧的太阳，为你燃烧，为你兴旺……"我愿为广大读者"发热发光"，并将以更出色的成果，回馈大众，"为你燃烧，为你兴旺"！

张广智

甲辰春日于复旦书馨公寓

图书在版编目(CIP)数据
衡史寸言/张广智著. --上海：复旦大学出版社，
2025.4. -- ISBN 978-7-309-17871-5
Ⅰ. I267.1
中国国家版本馆 CIP 数据核字第 2025SV7518 号

衡史寸言
张广智　著
责任编辑/史立丽

复旦大学出版社有限公司出版发行
上海市国权路 579 号　邮编：200433
网址：fupnet@fudanpress.com　　http://www.fudanpress.com
门市零售：86-21-65102580　　团体订购：86-21-65104505
出版部电话：86-21-65642845
上海盛通时代印刷有限公司

开本 890 毫米×1240 毫米　1/32　印张 12.75　字数 355 千字
2025 年 4 月第 1 版
2025 年 4 月第 1 版第 1 次印刷

ISBN 978-7-309-17871-5/I・1445
定价：75.00 元

如有印装质量问题，请向复旦大学出版社有限公司出版部调换。
版权所有　　侵权必究